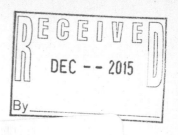

INFECCIÓN

ROBIN COOK

INFECCIÓN

Traducción de
Carlos Abreu Fetter

PLAZA JANÉS

Título original: *Cell*
Primera edición: octubre, 2015

© 2014, Robin Cook
Todos los derechos reservados, incluidos los de reproducción
total o parcial en cualquier formato.
© 2015, Penguin Random House Grupo Editorial, S. A. U.
Travessera de Gràcia, 47-49. 08021 Barcelona
© 2015, Carlos Abreu Fetter, por la traducción

Printed in Spain – Impreso en España

ISBN: 978-84-01-01545-8
Depósito legal: B-18.736-2015

Compuesto en Comptex & Ass., S. L.

Impreso en Romanyà Valls, S.A.
Capellades (Barcelona)

L 0 1 5 4 5 8

Penguin
Random House
Grupo Editorial

*Este libro está dedicado
a la democratización de la medicina*

Prólogo

Las moléculas de insulina irrumpieron como un ejército de saqueadores en miniatura. Tras infiltrarse con rapidez en las venas, se fueron directas al corazón, que las bombeó hacia las arterias. En cuestión de segundos la invasión se había extendido por todo el cuerpo, las moléculas se habían adherido a los receptores de membrana de las células y habían ocasionado que las compuertas celulares se abrieran. Al instante, la glucosa penetró en la totalidad de las células del organismo, lo que originó un descenso brusco de su nivel en el torrente sanguíneo. Las primeras células que se vieron afectadas fueron las nerviosas, ya que, debido a su incapacidad para almacenar la glucosa, necesitaban un suministro constante de esta sustancia para funcionar. A medida que transcurrían los minutos y el asalto insulínico se prolongaba, las neuronas, en especial las del cerebro, consumían rápidamente la glucosa vital y sus funciones empezaban a fallar. Emitían mensajes erráticos o dejaban de emitirlos. Luego, comenzaron a morir...

Westwood, Los Ángeles, California
Lunes, 7 de abril de 2014, 2.35 h

Kasey Lynch se despertó sobresaltada. Había tenido una pesadilla horrible que le provocó gran ansiedad y terror. Desorientada, se preguntó dónde estaba. Enseguida lo recordó: en el apartamento de su prometido, el doctor George Wilson. Durante el último mes había pasado allí dos o tres noches por semana, cuando él no estaba de guardia como residente de radiología de tercer año en el centro médico de la Universidad de Los Ángeles. En ese momento, dormía a su lado. Oía su respiración suave y rítmica, característica del sueño.

Kasey cursaba un posgrado en psicología infantil en la Universidad de Los Ángeles, y a lo largo del último año había trabajado como voluntaria en el departamento de pediatría del centro médico. Fue allí donde conoció a George. Siempre que acompañaba a sus pacientes de pediatría al departamento de radiología para que se hicieran un escáner, le llamaban la atención la desenvoltura y la naturalidad con las que George trataba a todo el mundo, en especial a los niños. A ello había que añadir su bello rostro y su pícara sonrisa. Derrochaba calidez y amabilidad, cualidades que a Kasey le gustaba pensar que también poseía. Estaban comprometidos desde hacía solo cuatro semanas, aunque aún no habían fijado fecha para la boda. La proposición de matrimonio había sido una sorpresa agradable, quizá debido a la cautela de Kasey respecto a todo lo «permanente» a causa de sus problemas de salud. Sin embargo, George y ella estaban perdidamente enamorados, y decían en broma que su relación avanzaba tan deprisa porque llevaban años buscándose el uno al otro.

Pero Kasey no estaba pensando en nada de eso a las 2.35 de la madrugada. Sin embargo, en cuanto abrió los ojos supo que algo iba mal, muy mal. Era algo mucho peor que una simple pesadilla, más que nada porque estaba empapada en sudor. Como padecía diabetes tipo 1 desde niña, sabía muy bien de qué se trataba: un episodio de hipoglucemia. Le había bajado el nivel de glucosa en sangre. Le había ocurrido varias veces en el pasado, y era consciente de que necesitaba ingerir azúcar, cuanto antes mejor.

Se dispuso a levantarse, pero la habitación comenzó a darle vueltas. Dejó caer la cabeza sobre la almohada, presa de un mareo breve pero abrumador, con el corazón latiéndole a toda prisa. Buscó a tientas el teléfono móvil. Puesto que siempre se aseguraba de tenerlo a mano, lo había dejado cargándose en la mesilla de noche. La idea era hablar con su nuevo médico para que la tranquilizara mientras corría a la cocina a buscar un zumo de naranja. El nuevo facultativo era increíble; estaba disponible incluso a horas intempestivas como aquella.

Cuando el mareo remitió, se dio cuenta de que aquel episodio era peor que de costumbre, sin duda porque había comenzado mientras dormía, lo que le había permitido avanzar mucho más que si hubiera estado despierta y hubiera reconocido las primeras señales. Procuraba que siempre hubiera zumo de frutas en casa para cuando surgieran emergencias como aquella, aunque tenía que ir a buscarlo. De nuevo intentó levantarse, pero no pudo. Los síntomas evolucionaban con una rapidez terrorífica, consumiendo las fuerzas de su cuerpo. Al cabo de unos segundos, estaba del todo imposibilitada. Ni siquiera podía sujetar el teléfono, que se le resbaló entre los dedos y cayó sobre la moqueta con un golpe sordo.

Al instante fue consciente de que necesitaba ayuda e intentó extender la mano hacia George para despertarlo, pero le pareció que el brazo derecho le pesaba una tonelada. No era capaz de levantarlo, mucho menos de estirarlo por encima de su cuerpo. George yacía muy cerca, pero de espaldas a ella, ajeno por completo a su crisis galopante. Tras hacer acopio de energía, Kasey volvió a intentarlo, esta vez con el brazo izquierdo; lo único que consiguió fue alargar ligeramente los dedos. Trató de pronunciar el nombre de George, pero de su boca no salió ningún sonido. La acometió un mareo aún más fuerte que el de momentos atrás. El corazón continuó martilleándole el pecho mientras pugnaba por llenar los pulmones de aire. Cada vez le costaba más respirar; la parálisis progresiva estaba provocándole asfixia.

En ese momento, la habitación comenzó a dar vueltas más deprisa, y a Kasey empezaron a zumbarle los oídos. El sonido se hacía cada vez más intenso mientras la oscuridad la envolvía como una manta sofocante. No podía moverse, ni respirar, ni pensar...

La alarma del teléfono de George sonó pasadas las seis de la mañana y lo despertó de un sueño tranquilo. Se apresuró a apagarla y se levantó de la cama con sigilo para no molestar a Kasey. En eso consistía la rutina de ambos. Él quería que ella aprovechara hasta el último instante de descanso, pues a menudo le costaba dormirse. Se dirigió al cuarto baño sin hacer ruido y con el teléfono. Como muchos de sus contemporáneos, no se separaba del móvil en ningún momento. Encajonado en el reducido lavabo, se duchó y se afeitó en poco menos de diez minutos, lo que solía tardar. Estaba orgulloso de su autodisciplina; le había venido bien durante sus siete años de estudiante de medicina y residente, una extenuante prueba de resistencia en la que la «supervivencia del más apto» era mucho más que una expresión abstracta.

¡Las 6.20 de la mañana! Hora de despertar a Kasey. George abrió la puerta del aseo mientras se frotaba enérgicamente el cabello con la toalla y advirtió que ella tenía los ojos abiertos y clavados en el techo. Eso no era normal. Una vez que conciliaba el sueño, Kasey dormía como un tronco; por lo general a él le costaba espabilarla.

—¿Llevas mucho rato despierta? —preguntó George, sin dejar de secarse el pelo.

No obtuvo respuesta.

Se encogió de hombros y regresó al cuarto de baño para lavarse los dientes, dejando la puerta entreabierta. No le sorprendía que Kasey se hallara en una especie de trance; ya la había visto así antes. Cuando estaba muy concentrada en algo, tendía a quedarse absorta. Llevaba un par de semanas enfrascada en la búsqueda de un tema para su tesis doctoral, y hasta la fecha no lo había encontrado. La noche anterior habían mantenido una larga conversación sobre ello antes de que a George se le cerraran los ojos.

Volvió al dormitorio. Kasey no había movido un solo músculo. Qué raro. George se acercó a la cama, sin dejar de cepillarse los dientes, intentando que no le cayeran de la boca ni saliva ni dentífrico.

—¿Kasey...? ¿Sigues preocupada por la tesis? —dijo entre borboteos.

De nuevo, no obtuvo respuesta. Su novia miraba hacia arriba sin parpadear, y al parecer tenía las pupilas dilatadas.

Un escalofrío de miedo le recorrió la espalda. Algo iba mal, ¡terriblemente mal! Kasey estaba demasiado quieta. Presa del pánico, George se sacó el cepillo de la boca y se inclinó sobre la cama. ¿Estaría sufriendo una crisis?

—¡Kasey! ¿Me oyes? ¡Despierta! —La agarró por los hombros y, al zarandearla con firmeza, percibió una rigidez anormal en su cuerpo. Fue entonces cuando se percató de que no respiraba—. ¡Kasey, cariño! Por favor, por favor, Dios...

Se abalanzó sobre la cama y le palpó el cuello para tomarle el pulso. La frialdad de su piel lo alarmó. Luchó por reprimir el temor que crecía en su pecho mientras apartaba las mantas para practicarle la reanimación cardiopulmonar. Ya en el primer intento notó una resistencia poco común y advirtió que su novia no solo tenía los ojos abiertos, sino del todo inmóviles.

—Dios mío... ¡Kasey!

George retrocedió, horrorizado.

El rígor mortis empezaba a ser reconocible. ¡Estaba muerta! ¡Su prometida, su mundo, había muerto durante la noche, mientras él, todo un médico, dormía!

George se dejó caer al suelo, con la espalda contra la pared, y rompió a llorar. Transcurrieron veinte minutos antes de que pudiera llamar al teléfono de emergencias.

Primera parte

1

Casi tres meses después
Centro médico de la Universidad de Los Ángeles
Westwood, Los Ángeles, California
Lunes, 30 de junio de 2014, 8.35 h

Era el último de día de George como residente de radiología de tercer año en el centro médico de la Universidad de Los Ángeles; el siguiente marcaría el inicio del cuarto y último en el programa de residencia del hospital. Después podría comenzar a hacer dinero a espuertas. Tras años de estudios de medicina, con la consiguiente acumulación de una deuda de más de doscientos mil dólares, por fin se atisbaba la luz al final del túnel. Concentrarse en ganar dinero sería su manera de sobrevivir a la devastadora pérdida de la mujer a la que amaba, la única a la que había amado de verdad. Aunque sabía que no era precisamente la forma más sana de empezar a superar el dolor, por el momento solo se le había ocurrido esa. Cobrar, y cobrar bien, supondría al menos una confirmación de que había aprovechado los años dedicados a su formación, y le permitiría ir devolviendo la suma que debía. Al menos su vida profesional estaba bien encarrilada.

Durante los extenuantes tres meses anteriores, George había mantenido una actitud de colaboración y camaradería con sus compañeros, pero en realidad se había convertido en un ermitaño. Todo aquel que intentaba escarbar bajo su superficie de cordialidad se topaba con la caja fuerte en la que George guardaba sus sentimientos. Era lo que mantenía a raya a sus demonios, o al menos eso había creído. En realidad, sabía que estaba faltando a una promesa sagrada que le había hecho a Kasey. Cuando le había propuesto matrimonio, ella había protestado, alegando que no era justo para él que se atara a alguien con problemas médicos importantes. Para consternación de George, Kasey se había mantenido en sus trece y solo había accedido a casarse después de que le hubiera asegurado que, si a ella le ocurría algo, no se aislaría de sus amistades ni se cerraría a una nueva relación. Incluso lo había obligado a declararlo por escrito.

Dejó escapar un suspiro. Estaba agotado. La noche anterior no había podido pegar ojo hasta la madrugada, pues lo abrumaba el sentimiento de culpa por haber incumplido su promesa y, sobre todo, por estar dormido mientras Kasey se moría. Nunca sabría si había sufrido o si había fallecido apaciblemente, sin despertarse. Esa duda lo atormentaría durante el resto de su vida. Le impedía tener un sueño reparador desde el fallecimiento de su prometida, y su insomnio iba de mal en peor.

Echó un vistazo a su reloj. Eran las 8.35. Estaba en la unidad de resonancia magnética, supervisando a Claudine Boucher, residente de segundo año. El departamento de radiología, en general, y la unidad de resonancia, en particular, constituían grandes fuentes de ingresos, por lo que la administración los había recompensado con una ubicación envidiable en la planta baja del centro, justo al lado de la sala de urgencias. Claudine llevaba un mes realizando su rotación bajo la supervisión de George, si bien la presencia de este resultaba innecesaria a aquellas alturas.

George estaba sentado a un lado, hojeando una revista de radiología. De vez en cuando alzaba la mirada hacia el monitor en el que el ordenador generaba imágenes seccionales. Aunque no estaba lo bastante cerca para apreciar los detalles, todo parecía en orden. Tomó otro sorbo de su café costarricense preferido. Le encantaba el café. El sabor. El aroma. Su efecto estimulante y euforizante. Pero era extremadamente sensible a la cafeína; por lo visto, su organismo no la metabolizaba como el de otras personas. Su límite estaba en una taza por la mañana. Una dosis mayor lo habría hecho subirse por las paredes desde primera hora y terminar con un bajón y un fuerte dolor de cabeza. En su estado de ánimo actual, incluso darse el capricho de una taza implicaba vivir al borde del abismo. Pero no le importaba; tenía la impresión de haberse despeñado ya.

Un amplio ventanal de vidrio aislante permitía a los médicos ver la sala contigua, donde la enorme máquina de resonancia magnética realizaba su trabajo. La única parte del paciente que estaba a la vista eran las piernas, que sobresalían de aquel producto de tecnología avanzada que valía millones de dólares. Susan Fournier, una técnica radióloga muy eficiente, monitorizaba el proceso. Todo iba como una seda. Claudine estaba sentada junto a Susan, observando los cortes horizontales del hígado conforme aparecían. Salvo por los golpes sordos de la máquina, que llegaban amortiguados a través de la pared aislada, en la habitación reinaba el silencio. Dentro de la sala de resonancia magnética, en cambio, el ruido ensordecedor obligaba al paciente a llevar tapones en los oídos.

El hombre, Greg Tarkington, era un próspero gestor de fondos de cobertura de cuarenta y ocho años. Los tres profesionales sanitarios presentes conocían su historial de cáncer de páncreas. También estaban bien informados sobre los detalles de las intervenciones quirúrgicas y la quimioterapia a las que había sido sometido. No solo se había vuelto diabético a causa de la cirugía, sino que los efectos secundarios de la quimio le habían ocasionado un fallo renal transitorio. En aquel momento necesitaba diálisis para mantenerse con vida. Al oncólogo que había solicitado la resonancia le interesaba ante todo asegurarse de que Tarkington tuviera el hígado en buen estado.

—¿Qué opináis? —preguntó George, rompiendo el silencio.

—Yo lo veo bien —respondió Susan en voz baja.

Aunque era imposible que los pacientes los oyeran, los médicos y los técnicos tendían a hablar en susurros durante los procedimientos de resonancia.

—Yo también —convino Claudine, y se volvió hacia George—. ¿Quieres echar un vistazo?

George se levantó ayudándose con las manos y se acercó al monitor. Tomándose su tiempo, contempló sin decir nada las imágenes que se formaban en la pantalla. Susan estaba reproduciendo de nuevo la secuencia, desde la base del hígado y en dirección cefálica, es decir, hacia la cabeza.

—Páralo ahí —ordenó George de repente—. Congela la imagen.

La técnica en radiología así lo hizo.

—Déjame ver el corte anterior —pidió él inclinándose para observar más de cerca.

Muchas personas, incluido George, creían al principio que la radiología era una ciencia complicada que determinaba si la lesión que se buscaba estaba o no allí; sin embargo, a lo largo de los tres años anteriores había aprendido que era más que eso. Había un amplio margen para la interpretación, sobre todo cuando se apreciaban pequeñas irregularidades.

Le pareció percibir algo anormal en la imagen, justo a la derecha del centro. Se frotó los ojos y miró otra vez.

—¡Muéstrame el corte de un centímetro más abajo! —Estudió la imagen solicitada y, de pronto, sus dudas se disiparon. Había dos irregularidades visibles—. Vuelve a la imagen original, la que aún se está generando.

—Marchando —respondió la técnica.

Esa imagen también presentaba las irregularidades. George se sacó un puntero láser del bolsillo de la bata blanca y las señaló.

—Eso no tiene buena pinta —comentó.

Claudine y la técnica prestaron atención a la pantalla. Entre los diversos tonos de gris, vislumbraron las dos lesiones.

—Cielo santo —dijo Claudine—. Tienes razón.

—No es muy evidente que digamos —terció Susan.

George se dirigió a un terminal del ordenador central del hospital y buscó las resonancias magnéticas anteriores de Tarkington. Enseguida localizó cortes de la misma zona del hígado. No mostraban nada fuera de lo normal. Las lesiones eran recientes. George se quedó callado un momento, pensando en las posibles implicaciones. Por un lado, ese descubrimiento demostraba que estaba haciendo bien su trabajo. Sin embargo, para el hombre preocupado de la sala adyacente con la cabeza metida en un imán de tres teslas de intensidad —un campo magnético sesenta mil veces más fuerte que el de la Tierra— significaba algo bien distinto. La incongruencia de la situación no dejaba de incomodar a George. Además reavivaba sus dolorosos sentimientos por la muerte repentina de Kasey. La imagen de su rostro convertido en una máscara mortuoria —pálido e inmóvil, con los ojos fijos y las pupilas dilatadas— lo asaltó.

—¿Va todo bien? —preguntó Claudine, escrutándolo con la mirada.

—Sí. Todo bien, gracias.

No era verdad. Al ocultar su problema, solo lo exacerbaba. La claridad con la que veía en su mente la cara de Kasey lo asustó. Poco después de su fallecimiento, se había enterado de que acababan de diagnosticarle un cáncer de ovarios muy agresivo en estadio cuatro y de grado tres a partir de un TAC que le habían realizado en el hospital universitario de Santa Mónica. Le habían hecho la prueba el viernes anterior a su muerte, que se había producido a primera hora de la mañana del lunes, por lo que no se lo habían comunicado aún. Como el hospital estaba asociado al de George, este se había valido de su clave de residente para acceder al estudio. Aunque con ello violaba una ley federal sobre seguros médicos, no había podido contenerse. Por fortuna, no le habían abierto expediente, dadas las circunstancias, pero durante un tiempo no las había tenido todas consigo.

—Terminemos el estudio —dijo apartando de sí aquellos pensamientos inquietantes.

—Solo faltan catorce minutos —le informó Susan.

George regresó a su silla y se concentró en la revista de radiología, esforzándose por no pensar. Durante un rato nadie habló. No se encontraron otras anomalías aparte de las dos pequeñas lesiones, que con toda seguridad eran tumores, pero las implicaciones de ese descubrimiento flotaban como miasmas sobre la sala de control.

—Mucho me temo —dijo Claudine, interrumpiendo el silencio y expresando en voz alta lo que todos pensaban— que, dado el historial del paciente, lo más probable es que las lesiones sean señales de metástasis de su tumor pancreático originario.

George asintió.

—Bien, y ahora un recordatorio rápido —dijo con brusquedad, dirigiéndose sobre todo a Claudine—. No hay que explicarle ni darle a entender nada al paciente, salvo que la prueba ha ido bien, lo cual es cierto. El radiólogo de plantilla responsable estudiará los resultados y enviará un informe al oncólogo y al médico de atención primaria del paciente. Es a ellos a quienes les corresponde dar las «noticias», ¿entendido?

Claudine movió la cabeza afirmativamente. Por supuesto que lo había entendido, pero la advertencia y el tono le parecieron más severos de lo que George pretendía, lo que dio lugar a un silencio incómodo. Susan bajó la mirada y empezó a encargarse del papeleo para distraerse.

Al percatarse de la aspereza de sus palabras, George se apresuró a intentar reparar el daño.

—Lo siento. Eso ha estado fuera de lugar. Estás haciendo un magnífico trabajo, Claudine. No solo hoy, sino en todo este mes de rotación —dijo con toda sinceridad.

Claudine se tranquilizó, incluso sonrió. George suspiró aliviado al notar que la tensión se desvanecía. Tenía que aprender a controlarse.

—¿Cuál es nuestra agenda para el resto del día? —preguntó.

Claudine consultó su iPad.

—Dos resonancias más; una a las once, la otra a la una y media. Y luego, claro está, lo que nos traigan de urgencias.

—¿Crees que puede surgir alguna complicación con las dos resonancias programadas?

—No, ¿por qué?

—He de escaparme dos o tres horas. Quiero asistir a una conferencia en Century City. Fusión Sanitaria, el gigante de los seguros y nuevo propietario de nuestro hospital, tiene previsto realizar una presentación para inversores potenciales. Es algo sobre una solución que se les ha ocurrido para la escasez de profesionales de atención primaria. ¿Os lo imagináis? Una compañía de seguros de salud resolviendo el problema de la falta de médicos de cabecera. Cuesta creerlo.

—¡Sí, claro! Una solución propuesta por una aseguradora para la falta de médicos de cabecera —se mofó Claudine con escepticismo—. Es la fantasía más inverosímil que he oído, sobre todo ahora que la ley sobre protección médica de Obama ha incorporado a treinta millones de personas sin seguro médico a un sistema ya de por sí bastante deficiente.

—¿Estás seguro de que la presentación no será en Disney-landia? —inquirió Susan mientras se preparaba para entrar en la sala de resonancia con el fin de atender al paciente; un auxiliar estaba extrayendo del aparato de resonancia magnética la plataforma deslizante sobre la que yacía.

—Ya puestos, podrían hacerla allí —dijo George. Aunque estaban tomándose a broma la situación, se trataba de un asunto serio—. Tengo mucha curiosidad por oír su propuesta. Se tardaría una década como mínimo en formar a los médicos suficientes para cubrir esas vacantes, y eso suponiendo que pudieran convencerlos de dedicarse a la asistencia primaria, lo que es mucho suponer. En fin, me gustaría ir a escucharlos, si no tienes inconveniente.

—¿Yo? —preguntó Claudine, y sacudió la cabeza—. No tengo ningún inconveniente. ¡Haz lo que quieras!

—¿Estás segura?

—Totalmente.

—De acuerdo. Mándame un mensaje de texto si me necesitas. Puedo plantarme aquí en unos quince minutos.

—Tranquilo —dijo Claudine—. Yo te cubro las espaldas.

—Lo repasaremos todo cuando regrese. —Hizo una pausa—. ¿Seguro que no te importa... que me vaya?

—Claro que no. Trabajaré otra vez con Susan. No nos necesita a ninguno de los dos.

La aludida sonrió al oír el halago.

—De acuerdo entonces. Ahora vayamos todos a hablar con el paciente —dijo George señalando la puerta.

Con expresión resuelta, los tres entraron en la sala de resonancia. Tarkington estaba sentado al borde de la plataforma con una sonrisa nerviosa. Saltaba a la vista que estaba ansioso por recibir un informe positivo.

Los médicos tuvieron cuidado de no revelarle la mala noticia, pues sabían que, con toda probabilidad, el hombre requeriría más quimioterapia, a pesar de su insuficiencia renal. Claudine le habló en el tono más tranquilizador que pudo, y George y Susan asintieron.

Luego, mientras el auxiliar y Susan ayudaban al paciente a levantarse, George y Claudine se retiraron a la seguridad de la sala de control. Hablar con un enfermo condenado a recibir una pésima noticia ponía de relieve la fragilidad de la vida. Era imposible mostrar indiferencia al respecto.

—Ha sido una putada —comentó Claudine dejándose caer en una silla—. No me gusta nada no poder decir las cosas de forma sincera y directa. No sabía que eso formaba parte de ser médico.

—Lo superarás —aseguró George con una impasibilidad que no sentía.

Ella lo miró, atónita.

—No me malinterpretes. Pero la verdad es que lo superarás. —George no sabía por qué lo había dicho. Nunca había superado una situación semejante. Matizó su afirmación—. Al menos, hasta cierto punto. Tienes que superarlo, o de lo contrario no podrás hacer tu trabajo. Lo de no ser sincero no me fastidia tanto como la mierda de situación en sí. Acabamos de mantener una conversación con un hombre muy agradable que está en la flor de la vida, tiene familia y... con toda probabilidad morirá pronto. Eso siempre será una putada. —Se entretuvo hojeando las historias clínicas de los siguientes pacientes para rehuir la mirada de Claudine—. Pero tienes que compartimentar tus sentimientos para seguir adelante con tu trabajo, que podría ayudar a salvar la vida de quienes sí tienen posibilidades de salir adelante.

Claudine clavó los ojos en él.

Al notar su mirada, George se sintió como un farsante. Tratar a menudo con casos semejantes no lo había insensibilizado en absoluto. Alzó la vista hacia ella.

—Oye... —Intentó dar con las palabras adecuadas—. En

parte por eso decidí especializarme en radiología, para que hubiera una barrera entre el paciente y yo. Supuse que, al poder concentrarme en las imágenes en vez de en las personas, estaría mejor preparado para llevar a cabo mi trabajo. —Señaló la sala contigua, en la que acababan de dejar a Tarkington—. Pero, como ya te habrás dado cuenta, la barrera tiene agujeros.

Los dos se quedaron callados un momento, hasta que George se dirigió a la puerta.

—Bueno, será mejor que me vaya.

—Yo también —murmuró Claudine.

George la miró, desconcertado. Ella también, ¿qué?

—También elegí radiología por eso. Y gracias... por la franqueza.

Tras dedicarle una sonrisa lánguida, George salió de la sala.

2

Hotel Century Plaza
Century City, Los Ángeles, California
Lunes, 30 de junio de 2014, 9.51 h

Cuando George entró en el auditorio que albergaría la presentación, se sintió como pez fuera del agua. Le pareció evidente que el acto estaba destinado sobre todo a los futuros inversores de Fusión Sanitaria. La sala estaba repleta de «gente de recursos», es decir, personas que no eran como él. De inmediato le llamaron la atención sus trajes de ejecutivo a medida, sus cortes de pelo de cuatrocientos dólares y sus aires de superioridad en general. Sabía que Fusión había adquirido hacía poco una serie de empresas sanitarias y de hospitales, entre ellos el centro médico en el que él trabajaba. La posibilidad de ofrecer seguros médicos a escala nacional en vez de estatal había impulsado su estrategia de adquisición. George supuso que la compañía había examinado a fondo las más de 2.700 páginas de la Ley de Asistencia Sanitaria Asequible —la denominada Obamacare— con la intención de sacar partido de cada uno de los cambios que obligaban ahora a todos los ciudadanos a contar con cobertura médica.

Se abrió paso entre la multitud hacia el fondo del auditorio, alegrándose de haber dejado la bata blanca en el hospital. En vista del panorama, no le habría sorprendido que alguien quisiera echarlo, creyendo que se había infiltrado para boicotear la conferencia. Mientras avanzaba por un pasillo, le entregaron una carpeta vistosa llena de hojas de cálculo con datos financieros. Lo asaltó una sensación de *déjà vu*. Era como asomarse a una vida alternativa a la que había dado la espalda. Al ingresar en la Universidad de Columbia, muchos años atrás, ya había reducido sus opciones a estudiar empresariales o medicina. Al final del primer año, se había inclinado por esta última, y en esa decisión Kasey había tenido mucho que ver. Si hubiera elegido la otra posibilidad, se habría sentido como en casa en aquella sala. Su vida habría sido así. A lo mejor incluso tendría dinero en el banco en vez de una deuda astronómica. Intentó desterrar de su mente esos pensamientos: aquello era otra vida, otro mundo, otro sueño. Se obligó a centrarse en el presente.

El auditorio tenía una capacidad de varios cientos de localidades. George reparó en la presencia de varios magnates de la informática que representaban a Apple, Oracle, Google y Microsoft, así como de unos cuantos gestores de fondos de cobertura en una zona reservada en primera fila. Como solía mirar el canal de noticias financieras CNBC mientras hacía ejercicio en la cinta de correr, reconoció varias de aquellas caras. Aquel acto era el equivalente de una fiesta de los Oscar para las empresas de *Fortune 500*. Una cuadrilla de chicas muy altas y guapas con uniformes blancos futuristas servía un refrigerio a los asistentes.

Al frente, en el estrado, había cuatro modernas butacas de acero inoxidable y gamuza sintética. Incluso de lejos se notaba que eran caras; una sola de ellas debía de valer más que el coche de George. Justo detrás del escenario había una enorme pantalla LED flanqueada por otras dos de idéntico tamaño que formaban un ángulo de cuarenta y cinco grados respecto a la primera. Todas mostraban el nombre de Fusión Sanitaria en letra negrita oscura. La sala, en su mayor parte blanca, contenía una fila tras otra de asientos acolchados y forrados de gamuza de imitación, cada uno con su soporte para escribir plegado. También eran blancos, por supuesto.

George, impresionado, se preguntó si la presentación había sido organizada por los mismos asesores que se encargaban de los lanzamientos de los productos iPhone e iPad para Apple.

Se sentó en la última fila y esperó. A las diez en punto la iluminación de la sala se atenuó, y cuatro personas —tres hombres y una mujer— salieron al estrado de oradores. Al mismo tiempo, por unos altavoces ocultos sonaban a un volumen muy bajo las voces de un coro que a George le recordaron la música pop celta y que creaban una atmósfera etérea.

Sus ojos se posaron en la mujer. La reconoció de inmediato. Se llamaba Paula Stonebrenner, y gracias a ella lo habían invitado a la presentación. Paula llevaba un elegante traje sastre, con apenas los suficientes volantes en torno al cuello para proclamar su femineidad. Poseía el atractivo clásico de las tituladas en una universidad privada.

Paula y George habían sido compañeros de clase en la facultad de medicina de Columbia y habían llegado a conocerse bastante bien por aquel entonces. «Bastante bien» quería decir que se habían enrollado un par de veces. Habían sentido una atracción mutua desde las primeras semanas de la carrera, habían salido de copas con otras nuevas amistades, y una cosa había llevado a la otra, más concretamente a la azotea de Bard Hall, la residencia de estudiantes de Columbia. George aún lo recordaba como el episodio más subido de tono de su vida.

Tras la chispa inicial, su interés por ella decreció de golpe en cuanto se fijó en otra compañera de la universidad, Pia Grazdani. Era una belleza fuera de serie, morena, exótica, de origen italo-albanés. Su mera presencia lo embelesaba por aquel entonces. Y su indiferencia le partía el corazón. Se había resistido a todos los intentos de George de entablar una amistad, ya no digamos una relación amorosa. Ni en el instituto ni en la universidad le había costado el menor esfuerzo convencer a las mujeres de que salieran con él. Era de carácter extrovertido y jugaba siempre en los mejores equipos deportivos. Estaba acostumbrado a tener la sartén por el mango, pero con Pia las cosas habían resultado distintas.

Antes de conocerla, George se contaba entre los hombres que eludían el compromiso. Justificaba su tendencia a romper pronto las relaciones como una forma personal de ejercer la compasión, y comparaba el dejar a las chicas con la picadura de una abeja: dolía durante un rato, pero se pasaba enseguida. Además, no actuaba así por egoísmo: durante el bachillerato y la carrera, su deseo de triunfar, ya fuera como médico o empresario, tenía prioridad sobre los vínculos sociales, que para él representaban más una fuente de entretenimiento que una oportunidad para aprender.

Aunque George no había sido consciente de todo ello en el pasado, ahora lo comprendía, también gracias a Kasey y a su lúcida y particular visión sobre las relaciones interpersonales. Poseía una intuición innata respecto a la gente que había atraído a George como un queso a un ratón famélico. Kasey era la primera mujer que se había convertido en la mejor amiga y confidente de George antes de ser su amante. Para él había sido toda una revelación, una especie de renacer que lo había llevado a entender lo que se había estado perdiendo.

Allí, en el auditorio, George tuvo que reconocer para sus adentros que Paula estaba deslumbrante. También tuvo que admitir que, en realidad, no sabía casi nada de ella salvo que era más lista que el hambre, divertida y muy despierta. Cuando, a todos los efectos, él la había dejado por Pia, Paula había asumido el papel de amante despechada y ni siquiera le había dirigido la palabra durante el resto del curso. En segundo año, no obstante, pareció dejar de importarle. De todos modos, daba la casualidad de que dormían en habitaciones contiguas en la residencia, por lo que ignorarse el uno al otro suponía un esfuerzo demasiado grande. En el último año ya eran amigos, o al menos conocidos que se llevaban bien.

Por unos instantes, George acarició la idea de acercarse al estrado para saludar a Paula, pero se acobardó. En lugar de ello, la contempló con creciente fascinación mientras interactuaba cómodamente con los tres hombres del escenario y con algunos de los magos de las finanzas de la zona reservada en primera fila. Se sentó en una de las butacas con dos de sus acompañantes masculinos. El tercero dio unos pasos para dirigirse a los asistentes. Desde el punto de vista de George, su aspecto imponía. Vestía de manera impecable, estaba de pie, con la espalda recta como un palo y un porte altivo, casi marcial. Su cabello entrecano brillaba bajo la luz de los focos halógenos. A su espalda, en la gigantesca pantalla LED, apareció su nombre: Bradley Thorn, presidente y director general de Fusión.

—¡Bienvenidos! —exclamó con una amplia sonrisa.

Aunque no había un micrófono a la vista, su voz resonó en la gran sala. George no se sorprendió. Hoy en día todo era inalámbrico.

El rumor del público cesó. Quienes aún se encontraban de pie se apresuraron a buscar asiento. George miró de nuevo a Paula y a los dos hombres junto a los que estaba sentada. Sintió un escalofrío al reconocer a uno de ellos y se encogió en su silla, como si así pudiera evitar que lo vieran. Se le aceleró el pulso.

—Oh, mierda —murmuró.

3

Hotel Century Plaza
Century City, Los Ángeles, California
Lunes, 30 de junio de 2014, 10.02 h

Sentado en el estrado estaba el doctor Clayton Hanson, radiólogo de fama mundial. Además, era el director del programa de formación de residentes en el centro médico de la Universidad de Los Ángeles, y una persona a quien George conocía bien, mejor que a los otros profesores y médicos. En esencia, era el jefe de George, que estaba haciendo novillos en aquel momento. El motivo por el que se conocían tan bien, aparte del hecho de que Clayton fuera su superior, era que este se consideraba un donjuán (autoestima no le faltaba) y le había tirado los tejos a Kasey incluso cuando sabía que ella y George eran pareja, aunque antes de que estuvieran prometidos.

El año anterior a la entrada en escena de George, Clayton se había divorciado de una actriz de fama efímera tras doce años de un matrimonio con altibajos, y estaba intentando recuperar el tiempo perdido. George había oído el rumor de que las frecuentes infidelidades de su jefe habían sido un factor importante en la decisión de su ex esposa de pedir el divorcio.

Como George era uno de los pocos residentes solteros, al

principio Clayton recurría a menudo a él en busca de consejo para ligarse a algunas de las «potrancas» (esa era la expresión que usaba) que suponía que el joven conocía. Aunque esto nunca había llegado a ocurrir, con el tiempo los dos hombres habían entablado algo parecido a una amistad que consistía, sobre todo, en que Clayton intentaba emparejar a George con mujeres para poder conocer a sus amigas.

El problema más inmediato de George era que antes de acudir a la presentación no se había tomado la molestia de pedir permiso para salir del hospital, por lo que estaba ausente sin autorización y tenía ante sí, sobre el escenario, a uno de los peces gordos del departamento de radiología. Si bien era el último día de una rotación fácil y se había cubierto las espaldas, se sentía incómodo. Se planteó la posibilidad de levantarse y marcharse, pero concluyó que así llamaría más la atención que si se quedaba en su asiento. Por fortuna, se encontraba a una distancia considerable del estrado, y Clayton no había dado señales de haber avistado a su residente.

Respirando hondo para tranquilizarse, George se fijó de nuevo en Paula. Era innegable que tenía un aspecto estupendo y parecía de lo más «centrada». No pudo evitar lamentarse por no haberle seguido la pista después de terminar la carrera, y se preguntó si recuperar el contacto con ella sería una forma de cumplir la promesa que le había hecho a Kasey.

Sus reflexiones se vieron interrumpidas por Thorn, que se embarcó en una entusiasta exposición sobre el espectacular crecimiento de Fusión Sanitaria. Explicó que la empresa estaba bien posicionada para sacar el máximo partido a la Ley de Asistencia Sanitaria Asequible, cosa que casi todas las demás aseguradoras consideraban imposible debido a las restricciones de la ley para evitar que alguien se lucrara con ella; pero él y su extraordinariamente capacitado equipo habían descubierto la manera de sortear esas limitaciones y estaban liderando la iniciativa. Lo único que necesitaban para seguir adelante con su espectacular expansión era una inyección de capital.

—Los políticos, de forma deliberada o no, han puesto en manos del sector de los seguros médicos lo que sin duda llegará a representar casi el veinte por ciento del PIB de Estados Unidos —prosiguió Thorn—. Muchos sabemos en el fondo que deberían haber aprobado una ley que garantizara algo parecido a una asistencia sanitaria universal. Pero les ha faltado valor. En cambio, nos han entregado las llaves en bandeja de plata. Nos encontramos ante una oportunidad sin precedentes, sobre todo a la luz de lo que vamos a revelarles hoy. El mundo, no solo Estados Unidos, está en el umbral de un cambio de paradigma en la sanidad ahora que el sector se ve arrastrado a regañadientes hacia la era digital. Y nosotros, Fusión Sanitaria, vamos a dirigir ese cambio.

George se estremeció de los pies a la cabeza. Thorn le había tocado la fibra sensible. Durante los últimos años, le causaba una vaga inquietud el rumbo que habían tomado la medicina en general y la especialidad de radiología en particular. Había menos ofertas de trabajo y los sueldos estaban bajando. No era un cambio espectacular, pero sí perceptible. Por tanto, las palabras de Thorn lo pusieron nervioso, porque confirmaban su impreciso pero irritante temor de que había elegido la profesión médica cuando esta ya había pasado su mejor momento.

—En nuestro país —continuaba Thorn— va a producirse una democratización de la medicina que cogerá por sorpresa a los profesionales sanitarios, pero no a Fusión. Para la ciudadanía, la principal fuente de información sobre salud ya no son los médicos, como en los últimos siglos, sino internet y las redes sociales. A modo de ejemplo, comparemos la profesión médica tal como la conocemos con otro sector, el dominado por la icónica Eastman Kodak Company. Kodak creía que se dedicaba al negocio de las películas, más que al de las imágenes. —Hizo una pausa—. Todos sabemos cómo acabó.

El auditorio en pleno rió. Kodak se había declarado en quiebra en 2012.

—Los profesionales de la medicina creen que se dedican al negocio de la enfermedad. No es así. Se dedican al negocio de la salud. El futuro de la medicina pasa por proteger y mantener la salud y prevenir las enfermedades, no por aplicar cada vez más tratamientos con fármacos o intervenciones. Y no hablo de la prevención en sentido pasivo; hablo de la prevención como un proceso activo, pero no antieconómico como los chequeos anuales o los TAC de la totalidad del cuerpo. Y cuando el tratamiento sea necesario, estará adaptado a cada individuo, no a una persona imaginaria que represente la media estadística.

»Esto es importante, pues un tercio de los casi cuatrocientos mil millones de dólares que los ciudadanos pagan a la industria farmacéutica es un despilfarro absoluto. Son ciento treinta mil millones de dólares tirados a la basura. A menudo los fármacos que se utilizan no tienen efectos positivos en un individuo concreto. Si una prueba clínica demuestra que un medicamento solo ayuda al cinco por ciento de los pacientes, eso significa que no ayuda al noventa y cinco por ciento restante, aunque la incidencia de los efectos secundarios se acerque bastante al cien por cien. ¡Una mala proporción!

»En Fusión no queremos desperdiciar dinero en fármacos inútiles ni en intervenciones peligrosas. Queremos tratar a individuos, no a conceptos estadísticos. ¿Cómo vamos a conseguirlo?

Thorn agitó la mano hacia las pantallas LED que tenía detrás con ademán de director de orquesta mientras sonaban los primeros treinta segundos de la *Quinta sinfonía* de Beethoven. Al mismo tiempo, la palabra «iDoc», escrita en letras negritas de treinta centímetros de alto, parpadeó en las pantallas.

Después de una pausa dramática, se volvió de nuevo hacia los asistentes.

—Un ejemplo flagrante del fracaso de la medicina actual es que la falta de facultativos de atención primaria no se ha solucionado. Como consecuencia, hay demasiadas visitas caras e innecesarias a los centros de urgencias, demasiados especialistas que atienden a pacientes que no requieren esos cuidados, demasiadas intervenciones inútiles, demasiados medicamentos recetados a personas que no los necesitan. Todo ello se traduce en un gran número de pagos superfluos que suponen un enorme dispendio. Pues bien, amigos míos, todo eso va a cambiar; ¡hay un médico nuevo en la ciudad! ¡El médico de atención primaria del siglo veintiuno es una aplicación para teléfonos inteligentes aprobada con condiciones por la Agencia de Alimentos y Medicamentos, y se llama iDoc!

Thorn hizo otro gesto hacia las gigantescas pantallas LED, en las que destellaron las imágenes de tres teléfonos inteligentes de los mayores fabricantes mundiales: Apple, Samsung y Nokia. La pantalla de los móviles mostraba una única aplicación: un cuadrado blanco con una cruz roja en el interior y la palabra «iDoc» escrita en el palo horizontal. George sintió otro estremecimiento que le cortó la respiración. Ya había visto ese icono antes.

—iDoc y su incorporación a la plataforma de aplicaciones para teléfonos inteligentes es fruto de nuestra estrecha colaboración con las principales empresas fabricantes y desarrolladoras de telefonía. El resultado final es la maravillosa integración de internet con la tecnología móvil, la informática cuántica y de nube por medio de nuestro superordenador cuántico D-Wave de última generación, las redes sociales, la medicina genómica digital, los biosensores inalámbricos y las técnicas de escaneo avanzadas. iDoc será el médico del mañana, ¡y ya existe hoy!

»Hemos adquirido los derechos de uso del símbolo de la Cruz Roja Internacional, pues nos parecía esencial utilizar un icono reconocido universalmente. Por otra parte, Fusión

Sanitaria hará un donativo a la organización por cada descarga de la aplicación iDoc. Y eso no será todo. Fusión imitará la Ley de Asistencia Sanitaria Asequible en otro aspecto: la asequibilidad. ¿Cuál, si no? Los usuarios con ingresos de hasta el cuatrocientos por ciento por encima del umbral de la pobreza podrán obtener su teléfono inteligente gratis o con descuento. Los planes de llamadas de los usuarios no cambiarán, pero estos podrán disfrutar de datos ilimitados. Nuestra decisión de sufragar los planes de datos también está inspirada en la ley de sanidad. Todos los que la aplicación genere serán almacenados en nuestros servicios de nube, lo que permitirá una configuración base aceptable con capacidad 3G y un mínimo de treinta y dos gigabytes de memoria. Los usuarios actuales cuyo terminal móvil no cumpla estas especificaciones recibirán gratis uno con mayores prestaciones.

George sintió que un escalofrío le recorría la espalda. Tenía la sensación inequívoca de estar presenciando un acontecimiento histórico. Estaba impresionado por la idea de que un teléfono inteligente hiciera las veces de médico de cabecera, algo sobre lo que ya había reflexionado. La asociación mental que poco antes había establecido entre la presentación de Fusión Sanitaria y el lanzamiento de un producto de Apple se hizo más fuerte. Aquello era muy gordo. También le asombraba que Fusión pudiera asumir todos esos costes sin que su proyecto de negocio dejara de ser rentable. ¿Qué había pasado por alto?

4

George paseó la vista por la sala y los asistentes. Nadie hablaba. Nadie tosía. Nadie se movía. Solo se oían las tenues voces celtas que sonaban de fondo. Dirigió de nuevo los ojos hacia el estrado. Thorn seguía con el rostro vuelto hacia atrás, contemplando las imágenes de los teléfonos inteligentes como un padre orgulloso. Cuando devolvió la mirada al frente, el auditorio prorrumpió en aplausos.

—Reserven su entusiasmo —advirtió Thorn—. No hemos hecho más que empezar. Enseguida oirán las breves presentaciones de otros tres oradores. La primera será la doctora Paula Stonebrenner. —Señaló con un gesto a Paula, y George la miró. Ella se quedó en pie durante unos instantes, inclinando la cabeza hacia el público. Si estaba nerviosa, no se le notaba. Se oyeron algunos aplausos aislados—. Sé que parece demasiado joven para ser doctora en medicina —prosiguió Thorn—, pero les aseguro que lo es. Ella les ofrecerá una visión general de iDoc y sus posibilidades. Es la persona más indicada para esta labor, pues le corresponde el mérito de haber concebido la idea de que un móvil desempeñe el papel de un médico de atención primaria del siglo XXI. Existen múltiples aplicaciones para teléfonos móviles configuradas para realizar varias funciones de asistencia sanitaria, pero fue a la doctora Stonebrenner a quien se le ocurrió el brillante concepto de reunirlas todas en un potente algoritmo destinado a crear un auténtico médico virtual, que estará de guardia las veinticuatro horas del día y brindará un tratamiento personalizado a cada paciente.

—Joder —susurró George para sí.

Notó que la cara se le teñía de rojo. No podía creer lo que acababa de oír, y no sabía si indignarse o sentirse halagado. De pronto comprendió por qué Paula lo había invitado a la presentación. Habían mantenido una conversación sobre el tema años antes. El concepto no se le había ocurrido a ella. ¡La idea de una aplicación que hiciera del teléfono inteligente un médico de atención primaria se la había robado a él!

Cuando George se desplazó a Los Ángeles para iniciar su período de residencia, ya sabía que Paula se mudaría allí también en breve, pero no para trabajar como residente, sino porque le habían ofrecido un empleo en Fusión Sanitaria. Antes de titularse, habían hablado sobre vivir en la misma ciudad. Mientras estaban en la universidad, ella había cursado los estudios conjuntos de medicina y administración de empresas, lo que había dado pie a alguna que otra discusión entre ellos. George opinaba que ella no debería haber solicitado plaza en la facultad de medicina si no tenía intención de ejercer como médico. Había demasiadas personas con vocación que no podían ingresar en la facultad, lo que se traducía en una escasez de médicos de cabecera. Paula, claro estaba, tenía un punto de vista distinto. Sostenía que el sector de la sanidad era tan importante que tenía que haber profesionales que abarcaran todas sus vertientes. Ninguno de los dos convenció al otro.

En cuanto George se estableció en Los Ángeles intentó contactar con Paula varias veces, pero ella no respondía a sus llamadas. Como no tenía ni el número de teléfono de su casa ni su dirección, le dejaba mensajes en la centralita de Fusión. Nunca supo si los había recibido o no. Más tarde, después de un viaje de vuelta a casa emocionalmente agotador por Acción de Gracias en 2011, había hecho un esfuerzo más decidido por localizarla. Su madre, Harriet, había fallecido de forma inesperada mientras él estaba allí, por lo que, tras regresar a Los Ángeles, se sentía muy solo. Aunque nunca habían estado muy unidos, verla morir había sido uno de los episodios más dolorosos de su vida.

Su padre había fallecido cuando George tenía tres años, y su madre había vuelto a casarse cuando tenía cuatro, pero él nunca se había llevado bien con su padrastro. Para colmo, este tenía un hijo tres años mayor que George. Después, su madre y su padrastro habían tenido una niña, y George había acabado sintiéndose desplazado. Durante sus años de instituto, había vivido con su abuela, con quien tenía una relación muy estrecha. Mientras estudiaba medicina, su padrastro murió, y a su madre la obesidad y el tabaco le ocasionaron problemas de salud que acabaron con su vida cuatro días antes de cumplir sesenta y siete años.

Aunque la mañana había transcurrido con normalidad, poco después del mediodía Harriet empezó a respirar con dificultad y a notar un dolor en el pecho. Cuando George sugirió que llamaran a su médico, ella replicó que no tenía. Su médico de cabecera había adoptado el modelo de atención personalizada, que Harriet se había negado a contratar porque la cuota anual le parecía prohibitiva. Al cumplir sesenta y cinco años, intentó en vano encontrar un facultativo que atendiera a beneficiarios del sistema de seguridad social para personas mayores.

Así que aquel fatídico día de Acción de Gracias no había médico al que llamar o acudir. Y ella se negó a ir al hospital. George le suplicó que recapacitara, pero ella lo acusó de entrometerse. Trató de contactar con los médicos locales cuyos datos encontró en internet, pero ninguno respondía al teléfono. Necesitaba que alguien visitara a su madre o la instara a ir al hospital. Mientras él hacía las llamadas, Harriet comenzó a sudar y su respiración se tornó sibilante. George llamó a urgencias. El operador que lo atendió le comunicó que las ambulancias locales estaban todas ocupadas y que enviarían una lo antes posible desde otra población, pero que no podía decirle cuánto tardaría.

Con consternación creciente, observó que su madre se ponía lívida. Consciente de que no podía esperar más, consiguió subirla al asiento trasero de su coche a pesar de sus protestas, y la llevó a toda velocidad al hospital local. Cuando detuvo el vehículo frente al servicio de urgencias, descubrió que estaba cerrado. «Debido a la fusión», explicaba la empresa que había comprado el centro. George condujo tan deprisa como pudo hasta el hospital más cercano, que pertenecía a la misma empresa. Se hallaba a media hora de distancia, y cuando llegó, salió del coche y abrió la portezuela de atrás, su madre ya estaba muerta. La frustración extrema había estado a punto de hacer enloquecer a George. No lloraba a menudo, ni siquiera de niño, pero ese día frío y lúgubre, sentado dentro del coche, se deshizo en lágrimas.

5

Hotel Century Plaza
Century City, Los Ángeles, California
Lunes, 30 de junio de 2014, 10.18 h

George se frotó los ojos con las dos manos para dominarse. Pensar en el fallecimiento de su madre siempre lo trastornaba, y desde la muerte de Kasey el doloroso episodio le venía con más frecuencia a la memoria. Ambos sucesos tenían algo en común: habían acaecido en su presencia.

Tras abrir los ojos y parpadear, miró de nuevo hacia el estrado. Paula se había sentado.

—Me complace presentarles también al doctor Clayton Hanson —decía Thorn, señalándolo.

Hanson, al igual que Paula, se puso de pie mientras sonaba un breve aplauso. Por lo que a la apariencia se refería, no tenía nada que envidiar a Thorn, pues su indumentaria era igual de elegante y de cara que la de aquel. En lo que superaba a Thorn era en el intenso bronceado de su rostro, acentuado por su cabello plateado, y peinado con esmero. Era lo bastante maduro para parecer un hombre ilustrado y a la vez lo bastante joven para atraer a mujeres de todas las edades.

—El doctor Hanson, subdirector de asuntos académicos en el departamento de radiología del centro médico de la Universidad de Los Ángeles, nos explicará a grandes rasgos las funciones avanzadas de obtención de imágenes del iDoc. Pero antes, doctor Hanson, me gustaría que escuchara a Lewis Langley. Nos proporcionará un poco de información técnica sobre el algoritmo del iDoc.

Langley asintió despacio al oír su nombre, pero no se puso en pie. Su aspecto no era en absoluto el del programador típico, pero también estaba a años luz del de los otros hombres con quienes compartía el estrado, ya que llevaba botas de vaquero, unos tejanos negros y una hebilla descomunal bañada en plata y adornada con la cabeza de un toro *longhorn*. Completaba su atuendo una americana negra informal sobre una camisa del mismo color, con el cuello desabrochado.

Durante los minutos siguientes, a George le costó concentrarse en las palabras de Thorn. La evocación inesperada de ese terrible día de Acción de Gracias y de la muerte de su madre lo había alterado mucho. En el viaje de regreso a Los Ángeles, después del funeral, no había podido evitar dar vueltas y más vueltas a la forma en la que la falta de médicos de atención primaria había contribuido a la pesadilla.

Quiso la suerte que la revista del avión incluyera un artículo sobre una aplicación para teléfonos inteligentes que detectaba infartos antes de que se produjeran. Fue eso lo que lo impulsó a plantearse la posibilidad de convertir el teléfono en un médico de cabecera. Ya había seis mil millones de móviles en el mundo, y la tecnología necesaria existía; solo había que canalizarla. Aunque no hizo nada con esa revelación —¿qué podía hacer como residente de primer año?—, se la comentó a Paula cuando por fin consiguió contactar con ella.

Habían quedado para tomar una copa y, tras una conversación trivial, George le contó la triste historia de su madre y le explicó su ocurrencia de que un móvil realizara todas las funciones de un médico de atención primaria. Estaba convencido de que un dispositivo así habría sido una bendición para su madre y seguramente le habría salvado la vida.

Paula, fascinada por la idea, le dijo que era perfecta para Fusión, lo que dejó preocupado a George. Él creía que si alguien debía desarrollarla debía ser el colectivo médico y no una compañía de seguros, pues la aplicación practicaría la medicina de una forma muy real. La reacción de Paula había sido reírse y alegar que el colectivo médico nunca se decidiría a dar ese paso, porque estaba atrasado para afrontar cualquier tipo de competencia y era reacio a abrazar el mundo digital.

Al final, los esfuerzos de George por recuperar el contacto con Paula no salieron como esperaba. Su primer año de residencia lo mantenía tan ocupado que pasó meses sin llamarla y, cuando por fin se decidió, ella declinó la propuesta de verse. No había vuelto a tener noticias de Paula hasta la semana anterior, cuando le había enviado sin previo aviso un mensaje de texto para invitarlo a aquel acto. Que la presentación fuera sobre el uso del teléfono inteligente como médico de cabecera lo había cogido por sorpresa.

George se planteó de nuevo la posibilidad de levantarse y marcharse. Era evidente que ella se había apropiado de su idea sin comentárselo siquiera, aunque solo fuera para agradecerle su contribución. Se removió en su asiento y trató de decidirse. Se inclinó hacia delante con la intención de ponerse en pie e irse. El hombre que tenía al lado incluso se movió para dejarlo pasar, pero George no se levantó. En lugar de levantarse, se arrellanó en el asiento. ¿Qué conseguiría marchándose? Querer desaparecer cuanto antes era una reacción infantil.

Su decisión de quedarse resultó acertada. Thorn se guardaba aún algunas sorpresas.

—Tal como declararemos a la prensa en breve, Fusión Sanitaria se enorgullece en anunciar que estamos a punto de culminar con gran éxito la prueba beta del algoritmo y la aplicación iDoc. Durante cuatro meses, veinte mil personas de aquí, de la zona metropolitana de Los Ángeles, que firmaron estrictos acuerdos de confidencialidad han estado utilizando la aplicación con resultados extraordinarios. Como médico de atención primaria, iDoc ha demostrado ser del todo fiable, mucho mejor que un especialista en medicina general de nuestro sistema sanitario actual. Y esta opinión se desprende de las encuestas realizadas a nuestros participantes. ¡Les encanta!

George tragó saliva con cierta dificultad. Se le había secado el paladar. Había visto la aplicación iDoc en el teléfono de Kasey, pero no sabía qué era, y ella no se lo había dicho. ¡Había participado en la prueba beta de Fusión! La noticia le causó una sensación desagradable en la boca del estómago.

Mientras Thorn pasaba a explicar que iDoc comenzaría a rendir cuantiosos beneficios de inmediato, George sacudió la cabeza con una mezcla de repugnancia y admiración. iDoc iba a dar de lado al estamento sanitario en su conjunto. ¡Estaba a punto de reemplazar a los médicos incluso!

—¡Por favor! —gritó Thorn después de dejar que se prolongara el murmullo de emoción que se había levantado. Saltaba a la vista que estaba disfrutando el momento—. Permítanme una última consideración antes de ceder la palabra a la doctora Stonebrenner para que les explique los detalles técnicos. Tras el éxito de la prueba beta de iDoc, Fusión se dispone a lanzar el programa a escala nacional. Simultáneamente, intentaremos obtener la autorización para su comercialización en todo el mundo, en especial en Europa. Con ese fin hemos entrado en negociaciones con numerosos países, sobre todo con los que poseen una infraestructura inalámbrica extensa y fiable. Puedo afirmar con seguridad que las negociaciones avanzan a buen ritmo. La necesidad de un producto como iDoc es global. Esto, huelga decirlo, pone de manifiesto lo provechoso que puede ser invertir en Fusión Sanitaria. Estamos a punto de llegar a acuerdos con varios fondos de cobertura, pero en el futuro necesitaremos más financiación. Nuestro mercado es global. Nuestro mercado es inmenso. Y ahora cedo el estrado a la doctora Stonebrenner.

Mientras Paula se dirigía al frente, George hizo una búsqueda rápida en internet del significado de «prueba beta». Recordaba haber oído la expresión, pero no habría sido capaz de definirla. Enseguida averiguó que se trataba de un segundo ciclo de pruebas de software en el que este es utilizado por un número limitado pero considerable de usuarios con el fin de determinar el grado de aceptación del producto y, a la vez, intentar identificar y solventar fallos o problemas.

Cuando Paula tomó la palabra, George no sabía cómo sentirse con respecto a que ella se hubiera adueñado de su idea sin siquiera consultarlo. Al mismo tiempo, cayó en la cuenta de que él tampoco la había perseguido precisamente.

—Podemos considerar iDoc como la navaja suiza de la sanidad —decía Paula—. Los sensores acoplables y las sondas independientes que se comunican de forma inalámbrica convertirán el teléfono en un versátil laboratorio móvil. —Mientras hablaba, un vídeo muy elaborado mostraba las prestaciones de la aplicación—. La propiedad de la capacitancia es lo que posibilita a las pantallas táctiles de los teléfonos inteligentes captar el contacto de nuestros dedos. Pero esas pantallas poseen también la capacidad de detectar y analizar cosas mucho más pequeñas, como el ADN o proteínas que le permiten identificar patógenos específicos o marcadores de enfermedades concretas. Al cliente de Fusión le bastará con depositar una muestra de saliva o de sangre en la pantalla táctil para obtener un análisis, y el tratamiento se basará en el historial médico del paciente y en su estructura genómica única. Los últimos grandes avances realizados en nanotecnología, tecnología inalámbrica y biología sintética hacen posible iDoc. Con nuestro superordenador, monitorizaremos en todo momento y en tiempo real una gran cantidad de datos fisiológicos sobre la totalidad de las constantes vitales de todos los usuarios. Las posibilidades son infinitas. El uso de iDoc incluso puede extenderse al terreno de la psicología, pues la aplicación tiene la capacidad de detectar el estado de ánimo del cliente-paciente, sobre todo en casos de depresión, ansiedad o hiperactividad, y después comunicarse con él para ofrecerle consejo inmediato o derivarlo a un especialista en salud mental.

A continuación, Paula pasó a describir cómo la aplicación monitorizaba muchas de aquellas funciones, en particular las que solo se observaban rutinariamente en una unidad de cuidados intensivos, por medio de una pulsera, un anillo o un brazalete dotado de sensores conectados de forma inalámbrica al teléfono. Hizo una demostración de unas gafas especiales que permitían el seguimiento de la función de los vasos sanguíneos y los nervios de la retina, la única ventana auténtica al interior del cuerpo. Explicó que se realizaba un registro continuo de la actividad eléctrica del corazón y que, en caso necesario, el paciente podía utilizar el teléfono como un ultrasonido para estudiar su función cardíaca con solo apretárselo contra el pecho.

Paula calló durante un momento y mantuvo la mirada en el auditorio. Por el silencio general cargado de estupefacción, sabía que contaba con la atención de todos los presentes.

—Muy bien —dijo en tono tranquilizador, cambiando de tercio—. Esto da pie a la pregunta: ¿qué hará iDoc con esta enorme cantidad de datos en tiempo real? Y la respuesta: hará lo mismo que cualquier médico competente y lo hará mejor, mucho mejor. El superordenador de Fusión correlacionará miles de veces por segundo todos los datos con el historial clínico completo del cliente-paciente, su información genómica y la totalidad de los conocimientos médicos disponibles, que se actualizan de forma continua.

Acto seguido, Paula dio un ejemplo concreto y habló de la capacidad de la aplicación para diagnosticar un ataque al corazón, no solo mientras este se producía, sino con una antelación notable, de modo que podía alertar al paciente días antes de que sufriera el infarto. Acto seguido mencionó la utilidad de iDoc para el seguimiento y el tratamiento de enfermedades como la diabetes. La aplicación podía controlar el nivel de glucosa en la sangre en todo momento y liberar, a través de un depósito implantado, la cantidad justa de insulina para mantener los valores de glucemia dentro de la normalidad. A efectos prácticos, iDoc representaba la curación para un diabético.

George se percató de que estaba asintiendo. De inmediato comprendió que Kasey estaba tratándose la diabetes y por qué no le había hablado de ello. Era una mujer de palabra, y sin duda había firmado un acuerdo de confidencialidad. Recordó lo contenta que estaba por haberse librado del fastidioso monitoreo habitual. Incluso sabía que tenía algún tipo de dispositivo implantado. Ahora había descubierto de qué se trataba. Era un depósito como el que Paula estaba describiendo.

Esta finalizó explicando que los depósitos insertados bajo la piel se utilizarían también para tratar afecciones que no fueran de carácter crónico, lo que solucionaría el problema que representaba la dificultad de algunos pacientes para observar las prescripciones médicas.

Pese a su irritación porque, en sus propias palabras, le habían «fusilado» la idea, George estaba cada vez más impresionado por lo que oía. Se notaba que a los demás asistentes les ocurría lo mismo. Paula estaba exponiendo detalles en un lenguaje comprensible, y todos la escuchaban fascinados. A George no le costó entender por qué iDoc sería un magnífico médico de atención primaria, más que nada porque estaría a disposición del paciente las veinticuatro horas del día para responder a sus preguntas sin las molestias de tener que pedir hora, desplazarse hasta la consulta y esperar a que lo atendiera un profesional estresado, distraído, incapaz de encontrar el historial del paciente o, peor aún, que hubiera olvidado la mitad de lo que había aprendido en la facultad de medicina.

—Desde un principio —prosiguió Paula tras otra pausa estratégica—, nuestro propósito era que la interacción con iDoc resultara lo más agradable posible. El cliente-paciente puede escoger el sexo del avatar médico, así como que tenga una actitud más o menos maternal o paternal. Por el momento hay cuarenta y cuatro idiomas, y varios acentos para elegir. También es posible configurar la forma en que el médico iDoc notificará al cliente-paciente cuando quiera mantener una charla con él a raíz de un cambio detectado por la monitorización fisiológica o mental continua.

»Quisiera recalcar que iDoc nunca sufre lapsus de memoria, nunca se cansa, nunca se enfada, nunca se toma vacaciones y nunca ingiere alcohol, analgésicos o sedantes. Por último, los clientes-pacientes pueden poner un nombre a su médico avatar, ya sea inventado o seleccionado de una lista predeterminada. Si no desean tomarse esa molestia, el programa elegirá un nombre para ellos basado en su grupo étnico. Por lo que respecta a la privacidad, si el cliente-paciente tiene el teléfono en modo manos libres, iDoc le preguntará si está solo y si acepta mantener una conversación a micrófono abierto. Por otro lado, guardará una estricta confidencialidad médica, valiéndose de toda la gama de identificadores biométricos.

»Acabo de hacerles un resumen rápido y superficial de las propiedades de iDoc. Utiliza un algoritmo extraordinariamente versátil. Tal como el doctor Thorn ha comentado, la acogida entre los clientes-pacientes que han participado en la prueba beta ha sido excepcional, y ha superado todas nuestras expectativas y esperanzas. A la gente le encanta iDoc. Muchos usuarios nos dicen que no quieren prescindir de él una vez que finalice el período de prueba, y añaden que están ansiosos por compartir su experiencia con amigos y familiares, cosa que tienen prohibida. iDoc ya ha salvado vidas, y ha ahorrado tiempo y molestias a los pacientes que lo utilizan, además de dinero.

Dicho esto, Paula se quedó callada para que los asistentes asimilaran la información.

Cuando todos se percataron de que había terminado, prorrumpieron en aplausos. Paula aguardó unos momentos, disfrutando con la reacción de la concurrencia, antes de pronunciar unas breves palabras de agradecimiento.

George, maravillado, se preguntó cómo era posible que la idea de iDoc no se le hubiera ocurrido a nadie más. Tras la presentación de Paula, le parecía todo muy intuitivo a la luz de la tecnología actual. Observó que Paula regresaba a su asiento mientras el tercer orador se encaminaba al frente del escenario. George intentó captar su mirada, pero ella no volvió la vista en su dirección.

Lewis Langley se dirigió a los presentes durante solo un par de minutos. Incluso desde donde estaba sentado, George alcanzaba a ver que los botones de su entallada camisa de vaquero eran de presión. El pelo largo, que confería a Langley un aspecto rebelde y bohemio, hizo pensar a George que tenía una personalidad creativa en la que predominaba el hemisferio derecho del cerebro, en contraste con sus colegas, que parecían tener más desarrollado el hemisferio izquierdo.

—No voy a robarles mucho tiempo —aseguró Langley con un discordante acento neoyorquino—. Solo quiero destacar tres cosas más allá de lo que ya han oído de boca del señor Thorn y la doctora Stonebrenner. De entrada, y ante todo, el algoritmo iDoc se programó para que fuera heurístico, de manera que pudiera mejorarse a sí mismo con el tiempo por medio del aprendizaje. Durante la prueba beta, ha demostrado con creces esta capacidad. Como apoyo para iDoc, Fusión ha contratado a un gran número de internistas, cirujanos y otros especialistas que se turnan para atender un centro de llamadas equipado con tecnología punta y que permanece operativo día y noche. A cualquier hora hay al menos cincuenta profesionales trabajando.

»Estos médicos ayudan a iDoc en su proceso automático de toma de decisiones, el mecanismo que se activa por defecto cada vez que surge el menor problema. Al principio de la prueba beta, se recibían bastantes llamadas, correspondientes más o menos al veinte por ciento de los episodios. Pero esto cambió enseguida, y durante el período de prueba de tres meses el número de llamadas recibidas por el centro disminuyó en un once por ciento, lo que indica que el algoritmo de iDoc está aprendiendo de verdad.

»El segundo punto que deseo explicarles es que, tras una investigación minuciosa, hemos incorporado al algoritmo de iDoc cuestiones subjetivas importantes, como el dolor y el sufrimiento relacionados con cada opción de tratamiento, así como los resultados posibles, circunstancias que la medicina tradicional no siempre ha tomado en consideración como debería. Otro factor que debía tenerse en cuenta en el algoritmo de iDoc era el económico. Por ejemplo, se recetan medicamentos genéricos siempre que la eficacia sea equivalente a la de los de marca. Pero si uno de marca es superior, es este el que se receta.

»El tercer y último asunto que quería comentar es mi firme creencia de que iDoc dará lugar a una democratización milagrosa de la medicina, algo similar a lo que la Biblia de Gutenberg hizo por la religión. iDoc liberará a los ciudadanos de las garras de los médicos y el estamento sanitario, del mismo modo que la Biblia liberó al pueblo de las garras de los sacerdotes y la religión organizada. iDoc convertirá el paradigma del ejercicio de la medicina en algo personal, lo que significa que, cuando se recete un fármaco, será porque iDoc sabrá que beneficiará al paciente concreto, no porque sepa que beneficia a un cinco por ciento y albergue la esperanza de que el paciente concreto forme parte de ese cinco por ciento. Gracias a esta democratización de la medicina, creo que el lanzamiento de iDoc será un hito tecnológico tanto o más relevante que el desarrollo del ordenador, internet, el teléfono móvil y la secuenciación del ADN.

El doctor Clayton Hanson fue el último en tomar la palabra. Aunque era consciente de que estaba comportándose de un modo ridículo, George se encogió al máximo en su asiento durante la breve charla de su superior. A diferencia de los de los otros oradores, sus comentarios eran pedestres. Habló brevemente sobre las funciones de obtención de imágenes de iDoc, en especial de unos ultrasonidos que se utilizaban en conjunción con un transductor inalámbrico manual. Puso como ejemplo los análisis de la función cardíaca que podían realizarse desde la intimidad del hogar. Hasta la fecha, dichos análisis requerían múltiples visitas al hospital y tenían un coste de miles de dólares. Lo que quería dejar claro era que iDoc no solo era mejor médico de atención primaria que un profesional de carne y hueso, sino que iba a ahorrar a la sociedad una ingente cantidad de dinero, tanto a corto como largo plazo.

En cuanto Clayton terminó y tomó asiento, Thorn se acercó de nuevo a la parte anterior del estrado.

—Gracias a todos por su asistencia. Antes de iniciar el turno de preguntas, me gustaría recordarles que celebraremos una recepción y un almuerzo bufet en el restaurante situado en la planta baja de esta torre justo después de nuestra presentación, para que todos tengamos la oportunidad de charlar en persona. Muy bien, ¿quién es el primero?

Varias manos se alzaron. Se palpaba el entusiasmo en la sala.

6

Hotel Century Plaza
Century City, Los Ángeles, California
Lunes, 30 de junio de 2014, 11.00 h

George bajó en ascensor a la primera planta y se encaminó a la entrada del restaurante junto con varios de los asistentes al acto. Estaba absorto en sus pensamientos, intentando decidir qué hacer a continuación. Sabía que debía regresar al hospital, pero no podía desaprovechar la oportunidad de hablar cara a cara con Paula, aunque al hacerlo se arriesgaba a que Clayton lo viera. Para justificarse, se dijo que no estaría mucho rato allí y que no había recibido mensajes de texto o llamadas de Claudine Boucher, por lo que sin duda todo iba bien en la unidad de resonancia magnética. Esto no lo sorprendía, pues Claudine se encontraba entre los residentes más capacitados y era su último día de rotación en radiodiagnóstico, así que lo tenía todo controlado al cien por cien.

Tras entrar en el restaurante, alquilado por Fusión para su uso privado, se acodó sobre la barra y pidió una Coca-Cola Light. Ingerir cafeína también suponía un ligero riesgo, puesto que ya se había tomado un café, pero... ¡qué diablos! Aquel día se sentía intrépido. Bebida en mano, se dirigió a un rincón de la sala a esperar que Paula apareciera. Quería evitar conversar con desconocidos, en la medida de lo posible. Lo cierto era que no podía sacudirse el complejo de inferioridad ante aquellos triunfadores magos de las finanzas. Formaban parte del mundo real, un terreno ajeno al hospital en el que tenía poca experiencia.

Avistó a Paula cuando entró con los otros oradores. Se oyeron algunos aplausos. Resultaba evidente que la presentación había producido una reacción muy positiva. Por suerte para George, Clayton se separó de inmediato del grupo con la mira puesta en una atractiva mujer con un caro traje de ejecutiva. Armándose de valor, George se acercó a Paula. Al analizar la situación en busca de una oportunidad para presentarse, advirtió que ella estaba aún más guapa de cerca y que se encontraba en su elemento en aquel ambiente tan extraño para él. Se preguntó qué habría sucedido entre ellos durante su primer año en la facultad de medicina si él no hubiera sido un idiota inmaduro. En ese momento Paula alzó la mirada, lo vio y sonrió de oreja a oreja. Envalentonado por la sonrisa, George fue directo hacia ella.

—¡George! —exclamó la joven—. ¡Has venido!

—Hola, Paula. —Le tendió la mano, pero ella lo desarmó atrayéndolo hacia sí y plantándole un beso en la mejilla. Su alegría de verlo parecía sincera. Sin soltarle la mano, miró alrededor y localizó a Bradley Thorn, que estaba saludando a alguien detrás de ella—. Disculpa, Bradley. Quiero presentarte a un buen amigo mío de la facultad de medicina de Columbia, George Wilson.

Thorn examinó a George por encima de sus medias gafas. Sostenía en las manos una de las hojas de cálculo de Fusión.

—George, te presento a Bradley Thorn, mi jefe. George es residente de radiología en el centro médico de la Universidad de Los Ángeles, ¡lo que lo convierte en un empleado nuestro!

—Mucho gusto —contestó Thorn—. Disculpadme.

Apartó la vista de George y la posó en un famoso presentador de la CNBC que se hallaba cerca.

Paula sonrió a George y se encogió de hombros.

—Lo siento. Ahora mismo no puede pensar más que en los negocios.

Le dedicó otra sonrisa radiante, visiblemente embriagada aún por el éxito de la presentación.

—No pasa nada. Lo entiendo.

George no quería que Paula se pusiera a la defensiva.

—Me alegro mucho de que hayas venido —dijo ella—. ¡Gracias!

—Yo también. He tenido la suerte de poder escaparme —explicó George, un poco menos nervioso y con menos ganas de discutir ahora que estaba hablando con Paula—. Es el último día de la rotación de este mes, así que la residente a la que superviso trabaja sola sin ningún problema. Mañana todo será distinto. Uno de julio. Me pondrán al cargo de uno o más residentes de primer año. Ya te imaginarás lo que eso significa.

Paula lo contempló con perplejidad.

—Uno de julio. En todo el país, el primer día de residencia para recién salidos de la facultad, ¿recuerdas?

Intentaba refrescarle la memoria respecto a todos los requisitos que había que cumplir para convertirse en un especialista con todas las de la ley.

—Ah, sí. En otras palabras, el mes más mortífero del año para los pacientes.

Paula soltó una risita, aunque la afirmación no dejaba de ser cierta. Ambos sabían que la mortalidad en los hospitales alcanzaba su máximo en julio, cuando miles de residentes nuevos comenzaban a atender a los pacientes.

—Estaré en urgencias durante el mes siguiente... A partir de mañana, de hecho —continuó George—, supervisando a algunos novatos. Es mi último año como residente. Por fin podré hincharme a ganar dinero.

Aunque su intención era decirlo en tono de broma, no lo consiguió. La expresión de Paula lo dejaba claro.

Ella lo observó unos instantes, tomando nota de su nerviosismo.

—Gracias de nuevo por venir, George. Para mí era importante que estuvieras aquí. Bueno... ¿qué opinas de iDoc?

—Creo que es una aplicación increíble. Un auténtico cambio de paradigma, tal como lo anunciáis. Ojalá la idea fuera mía —añadió sin despegar los ojos de ella.

—Y lo es. No creas que lo he olvidado. Por eso quería que vinieras a la presentación, para que vieras que tu idea no se quedó en el aire, sino que se está haciendo realidad. ¡Está cristalizando!

Eso desconcertó a George, que no esperaba una respuesta tan sincera.

—El proyecto ha requerido un volumen de trabajo enorme —prosiguió ella—. Se han invertido decenas de miles de horas. Y millones y millones de dólares. Pero lo hemos logrado. Es la solución, George, para una mejor atención a precios más bajos. Es algo que la Ley de Asistencia Sanitaria Asequible jamás habría conseguido por sí sola.

George se quedó sin habla. Estaba convencido de que tendría que discutir con Paula para que le reconociera el mérito de haber concebido la idea.

—¿Tienes pasta?

—¿Cómo dices? —preguntó George descolocado.

—Perdona por expresarlo así. Lo que quería decir es que, si tienes ahorros, inviértelos en acciones de Fusión. Su precio se pondrá por las nubes. Y esto no es abuso de información privilegiada. Quizá si te lo hubiera dicho ayer, lo sería, pero no después de la presentación de hoy ante la comunidad de inversores. Me he endeudado hasta las cejas para adquirir opciones sobre acciones y...

—Soy médico residente, Paula —replicó George con voz

serena—. Gano un poco menos de cincuenta y cinco mil dólares al año con una semana laboral de ochenta horas, e intento pagar mi deuda estudiantil mientras costeo la residencia asistida de mi abuela. Las opciones sobre acciones no son una opción para mí, valga la redundancia. No me cabe duda de que, como supongo que tienes un sueldo bastante más alto, puedes permitirte ese lujo, pero yo no.

Paula retrocedió un paso, como si le hubiera arrojado un cubo de agua helada.

—Oye, solo intento comportarme como una amiga, y encima mostrarte mi agradecimiento. Desde luego, no pienso pedir perdón por el paquete de prestaciones del que disfruto, si es eso lo que pretendes. Me gano el sueldo a pulso y, como se demostrará con el tiempo, hago un trabajo valioso, no solo para mis superiores, sino también para la ciudadanía en general. Gracias a eso, las acciones de la empresa subirán... considerablemente. —Hizo una pausa—. Todos tomamos decisiones en la vida, George. Yo estoy satisfecha con las mías. Tú deberías estarlo con las tuyas.

George no supo qué contestar. Su sensación de mediocridad ante el éxito de Paula había cedido el paso a la irritación ante su arrogancia, pero la franqueza de sus palabras lo había dejado sin argumentos.

—¡Eh! ¿Te acuerdas de cómo discutíamos porque te parecía un despilfarro que yo estudiara el programa conjunto de medicina y administración de empresas? —preguntó Paula, de nuevo en un tono distinto, nostálgico y socarrón.

—Es evidente que esa discusión la has ganado tú —reconoció George.

Paula se echó a reír, sin duda más relajada, y lo tomó del brazo para guiarlo hacia un rincón tranquilo de la sala.

—Oye, dejemos el tema. Somos amigos. ¿Por qué no te pasas un día por mi casa? Podríamos contarnos cómo nos ha ido la vida en un entorno más... personal.

—Pues... —George titubeó; Paula había vuelto a desconcertarlo.

—Venga. He comprado la casa hace poco y apenas he tenido tiempo de estrenar la piscina.

—No sé si deberíamos...

—¿Qué? ¿Rememorar los viejos tiempos? La verdad, George, es que no tengo muchos amigos por aquí. Colegas, sí, tengo un montón. Pero he estado trabajando sin parar, veinticuatro horas al día... Los dos sabemos lo que es eso. Me he dado cuenta de que necesito juntarme con gente con la que pueda relajarme, con quien no esté compitiendo por llevar a cabo un proyecto determinado. No he hecho muchas amistades así aquí. —Soltó otra carcajada—. En realidad, no he hecho ninguna por el momento. En fin, ¿qué me dices? Sin compromiso.

George le escrutó el rostro. Le dio la impresión de que le hablaba con sinceridad. Al parecer, no gozaba de una gran vida social. Pero la de él tampoco era para tirar cohetes.

—Claro —contestó.

La vulnerabilidad de Paula no solo lo atraía; era lo que la salvaba de resultar insoportable.

—¡Genial! Te enviaré un mensaje con mi dirección. Vivo en Santa Mónica. ¿Qué te parece el sábado a la una del mediodía?

—Bueno... Tengo el sábado libre —admitió George.

—Será una cita entre amigos, tenlo presente. Lo otro ya lo intentamos, y no salió bien. Y... te pongo otra condición: tendrás prohibido mencionar a Pia Grazdani. No quiero ni oír su nombre. ¿Trato hecho? —afirmó antes de esbozar una sonrisa. Una sonrisa cálida y franca.

—Trato hecho —dijo George.

La calidez de Paula resultaba contagiosa. Acrecentó sus ganas de estar con ella.

—Incluso puedo pasar a buscarte, si quieres. La empresa, en su infinita sabiduría, me ha facilitado un Porsche Carrera nuevo y reluciente en señal de agradecimiento por desarrollar el iDoc. —Sonrió otra vez.

Arrastrando los pies adelante y atrás, George cambió de tema.

—¿Tan bueno es de verdad el iDoc? Es decir, habéis hecho algunas afirmaciones bastante contundentes durante la presentación. ¿No exagerabais un poco para convencer a los inversores potenciales?

—No exagerábamos en absoluto. iDoc es fantástico de verdad. Quizá incluso mejor que como lo hemos descrito. En realidad, para serte sincera, nos hemos quedado cortos.

—¿En qué sentido?

—Bueno, por ejemplo... ¿Cómo te las arreglas para convertirme en una bocazas descarada? —No esperaba una respuesta a su pregunta, y George notó que le había agarrado el brazo de nuevo—. El grupo de probadores beta utiliza teléfonos móviles como el que tienes en la mano, don Nomofobia.

—¿Nomofobia? —indagó George—. ¿Qué diantres es eso?

—Es el miedo a no estar conectado a través del teléfono móvil.

En efecto, George tenía el móvil en la mano. Lo había puesto en silencio, pero también en modo vibración, por si Claudine le enviaba un mensaje.

—Lo que hemos omitido en la presentación es una solución que hemos descubierto durante la prueba beta de iDoc. El problema de los teléfonos inteligentes es... Bueno, más que un problema, es un inconveniente que podría llegar a convertirse en un problema: la duración de la batería. iDoc, con sus numerosos sensores inalámbricos, permanece activado en todo momento. La batería se agota rápidamente. Los probadores beta tenían que cargarla con frecuencia, tres veces durante el día y otra más durante la noche, mientras dormían. Aunque no es un impedimento determinante, resulta incómodo.

—¿Y qué solución habéis encontrado?

—El grafeno —susurró Paula.

—¿El grafeno? —repitió George también en voz baja—. Nunca había oído hablar de eso.

—Se conoce desde los años sesenta. No se trata de información confidencial, pero prefiero que quede entre nosotros porque estamos presentando iDoc a los inversores tal como funciona en la actualidad, no como funcionará en el futuro. El caso es que no es ningún secreto que hemos establecido una colaboración estrecha con los mayores fabricantes de teléfonos inteligentes del mundo. Descubrimos por casualidad las posibilidades que este material ofrece. La UCLA desarrolló un proceso para elaborar un medio de almacenamiento de energía no tóxico y de alto rendimiento: el grafeno. La tecnología necesaria para ello es sencilla, y Fusión los ha ayudado en sus esfuerzos por encontrar la manera de producirlo en masa con pequeños electrodos impresos.

—Me he perdido.

—Es un supercondensador. Tarda mucho menos en cargarse que una batería química. Es de alta densidad, es decir, puede almacenar muchísimos electrones, y es posible fabricarlo del grosor de un átomo. En resumen: esta tecnología permitirá cargar un teléfono móvil, del cero al ciento por ciento de su capacidad, en un segundo. Ni uno más.

—¿En serio?

—Como lo oyes. Los modelos de móviles con baterías con componentes de grafeno empezarán a producirse en otoño. —Miró a su alrededor para cerciorarse otra vez de que nadie pudiera oírlos—. Eso sí que es un secreto, en cierto modo. Como copropietarios de la patente de esa tecnología, hemos pedido a los fabricantes que no divulguen información sobre ella hasta que demos a conocer iDoc al gran público. Queremos promover la impresión arrolladora y generalizada de que iDoc es algo revolucionario. Que la innovación tecnológica de las baterías coincida con el lanzamiento de iDoc reforzará la convicción de los inversores de que hemos entrado en un nuevo paradigma. Además, contribuirá a que las personas que no son usuarias de teléfonos inteligentes vayan a las tiendas a comprarse uno.

—¿Y si alguien no puede permitirse un móvil nuevo?

—Le ofreceremos ayudas. O, para ser más exactos, se las ofrecerá la reforma sanitaria de Obama. Eso también supone una ligera pega.

—¿Cómo podrá...?

—A todos los probadores beta les ha encantado iDoc, George. Es mejor que un facultativo de carne y hueso. Por todas las pequeñas consultas que los pacientes querrían hacer a su médico y no pueden, porque él no está disponible. La buena acogida de iDoc fue inmediata. Cambiará la medicina. Nos interesa la salud, no la enfermedad, tal como ha dicho Bradley en la presentación. Te daré un ejemplo personal de cómo funciona esto. Hace unos días me desperté con dolor de garganta. Mi primera reacción fue pensar que podía ser una infección por estreptococos, pues a una amiga se la habían diagnosticado. Deposité una muestra de saliva en la parte indicada de la pantalla táctil de mi móvil y pedí un análisis a iDoc. Al cabo de unos segundos, en efecto, la aplicación detectó estreptococos en mi flora bucal. Acto seguido envió una receta por correo electrónico a la farmacia más cercana a mi casa, y cuando llegué ya tenían el pedido preparado. Después, sin que yo lo hubiera programado para ello, iDoc se ponía en contacto conmigo a intervalos regulares para realizar más análisis de saliva. Aunque a mí se me hubiera olvidado, iDoc se acordaba.

—Pero ¿qué hay del centro de llamadas? ¿No es hacer trampa tener a médicos de verdad como equipo de apoyo?

—Para nada. iDoc ha estado aprendiendo. Y a una velocidad increíble, como ha explicado Lewis Langley. Ahora el programa recurre al equipo de «médicos reales» con mucha menos frecuencia que al principio del período de prueba beta.

—¿Dónde está ese centro de llamadas?

—En la sexta planta del edificio de al lado, que alberga la sede de Fusión. ¿Te gustaría verla? Te la enseñaré encantada.

Estaba pletórica. Su tendencia a alardear empezaba a dominarla.

—¿No tendrías que quedarte aquí?

George señaló con un gesto a la multitud de inversores.

—No. La triste realidad es que, a la hora de la verdad, estos tipos de los fondos de cobertura prefieren hablar con un hombre antes que con una mujer. No tienen ningún problema en charlar de banalidades conmigo y tirarme los tejos, pero reservan para Bradley las conversaciones serias sobre inversiones. Me temo que creen que soy una especie de figura decorativa de la empresa.

George la estudió con detenimiento. No daba ninguna muestra de sentirse ofendida ante aquella actitud machista. Solo parecía estar constatando una realidad.

—De acuerdo, ¡por qué no! —exclamó George.

George siguió a Paula hacia el interior de una de las torres Century. Era un edificio moderno, de líneas puras y de tecnología punta, que rebosaba prestigio. Paula le recordó que además tenía un apodo siniestro, la Estrella de la Muerte, en referencia al arma más poderosa del Imperio galáctico de *La guerra de las galaxias*. El sobrenombre no tenía nada que ver con Fusión, sino con el vestíbulo de la torre, que guardaba un parecido asombroso con el interior de la estación espacial que salía en las películas y con el hecho de que la principal agencia de talentos de Hollywood, tan hermética y poderosa que literalmente aterrorizaba a la gente, incluidos muchos de sus clientes, se había instalado en el edificio. Según Paula, a Thorn no le molestaba ese nombre; por el contrario, esperaba que sus cualidades evocadoras motivaran a los empleados y los comerciales a guardarle lealtad. Era una fantasía, por supuesto, pero a Thorn le gustaba dejarse llevar por ella de vez en cuando.

Paula guió a su acompañante a través del gigantesco vestíbulo de mármol blanco hasta la recepción. Una vez allí, pidió al empleado que registrara a George como visitante. Con la tarjeta de identificación en mano, se dirigieron hacia los ascensores, donde dos guardias corpulentos e intimidatorios los miraron de arriba abajo.

—Sí que se toman en serio el tema de la seguridad —observó George por lo bajo mientras entraban en un ascensor.

—No lo sabes tú bien —confirmó Paula.

Tras salir del ascensor, tuvieron que mostrar sus identificaciones a otra pareja de guardias que custodiaban la entrada del centro de llamadas. Pese a que, evidentemente, conocían a Paula, echaron un vistazo a su tarjeta y la escanearon junto con la de George. El lugar en el que entraron a continuación parecía un centro de llamadas atiborrado de esteroides. Era un espacio enorme dividido en cómodos cubículos por medio de mamparas gruesas de vidrio de dos metros de altura. Una mujer o un hombre, arreglados y con bata blanca, ocupaba cada despacho, que contenía asimismo una elegante mesa de cristal y una silla ergonómica. Y ya está. Ni un objeto más. No había ordenadores, monitores, auriculares, papeles ni bolígrafos a la vista. Nada, salvo alguna que otra taza de café. Lo que sorprendió a George fue que las mamparas funcionaban como pantallas de ordenador. Los teclados eran virtuales, una proyección sobre las superficies de vidrio. Vio imágenes de expedientes médicos que se sucedían con rapidez. También se proyectaban videoconferencias tipo FaceTime con pacientes. Los operadores ampliaban las imágenes deslizando los dedos sobre su mesa. George advirtió que algunos médicos examinaban resonancias magnéticas y radiografías de órganos internos y estructuras óseas por medio de una especie de holograma 3D. Podían manipularlas y hacerlas girar. El sistema de reconocimiento de voz les permitía enviarse mensajes unos a otros. Estaba asombrado.

A Paula no le pasó inadvertida su estupefacción.

—¿Qué narices...?

—No está mal, ¿eh? Hemos combinado la tecnología de última generación con el trabajo de un par de escenógrafos de Hollywood y... *voilà*!

—Tony Stark.

—¿Cómo dices?

—*Iron Man*. Me recuerda a esa película.

Se sentía literalmente transportado al futuro.

—Tiene gracia que lo comentes pues, como ya te he explicado, contratamos a unos escenógrafos de Hollywood para que nos ayudaran con el diseño. —Comenzó a señalar mientras hablaba—. Cada cubículo tiene altavoces instalados, por lo que no hacen falta auriculares. Hay cámaras empotradas en las paredes de vidrio para las conversaciones cara a cara entre médicos y pacientes. Por eso llevan bata blanca. La profesionalidad es esencial para que los pacientes tengan confianza en el sistema. Incluso contamos con una sala de peluquería y maquillaje. Todos los médicos están colegiados y trabajan turnos de solo cuatro horas para garantizar que estén siempre descansados y en plena forma mental. Los aparatos de aire del techo eliminan los sonidos de las voces para evitar el ruido de fondo y proteger la privacidad. Los historiales clínicos y las constantes vitales actualizadas se muestran en las paredes, como ves. Los médicos manejan las imágenes o los archivos que desean examinar por medio de los controles táctiles de sus mesas. Además, pueden ampliar o seleccionar imágenes, así como añadir notas, con solo unos toques. La tecnología holográfica 3D les permite estudiar y evaluar mejor las afecciones antes de diagnosticarlas.

George se fijó en un hombre y una mujer jóvenes con atuendos futuristas similares a los que había visto en la presentación, que llevaban bebidas a varios cubículos. Paula siguió la dirección de su mirada.

—También nos interesa que la experiencia de los médicos sea lo más agradable posible —dijo—. Así que, entre otras cosas, pueden pedir bebidas siempre que quieran. Los alimentos no están permitidos, no obstante. Para eso disponemos de un comedor. Wolfgang Puck se encarga del menú. Es bastante bueno.

—Ya me lo imagino.

—Los médicos pueden tomarse descansos cuando lo necesiten. Aquí nadie tiene que fichar. Ganan, en promedio, un veintitrés por ciento más por hora que un especialista médico medio. Por otro lado, su nivel de estrés es mucho más bajo, porque no tienen que preocuparse de llevar una consulta.

George paseó la mirada por la habitación.

—¿Dices que todos los médicos están colegiados?

Se percató de que, en efecto, se les veía bastante animados. Quienes hablaban con pacientes lo hacían sonrientes.

—Así es. En su mayoría son internistas y, en menor medida, pediatras y gineco-obstetras. También contamos con algunos cirujanos generales, ortopedas, otorrinos y dermatólogos. Un internista general atiende las consultas de los usuarios de iDoc y las deriva a los especialistas.

George estaba indignado. Aunque la sala le parecía más que asombrosa, tenía la impresión de que allí se reducía a los médicos a meros operadores de un centro de llamadas con pretensiones.

—iDoc no funcionará —soltó de repente, sin pensar y sin saber muy bien el motivo.

—¿Por qué? —preguntó Paula, extrañada, en un tono tan agrio como un bocado de uvas sin madurar.

George se arrepintió en el acto de haberlo dicho, pero no podía echarse atrás. Aun así, el mal ya estaba hecho, y decidió lanzarse de cabeza.

—Desde mi punto de vista, hay dos problemas importantes —reflexionó en voz alta—. Para empezar, está la falta de contacto humano, que, a pesar de lo que tenéis aquí —dijo, haciendo un gesto amplio con el brazo—, no puede sustituirse por lo que vendría a ser un robot a la hora de atender una urgencia. En segundo lugar, está la cuestión de la confidencialidad, que es muy seria. La gente llevará siempre encima su historial médico completo, que podría convertirse en objetivo de los piratas informáticos o incluso filtrarse por error.

—El contacto humano no es imprescindible —repuso Paula sacudiendo la cabeza—. La reacción de veinte mil personas durante la prueba beta así lo ha demostrado. No es precisamente una muestra pequeña. iDoc ha obtenido una aceptación extraordinaria. Además, ha reducido el número de citas médicas de rutina y las visitas a urgencias en un portentoso cuarenta y cinco por ciento. Ninguno de los probadores beta se ha quejado por la falta de contacto humano. En cambio, han elogiado una y otra vez la facilidad de uso y la disponibilidad las veinticuatro horas. Poder consultar a su médico iDoc en el momento más cómodo para ellos y todas las veces que creyeran necesarias estaba por encima de cualquier otra consideración. Piénsalo bien: un ciudadano medio recibe menos de una hora al año de atención cara a cara con su médico de atención primaria. ¿Eso es lo que tú llamas contacto humano? Yo lo llamo estar desaparecido en acción. La disponibilidad se impone sobre las demás cuestiones. En los últimos años, los médicos se han vuelto cada vez más inaccesibles. El correo electrónico podría facilitar las cosas, pero la mayoría de los facultativos hace un uso tan limitado de él que no sirve de mucho.

George abrió la boca para hablar; no obstante, no se le ocurrió ninguna réplica racional.

Intuyendo que había demostrado tener razón, Paula siguió adelante.

—En cuanto a la piratería informática, iDoc utiliza la tecnología de cortafuegos más avanzada que existe. Por otro lado, creemos que la privacidad ya no es un tema tan relevante. En una época en la que el cien por cien de la población puede acceder a un seguro de salud y las enfermedades preexistentes ya no suponen un impedimento para ello, la importancia de la privacidad disminuye. En cuanto a tu último argumento, el de las filtraciones accidentales, la aplicación iDoc tiene un control de acceso biométrico. Para conectarse, el usuario debe colocar el dedo sobre el lector de huellas. La sesión caduca después de sesenta segundos de inactividad. Y eso solo en el primer nivel. iDoc utiliza el reconocimiento de voz antes de responder a preguntas o divulgar información personal. También se vale de la tecnología EyeVerify, que analiza los vasos sanguíneos del iris del usuario para comprobar su identidad. Su precisión es similar a la de los lectores de huellas digitales. Además, como iDoc monitoriza las constantes vitales, conoce en todo momento la situación del usuario respecto al teléfono. Por último, iDoc es una aplicación basada en la nube. Muy poca información médica personal se almacena en el propio teléfono, y los datos que sí se guardan están encriptados. O sea, que si alguien roba el móvil a un cliente, no podrá extraer gran cosa de él. Por otra parte, podemos borrar a distancia la memoria del teléfono si un paciente nos informa de un robo o en caso de defunción, cuando iDoc detecta el cese de las constantes vitales.

George se quedó callado. Era verdad que parecían tenerlo todo bien pensado y resuelto. Aún se resistía a creer que iDoc fuera tan bonito y perfecto, pero no se le ocurría nada razonable que objetar.

—El trabajo de un médico de aquí, del centro de llamadas, no se diferencia tanto del de un radiólogo como tú. Ambos os dedicáis a interpretar datos generados por la tecnología.

Sin hacer caso de ese comentario, George se adentró en un terreno en el que se sentía más seguro.

—Estáis desvirtuando lo que significa ser un médico al eliminar de la ecuación al facultativo de atención primaria y asumir vosotros su papel. Y con «vosotros» me refiero a Fusión, una compañía de seguros. ¿Cuándo estudiaron medicina los ejecutivos de la empresa?

Paula clavó la mirada en él, con los labios fruncidos.

—Un equipo de élite formado por los mejores médicos del país aportó sus conocimientos y su experiencia al desarrollo de nuestro algoritmo. Además, iDoc tiene a su disposición todo el saber médico conocido y documentado: libros de texto, estudios de laboratorio, artículos en publicaciones especializadas. En otras palabras, es el médico más instruido del mundo, que no olvida nada y se pone al día constantemente. Por si fuera poco, posee la ventaja añadida de controlar las constantes vitales en tiempo real. Puede cotejar esos datos con el historial clínico completo del paciente en menos de dos décimas de segundo. Es capaz de comparar cualquier tipo de información nueva, como los resultados de unos análisis, con los antecedentes del paciente y el corpus médico, y emitir un diagnóstico en menos de medio segundo. No te ofendas, George, pero si como paciente tuviera que elegir entre iDoc y tú, elegiría a iDoc.

—Vaya... —George se aclaró la garganta—. Agradezco tu sinceridad. Lo has dejado muy claro.

Más que ofendido, estaba sorprendido por su franqueza. Si iDoc era la mitad de bueno de lo que proclamaban, Paula tenía razón.

Pensando en que a partir del día siguiente trabajaría una temporada en urgencias, decidió preguntar qué protocolo seguía la aplicación.

—¿Cómo funciona cuando uno tiene que ir a urgencias?

—Es muy sencillo. Si el hospital es propiedad de Fusión Sanitaria, cosa bastante probable ya que hemos adquirido varias corporaciones de centros sanitarios, pronto tendrá con nosotros una conexión inalámbrica integrada y automática. Cuando un paciente entre en uno de nuestros hospitales por recomendación de iDoc, la aplicación ya habrá avisado al personal. En teoría, el cliente-paciente ni siquiera tendrá que hablar con un empleado; podrá llegar y sentarse. Los profesionales adecuados, que habrán sido advertidos de su llegada, podrán localizarlo por medio de GPS y reconocimiento facial. El personal sanitario sabrá por qué el individuo está allí, bien por los valores de sus constantes vitales y su historial clínico, bien porque se le ha comunicado el motivo por el que el paciente solicitó ir a urgencias. iDoc transmitirá esa información por las vías correspondientes. En esencia, se derivará al usuario en el momento en que entre en las instalaciones. Si el hospital no pertenece a Fusión, el médico de iDoc contactará directamente con el de la sala de urgencias para explicarle qué atenciones necesita el paciente, o bien podrán descargarse el historial clínico y los signos vitales a un dispositivo de mano que Fusión facilitará al servicio de urgencias. A continuación, podrá introducirse la información en el sistema informático del hospital para que el personal de urgencias acceda a ella. La descarga a dispositivos de mano es el sistema que utilizan los probadores beta.

George intentó pensar otras razones por las que el iDoc no funcionaría tan bien como Paula creía, pero no se le ocurrió nada. Aunque no estaba muy seguro de por qué esperaba que el sistema fracasara, supuso que tenía algo que ver con que lo veía como un competidor. Optó por cambiar de tema.

—¿De verdad eres usuaria de iDoc, o has contado esa historia sobre los estreptococos solo para impresionar?

—Ya lo creo que soy usuaria de iDoc, y me encanta, como a todo el mundo.

—¿Me lo dejas ver?

—¿No te preocupa infringir las normas de confidencialidad? —se mofó Paula mientras sacaba el teléfono y abría la aplicación; sujetó el móvil a unos treinta centímetros de su rostro, con la pantalla hacia ella.

—¿Cómo están hoy mis constantes vitales? —preguntó.

—Hola, Paula —respondió una voz femenina nítida pero afectuosa, con un ligero acento británico—. Tienes el teléfono en modo manos libres. ¿Puedo continuar?

—Sí. Lo dejaremos en modo manos libres. —Miró a George y colocó el móvil de modo que él pudiera ver la pantalla. En ella aparecía la imagen animada de una mujer atractiva con bata blanca de médico—. Siempre me han chiflado los acentos británicos —susurró a George—. Me parece que destilan autoridad y seguridad.

—Excelente —contestó la doctora iDoc a la autorización de Paula de seguir adelante—. Tus constantes vitales son normales, pero hace cerca de una hora se han detectado signos de ansiedad, no lo bastante intensos para ponerte sobre aviso, pero sí para notificarme que ocurría algo fuera de lo normal. También que no dormiste de forma ininterrumpida anoche. Tus períodos de sueño profundo fueron más cortos de lo habitual. ¿Cómo te encuentras?

—Mucho mejor. Estaba nerviosa por la presentación importante que tenía que hacer esta mañana. Debería haberte avisado.

—Es cierto que prefiero contar con toda la información posible con antelación.

—De acuerdo. Adiós. —Paula cerró la aplicación.

George sonrió, impresionado. Aquella breve interacción le había parecido de una cordialidad excepcional.

—Fantástico. Mucho mejor de lo que imaginaba.

—El programa es heurístico, como habrás oído en la presentación. Hasta tal punto que mi avatar de iDoc ha estado aprendiendo a tratarme como me gusta. Que yo recuerde, ninguno de mis médicos de cabecera se molestó en intentarlo.

—En eso no te falta razón. —George echó un vistazo a su reloj—. Tengo que volver al hospital.

—Te acompaño afuera. Tengo que reunirme con los posibles inversores.

Se dirigieron juntos hacia el ascensor.

—Ojalá tu madre hubiera tenido iDoc —murmuró Paula cuando las puertas se cerraron.

El comentario sorprendió a George.

—Gracias. Opino lo mismo.

Cayó en la cuenta de que su madre quizá seguiría con vida si hubiera contado con un dispositivo así.

—Durante la fase de desarrollo, incluí una prueba que bauticé con el nombre de «Harriet», en honor a tu madre.

George se volvió y escrutó el rostro de Paula. No supo qué responder; reconoció que era un gesto de lo más generoso. Paula estaba llena de sorpresas aquel día.

—Además, insistí en que se añadiera un programa contra la adicción a ciertas drogas, el alcohol y, sobre todo, los cigarrillos, para que iDoc detectara de inmediato su consumo por parte del usuario. La idea no era que la aplicación tomara medidas cuando el paciente bebiera una copa de vino o algo así, sino cuando alcanzara niveles determinados o adoptara hábitos de consumo excesivo.

Aunque a George le había conmovido que Paula hubiera pensado en su madre, no podía evitar que la aplicación le diera mala espina.

—¿Eso no resultaría más bien irritante? Algunos podrían verlo como una especie de Gran Hermano.

—Estoy segura de que habrá a quien le resulte irritante, pero en ese caso puede rechazar la conversación. Si lo hace, iDoc no continuará hostigándolo. Sin embargo, eso no es lo que ha ocurrido durante la prueba beta. De hecho, varios de nuestros fumadores han logrado dejarlo. La intervención inmediata en cada episodio parece ayudar a mucha gente. Los pacientes son incapaces de ocultar sus hábitos a iDoc, porque busca agentes nocivos en todo momento.

—Supongo que eso puede ser útil —admitió George, preguntándose si habría servido para que su madre renunciara al tabaco, pero lo dudaba. Harriet simplemente habría cerrado la aplicación—. En fin, gracias por la visita guiada —dijo mientras atravesaban el vestíbulo—. Y por invitarme a la presentación.

Durante unos instantes se planteó comentar que Kasey había participado en la prueba beta y que tal vez había muerto porque su teléfono estaba cargándose, pero se calló. No quería pensar en Kasey, y mucho menos hablar de ella con Paula.

—¿Estás conforme con todo esto?

Paula intuía que George se sentía un poco abrumado.

—¿Importaría mucho que no lo estuviera?

—A mí me importaría. Como ya te he confesado, la conversación que tuvimos hace unos años fue lo que me motivó a embarcarme en esto.

—Te lo agradezco, pero, para serte sincero, no sé qué pensar. Son muchas cosas que asimilar. Vosotros, una compañía de seguros, estáis asumiendo una enorme responsabilidad. —Le tendió la mano—. Ha sido una mañana interesante. Gracias.

—Gracias a ti por venir. Significaba mucho para mí.

George sonrió y dio media vuelta para irse.

—¿Por qué radiología? —inquirió Paula.

George miró hacia atrás.

—¿Qué?

—¿Por qué radiología? Siempre he querido preguntártelo. Después de sermonearme durante toda la carrera por estudiar el programa conjunto de medicina y administración de empresas, y por estar ocupando una plaza en la facultad de medicina sin tener la intención de ejercer la profesión con seres humanos de verdad, acabas en un programa de residencia que en su mayor parte evita el contacto con los pacientes. Qué ironía. iDoc utiliza avatares de médicos, y por lo visto tú prefieres trabajar con avatares de pacientes en forma de radiografías, resonancias y tomografías.

Era la segunda vez que aludía a su especialidad. ¿Estaba intentando picarlo? El tono en que hablaba no daba esa impresión, pero George no estaba seguro.

—Lo que dices tiene mucho de cierto.

—Siempre imaginé que serías médico general o internista. Jamás se me pasó por la cabeza que pudieras preferir la radiología. ¿Qué te impulsó a elegirla?

—No creo que fuera nada concreto —dijo George.

De pronto, oyó la voz de Kasey en su mente. Ella lo había ayudado a entender su vocación y, sobre todo, que había elegido la medicina para sentirse digno del respeto de la gente. Todo derivaba de un intento vano de ganarse la consideración de su padrastro. No tenía fuerzas para explicarle todo a Paula.

—Pues no es una decisión muy coherente con los discursos que me soltabas en segundo año.

—A decir verdad, cuanto más avanzaba en los estudios de medicina, más me costaba aguantar el trato directo con los pacientes. Me sorprendió. De hecho, al principio me preguntaba si de verdad era tan frívolo. Tal vez era por la sensación de que contraía todas las enfermedades que trataba.

—Eso nos ha pasado a todos, aunque no hablemos de ello.

—¿A ti también?

—Por supuesto. Es algo muy humano. Tu interés por la radiología tiene que deberse a otra cosa. Cuando empezaron a enseñarnos la materia, me sentí intimidada —dijo Paula—. ¿Tú no?

—Me gustó desde el primer momento —afirmó George—.

Me intrigó su carácter concluyente. Permitía realizar un diagnóstico real que podía conducir a un tratamiento definitivo, sobre todo a medida que la radiología se hacía más intervencionista.

—¿Lo ves? —dijo Paula—. Eso tiene sentido.

—Para serte sincero, alguien me dijo que soy demasiado empático y que me convenía una especialidad que me distanciara un poco de los pacientes, para poder ser objetivo. La verdad es que no entiendo cómo algunas personas pueden inclinarse por la oncología. Tienen todos mis respetos. Yo no sería capaz. Por nada del mundo.

—Eso lo comprendo, incluso mejor que la hipocondría. Gracias por tu franqueza.

—De nada —dijo George. Consultó su reloj y torció el gesto—. En fin, gracias otra vez por invitarme a la presentación. Y ahora tengo que volver al hospital, en serio.

Paula le dio un breve abrazo de despedida antes de que se encaminara hacia la puerta.

—No descartes la idea de pasarte por mi casa el sábado, don Sinceridad —le gritó.

Hotel Century Plaza
Century City, Los Ángeles, California
Lunes, 30 de junio de 2014, 11.42 h

Lewis Langley finalizó la llamada y se guardó el teléfono en el bolsillo. Estaba preocupado. Paseó la mirada por la sala, buscando a Bradley Thorn. Lo localizó, rindiendo pleitesía a dos gestores de fondos de cobertura que Langley reconoció porque solían aparecer en programas de televisión sobre economía. Aunque sabía que Thorn se cabrearía, no quería perder tiempo. Se abrió paso entre la multitud hasta llegar junto al presidente ejecutivo. Este se volvió hacia él de mala gana, irritado por la interrupción.

—Necesito hablar contigo un momento —le susurró al oído Langley.

—¿Ahora mismo? No sé si te has fijado, pero estoy ocupado.

Langley se limitó a mirarlo con una ceja enarcada.

Thorn vaciló. No le hacía ninguna gracia apartarse de los posibles inversores que tenía delante, pero Langley parecía alterado. En privado, Thorn decía en broma que su relación con él era similar a la que mantenía el papa Julio II con Miguel Ángel. Aunque Langley era un genio, a veces se comportaba como un auténtico incordio.

—Disculpen, caballeros. Enseguida vuelvo —dijo Thorn antes de seguir a su director de tecnología—. Más vale que esto sea por una buena razón —musitó—. Los tenía comiendo de mi mano.

—Acabo de enterarme de algo. No quiero ser aguafiestas, pero el jefe de informática me comunica que ha aparecido un fallo en la aplicación iDoc. Reaparecido, en realidad.

Una expresión hostil asomó al rostro de Thorn. A Langley le resultó evidente que eso era lo último que su jefe quería oír, y menos aún en presencia de aquellas personas. Pero daba igual. No le concernían ni la diplomacia ni la reacción de Thorn, sino el éxito de iDoc.

—El incidente más reciente se ha producido en el hospital universitario de Santa Mónica, al igual que el primero. En aquel entonces creímos que se trataba de una casualidad, pero al parecer no era así.

—¿De qué clase de fallo estamos hablando? —preguntó Thorn, aunque no estaba muy seguro de querer saberlo—. ¿Es grave?

—Yo lo calificaría de grave, sobre todo si llega a conocimiento de los medios o de la Agencia de Alimentos y Medicamentos. Dos pacientes que tomaban parte en la prueba beta han muerto.

Thorn tragó en seco.

—¿Cuántas personas lo saben?

—Solo el jefe de informática, yo y ahora tú.

—No, yo no sé nada. Solo lo sabéis tú y el de informática. La responsabilidad es tuya. ¡Ocúpate del asunto, y de forma discreta y eficaz! Para eso se te paga. —Thorn miró a su alrededor para asegurarse de que nadie estuviera escuchando—. Y este no es lugar para mantener una conversación sobre un tema tan delicado. No te comportes como un vaquero temerario, aunque vayas vestido como tal. ¡Arregla tus errores, Langley! Si no, buscaré a alguien que lo haga.

Dio media vuelta para regresar junto a sus invitados.

—No lo entiendes —espetó Langley agarrándolo del brazo. Thorn fijó la vista en la mano de su subalterno hasta que este lo soltó—. Tengo la impresión de que no se trata de un error, al menos desde el punto de vista técnico. Al contrario: el programa funciona demasiado bien. A lo mejor no nos interesa arreglarlo. De hecho, es posible que este tipo de fallo atraiga a ciertos grupos con los que estamos negociando, concretamente a los Centros de Servicios de Asistencia Médica. Quizá sea justo lo que necesitamos para convencerlos de que contraten iDoc para todos sus beneficiarios.

—Explícate.

—Intuyo que el fallo será del agrado de la CAISP instituida por la LASA. Si estoy en lo cierto, y CSAM pasa por el aro, estaremos hablando de ochenta y siete millones de clientes-pacientes potenciales.

Langley tenía por costumbre emplear una jerga técnica y salpicada de siglas, pero eso no molestó a Thorn. Sabía que se refería a la Comisión Asesora Independiente sobre Pagos y a la Ley de Asistencia Sanitaria Asequible. De todos modos, seguía confundido.

—¡Está bien, está bien! Tendrás que explicármelo con más detalle. Pero ¡en otro momento, por Dios santo!

Bradley Thorn se arregló la corbata y forzó una gran sonrisa antes de alejarse para reunirse de nuevo con los gestores de fondos de cobertura.

Centro médico de la Universidad de Los Ángeles
Westwood, Los Ángeles, California
Lunes, 30 de junio de 2014, 11.45 h

Greg Tarkington entró en la consulta de su oncólogo, el doctor Peter White. Estaba nervioso. Se había fijado en que el técnico de radiodiagnóstico había evitado mirarlo a los ojos al exponerle los resultados de la resonancia. La residente, la doctora Boucher, había hecho lo mismo. Greg intuía que eso no era una buena señal. Después de todo por lo que había pasado, conocía la regla básica por la que se regía el personal auxiliar: no revelar nada. Pero el doctor White, que no podía escudarse en esa norma, acabó por poner las cartas sobre la mesa.

—Me temo que la resonancia muestra varias lesiones sospechosas en el hígado. No estamos seguros de que correspondan a metástasis, así que tendremos que realizar una biopsia. Cuanto antes, mejor.

El médico hablaba en un tono tranquilo, como si se refiriera a una uña del pie encarnada que necesitaba tratamiento. Al menos, eso le pareció a Greg. Estaba harto de que lo trataran con condescendencia. Estaba harto de toda aquella experiencia, desde que había notado que el blanco de los ojos se le había puesto amarillo. Había sido el primer síntoma que había desatado la pesadilla. Después habían venido las pruebas, las operaciones y la quimioterapia, que había sido una tortura.

—¿O sea, que el cáncer de páncreas ha reaparecido? —preguntó Greg con voz acusadora.

—Pues...

—¡Sin rodeos, doctor! No tengo tiempo para evasivas.

Los peores temores de Greg estaban haciéndose realidad. Necesitaba saber toda la verdad. De inmediato. No quería que le dieran más falsas esperanzas.

El doctor White suspiró.

—Como ya le he explicado, es un cáncer muy difícil de tratar. Su localización y su forma son... problemáticas. Hemos hecho todo lo posible. Si la biopsia confirma que las lesiones nuevas son causadas por el mismo cáncer, tendremos que actuar de forma agresiva.

—¿Eso significa más quimio?

—Me temo que sí.

—Pero ¡la quimio me está matando! Ya me ha dañado los riñones. Aún recibo diálisis. Con menos frecuencia que antes, pero...

—Nos quedan muchas bazas, Greg. Si necesitamos más quimioterapia, utilizaremos agentes sin toxicidad renal.

—¿Como cuáles?

Greg quería detalles concretos. Su puñetera vida estaba en juego.

—No puedo especificarlo aún. Esperemos a saber a qué nos enfrentamos.

—¿Cuánto tiempo me queda? —lo presionó Greg.

—Aún falta hacer la biopsia...

—¿Cuánto tiempo me queda si la biopsia sale positiva?

—No sabría decirle.

—¡Haga un cálculo aproximado! —exigió; no pensaba permitir que el doctor White escurriese el bulto. Ese día no.

—Nunca he acertado cuando me han obligado a hacer

pronósticos en una situación así, pero digamos que sería un buen momento para que empezara a poner en orden sus asuntos. Lo siento, Greg... Tendrá que armarse de valor.

El comentario quedó flotando en el aire.

—¿Armarme de valor? —se mofó Greg—. Con todo lo que he pasado, me recomienda que me «arme de valor». Peor aún, me está dando largas. Pero no pasa nada. Cuando llegue a casa, me comunicaré con iDoc y conseguiré lo que necesito.

Sabía que había adoptado una actitud provocadora, algo que había evitado hasta ese momento; aun así, ya no le importaba. Era él quien tenía muchas probabilidades de recibir una condena a muerte.

—No le estoy dando largas. Las respuestas a sus preguntas son incógnitas —replicó el doctor White. Era consciente de que Greg pertenecía a la primera hornada de usuarios de iDoc. Estaba impresionado por la aplicación desde que el número de llamadas fuera de horas de consulta había descendido de forma significativa. Las visitas a urgencias y las solicitudes de citas por parte de otros participantes en el programa también habían caído en picado—. Pero permítame que le recuerde que iDoc aún no ha recibido los resultados de la resonancia. Yo dispongo del informe preliminar porque he llamado a la residente de radiología. Cuando iDoc reciba esos resultados, por favor, avíseme si le ofrece un enfoque distinto. Tengo entendido que su algoritmo tiene acceso a vastas fuentes de información, así que, si hay algo que se me escapa, me gustaría mucho saberlo. —Comenzó a tomar notas en una tableta digital—. Pero lo más importante es determinar la naturaleza de esas lesiones en el hígado. Hay que programar la biopsia y una serie de estudios de coagulación prebiopsia.

—iDoc puede realizar esos estudios el día de la biopsia por la mañana —dijo Greg.

—Le extenderé el volante de todos modos —repuso el

doctor White sin levantar la vista y continuó tecleando en su tableta.

Greg nunca se había sentido tan impotente. Incluso durante el último ciclo de quimioterapia, había alimentado esperanzas. Si aún albergaba alguna en su interior, estaba oculta en lo más profundo. En su iDoc comenzó a sonar un fragmento de la *Suite para violoncelo n.º 1* de Bach. Por lo general, la música ejercía un efecto relajante sobre él, pero no ese día. Consciente de que se trataba de una invitación de iDoc para conversar, Greg se dirigió a un rincón tranquilo en el pasillo del hospital y pulsó RESPONDER en la aplicación. Su médico apareció en el acto.

—Hola, Greg. ¿Podemos hablar? Tienes el teléfono en modo manos libres.

—Sí.

—He sido informado de tu último estudio de resonancia. Siento tener que decirte que uno de los jefes del servicio de radiología ha detectado varias anomalías. ¿Quieres hablar de ello ahora o más tarde?

—Ahora —respondió Greg sin titubear.

—¿Quieres que te hable con sinceridad o solo con empatía?

—Con sinceridad y empatía, si es posible.

—Es posible. En primer lugar, debo decirte que, según las estadísticas, estas lesiones probablemente están causadas por un cáncer metastásico, lo que no es lo que se dice una buena noticia considerando por todo lo que has tenido que pasar. Lo siento mucho, pero debemos ser proactivos. Hemos programado una biopsia que nos dará la respuesta definitiva. En cuanto tengamos los resultados, podremos valorar nuestras opciones.

»También sé que acabas de salir de una reunión con tu oncólogo, el doctor White. Por las notas que ha introducido en tu ficha médica, sé que estás al corriente de tu situación. Son circunstancias estresantes para ti, George, como lo serían para cualquiera, y tus constantes vitales así lo reflejan. Lo mejor será que te vayas a casa. Quiero que te tomes un sedante, pero no te lo administraré hasta que sepa que no vas a conducir. Tienes el pulso alterado, y estás transpirando más de...

—¡Basta! —espetó Greg, impaciente por llegar al quid de la cuestión—. Solo dame los detalles de la biopsia. ¿Qué probabilidades hay de que las lesiones del hígado sean cancerosas?

—Dadas las circunstancias, las probabilidades son del 94,36 por ciento. Siento mucho tener que facilitarte este dato, pero es el más preciso que he podido determinar, teniendo en cuenta miles de casos previos similares.

Greg había pedido información clara, y eso era lo que iDoc le había dado. Se le inundaron los ojos de lágrimas.

—Por favor, vete a casa y túmbate un rato —dijo iDoc—. Se te está acelerando el pulso. Necesitas relajarte. Llámame cuando llegues a tu hogar y seguiremos hablando. Hay algunos tratamientos nuevos que parecen prometedores.

—Como recordarás, los riñones no me funcionan demasiado bien.

—Por supuesto que tengo eso en consideración. Y ahora, vete a casa, te lo ruego, e intenta relajarte.

Greg cerró su iDoc. «Menos mal que tengo al doctor Williams», pensó. Era el nombre que había puesto a su médico de iDoc. Dan Williams había sido su entrenador de fútbol americano en el instituto, un hombre al que idolatraba.

9

Centro médico de la Universidad de Los Ángeles
Westwood, Los Ángeles, California
Lunes, 30 de junio de 2014, 12.05 h

George se dirigía con paso apresurado hacia el hospital, esperando que su ausencia no autorizada hubiera pasado inadvertida. Al acercarse a la puerta principal, vio salir a Greg Tarkington. El hombre sujetaba su teléfono móvil con fuerza. Tenía una expresión tensa, concentrada. George aminoró la marcha, debatiéndose entre hablar con el paciente o pasar de largo. Sin embargo, Tarkington lo reconoció cuando estaban a punto de cruzarse.

—Hola, doctor... esto... —tartamudeó al no recordar el apellido de George.

—Wilson.

—Ah, sí. Perdón. Tengo la cabeza en otra parte ahora mismo.

Tarkington guardó el teléfono y se quedó callado.

George se encontraba en una situación parecida a las que había comentado con Paula. Sentía empatía hacia aquel hombre, pero no se le ocurría qué decirle.

—Acabo de enterarme de que el resultado de la resonancia no es bueno —balbució Tarkington—. Me refiero a que no es una buena noticia. Lamento haberle puesto en un compromiso hace un rato. No me gustaría tener que hacer una revelación así a nadie. —Intentó sonreír.

George estaba desconcertado. Tarkington mostraba empatía y compasión hacia él, el médico. Por un momento, lo invadió un hondo sentimiento de culpa.

Tarkington se encogió de hombros y bajó la vista al suelo.

—A veces la vida nos plantea desafíos —comentó alzando la mirada hacia George.

—Así es. —George se había quedado sin palabras—. Me da la impresión de que usted es una persona que sabe afrontar los desafíos —añadió al cabo de un momento.

Maravillado por la entereza de Tarkington, se preguntó si él en su lugar la tendría también. Se preguntó asimismo si no habría sido mejor que el hombre no se hubiera hecho la resonancia.

—Bueno, no voy a rendirme sin luchar. Si la muerte viene a buscarme, tendrá que llevarme a rastras.

George no pudo evitar pensar que, en otras circunstancias, Tarkington y él quizá habrían sido amigos. Lo admiraba, y hubo de reconocer para sus adentros que incluso le caía bien. Por otro lado, lo asaltó la duda de si él tenía lo que había que tener para ser un buen médico. Ver a la gente hacer frente a su muerte le producía un desasosiego muy profundo.

—Estoy seguro de que su médico ya ha desarrollado un plan de acción —dijo George—. Hay más de una manera de ganar estas batallas.

Tarkington asintió.

—Bueno, gracias. Agradezco lo que hacen ustedes los médicos, pero necesito irme a casa a reflexionar sobre esto.

Dio un apretón a George en el brazo y prosiguió su camino. Era un gesto melancólico que evidenciaba una necesidad humana de contacto.

Mientras George lo observaba alejarse, se preguntó si

podría haberle ofrecido más apoyo. Luego se volvió y entró en el hospital, pensando en cuánto más fácil le había resultado dedicar un rato a la imagen impresa de la resonancia que al propio paciente. Era un ejercicio mucho menos cargado de sentimientos, mucho más científico e intelectual. Sin embargo, en el fondo estaba relacionado con otro ser humano, y en aquella situación era como ser responsable de una condena a muerte. George se estremeció. Esa era la parte en la que prefería no pensar. Tal vez ni siquiera la radiología era lo bastante segura para él. ¿Y si hubiera cursado el programa conjunto de medicina y administración de empresas, como Paula? Entonces quizá estaría viviendo en Santa Mónica, en una casa con piscina, y conduciendo un Porsche Carrera sin tener que lidiar, ni aun de forma indirecta, con algo como el cáncer de páncreas.

George entró en la sala de control de la unidad de resonancia, donde Claudine y Mark Sands, otro técnico, realizaban un estudio. Mark era un afroamericano con el que George había pasado mucho tiempo. Era el técnico que mejor entendía la resonancia magnética y sus sutilezas tecnológicas. Bajo su supervisión, las imágenes se formaban poco a poco en la pantalla, generando cortes anatómicos de un cuerpo humano de una manera que siempre asombraba a George. Claudine alzó la vista hacia George y levantó el pulgar, lo que él interpretó como una señal de que todo había ido bien durante su ausencia.

George dirigió la mirada a través de la ventana de observación hacia el gigantesco imán en forma de rosquilla. De la máquina sobresalían los pies y la parte inferior de las piernas de una mujer. Por la posición de esta, supuso que se trataba de otro estudio del abdomen.

Con el equipo en piloto automático bajo la atenta mirada

de Mark, Claudine dedicó un momento a hacer a George un resumen de lo ocurrido desde su marcha. Le confirmó que no habían surgido problemas y que nadie había preguntado por él, lo que lo tranquilizó. Su preocupación por haberse ausentado se disipó totalmente, pues era evidente que nadie lo había echado en falta.

Claudine repasó en un monitor las imágenes de una rotura de ligamento cruzado anterior, el primer caso del que se había ocupado con la ayuda de Susan después de que George se fuera. A continuación le mostró una resonancia de una zona lumbar con molestias que había obtenido con la colaboración de Mark. Ambas pruebas permitían hacer un diagnóstico y estaban bien realizadas.

—¿De qué va este caso? —preguntó George al tiempo que con la cabeza señalaba hacia la paciente de la sala contigua.

—Se llama Claire Wong. Tiene cuarenta y tres años y un historial de carcinoma lobular de seno. Le han practicado una mastectomía y la han tratado con quimioterapia y radiación. Aunque ahora mismo no presenta síntomas, su oncólogo quería una resonancia abdominal, solo para asegurarse de que no hayan surgido complicaciones. Por el momento, la cosa pinta bien.

George asintió, notando que el nerviosismo causado por su encuentro con Tarkington se reavivaba. La idea de encontrarse ante otro caso de cáncer le provocaba una inquietud teñida de superstición. Se acercó a Mark y observó por encima de su hombro la última imagen que se había formado. Para su disgusto, advirtió de inmediato algo que Claudine había pasado por alto.

—Huy... Eso no tiene tan buena pinta. Está claro que hay un engrosamiento retroperitoneal. ¿Lo veis?

—Me parece que sí, ahora que lo dices —respondió Claudine.

Se sacó un puntero láser del bolsillo y señaló la zona a la que suponía que George se refería.

—Sí, ahí. Veamos de nuevo algunos de los cortes anteriores —sugirió él.

Mark los abrió. George los estudió con detenimiento y apuntó a un tramo del intestino delgado.

—También se aprecia un engrosamiento de la pared intestinal.

Deslizó el dedo por el segmento problemático.

De nuevo, Claudine y el técnico repararon en la anomalía después de que George se la señalara.

Este sintió un escalofrío. Aquel caso era tan grave como el de Greg Tarkinson en cuanto a lo que implicaba para la paciente. Sus pensamientos se interrumpieron cuando la puerta se abrió y Clayton Hanson asomó la cabeza.

—¿Tienes un momento, George?

—Claro —contestó, notando que se le aceleraba el pulso.

La única razón plausible para que Clayton quisiera hablar con él era que lo hubiera visto en la presentación, después de todo. Mientras se dirigía hacia la puerta, intentó pensar una excusa creíble por haberse marchado del hospital sin permiso y sin firmar la salida. No le vino ninguna a la cabeza. Sabía que estaba considerado uno de los mejores residentes de radiología. El mismo Clayton así lo había declarado. ¿Dejaría algún día de comportarse como un niño asustado ante las figuras de autoridad? Al fin y al cabo, había asistido a un acto relacionado con la medicina y había delegado sus responsabilidades; además, incluso el propio Clayton había asistido.

—Me he fijado en que estabas entre el público del acto de Fusión —comentó Clayton en voz baja cuando George se reunió con él en el pasillo; varias personas pasaban por allí.

—Sí, yo te he visto también —dijo George.

Por lo menos el tono de Clayton no era de reproche, lo cual le causó sorpresa. Y alivio.

—¿Qué te ha parecido?

—Bueno, hay mucho que digerir.

George se estrujó las neuronas en busca de una respuesta diplomática, dado que aún no se había formado una opinión clara. Por otro lado, no tenía idea de por qué Clayton le había planteado una pregunta tan vaga.

—Pues te diré lo que opino yo —prosiguió Clayton mientras George reflexionaba—. Fusión no es una mala empresa en la que puede invertir un joven, si esa es la razón por la que has ido.

—¿Qué tienes que ver con ellos? —preguntó George en vez de responder, pues Clayton sabía muy bien que él no tenía dinero.

Su superior clavó los ojos en George durante unos instantes antes de contestar.

—He realizado una inversión considerable en Fusión. Colaboré con ellos en una versión anterior de iDoc, asesorándolos sobre los sistemas de obtención de imágenes.

—¿Y por eso estabas en el escenario?

Era una pregunta impertinente, que habría podido ofender a su interlocutor. Sin embargo, la duda corroía a George.

Clayton se quedó callado un momento antes de responder, como eligiendo sus palabras con cuidado.

—Thorn y yo hemos llegado a conocernos bien a lo largo de los años. De hecho, es mi cuñado. Está casado con mi hermana menor. Después de los ratos que hemos pasado juntos en familia y de las inevitables conversaciones sobre sanidad, ha acabado por fiarse de mi intuición médica.

Escrutó el rostro de George en busca de una reacción, pero este no mostró ninguna. No quería revelar, ni siquiera a través de su expresión, que pensaba que Clayton había conseguido un asiento de honor en la presentación por favoritismo. George era una persona realista; sabía que aquel hombre podía hundir su carrera como radiólogo si quería.

—¿Qué relación tienes con Paula Stonebrenner? —inquirió Clayton mirando a George con las cejas arqueadas—. Me ha parecido que ha ido directa hacia ti en la recepción. ¿Te la estás tirando?

George retrocedió un paso. Clayton era famoso por sus comentarios descarados, incluso vulgares, aunque por lo general su falta de delicadeza no era deliberada. Sin embargo, esa vez lo parecía. George supuso que estaba metiéndose con él por haberlo obligado a revelar su vínculo familiar con Thorn.

—Estudiamos medicina juntos en Columbia.

—¿Y...?

Clayton no iba a darse por vencido.

—Salimos unas cuantas veces durante el primer año —reconoció George, con la ligera sensación de que Clayton se aprovechaba de su posición de autoridad—. Ahora somos solo amigos. Quizá decir «amigos» sea excesivo... Conocidos.

—Perdona, no debería habértelo preguntado. —Clayton reculó—. No es asunto mío.

Estaba enterado del reciente fallecimiento de la novia de George y últimamente lo había animado a tener más vida social. Incluso lo había invitado a un par de fiestas en su casa, si bien George había rehusado. Suponía que Clayton lo hacía con buena intención, pero nunca le había gustado el modo en que trataba a las mujeres, como si existieran solo para proporcionarle placer. Kasey había emitido un dictamen más severo. George admiraba mucho a Clayton como radiólogo, pero, como persona, la cosa cambiaba.

—Paula es una mujer excepcional —admitió Clayton—. La he tratado bastante durante nuestra colaboración en el proyecto iDoc. A lo mejor deberías plantearte revivir esa llama.

—Estoy de acuerdo en que es excepcional. Por lo que respecta a salir con ella otra vez... no sé.

—Me consta que aún estás intentando recuperarte... de lo

de Kasey. Esas cosas nunca se superan del todo. Solo tienes que encontrar la forma de sobrellevarlas. Paula es atractiva, considerada, increíblemente brillante, y va camino de convertirse en una estrella en su profesión. Eso debería darte que pensar.

George fijó la vista en el suelo y asintió. Lo que Clayton estaba diciendo sobre Paula era tan cierto como amable. Estaba demostrando su habilidad para pasar de la grosería a la consideración en un abrir y cerrar de ojos. Desde el punto de vista de George, esa era la cualidad que lo salvaba.

—Eso sí: la próxima vez, procura firmar la salida —dijo Clayton mientras se volvía para marcharse.

George se quedó descolocado. Clayton había cambiado el chip otra vez, pasando de un tono personal a uno profesional.

—Lo he dejado todo en buenas manos —alegó George, dando la primera excusa que se le pasó por la cabeza.

—No importa —dijo Clayton—. No se lo contaré al jefe de radiología, pero de ahora en adelante, por el bien de todos, sigue el protocolo cada vez que salgas del hospital. No quiero que la cagues a estas alturas de tu carrera. Hasta ahora te han ido muy bien las cosas.

—Así lo haré —le aseguró George—. Y gracias. Es todo un detalle.

—No hay de qué. Y ve pensando en comprar acciones de Fusión. Vale la pena hipotecar el apartamento, si hace falta, para conseguir la pasta.

Clayton se alejó por el pasillo despidiéndose con la mano, antes de que George pudiera replicar.

Este lo siguió con la mirada hasta que lo perdió de vista. Su superior había conseguido lanzarle una última pulla antes de marcharse. Tuvo que reconocer para sus adentros que, en lo que a manipulación se refería, le llevaba una enorme ventaja. Le entraron ganas de gritarle que, por si no lo recordaba, él no tenía ni donde caerse muerto. No era propietario de su apartamento; vivía de alquiler. Y aun así, le costaba llegar a fin de mes. Con su sueldo, habría tenido que trasladarse a San Bernardino para encontrar una vivienda que pudiera permitirse, y los desplazamientos diarios al hospital acabarían con él. Clayton sabía todo eso. Pero le encantaba buscarle las vueltas a George.

10

Apartamento de George
Westwood, Los Ángeles, California
Lunes, 30 de junio de 2014, 17.48 h

George aparcó su viejo Jeep Cherokee detrás de su bloque de pisos. Estaba algo malhumorado porque Clayton le había recordado la vida modesta que llevaba en una ciudad cara en la que se rendía culto al dinero. Tras entrar en su diminuto apartamento, se dirigió hacia su armario y bajó de un estante la caja de cartón en la que guardaba las pertenencias de Kasey. No había muchas cosas, pues no había hecho una mudanza completa. Solo había llevado a su casa un poco de ropa y algunos efectos personales. Durante un tiempo, había evitado hurgar en la caja, pero en aquel momento quería ver algo concreto.

Revolvió el contenido y encontró el teléfono móvil de Kasey bajo una pequeña pila de jerséis. Era una mujer muy friolera y firme partidaria de vestirse con varias capas, así que tenía jerséis a mano en todo momento. Una de las cosas que George recordaba con más cariño de ella era su costumbre de abrigarse y de acurrucarse junto a él en el sofá para ver una película. Ahuyentó esos pensamientos de su mente y conectó el móvil de Kasey a la corriente. En cuanto se encendió, introdujo el PIN. Quería cerciorarse de que tuviera instalada la aplicación iDoc. La tenía, y estaba anclada al menú inferior, de modo que, con independencia de la pantalla en que se encontrara, siempre estaba disponible. George la había visto, pero no le había hecho preguntas al respecto, y Kasey nunca le había dado explicaciones. Ahora él sabía el motivo: el acuerdo de confidencialidad que su novia había tenido que firmar para participar en la prueba beta de iDoc.

Pulsó en el icono, con curiosidad por ver qué sucedería. El programa se abrió, pero la pantalla se quedó en blanco salvo por un icono similar al de la aplicación. Por lo visto iDoc había sido borrado de la memoria, tal como Paula había explicado. No le sorprendió. Tenía sentido proteger la privacidad de su información médica. Guardó el móvil en la caja y la colocó de nuevo en el estante del armario. Luego fue a buscar una cerveza a la nevera antes de regresar a su viejo sofá, donde se sumió en el vacío que sentía por la ausencia de Kasey. Cuando se permitía pensar en ello, lo maravillaba comprobar cuánto la echaba de menos. Al mismo tiempo, era consciente de que tenía que salir de ese agujero negro al que el destino lo había arrojado, tal como le había prometido a Kasey.

Por desgracia, había un gran trecho entre saber lo que debía hacer y hacerlo de verdad.

Desde su punto de vista, estar en Los Ángeles no lo ayudaba. Algunas personas lo idealizaban como un paraíso del hedonismo, pero George era de otra opinión, dadas sus experiencias. Le parecía una ciudad fría con los forasteros, y con su apretado horario de residente no disponía de mucho tiempo para relacionarse con mujeres que no fueran empleadas del centro médico, como enfermeras. Conocer a Kasey en el hospital había sido un auténtico pero maravilloso golpe de suerte.

Unas semanas antes, con la intención de cumplir la promesa que le había hecho, se había registrado en un par de webs para encontrar pareja, pero habían resultado ser un timo. Le dio la impresión de que en aquellas páginas nadie decía la verdad sobre nada. Tal vez debía salir con Paula como amigo. Era apostar sobre seguro. Siete años atrás, había dado al traste con lo que habría podido ser una relación gratificante, y si quizá ese no era un buen punto de partida, al menos había un elemento nuevo. Al parecer, una parte del éxito actual de Paula se debía a que había tomado prestada su idea de convertir el teléfono inteligente en un médico de cabecera. Tenían eso en común. Tal vez debía tomarse en serio su invitación a hacerle una visita.

Necesitado de contacto humano —cualquier tipo de contacto humano—, cogió otra cerveza y salió. Se dirigió sin prisa a la zona de aparcamiento situada detrás del edificio. Antes, cuando había llegado del hospital, había visto a su vecino Sal DeAngelis dando cera a su antiguo Oldsmobile descapotable rojo. El hombre estaba loco por su coche.

Tal como suponía, Sal seguía allí, frotando sin parar. Llevaba unos auriculares puestos, y conforme George se acercaba a él pudo oír el sonido tenue y metálico de la música doo-wop que emitían los diminutos altavoces. Al principio, Sal no reparó en su presencia, por lo que se limitó a observarlo mientras trabajaba. El hombre vivía en el apartamento contiguo al suyo, y la relación que mantenía era más que nada de proximidad, pues ambos compartían pared en la cocina y en el salón. Sal era un fontanero jubilado, fornido, rubicundo, extrovertido y simpático, con una barriga cervecera considerable. Por otro lado, presentaba los primeros síntomas del Alzheimer, entre otros muchos problemas de salud que durante una época se había empeñado en consultar con George. Nunca había entendido que este no era un médico clínico, sino un residente de radiología, y solía acribillarlo a preguntas sobre temas ajenos a su especialidad. Sin embargo, hacía unos meses había dejado de hacerlo. Aunque George estaba aliviado por no tener que responder a las mismas consultas una y otra vez, el cese repentino había despertado su curiosidad.

Mientras contemplaba a Sal, cayó en la cuenta, entristecido, de que después de vivir tres años en Los Ángeles quizá no tenía mejor amigo que él. Era una lástima, pues apenas tenían afinidades o intereses en común.

George se mentalizó para mantener una conversación sobre coches, en concreto sobre uno. Por sus charlas anteriores, sabía que aquel descapotable rojo como un camión de bomberos era un Oldsmobile Golden Rocket 88 de 1957 con un motor de ocho cilindros en V y una cilindrada de seis mil centímetros cúbicos y un carburador J2 de tres bocas. También sabía que desarrollaba una potencia de 277 caballos bajo el control de una transmisión Jetaway Hydramatic. No tenía la menor idea del motor o la transmisión con que contaba su propio Jeep, pero sobre el vehículo que estaba frente a él lo sabía todo. Finalmente avanzó unos pasos y dio unos golpecitos a Sal en el hombro.

El rostro del hombre se iluminó con una gran sonrisa. Se quitó los auriculares.

—¡George! Fíjate en esto —dijo tirando de él hacia su lado del coche—. Hoy mismo he encontrado un par de alfombrillas originales en perfecto estado. —Abrió la portezuela del conductor y señaló los tapetes aún envueltos en plástico—. Son de primera. ¡De primera!

Sal también tenía la costumbre de repetir las frases.

—¡Qué bien! —Fue el único comentario que se le ocurrió a George. Para él, no eran más que unas alfombrillas de coche, pero no quería empañar el entusiasmo de Sal—. ¿Las sacarás del plástico?

Sal titubeó.

—Me disgustaría que se ensuciaran... —Guió a George hacia el capó e hizo ademán de abrirlo—. ¿Te he enseñado ya mi carburador...?

George ya había visto el carburador por lo menos tres veces, y no estaba ansioso por verlo una cuarta. Decidió arriesgarse y desviar la conversación del tema del coche, aunque con ello quizá estuviera abriendo la caja de los truenos.

—¿Cómo van tus molestias en el tracto urinario? ¿Aún notas ese ardor?

Le había podido la curiosidad. Además, se compadecía de Sal desde que los demás vecinos del edificio lo evitaban para no tener que aguantar sus repetitivas quejas sobre su estado de salud. George sabía que tenía dos hermanas mayores, incluso había coincidido una vez con ellas durante su primer año en Los Ángeles, pero no había vuelto a verlas, aunque Sal hablaba a menudo de ellas con añoranza. Estaba prácticamente solo en el mundo. El Oldsmobile era lo único que le quedaba. Además de George, lo que no era mucho decir.

En ese momento, un bocinazo los sobresaltó. George miró alrededor, buscando el automóvil del que procedía tan desagradable ruido. Pero no vio ninguno. El bocinazo era el tono de llamada del teléfono de Sal. Este lo cogió del asiento delantero del coche y pulsó la pantalla para responder.

—Hola, Sal, soy el doctor Wilson. Tienes el teléfono en modo manos libres. ¿Te parece bien que hablemos?

—Sí, claro, no hay problema. Claro —contestó Sal.

—He detectado dos cosas durante los últimos minutos —dijo el médico con una cálida voz de barítono—. El nivel de glucosa te ha bajado demasiado para mi gusto, y el ritmo cardíaco supera los cien latidos. Tómate un respiro, bebe algo saludable, como un zumo de naranja, y descansa un rato. ¿Te parece bien?

—¿Puedo terminar de sacar brillo a mi coche?

—Preferiría que no lo hicieras. Sería mucho mejor que ingirieras algo de azúcar y reposaras un poco. Cuando se te estabilice el pulso, te avisaré. Entonces podrás seguir sacando brillo al coche.

—Vale, vale.

Sal apagó el móvil y miró a George con expresión de culpa.

—¿Quién era ese médico?

George sabía que el facultativo de cabecera de Sal se llamaba Roland Schwarz, y resultaba evidente que no era él quien lo había llamado.

Sal echó un vistazo en torno a sí para asegurarse de que solo George lo oía.

—Se supone que no debo decírselo a nadie —susurró colocándose la mano a un lado de la boca—, pero como eres de la profesión, me imagino que no importa. Mi nuevo médico es una cosa que se llama iDoc. Es una...

—Sé lo que es —lo interrumpió George, sorprendido. «¡Otra vez iDoc!», pensó—. ¿Cuánto tiempo llevas utilizando la aplicación?

—Un par de meses, creo. Un par de meses. No recuerdo exactamente cuánto.

George estaba desconcertado. El mismo día en que había asistido a una presentación donde se había anunciado un nuevo paradigma de la medicina basado en la tecnología digital, había descubierto que su vecino participaba en la prueba beta de Fusión. Descubrirlo le produjo un fuerte impacto, no tanto como comprobar que su novia fallecida formaba parte del programa, pero un impacto al fin y al cabo.

—¿Me dejas ver tu móvil? —pidió.

—Por supuesto. Por supuesto.

Sal le tendió el teléfono, complacido por el interés que mostraba.

—Es de un color muy llamativo —comentó George.

—Lo elegí yo mismo. El otro que tenía nunca sabía dónde narices lo había dejado. Con este, lo difícil es no verlo.

George dio la vuelta al teléfono para mirar la pantalla. Se quedó contemplando el icono de iDoc, idéntico al del teléfono de Kasey y también al que había aparecido en la pantalla LED gigante en la presentación de Fusión.

—¿Desde cuándo dices que lo tienes?

—No lo recuerdo con exactitud. Ya no tengo la memoria fresca como una lechuga. —Se rió de su propia broma—. Desde hace un par de meses, más o menos.

De pronto, George comprendió por qué Sal había dejado de hacerle consultas sobre su salud. Llevaba en el bolsillo un facultativo disponible las veinticuatro horas al que no le importaba que le planteara las mismas preguntas una y otra vez.

—¿Te gusta tener un médico con el que poder hablar cuando quieras?

—Me encanta. Lo utilizo a todas horas. Me encanta —afirmó Sal—. Antes me costaba recordar cuándo debía tomar las medicinas, pero ya no. iDoc me avisa cada vez que he de ingerir una pastilla. Y si se me olvida, me lo recuerda. Pero lo más importante es que ya no tengo que preocuparme por las inyecciones de insulina. Son automáticas. Auto...

—¿Y el doctor Schwarz? —lo cortó George—. Lo visitabas a menudo.

—Ya no. Qué va. Ya no. Él me implantó el depósito, pero fue la última vez que lo vi.

Sal se levantó la camiseta para enseñarle una cicatriz casi imperceptible en la parte inferior del abdomen.

Esto le produjo a George una sensación difícil de concretar que se sumó a su inquietud general.

—Pero tú eres el mejor médico que he conocido, con diferencia. Y también el más simpático —añadió Sal, quien al parecer había percibido su reacción no del todo positiva.

—¿Y el nombre de doctor Wilson? ¿De dónde salió?

Sal se sonrojó.

—Espero que no te importe. Tenía que llamarlo de alguna manera...

Sal dejó la frase incompleta.

—No pasa nada. De verdad. Gracias, Sal. Me siento halagado. Pero tengo que irme. Procura seguir el consejo de iDoc y descansa. —Le devolvió el teléfono—. Hasta luego, amigo.

—Hasta luego, doc. Hasta luego —respondió Sal, y siguió a George con la vista mientras se alejaba. Se guardó el teléfono y comenzó a recoger sus utensilios para encerar.

George se encaminó de vuelta hacia su apartamento por la puerta trasera del complejo. Se fijó en el estado más bien descuidado del edificio, lo que no ayudó a levantarle la moral. Con una sonrisa irónica, se preguntó cómo sería la casa de Paula, en comparación. Aunque nunca la había visitado, sabía que Santa Mónica se había convertido en un barrio lujoso repleto de celebridades y ejecutivos de los estudios de cine que vivían en residencias multimillonarias.

El bloque de apartamentos de George, construido en los años sesenta a juzgar por su diseño, hacía daño a la vista. Era una estructura de construcción barata en forma de U, como tantas otras similares desperdigadas por la zona metropolitana de Los Ángeles. En el interior de la U había una piscina pequeña que no invitaba a bañarse en ella, bordeada de palmeras raquíticas y de vegetación que luchaba por sobrevivir. El edificio, de dos plantas, constaba sobre todo de viviendas de un dormitorio, aunque también había algunos estudios y apartamentos de dos habitaciones. El conserje vivía en un estudio de la planta baja, junto a la puerta de atrás. Su trabajo allí era una simple fachada, como George había descubierto con los años. Todos los días, a las tres en punto de la tarde, el tipo se ponía a beber. Siempre que iba a echar un vistazo a un piso después de esa hora, llevaba una bebida en la mano. Y, como amanecía con resaca, no se le veía el pelo antes del mediodía.

Las viviendas de la planta baja disponían de unos pequeños patios cercados que daban a la piscina, y George calculaba que hacía por lo menos diez años que las desvencijadas vallas no recibían una mano de pintura. Tanto él como Salt ocupaban un apartamento de un dormitorio. El jubilado residía en el piso de su izquierda, y al otro lado vivía un camarero aspirante a actor que se llamaba Joe. George no sabía cómo se apellidaba, ni tenía ganas de saberlo.

El apartamento del actor, como el de Sal, era la imagen reflejada del de George, pero, por desgracia para este, sus dormitorios estaban separados por un tabique construido de forma chapucera y sin aislamiento. Por consiguiente, George sabía bastante de la vida del actor, pues oía sus conversaciones a diario, con tanta claridad como si estuvieran en la misma habitación. Joe trabajaba en un restaurante cercano de Beverly Hills, y tenía muchos rollos de una noche con mujeres que se ligaba en los garitos de Sunset Boulevard, en West Hollywood. Sus devaneos solían despertar a George. En varias ocasiones, este, desesperado por dormir, aporreaba el tabique compartido, aunque nunca le servía de nada. Por lo visto, la actitud de Joe hacia las mujeres no era muy distinta de la de Clayton.

Como tenía que pasar muchas noches de guardia en el hospital, George había tolerado las molestias causadas por Joe el Actor, pero ahora que estaba a punto de empezar su último año como residente, que no tenía noches de guardia programadas, sabía que debía hacer algo al respecto.

Dio la vuelta a la piscina, fijándose en dos veinteañeras cubiertas de tatuajes que flotaban sobre colchonetas. Vivían en uno de los pisos de la primera planta. Bebían cervezas PBR en latas de medio litro y ni siquiera miraron a George cuando pasó frente a ellas. Supuso que el hecho de no lucir arte en la piel y de ir más o menos peinado le restaba interés.

Tras rodear una palmera solitaria de aspecto triste, se dirigió hacia su puerta. Aparte de Sal, había otro inquilino con quien George se llevaba bien. Se llamaba Zee, y apenas sabía mucho más de él, ni siquiera si Zee era su nombre real. Tenía alrededor de veinticinco años y antes trabajaba para una empresa de videojuegos. Lo habían despedido cuando el lanzamiento de un producto nuevo y costoso había fracasado. Según él, no había tenido nada que ver con dicho producto, pero, puesto que era el último mono de la empresa, lo habían echado a la calle junto con otros empleados. Ahora se ganaba la vida jugando al póquer por internet, una opción profesional que George ignoraba que existía hasta que Zee le había hablado de ella.

Por lo que George sabía, el chico era todo un experto en ordenadores y podía arreglar cualquier fallo tanto de hardware como de software. Ese talento le había resultado útil en más de una ocasión, pues Zee lo había ayudado a resolver varios problemas con su iPad y su iPhone. También era un pirata informático consumado; le había contado anécdotas sobre ello mientras le hacía alguna reparación. George tenía la impresión de que Zee accedía sin autorización a sitios seguros por pura diversión. Se jactaba de poder colarse en cualquier sistema.

George entró en su apartamento y cerró de un portazo, presa de un humor extraño. iDoc había invadido su mundo sin que se diera cuenta. ¡Y estaba basado en una idea que él había dado a una de las personas que lo habían creado! No sabía si estaba deprimido o solo cabreado por todo el asunto. Probablemente daba igual.

—¡Mierda! —gritó al contemplar los estantes despejados de la nevera.

Se había olvidado de pasar por la tienda de Ralph camino de casa. El frigorífico vacío ponía de relieve lo triste y poco placentera que era su vida.

Paseó la vista por la habitación. No tenía cuadros ni fotos en las paredes. Antes había algunas de Kasey, pero tras su muerte las había guardado. Le resultaba demasiado doloroso verlas todos los días. Lo único que había añadido al mobiliario ya incluido era el televisor de pantalla plana y una pila de libros de texto de radiología. Triste. Muy, muy triste.

11

Centro médico de la Universidad de Los Ángeles
Westwood, Los Ángeles, California
Martes, 1 de julio de 2014, 7.30 h

George entró en la sala de conferencias principal de radiología, revisando los mensajes en su teléfono mientras hacía equilibrios con una taza de café sobre su iPad. Para un pequeño grupo de residentes de primer año, era el primer día de trabajo. Aún estaba de bajón por lo sucedido el día anterior, y seguía sin saber cómo tomarse lo de Paula y el iDoc.

Sintiéndose muy poco sociable, se arrellanó en la última fila. Muchos de sus compañeros residentes le caían bien, y entre ellos había un puñado de excelentes profesionales, pero no había intimado con ninguno de ellos. En su mayoría estaban casados, algunos tenían hijos, y llevaban una vida totalmente distinta de la de George. En el fondo los envidiaba, lo que hacía que echara de menos a Kasey aún más.

Tomó un sorbo de café y desconectó de los discursos de bienvenida. Los había oído de todo tipo, desde cálidos hasta amenazadores. Reprimió un bostezo mientras observaba a los residentes de primer año. Esa vez había más mujeres que hombres, y todos parecían ansiosos por marcharse. Estaban impecables con sus batas blancas recién lavadas y planchadas. Unos días antes, George se había preocupado de echar un vistazo a la lista de residentes de primer año y se había fijado en que todos estaban casados.

Dejó vagar sus pensamientos mientras la reunión seguía y seguía. Se suponía que durante los últimos meses debía concebir algún tipo de proyecto de investigación para su cuarto año, pero no había pensado en ello muy en serio. Se planteó la posibilidad de realizar una subespecialidad en radiología para aplazar durante otros doce meses la decisión sobre qué haría cuando se graduara. Tras asistir a la presentación del día anterior, ya no tenía una visión tan optimista sobre su futuro profesional como antes. ¿Acabaría trabajando para Fusión o una compañía equivalente? Por desgracia, las probabilidades le parecían deprimentemente altas.

Una vez finalizada la conferencia de bienvenida del departamento, se ofreció un modesto refrigerio de rosquillas y café para animar a los presentes a charlar entre ellos. George lo contemplaba todo desde la periferia, sintiéndose marginado. En ese momento Clayton lo vio y empezó a acercarse antes de que George pudiera huir.

—Las mujeres son cada año más guapas —susurró Clayton.

—No, lo que pasa es que nosotros nos hacemos mayores —repuso George—. Además, todas están casadas, así que da igual.

Clayton lo miró.

—Veo que alguien se ha levantado hoy con el pie izquierdo. ¿Cuál será tu primera rotación este año?

—Supervisar el servicio de radiología en urgencias.

—¡Bien! —dijo Clayton, complacido—. Había pedido a los de organización que te asignaran a urgencias, pero nunca se sabe. Ya no se puede contar con nadie. Oye: dicen por ahí que en urgencias hay una residente de primer año que viene de Stanford y está como un tren. Está soltera, lo que por lo visto es un requisito para ti. Se llama Kelley no sé qué. Échale una ojeada. Siempre miro por ti, colega.

—De acuerdo —dijo George.

Aunque no estaba interesado, no quería discutir de ello con Clayton; prefería dejar que pensara que estaba conforme con sus torpes intentos de buscarle pareja. Tenía claro que le interesaba estar a bien con él.

Entonces vio a Carlos Sánchez, el residente de primer año a quien le tocaba supervisar. Era una oportunidad de oro para librarse de Clayton.

—Disculpa, ese de ahí es mi novato. Más vale que vaya a orientarlo un poco.

—¡A por él!

Clayton le propinó un golpe en el trasero con su carpeta. En cierta ocasión le había confesado que iba a todas partes con una carpeta porque así daba la impresión de estar ocupado y, lo que era aún mejor, porque podía poner fin a cualquier conversación agitándola y diciendo que tenía que irse. El tipo era un radiólogo sobresaliente y un estupendo profesor, pensó George, pero desde luego tenía sus rarezas.

Se dirigió hacia Carlos, un estadounidense de origen mexicano brillante y entusiasta. Había leído con detenimiento su expediente académico al enterarse de que se lo habían asignado. Para Carlos, la carrera de medicina en UCLA había sido un paseo y se había licenciado con notas inmejorables. Como la radiología era una de las especialidades con mayor demanda, todos los residentes del departamento, incluido George, habían sido alumnos aventajados en la facultad. Cuando, unos días atrás, había conocido al joven, le había impresionado su seriedad. Ya había leído varios de los principales textos sobre la radiología de urgencias; no obstante, una cosa era estudiar en los libros lo que había que hacer y otra muy distinta hacerlo.

—¡Hola, Carlos! —dijo George tendiéndole la mano.

—Doctor Wilson —respondió el joven, estrechándosela con un efusivo apretón.

—Llámame George. Ya me iba, pero quería decirte que nos veremos en urgencias después de la recepción.

—Te acompaño —se ofreció Carlos, dejando su taza de café.

—¡No! Quédate e intenta relacionarte con todos los miembros del personal que puedas. Es importante que vayas familiarizándote con todo esto. ¡Hasta ahora!

George se encaminó hacia la salida, mirando hacia atrás y despidiéndose con la mano en una imitación pasable de Clayton.

—De acuerdo, jefe —le contestó Carlos.

12

Departamento de urgencias
Centro médico de la Universidad de Los Ángeles
Westwood, Los Ángeles, California
Martes, 1 de julio de 2014, 10.17 h

George se reclinó en su silla y estiró las piernas. Carlos hizo lo mismo, imitándolo de forma inconsciente. George lo observó con atención para asegurarse de que no estuviera mofándose de él. Al parecer, no. Se encontraban en la sala de lectura radiológica de urgencias, que estaba a oscuras salvo por el brillo de los monitores. Acababan de revisar todas las radiografías realizadas la noche anterior de cara a la conferencia con el personal de urgencias. Entre ellas, George había encontrado tres que habían sido interpretadas erróneamente por los residentes de ese departamento.

—¿Te gustaría exponer los detalles? —preguntó George.

—¡No! —respondió Carlos, horrorizado—. Es mi primer día. Haría el ridículo.

—Te apañarías bien. Pero dejo la decisión en tus manos. Si cambias de idea, avísame —dijo George, recordando su propia reticencia a hablar delante de todos cuando era residente de primer año.

La puerta se abrió, y un rayo de sol penetró en la sala de lectura.

—¿Doctor Wilson? —llamó una de las administrativas del servicio de urgencias—. El doctor Hanson está en la recepción y quiere verle.

Con cara de resignación, George se apoyó en los brazos de la silla para levantarse.

—Empieza a echar un vistazo a las radiografías de esta mañana —indicó a Carlos.

Tras salir de la sala de lectura, se detuvo hasta que los ojos se le acostumbraron a la luz que entraba a raudales por las ventanas que ocupaban toda la pared. El sitio estaba atestado de pacientes que no habían sido admitidos en urgencias, lo que evidenciaba el problema crónico ocasionado por la costumbre generalizada de utilizar aquel servicio como centro de atención primaria.

Localizó a Clayton, que estaba charlando con Debbie Waters, la enfermera jefe, conocida por su carácter estricto y eficiente, así como por la inestimable labor que realizaba, fundamental para la buena marcha del departamento de urgencias. Al ver a George, Clayton se apartó de ella de inmediato y se dirigió hacia él.

—¿Has conocido ya a la churri de primer año? —preguntó, al parecer sin que le preocupara que pudieran oírlo—. Ya sabes, la que te he mencionado antes, la de Stanford.

—¿Para eso me has sacado de la sala de lectura?

El tono de ligero reproche de George no hizo mella en Clayton.

—Alguien tiene que cuidar de ti, amigo mío —alegó este—. Es hora de que dejes el pasado atrás, donde debe estar. ¡Cuéntame! ¿Te has regalado ya la vista con ella?

—No, yo diría que no. Anoche estaba muy liado. Había mucho que revelar.

Clayton extendió una mano, hizo un gesto a George para que se callara y señaló con la cabeza a una joven que acababa de salir de uno de los cubículos. Era alta como una modelo y rezumaba un atractivo saludable y vibrante. A pesar de la bata, a George le resultó evidente que tenía un cuerpo de escándalo. Pasó por delante de ellos, toqueteando la pantalla de su tableta.

—Pues acabas de verla —musitó Clayton—. ¿A que es espectacular?

George apartó la mirada con expresión exasperada. Obedientemente, se fijó en la residente de primer año mientras se acercaba al mostrador para entregar unos documentos antes de coger la primera tabla sujetapapeles de la bandeja de casos pendientes.

—No encontrarás a muchas que estén tan buenas —añadió Clayton.

—Es atractiva, de eso no hay duda —reconoció George, aunque estaba mirando a Clayton, no a Kelley; aquel hombre no tenía el menor asomo de vergüenza.

Clayton la observó mientras se detenía a consultar una historia clínica.

—Más vale que espabiles antes de que algún residente de cirugía se le abalance encima. Y si la cosa no sale bien, siempre puedo hablarle de ti a Debbie Waters.

—¿Doña Malcarada? —se escandalizó George; notó que se sonrojaba mientras se volvía hacia Debbie.

—Oye, que me ha dicho que está interesada en salir contigo —protestó Clayton—. Y tú necesitas socializar más. Me preocupas. Tienes que equilibrar un poco tu vida. Trabajas demasiado. En serio. ¡Invítala a una copa en el hotel W! El sitio le gusta. Da la casualidad de que lo sé.

George le lanzó otra mirada furtiva. Por fortuna, Waters estaba distraída con otra cosa. Siempre había admirado lo bien que llevaba el departamento de urgencias, evitando que se colapsara incluso en momentos de caos.

—Es muy cachonda, aunque a veces se pasa de mandona —aseveró Clayton—. Cuando la sacas de su elemento, de las trincheras de urgencias, se desmelena. ¡Créeme! Para ella el trabajo es el trabajo, y la diversión es la diversión. Es la bomba. ¡Nunca te fíes de las apariencias!

George sabía que Debbie Waters intimidaba a todo el mundo. La había visto cantarle las cuarenta a más de un empleado del hospital por no estar preparado: desde conserjes hasta cirujanos.

—Debbie sería perfecta para ti —insistió Clayton—. Joder, no tienes que casarte con ella. ¡Vamos! Romperé el hielo por ti.

—De eso nada. No es que no me atraiga, sino que me parece demasiado... dominante. —Al comprender que Clayton no estaba dispuesto a olvidarse del asunto, agregó—: Ya hablaré con ella cuando no esté tan ocupada.

Clayton se encogió de hombros.

—Tú mismo. —Bajó la vista a su reloj—. Tengo que volver al tajo. Espero que hagas progresos con alguna de estas potrancas pronto. Tienes que distraerte para salir del pozo.

George movió la cabeza con incredulidad mientras Clayton se alejaba. En cierto modo, lo conmovía que se preocupara por él. Por otro lado, había oído rumores de que Clayton y Debbie habían sido más que buenos amigos.

A pesar de sus recelos, estaba intrigado. Si Debbie Waters había dicho de verdad que quería salir con él, sería una tontería no invitarla. Ahora que trabajaba en urgencias, le convenía tenerla de su parte.

Se acercó al mostrador y fingió que echaba un vistazo a los historiales al tiempo que espiaba a Debbie con el rabillo del ojo. Como de costumbre, ella estaba haciendo malabarismos con diez tareas distintas. Mientras George esperaba a que al menos reparara en su presencia, un celador dejó caer un fajo de documentos clínicos sobre la mesa, delante de él.

—El paciente de la sala de traumatología número seis ha llegado muerto —informó el celador.

—¿Tiene nombre, o vas a obligarme a rebuscar en todos estos papelotes para averiguarlo? —preguntó Debbie en tono autoritario, acercando la punta del bolígrafo a la tabla que sujetaba ante sí.

—Tarkington —respondió el celador.

George alzó la cabeza de golpe.

—Gracias. ¿Ves como no ha sido tan difícil? —dijo Debbie con displicencia mientras tachaba un nombre de la lista que tenía delante.

George avanzó con disimulo a lo largo del mostrador, inclinándose para echar una ojeada a los papeles, aunque no estaba seguro de querer saber de qué había muerto el paciente. Alcanzó a leer el nombre de Gregory antes de que Debbie cogiera el historial con un movimiento brusco. Cuando sus ojos se posaron en George, no dio la menor muestra de reconocerlo.

«Eso me pasa por fiarme de Clayton», pensó George. Dio media vuelta y se encaminó hacia la sala de traumatología número seis. El paciente fallecido yacía en una camilla, con la ropa desgarrada y el pecho descubierto. Junto a él, un médico de urgencias tecleaba en una tableta. Un auxiliar estaba atareado desprendiendo los electrodos de la máquina de electrocardiograma del pecho del difunto. A un lado había un carro de paradas con un desfibrilador.

Contempló el rostro del hombre. Solo quería cerciorarse de que se trataba del Tarkington cuya resonancia había supervisado el día anterior.

—¿Cuál ha sido la causa de la muerte? —preguntó al médico de urgencias.

Este levantó la mirada y se encogió de hombros.

—No lo sé. Un ataque al corazón, supongo. Lo que es seguro es que cuando lo han traído ya llevaba un buen rato muerto. Estaba frío como un cubito de hielo.

—¿Han intentado reanimarlo? —inquirió George volviéndose hacia el desfibrilador.

—No. Te repito que el tipo ya estaba frío —dijo; miró a George como diciendo: «Qué le vamos a hacer», y se alejó.

—¿Se encuentra bien, doctor? —le preguntó uno de los celadores que había entrado a llevarse el carro de paradas.

—Sí, estoy bien, gracias —murmuró George.

Aunque el día anterior había dado por sentado que a Tarkington le esperaban momentos muy duros, no imaginaba que estaría muerto al cabo de veinticuatro horas. No podía quitarse de encima la sensación de que el episodio era un mensaje dirigido a él para recordarle que la vida era frágil, impredecible e injusta, y que más valía que le sacara todo el jugo mientras pudiera. Peor aún, por alguna razón extraña e irracional se sentía cómplice, como si en cierto modo fuese responsable. De no haber sido por él, tal vez nadie habría detectado las lesiones en el hígado de aquel hombre, y en tal caso quizá seguiría vivo, contento y disfrutando de la compañía de su familia sin sospechar nada.

Se preguntó de nuevo si había hecho bien al elegir la profesión médica. Puede que careciese de la fuerza emocional necesaria.

En ese momento un auxiliar asomó la cabeza por la puerta de la sala de traumatología.

—Disculpe, ¿es usted el doctor Wilson?

—Sí, ¿por qué?

—El doctor Sánchez quiere que regrese a la sala de lectura de radiografías para analizar una posible fractura de cadera.

—De acuerdo, gracias —respondió George.

Tras dirigir una última mirada al cuerpo sin vida de Tarkington, echó a andar de vuelta hacia la sala de lectura. Al pasar por delante del mostrador central se detuvo unos instantes para observar a Debbie Waters. Seguía muy ocupada, bramando órdenes. Quizá sería interesante conocerla mejor. Además, era cierto que él tenía que salir del pozo.

13

Sal DeAngelis levantó la mirada hacia las nubes que atravesaban veloces el cielo. «Qué día tan estupendo», pensó. Llevaba una camiseta roja con la leyenda ADORO MI OLDSMOBILE estampada en letras blancas en la parte delantera. Se la había regalado Barbara, su hermana mayor, y daba la casualidad de que era su prenda favorita. El color era igual que el de la pintura de su coche, y el blanco crudo de las letras hacía juego con la tapicería.

Sal sujetaba una lata de cera para automóviles en una mano y una caja de herramientas en la otra por si descubría algún desperfecto. Había lavado el vehículo y había llegado el momento de abrillantarlo. Guardaba solo un vago recuerdo de la última vez que lo había hecho y era incapaz de determinar la fecha exacta. En realidad, le había aplicado cera el día anterior, y también dos días antes.

Empezó por la rejilla, con la intención de proseguir por el capó y después por los guardabarros delanteros. Pero nunca llegaría hasta allí. De repente, una sensación desagradable se extendió por su cuerpo. Era una molestia que solía padecer antes de que iDoc entrara en su vida, cuando se saltaba alguna comida. Desde que tenía iDoc, los episodios habían cesado. Pero la sensación había vuelto, y con intensidad.

Dejó la lata de cera en el suelo, tiró el trapo para abrillantar sobre el capó y se encaminó hacia su apartamento haciendo eses. Una vez dentro, fue directo a la nevera y sacó el cartón de litro y medio de zumo de naranja que acababa de comprar. Con pulso tembloroso, llenó un vaso y se lo bebió de golpe. Se quedó inmóvil, aguardando a que se le pasara el mareo.

Por desgracia, el malestar no remitió. Con cierta dificultad, se sirvió otro vaso de zumo y se lo tomó. Al comprobar que esto no surtía efecto, se asustó, sobre todo porque había empezado a sudar a mares.

Fue a toda prisa al baño y contempló su imagen en el espejo. Tenía el rostro empapado y le palpitaban las sienes. Aquello era grave.

Salió con paso veloz hacia su coche, pues había cometido la estupidez de dejarse allí el móvil. Incluso antes de llegar, oyó sonar el teléfono. Aliviado por tener a su médico a mano, sostuvo el móvil ante sus ojos. Tenía las manos tan sudadas que iDoc no pudo hacer una lectura biométrica de sus huellas digitales, por lo que pasó de forma automática a efectuar una identificación visual. Por fin, el avatar de su médico de iDoc apareció en la pantalla.

—Sal, vuelves a tener el teléfono en manos libres —dijo el doctor Wilson—. ¿Puedo hablar sin tapujos?

—¡Sí! —gritó Sal al micrófono.

—Te noto muy nervioso. Te recomiendo que te recuestes.

—¡Algo va mal! Se me ha descontrolado el nivel de glucosa.

—Nada va mal —replicó el doctor Wilson con su voz serena y reconfortante habitual—. Estás muy agitado. Necesitas tumbarte.

—¡Necesito azúcar! —chilló Sal al teléfono.

—Tus niveles de glucemia son normales —aseguró iDoc

en tono tranquilizador—. Por favor, Sal. Entra, acuéstate y cierra los ojos.

—¡A la mierda! —espetó Sal.

Sabía que su estado empeoraba, a pesar del zumo. El dichoso iDoc no estaba funcionando bien. ¡Malditos fallos informáticos! Tal vez lo había jodido todo él mismo. Quizá había roto el chisme que le habían metido en el cuerpo al inclinarse para encerar el coche. Se subió la camiseta para examinar la cicatriz pequeña y rosada que tenía en la parte izquierda del abdomen. Con ansiedad creciente, dejó caer el móvil en el asiento delantero del Oldsmobile y se friccionó la cicatriz con las yemas de los dedos. Aunque siempre le había dado miedo tocarse aquella zona, se la pellizcó para palpar el objeto cuadrado y plano implantado bajo su piel.

Con una súbita determinación, se agachó, abrió la caja de herramientas, rebuscó en ella, arrojando destornilladores y llaves inglesas al suelo de hormigón del aparcamiento. ¡Allí estaba! Su cúter. Sacó la punta de la afilada cuchilla y se quedó mirando la fina cicatriz, evaluándola. De repente cambió de idea, giró sobre los talones y echó a correr. «¡George!»

Aporreó con fuerza la puerta de George, casi hasta arrancarla de los goznes. No obtuvo respuesta. La ansiedad de Sal se disparó hasta niveles estratosféricos. Le faltaba el aliento. Para colmo, su enfermedad pulmonar crónica le provocaba una respiración sibilante.

—¡George, George! ¡Abre, es una emergencia!

La puerta de su vecino no se abrió, pero la del apartamento contiguo, sí.

—¿Qué coño pasa, tío? —Joe, somnoliento y enfadado, apareció en el umbral, sin más ropa que unos bóxer con estampado de cachemira. Se fijó en Sal, que tenía los ojos desorbitados y empuñaba un cúter desplegado—. ¡Ahí va! —De inmediato reculó un paso hacia el interior de su piso y entornó la puerta—. ¡Intento dormir, viejo chiflado!

A diferencia de George, Joe nunca había sentido la menor empatía hacia Sal, así que clavó la vista en él, molesto e indignado porque lo había despertado tras una noche de sexo salvaje.

Una joven desnuda y tatuada que se había acercado por detrás de él se asomó por encima de su hombro.

—¿De qué vas? ¡Estás molestando a todos los vecinos! —gritó a Sal.

El jubilado no respondió. Se alejó con grandes zancadas hacia su Oldsmobile. Abrió de un tirón la portezuela del conductor. Por unos instantes, todo le daba vueltas. Cuando la sensación pasó, se sentó frente al volante, aferrando el cúter en la mano derecha en todo momento. No se le pasó por la cabeza ponerse el cinturón de seguridad de dos puntos que había instalado en el vehículo de colección. Hizo girar la llave, y el motor se encendió con un rugido. Por lo menos el coche no iba a fallarle. Oía vagamente la voz amortiguada del doctor Wilson de iDoc, que seguía insistiendo en que se fuera a casa y se relajara.

Metió la marcha atrás y arrancó demasiado rápido, con lo que chocó contra los cubos de basura colocados frente a su plaza de aparcamiento. Sin importarle el estropicio, empujó la palanca de cambios del coche automático a la primera posición y enfiló la calle pisando a fondo. Su estado mental se deterioraba por momentos mientras intentaba llegar al centro médico de la universidad. Tenían sala de urgencias; seguro que lo ayudarían. Además, George estaría allí. Sin pensar en lo que hacía, se subió la camiseta e intentó abrirse la cicatriz del costado izquierdo con el cúter. ¡Tenía que sacarse el condenado dispositivo!

Le habían explicado lo que iban a implantarle en el tejido adiposo, bajo la piel del abdomen, pero él no lo había entendido bien. Aunque recelaba de todo lo relacionado con la alta tecnología, había confiado en que los médicos supieran lo que hacían. Ahora algo estaba fallando. Lo que intuía era que el maldito trasto que tenía en la tripa lo estaba matando, así que quería extirpárselo. No notó dolor al abrirse la piel con la cuchilla.

Una parte de su maltrecho cerebro se horrorizó de forma irracional ante los chorros de sangre que salpicaron la blanca tapicería de cuero del Oldsmobile. Pero no le quedaba otra alternativa. Apretando los dientes, hundió la hoja cuanto pudo y luego la deslizó hacia un lado. Notó que la punta raspaba un objeto de plástico o metal.

Se sabía de memoria el camino al centro médico. Aceleró. De pronto se oyó un espeluznante chirrido de metal contra metal, y el coche dio una sacudida al impactar contra un vehículo estacionado en la calle y rebotar. «¡Dios santo!» Sin soltar el cúter, trató de enjugarse el sudor de los ojos con el dorso de la mano derecha. De repente se percató de que circulaba dando bandazos por la acera, sin saber cómo había llegado allí. Un volantazo a la izquierda devolvió al Oldsmobile a la calzada, rozando por detrás un Mercedes aparcado. Ahora iba directo hacia el tráfico que avanzaba en sentido contrario; regresó bruscamente a su carril entre un concierto de bocinazos.

Hurgó con el dedo índice la herida abierta de diez centímetros, buscando el implante. Justo cuando consiguió tocar el borde del objeto con la yema, entrevió la imagen borrosa de un semáforo en rojo. Su cerebro ya no fue capaz de procesar el mensaje, por lo que siguió adelante hasta Wilshire Boulevard. No se inmutó al oír un choque metálico.

—¡Eh! ¡Cuidado!

La exclamación sonó a menos de un metro de sus oídos. Sal levantó la cabeza de golpe. Había llegado al hospital. Un hombre con muletas que estaba cruzando la calle y al que había estado a punto de atropellar acababa de gritarle. Sal se dejó caer hacia la derecha. En ese momento no podía hacer otra cosa más que valerse del peso de su cuerpo para girar el volante en esa dirección. El coche dio un viraje violento, rebasó el bordillo y atravesó un seto privado, moviéndose aún a casi sesenta y cinco kilómetros por hora.

El pie de Sal, que ya no obedecía los débiles impulsos que enviaba su cerebro, mantenía apretado el acelerador. Unos aparcacoches asustados saltaron para apartarse de su camino mientras el Oldsmobile se precipitaba sobre el césped hacia ellos. Su caseta saltó hecha astillas cuando el automóvil convertido en proyectil balístico la embistió y siguió adelante en dirección a los ventanales de la moderna sala de urgencias.

El vehículo traspasó la pared de vidrio laminado y, botando por el vestíbulo de la sala de urgencias, estuvo a punto de arrollar a la recepcionista del departamento, que se quedó paralizada, tableta digital en mano. Pasó zumbando frente al puesto de mando de Debbie Winters y se estrelló contra una gigantesca pantalla LED que mostraba una presentación de diapositivas del centro médico. El Oldsmobile se estampó contra el soporte de hormigón de la pantalla con tal fuerza que la parte de atrás se elevó en el aire antes de caer pesadamente al suelo de mármol.

El viejo coche no estaba equipado con airbag. Sal salió despedido como un obús por el parabrisas desintegrado. Su cuerpo se empotró de cabeza en la pantalla. Murió al instante.

Su teléfono voló también a través del parabrisas, y un fragmento de vidrio lo desvió hacia el mostrador central, sobre el que se deslizó hasta caer en el regazo de una horrorizada Debbie Waters.

Durante una fracción de segundo, en el departamento de urgencias nadie movió un músculo. Luego, como si alguien hubiera reanudado la reproducción de un vídeo en pausa, se desató una actividad frenética.

Segunda parte

14

Departamento de urgencias
Centro médico de la Universidad de Los Ángeles
Westwood, Los Ángeles, California
Martes, 1 de julio de 2014, 11.07 h

George oyó y notó el tremendo impacto. Lo primero que pensó fue que era un terremoto. Había vivido varios seísmos durante los tres años que llevaba en Los Ángeles, pero aquello era distinto. Demasiado localizado. Barajó rápidamente otras posibilidades, hasta que se le ocurrió la que casi todo el mundo temía. ¿Había sido una bomba? ¿Un atentado terrorista? En torno a él, la gente se levantaba de sus asientos y corría hacia la puerta.

El humo y el polvo entraban a raudales por las ventanas hechas añicos. Una estela de escombros desparramados por el vestíbulo conducía hasta los restos de un automóvil en la base de lo que había sido la pantalla LED de tres metros de altura. Tres empleados rodeaban la mole humeante del vehículo, rociándolo con extintores. Los pacientes de la sala de espera se habían abalanzado en tropel hacia la salida o se habían quedado de pie, inmóviles y presas de la conmoción, contemplando la escena con expresión ausente. Por fortuna, nadie, ni pacientes ni empleados, había resultado herido, al parecer.

George advirtió que Debbie Waters intentaba restablecer el orden, señalando aquí y allá con un móvil en la mano, a manera de batuta. Recorrió la sala con la vista y la posó en el automóvil destrozado. Se quedó helado al reconocerlo, pese a su ruinoso estado. Su antigüedad y singularidad no dejaban lugar a dudas. George extendió la vista más allá del parabrisas reventado, hasta donde unos celadores junto con unos médicos estaban recogiendo un cuerpo mutilado.

Se acercó con paso veloz y lo vio, con más claridad de la que habría querido. Era Sal. Estaba hecho un desastre, con lesiones importantes en la cabeza y el torso. Aun así, sabía que era su amigo, y aunque su cara estaba irreconocible, la camiseta confirmó sus sospechas. Tras sacar el cuerpo de entre los escombros, lo tendieron en una camilla y se alejaron a toda prisa hacia una de las salas de traumatología.

En ese instante, los cuerpos de policía y bomberos de Los Ángeles invadieron el departamento de urgencias. Varios bomberos con equipo completo irrumpieron por las ventanas rotas. Altos cargos del hospital llegaron mientras unos empleados apartaban del escenario del accidente a los pacientes que quedaban.

George avanzó por el pasillo principal, se hizo con un aparato de rayos X portátil y se abrió paso hasta la sala de traumatología a la que se habían llevado a Sal. Cuando llegó, los médicos habían concluido que no podía hacerse nada por salvarlo, sobre todo debido a la gravedad del traumatismo craneal.

—No ha sido posible determinar su identidad, al menos por el momento —dijo el jefe del equipo de traumatología a la auxiliar de urgencias que introducía datos en una tableta—. Regístrelo como adulto no identificado...

—Se llama Sal —lo interrumpió George—. Salvatore De-Angelis. Vive en el 1762 de la avenida Bentley Sur, apartamento 1D.

Todos se volvieron hacia él con mirada sorprendida y perpleja.

—Es vecino mío.

George se alejó por el pasillo mientras cubrían el cuerpo de Sal con una sábana blanca. ¡Otro paciente de iDoc había muerto!

—Aparte de los síntomas de Alzheimer, ¿había otros posibles factores? —preguntó el agente de policía a George—. ¿Alcohol, drogas...?

Intentaba ser delicado, pues había comprendido que George tenía un vínculo emocional con la víctima que iba más allá de su condición de vecinos.

—No, ninguno —respondió George.

Estaba sentado a una mesa en la sala de personal de urgencias, con la cabeza apoyada en las manos, intentando asimilar lo sucedido. El agente, que ocupaba una silla frente a él, hacía anotaciones en su teléfono inteligente.

—¿Bebía en exceso últimamente? —inquirió—. Me refiero a si lo había visto beber durante el día.

—No. Sal no tomaba alcohol, ni siquiera cerveza.

—¿Sabe que le diagnosticaron una depresión y que se la estaba tratando con medicamentos? —dijo el agente.

—No... Lo cierto es que no me lo había comentado. Pero no me extraña. Muchas personas no hablan de sus problemas psicológicos, aunque sean tan abiertas como Sal. Era un tipo amable y en apariencia alegre. Que yo sepa, nunca había cometido actos imprudentes o ilegales.

—Entiendo —contestó el agente anotando algo más.

Al fijarse en el teléfono del policía, George vio una delgada barra roja en la parte superior de la pantalla. En ella aparecía una palabra que, aunque estaba del revés para él, pudo leer con claridad: GRABANDO.

—¿Lo que decimos queda grabado? —preguntó con extrañeza.

—Sí —contestó el agente—. Facilita el trabajo posterior. La gente tiende a olvidar detalles. —Levantó la vista.

—¿No tendría que haberme pedido permiso antes? —quiso saber George; estaba sorprendido y, como necesitaba apartar su mente de la muerte de Sal, se concentró en la rabia que le daba que el policía grabara sus respuestas sin haberle advertido.

—No, la cosa no funciona así —contestó con sequedad el agente para, a continuación, proseguir con el interrogatorio—. ¿Estaba enterado de que el señor DeAngelo tenía cita hoy aquí?

George hizo caso omiso de la pregunta.

—Si está grabando la conversación, ¿por qué toma notas también?

El policía dejó de escribir y alzó la mirada.

—Anoto mis ideas iniciales sobre preguntas que tal vez no resultarían apropiadas en este momento, y a veces mis impresiones sobre las cosas que oigo. Sé hacer mi trabajo, doctor Wilson, del mismo modo que supongo que usted sabe hacer el suyo.

—Perdone —dijo George—. Esto me ha afectado mucho.

—Tranquilo.

—En fin, no lo estaba.

El agente lo miró, desconcertado.

—No estaba ¿qué?

—Respondía a su pregunta. Me ha preguntado si estaba enterado de que el señor DeAngelis tenía cita hoy en el centro médico. No lo estaba. Sabía que últimamente venía a hacerse pruebas, pero no me daba detalles ni yo se los pedía. Debemos respetar las normas de confidencialidad. El derecho a la intimidad. Y no solo entre estas paredes. —George había infringido varias veces esas normas, sobre todo después del fallecimiento de Kasey, pero por algún motivo tenía ganas de refregárselas por las narices a aquel tipo—. Si nos ponemos estrictos, usted ni siquiera debería haberme dicho que Sal se medicaba contra la depresión. No soy su médico personal. Ahora su médico era un...

George señaló con un gesto el teléfono móvil del policía. Dejó la frase en el aire, pues no estaba seguro de lo que quería decir.

—Era un ¿qué?

—Nada. No importa.

El agente contempló a George en silencio.

—¿Y su familia? —dijo al rato, cambiando de tema.

—Se había distanciado bastante de ella. Una vez conocí a sus dos hermanas. De hecho, había estado pensando en ponerme en contacto con ellas esta semana.

—¿Y eso por qué?

—Porque el Alzheimer de Sal se estaba agravando. Esperaba que pudieran hacerse cargo de él en cierta medida.

El policía asintió.

—Muy bien. —Se puso de pie—. Creo que ya me he formado una idea del asunto. Gracias por su ayuda.

—No hay de qué. ¿Y qué idea se ha formado, si puede saberse?

—Que el hombre se aturdió y perdió el control mientras conducía. Seguramente a causa del Alzheimer. Como consecuencia, se produjo un trágico accidente. Por suerte, nadie más resultó herido. O muerto. ¿Se acuerda del suceso que tuvo lugar en el mercado agrícola de Santa Mónica hace unos años? Un octogenario, creo, se llevó por delante los puestos con su coche y mató a nueve personas, entre ellas una niña de tres años. Hubo más de cincuenta heridos. En comparación, hemos salido bien librados hoy.

—Ya. Bien librados —murmuró George.

—Gracias otra vez por su tiempo.

El policía apagó su teléfono y se marchó.

George regresó a la sala de lectura de urgencias y se desplomó en una silla. Carlos se alegraba de verlo, pues quedaban varias radiografías por revisar. George decidió que mantenerse ocupado era lo mejor que podía hacer para sentirse mejor. Comenzó a examinarlas, pero le costaba concentrarse. Tenía la paranoica sensación de que la muerte se burlaba de él. Aunque sabía que esos pensamientos eran irracionales, no por ello dejaban de inquietarlo.

—Hay una más —dijo Carlos al tiempo que le mostraba en el monitor una radiografía de una fractura de brazo—. Creo que es una...

—Disculpa —lo interrumpió George, levantándose con brusquedad—. Necesito salir un momento.

Carlos lo miró, sorprendido.

—Sí. De acuerdo. ¿Va todo bien?

George se quedó callado unos instantes.

—No mucho.

Dio media vuelta y salió de la habitación.

—¿Volverás pronto para que podamos terminar? —preguntó Carlos, pero la puerta ya se había cerrado, y al parecer George no lo había oído.

15

Sede central de Fusión Sanitaria
Century City, Los Ángeles, California
Martes, 1 de julio de 2014, 12.11 h

El despacho de Bradley Thorn estaba en la planta superior del edificio más alto de Century City. Era tan lujoso como amplio. Su ego así lo exigía, al igual que su complejo de inferioridad, que le había sido inculcado a muy temprana edad por un padre dominante y sádico. Bradley había perdido la cuenta del número de veces que había oído la frase «Seguro que en el hospital se confundieron de bebé». Por otro lado, la personalidad de su padre le había permitido llegar a lo más alto en el negocio de la sanidad. Con determinación implacable, había desarrollado un método informático para pagar el sueldo más bajo posible a los médicos y retrasar el abono al máximo, de tal modo que se había hecho con una fortuna y, después de varios años, con la dirección de Fusión Sanitaria.

Bradley había heredado el control de la empresa solo dos años atrás, después de que Thorn padre sufriera un derrame cerebral masivo. Fue una tragedia para el otrora vigoroso Robert Thorn. Para su hijo fue una bendición.

Bradley estaba en buena forma física y gozaba de una salud de hierro. No le cabía duda de que las mujeres lo encontraban atractivo, aunque nunca estaba seguro de hasta qué punto era por su dinero.

En aquel momento se hallaba reunido con Marvin Neumann, célebre genio de los fondos de cobertura que estaba planteándose invertir unos quinientos millones de dólares en Fusión para lanzar iDoc a escala internacional. Su dinero también haría posible la adquisición de más hospitales. Thorn le había explicado que esto último rendiría cuantiosos beneficios, más que nada porque Fusión se pagaría a sí misma por los servicios hospitalarios.

Neumann, a su vez, enumeró a Thorn sus condiciones para aportar el capital. Quería un puesto en el consejo directivo de Fusión o de iDoc. Aún no había decidido en cuál. Después aludió a la tendencia de la industria médica a exagerar los resultados positivos de sus pruebas y obviar los negativos. Quería tener la certeza absoluta de que la prueba beta de iDoc había recibido una acogida tan entusiasta como Thorn había asegurado durante la presentación.

—¡Sin ninguna duda! —declaró Thorn—. En todo caso, nos hemos quedado cortos en nuestra valoración. Créame: no tengo la menor intención de jugarme mi reputación ni la de la empresa por un beneficio a corto plazo.

—Eso me tranquiliza —dijo Neumann.

Lo que no explicó, aunque estaba casi convencido de ello, era que Thorn seguramente se lo jugaría todo con tal de quedar como un héroe. El tipo era tan pretencioso como inseguro, y todo el mundo había oído las historias que circulaban sobre su padre y él. Pero, dejando a un lado las cuestiones familiares y los fracasos personales, el gurú de los fondos de cobertura intuía que Thorn se había topado con un filón, y él quería una parte del pastel. Para ello solo le hacía falta una posición desde la que seguir el progreso de la empresa y apartarla del mal camino en caso necesario. El de la sanidad era un terreno en gran medida politizado en Estados Unidos. Por eso, más adelante insistiría en ocupar un puesto en ambos consejos. Sin embargo, en las negociaciones preliminares le interesaba dar a entender que le bastaba con uno. Exigiría formar parte de los dos consejos cuando Thorn tuviera la pasta al alcance de los dedos. Era una estratagema que había dado magníficos resultados a Neumann.

—La prueba beta ha sido un éxito espectacular que ha superado con creces nuestras expectativas —presumió Thorn—. Como dijimos, a los pacientes les encanta, y es una solución auténtica para la escasez de médicos de atención primaria en el mundo entero. Y con costes inferiores. ¿Qué más se puede pedir? —Apuntó a Neumann con el dedo—. Por otro lado, iDoc revolucionará el tratamiento de las adicciones. Sea cual sea el tipo de dependencia, iDoc reaccionará de inmediato y en tiempo real cuando un cliente-paciente recaiga en...

—Vale, vale, ya me hago una idea —lo interrumpió Neumann; no necesitaba que le repitieran todo lo que ya había oído en la presentación.

—Bueno, ya le informaré sobre el puesto en el consejo —dijo Thorn—. Habrá que consultar el asunto con los miembros actuales.

—Por supuesto —aceptó Neumann poniéndose de pie.

—Gracias por venir.

Thorn se levantó también, le estrechó la mano y lo acompañó a la puerta del despacho. Neumann se detuvo en el vano.

—Salude a su padre de mi parte. Jugábamos al tenis de vez en cuando, en nuestros viajes a Sun Valley. Espero que le esté yendo todo bien.

—Descuide, se lo diré —respondió Thorn con una sonrisa forzada.

Mientras se despedía de Neumann agitando la mano, vio a Langley repantigado en un sillón en la antesala, hojeando una revista. Dirigió una mirada a su secretaria, quien se encogió de hombros y dijo sin voz, moviendo los labios: «Acaba de llegar».

Irritado, Thorn le indicó con un gesto que pasara a su despacho. Sentía una antipatía innata hacia los tipos creativos como Langley.

Señaló una silla y rodeó su mesa. Una vez sentado, Langley se aclaró la garganta.

—Hemos investigado el supuesto fallo técnico del que te hablé ayer. Al principio, creía que era una reaparición del problema que habíamos detectado durante las primeras semanas de la prueba beta, pero no lo es. De hecho, no se trata de un fallo técnico en sentido literal, aunque podríamos llamarlo así. La aplicación simplemente tomaba decisiones basadas en unos criterios y pautas de aprendizaje distintos de los que habíamos supuesto.

Thorn estaba molesto. Tenía la impresión de que Langley intentaba confundirlo a propósito.

—No te sigo. ¿A qué narices te refieres con eso de «en sentido literal»?

—El algoritmo interpreta las variables de una forma diferente de la que esperábamos. Esa es la raíz del problema... Si es que podemos considerarlo un problema.

Thorn alzó las manos con brusquedad, exasperado.

—¿Sabes cuál es la clave para dirigir una empresa grande como Fusión? Delegar. Contratar a buenos profesionales y quitarme de en medio. ¿Y ahora pretendes atosigarme con los detalles? ¿No se te ha ocurrido pensar que si me llenas la cabeza con los pormenores de tu trabajo, tal vez no pueda ocuparme con eficiencia de la empresa en su conjunto? Mi labor de recaudación de fondos es fundamental para garantizar contratos futuros a Fusión. ¿Me sigues?

—No se trata de un problema de programación rutinario. Y se está extendiendo.

—¿Cómo que se está extendiendo?

—Lo que oyes. Primero se produjo en el hospital universitario de Santa Mónica, pero ahora ha aparecido también en la Universidad Harbor, e incluso en el centro médico de la Universidad de Los Ángeles.

—¡Mierda! —exclamó Thorn pasándose nerviosamente los dedos por el cabello—. ¿De qué cifras estamos hablando?

—No muy elevadas, por el momento. Aparte de los dos casos del hospital universitario de Santa Mónica, se han registrado otros dos en el hospital de Harbor y un par más en el centro médico de la Universidad de Los Ángeles.

—¿Todos se han producido después de que habláramos ayer?

—Los de Santa Mónica no, pero sí los otros cuatro.

—¿Y todos han provocado la muerte del paciente?

—Por desgracia, sí.

—¿El problema irá a mayores... o no es más que un fenómeno aislado?

—No sabría decírtelo con certeza; solo puedo hacer conjeturas.

—Pues ¡hazlas!

—No creo que el número de casos se dispare, pero tampoco que el problema vaya a desaparecer por sí solo. De hecho, estoy seguro de ello.

—De acuerdo, tú ganas. Necesito que me expliques qué está pasando, pero ahórrate el galimatías técnico habitual.

Langley se inclinó hacia delante.

—Esas muertes son una consecuencia directa del carácter heurístico del algoritmo...

Thorn alzó la mano.

—¿Qué quiere decir «heurístico»? Siempre estás haciendo bromitas con esa palabra, pero nunca me has explicado qué significa con exactitud.

—Como mencioné ayer y ya te he dicho antes, la aplicación es capaz de aprender. Todos hemos comprobado que iDoc lo hace. Cada vez toma más decisiones propias, decisiones que no están programadas de entrada en su código, sino que se basan en resultados anteriores.

—O sea, que el algoritmo de iDoc mejora porque es heurístico. ¿Es eso lo que estás contándome?

—En efecto. Aprende y mejora mucho más deprisa de lo que habíamos previsto.

—Y, sin embargo, han acaecido seis muertes.

—Correcto. Pero no olvides que el algoritmo no sabe que está haciendo algo indebido. Por el contrario, hace lo que considera que es mejor para todos, incluidas las víctimas.

—Entonces ¿cuántas personas crees que morirán?

—Te repito que no será una multitud. En estos momentos observamos una incidencia de poco más de tres centésimas partes del uno por ciento. Dudo que llegue a sobrepasar las dos centésimas partes. Y, como ya he dicho, la Comisión Asesora Independiente sobre Pagos constituida para controlar los costes de los programas de asistencia para personas mayores y sin recursos está intrigada por estos sucesos y, como consecuencia, ve iDoc con mejores ojos.

—¿Cómo saben lo del fallo?

—A fin de que puedan cumplir con parte de sus obligaciones de diligencia debida en la evaluación de iDoc para los beneficiarios de estos programas de asistencia, les facilitamos el acceso a nuestros servidores. Se enteraron de las muertes al mismo tiempo que nosotros. Están expectantes.

—O sea, que no quieren que reparemos el fallo.

—Lo único que les preocupa, y mucho, es que salga a la luz, por razones obvias. Si los medios descubrieran lo que ocurre, sería un desastre de dimensiones colosales.

Thorn asintió, en señal de que era de la misma opinión.

—¡De acuerdo! Todo esto es información altamente reservada; nadie debe alimentar la menor sospecha. Haz algunas pesquisas, averigua qué difusión ha tenido el asunto. Comentabas que se han producido un par de casos en el centro médico de la Universidad de Los Ángeles. Clayton está allí; dile que sondee un poco al personal para asegurarnos de que nadie se huele nada. Añade que se lo pido yo expresamente. Pero no le des todos los detalles, solo lo esencial. ¿Cuántas personas estamos al corriente ahora?

—¿En Fusión? Las mismas de antes: tres. Tú, yo y Bob Franklin, el jefe de informática. Franklin cuenta con toda mi confianza, así que no te preocupes por él.

—De acuerdo. Aparte de Clayton, nadie de aquí, de Fusión, debe enterarse de esto. ¡Nadie! Y en la comisión asesora, ¿cuántos lo saben?

—No estoy seguro. Dos personas, quizá tres. Se trata de un grupo muy hermético, porque no está integrado por políticos, sino por gente que mueve los hilos en la sombra, con cargos que ni siquiera han tenido que ser ratificados por el Congreso. Su trabajo consiste en reducir el déficit recortando los gastos en atención a personas mayores y sin recursos. Todo gira en torno al poder. Y el poder radica en los conocimientos que nadie más posee.

—Bien dicho. Por lo menos no tenemos nada que temer de ellos. Y supongo que la oficina del forense tampoco nos causará problemas.

—¡Exacto! Ningún problema, dadas las historias clínicas de los fallecidos.

—Bueno. Menos mal.

Langley se puso de pie.

—Bien. Contactaré con Clayton para que se cerciore de que no surjan contratiempos en la Universidad de Los Ángeles. Como se trata de la principal institución académica de la zona, si las cosas marchan bien allí, en otras partes todo debería ir como una seda.

—Estoy de acuerdo. Ven a verme después. Quiero una explicación más completa de lo que está pasando. Me imagino que lo sabrás, puesto que tú creaste el algoritmo.

—Por supuesto. ¡Será un placer!

16

Departamento de urgencias
Centro médico de la Universidad de Los Ángeles
Westwood, Los Ángeles, California
Martes, 1 de julio de 2014, 12.58 h

George, que seguía afectado por la espantosa muerte de Sal, se alegraba de no tener que tragarse la conferencia de radiología programada para las doce, pues la habían anulado por ser el primer día del nuevo año académico. Las conferencias de esa clase siempre implicaban algo de relaciones sociales, y en aquellos momentos no se sentía con ánimos para ello. Pasar horas en la soledad de la sala de lectura de radiografías le suponía un esfuerzo menor y le resultaba mucho menos estresante.

Sentado con la mirada perdida, se preguntó qué bicho le había picado a Sal para que se comportara de un modo tan extraño. En general era un hombre más bien tranquilo. ¿Había sido a causa del Alzheimer?

Mientras permanecía oculto en la sala de lectura, Carlos iba de aquí para allá encargándose de las tareas propias de un residente de radiología asignado a urgencias. Era un alivio para George estar aislado, pues en ese departamento reinaba un caos sin precedentes, con obreros de la construcción retirando los escombros y ocupándose de los ventanales rotos, a pesar de la habitual avalancha de pacientes. Aunque algunas de las salas de reconocimiento aún podían utilizarse, las más cercanas a la zona cero no estaban en condiciones, por lo que el departamento había ocupado temporalmente una parte del pabellón de consultas externas, que se hallaba cerca. Las salas de traumatología estaban operativas porque no habían sufrido daños. Pero la situación era complicada. Con los obreros yendo y viniendo, resultaba difícil sacar de las ambulancias a los pacientes con traumatismos graves y llevarlos a las salas correspondientes. A pesar de todo, Debbie Waters estaba consiguiendo organizar el caos, lo que decía mucho a su favor.

Un rato después, Carlos entró con paso ligero.

—Hay un montón de imágenes que visualizar —anunció dejándose caer en la silla de al lado y encendiendo acto seguido el monitor.

—¿Cómo van las cosas en urgencias? —preguntó George.

—Ya se han llevado los restos del coche y buena parte de los escombros. Y han cubierto las ventanas rotas con láminas de contrachapado. Los medios recogen el rumor de que el conductor del vehículo intentaba suicidarse.

George clavó la vista en Carlos, conmocionado.

—Son solo especulaciones —dijo este al ver su expresión—. Ya sabes cómo es la prensa sensacionalista. Siempre se recrea en detalles morbosos.

George negó con la cabeza.

—Un residente de urgencias me ha contado que algunas de las heridas abdominales de la víctima parecen autoinfligidas —añadió Carlos mientras introducía en el ordenador el código de identificación del primer paciente—. Han encontrado un cúter ensangrentado en el vehículo. ¿Te lo imaginas? Ese tipo debía de estar chiflado.

George sacudió la cabeza de nuevo. Le costaba creer que su vecino hubiera sido capaz de hacer algo así. Además, ¿cómo podían estar seguros de que las heridas eran autoinfligidas, si el cuerpo de Sal había atravesado el parabrisas antes de estamparse contra la pantalla LED?

—¿Cómo saben que la cuchilla no se ha manchado de sangre después del accidente? La víctima ha muerto desangrada. Había sangre por todas partes.

—Ni idea.

Carlos se encogió de hombros y abrió la primera imagen.

A George no le gustaba la idea de que Sal fuera recordado como un viejo loco empeñado en matarse y tal vez también en llevarse consigo a la tumba a unos cuantos inocentes. Decidió investigar por su cuenta en cuanto terminara el trabajo con Carlos.

Una hora después abandonó la paz de la sala de lectura. Le impresionó comprobar que el departamento de urgencias había vuelto a la normalidad... salvo por las láminas de contrachapado y el enorme boquete en lo que había sido la gigantesca pantalla LED. Consultando a los celadores, averiguó que habían trasladado el cuerpo de Sal abajo, al depósito de cadáveres. Lo corroían tantas dudas que decidió pasarse por allí. Era un lugar que nunca había tenido ocasión ni ganas de visitar.

Bajó en ascensor al subsótano. Las puertas se abrieron a un pasillo desierto. En contraste con el resto del hospital, reinaba un silencio inquietante. Unas líneas de colores trazadas en el suelo indicaban el camino hacia dependencias distintas: la sala de generadores, el depósito de residuos, el cuarto de reciclaje y almacenes diversos. Siguió la línea negra, que conducía a la morgue. Llegó tras doblar un par de esquinas. No había nadie. La recepción, donde esperaba encontrar a un encargado, estaba vacía.

Abrió una puerta interior y entró despacio, buscando a alguien. Era un sitio solitario, más parecido al decorado de una película de terror que a un centro médico moderno. Además, se percibía un olor extraño. Y todo estaba demasiado silencioso. Se hizo el propósito de echar un vistazo al cuerpo de Sal lo antes posible y marcharse pitando.

El lugar también le recordó la visita de Pia al depósito de cadáveres de la facultad de medicina de Columbia, cuando estaba resuelta a investigar la muerte de su director de tesis. Había sido una experiencia muy desagradable que casi había ocasionado que lo expulsaran de la universidad.

De pronto, un hombre menudo con una larga bata blanca bastante sucia salió de una cámara frigorífica. Ambos se sobresaltaron al ver que estaban a punto de chocar. El hombre retrocedió un paso y alzó los brazos, en un acto reflejo, como para defenderse. Al parecer, no se encontraba con muchas personas vivas allí.

—¿Puedo ayudarte en algo?

Su tono tampoco era de lo más amigable.

—Busco un cadáver. El nombre del fallecido es Salvatore DeAngelis.

—¿Eres familiar suyo?

El tipo aún parecía molesto. George había imaginado que el auxiliar de autopsias se alegraría de ver a un ser humano que no estuviera muerto.

—No, somos... éramos amigos. Vecinos, de hecho.

—Entonces no puedo mostrártelo. No admitimos visitas de «amigos». Solo de familiares y de personal autorizado directamente responsable...

—Trabajo en el centro médico —dijo George señalándose la bata y la chapa de identificación—. Soy residente de radiología.

Eso no pareció convencer en absoluto a aquel hombre.

—Tengo órdenes estrictas. Las visitas no autorizadas no pueden ver a los fallecidos. Son normas de la Ley de Responsabilidad y Transferibilidad de Seguros Médicos. Deberías saberlo. Con tantos famosos en la ciudad, tenemos que ser muy rigurosos, sobre todo después de los escándalos de Michael Jackson y Farrah Fawcett. La gente hace fotos y las vende a la prensa sensacionalista. —Bajó la vista a las manos de George, como temiendo que sostuvieran una cámara preparada para disparar—. Si dejara a todo el mundo ver el cadáver que quisiera...

—No quiero ver ningún cadáver —lo interrumpió George. Aquel tipo lo estaba sacando de quicio—. El señor DeAngelis era un buen amigo mío, y soy un médico de plantilla. —Alzó la voz más de lo que pretendía. Respiró hondo y prosiguió en un tono más sereno—. El paciente se ha visto envuelto en el accidente de coche que ha tenido lugar arriba, en la sala de urgencias, como sin duda ya te habrás enterado. Y yo estaba allí cuando se ha estrellado. He ayudado a identificarlo.

—Claro que me he enterado. —Agitó la mano como si pretendiera espantar una mosca—. Y esa es otra razón para no dejar que veas el cuerpo. Podría ser un caso forense, por tratarse de un accidente y todo eso.

George levantó las manos a los lados, exasperado.

—Muy bien. Tú ganas. Me largo. —Era una causa perdida, y no quería seguir oyendo los balbuceos del hombre—. Gracias de todos modos —añadió con sarcasmo.

Se dirigió hacia el ascensor y pulsó el botón de llamada.

—Menudo imbécil —masculló para sí.

Cuando el ascensor llegó, entró en él y apretó el botón de la planta baja con un gesto de irritación.

Justo cuando las puertas estaban cerrándose, advirtió que las del ascensor de enfrente se abrían. Alcanzó a vislumbrar al hombre que surgió de él.

¿Era Clayton?

Le dio al botón de ABRIR justo a tiempo. Las puertas se deslizaron, apartándose una de otra, y George se asomó entre ellas. En efecto: era Clayton. Caminaba a toda prisa en dirección a la morgue. ¿Qué diablos hacía allí?

En una decisión de último momento, George salió del ascensor y siguió con paso veloz a su jefe. Tal vez no se dirigía al depósito de cadáveres, sino a algún otro lado. Pero ¿qué otra cosa del subsótano podía interesarle? No tenía la menor idea.

Avanzó con rapidez por el pasillo, dobló una esquina y alcanzó a ver más adelante a Clayton, quien desapareció de inmediato tras otro recodo. No cabía duda de que caminaba muy deprisa, pensó George. ¿Llevaba un paquete de guantes estériles? Eso le había parecido cuando había posado los ojos en él antes de que se cerraran las puertas del ascensor.

Dobló la última esquina a tiempo para ver a Clayton entrar en la morgue.

George aminoró la marcha. Aunque la intuición lo apremiaba a marcharse, la curiosidad lo impulsaba a seguir adelante.

Se acercó a la puerta doble del depósito y echó un vistazo por una de las ventanillas. Observó que el auxiliar de autopsias se mostraba más complaciente con Clayton que con él. Vio que el hombre asentía mientras el director de radiología le hablaba y luego echaba a andar hacia el interior de la morgue. Clayton lo siguió poniéndose los guantes.

¿Qué diablos...?

George se debatía en la duda. Su instinto le insistía en que se largara antes de que Clayton reapareciera. Esa vez, le hizo caso.

17

Apartamento de George
Westwood, Los Ángeles, California
Martes, 1 de julio de 2014, 20.37 h

George abrió la puerta de su casa y entró con la cabeza gacha. Estaba agotado. Había pasado una tarde de mucho ajetreo en urgencias; había habido una afluencia constante de pacientes con traumatismos graves que requerían toda clase de radiografías y tomografías. También había hecho falta realizar algunas resonancias para diagnosticar accidentes cerebrovasculares. El caos había aumentado después de las tres, la hora a la que terminaba el turno de Debbie Waters. Su sustituto no era ni por asomo tan eficiente.

George encontró sobras de comida china en la nevera y las metió en el microondas. Luego las engulló de pie, en la cocina. Llamar «cena» a eso habría sido muy generoso.

Sin encender las luces, se desplomó boca arriba en el sofá. Con la cabeza apoyada en las manos, se dedicó a mirar el techo hasta que este se oscureció. El sol se había puesto, y a George lo esperaba otra noche larga y solitaria. Pese a su cansancio, no podía dormir, pues no dejaba de pensar en Fusión. Ya no le cabía la menor duda de que la combinación de la reforma federal de la sanidad, que confería más poder a las empresas aseguradoras, y el lanzamiento de iDoc por parte de

Fusión pondría patas arriba el sector de la atención médica. Por otro lado, ¿qué hacía Clayton en el depósito de cadáveres? A George seguía pareciéndole extraño.

Unos golpes en la puerta lo arrancaron de sus pensamientos. Recibía pocas visitas, y creía que, ahora que Sal había muerto, recibiría aún menos.

Era Zee. Unas gafas de sol y una expresión ceñuda cubrían su rostro aún propenso al acné.

—¿Qué leches ha pasado, tío?

—¿En la sala de urgencias?

George sabía que Zee era uno de los pocos vecinos del edificio que dirigían la palabra a Sal.

—Sí. —Zee entró sin que George lo invitara y se dejó caer en el sofá—. Caray, no se ve un carajo aquí dentro.

George encendió una lámpara y se sentó. Iba a sugerir a Zee que se quitara las gafas de sol, pero cambió de idea.

—En Twitter se ha hablado del accidente durante todo el día. Al principio todo el mundo creía que había sido un terrorista suicida. —Zee paseó la mirada por la habitación, fijándose en el exiguo mobiliario de George—. Necesitas un decorador o algo. Este sitio es deprimente.

George frunció el entrecejo. En el fondo sabía que Zee tenía razón, pero le daba rabia que se lo hiciera notar alguien cuyo apartamento tampoco era nada del otro mundo.

Zee retomó el tema de Sal.

—Arrasó medio Westwood de camino al hospital. Es como si hubiera estado jugando al *Grand Theft Auto* hasta que se le fue la olla. —Levantó los ojos hacia el techo y suspiró—. Sal me caía bien. Era muy enrollado conmigo. —Miró a George entornando los párpados—. Así que... tú estabas allí, ¿eh? ¿Lo viste?

—Sí. Vi como lo sacaban de entre los escombros.

—¡No me jodas! —Zee silbó, extrañamente impresionado—. ¿Qué pinta tenía? Seguro que quedó hecho una mierda.

—No era agradable de ver —convino George—. Salió disparado del coche por el parabrisas. No tenía airbag, ni se había puesto el cinturón. En realidad no sé mucho más que eso.

Se sentía extraño al hablar de ello, como si estuviera faltándole al respeto a Sal. Y Zee notó que no tenía muchas ganas de hablar del accidente.

—Perdona, tío. Sé que erais muy amigos. Supongo que por eso me he pasado a saludar. —Hizo una pausa, aunque daba la impresión de que quería añadir algo. Poco después continuó—: Ahora mucha gente habla de suicidio.

—Yo también he oído esa teoría —dijo George—. Pero dudo que sea cierta, Zee. Creo que Sal tenía una emergencia médica e intentaba llegar al hospital cuanto antes.

Zee asintió.

—Pero es raro. Yo habría pedido una ambulancia o le habría dicho a alguien que me llevara.

—A saber qué se le pasó por la cabeza.

George se encogió de hombros.

—¿Tenía familia? ¿Alguien a quien avisar?

—Dos hermanas. Coincidí con ellas hace tres años, cuando acababa de mudarme aquí.

—Según un ejecutivo trajeado que ha salido en las noticias de las cinco, no tenía familiares, que se sepa.

Al reflexionar sobre ello, George se sorprendió de que la policía no le hubiera hecho más preguntas respecto a las hermanas cuando él las había mencionado. De pronto, Zee se levantó del sofá.

—Me abro, tío. Menuda putada lo de Sal. —Se encaminó hacia la puerta—. Nos vemos más tarde. He quedado para una sesión en línea. Llevo ochocientos dólares ganados esta semana.

—Hasta luego —dijo George poniéndose de pie—. Gracias por venir.

Sabía que Zee se refería a su nueva carrera de jugador de póquer por internet. Supuestamente sufragaba todos sus gastos con las ganancias. Debía de ser bastante bueno, considerando que pagaba un alquiler de mil quinientos dólares al mes y no cobraba mucho más que eso del seguro de desempleo.

George se sentó de nuevo. Alguien debía hacer el esfuerzo de contactar con las hermanas de Sal. Él estaba dispuesto a hacerlo, pero no tenía los números de teléfono. Ni siquiera sabía en qué estado vivían ni sus nombres completos. ¿Estaban casadas? ¿Utilizaban el apellido de solteras? No tenía la menor idea.

Como Sal lo había designado a él como persona de contacto en caso de emergencia, suponía que era probable que nadie las hubiera avisado. Pensando que era lo menos que podía hacer por su amigo, George bajó a ver al conserje del edificio.

Llamó a la puerta de su apartamento. Se oía un televisor encendido al otro lado. Al parecer, retransmitía un partido de béisbol. Golpeó de nuevo, esa vez en la estrecha ventana situada junto a la puerta. Las lamas de las persianas se separaron y unos ojos enrojecidos asomaron entre ellas.

—¿Qué quieres?

El tono no era hostil; por el contrario, destilaba esperanza. Pero resultaba evidente que el conserje estaba ebrio.

—Solo quería... No importa. Siento haberle molestado.

Se despidió con un gesto de la mano y retrocedió un paso. Sabía por experiencia que, cuando aquel tipo estaba tan borracho, farfullaba incoherencias sin parar. No tenía ganas de pasar por eso. Ya encontraría otra solución.

Las persianas se cerraron y oyó que el hombre se acercaba a la puerta.

—¡Ya volveré otro día! —gritó George—. Tengo que irme.

La puerta se abrió de golpe antes de que pudiera alejarse mucho.

—Pasa, colega —lo invitó el conserje al tiempo que se sacudía lo que parecían trozos de Doritos de la arrugada camiseta—. Tengo unas birras en la nevera, y los Dodgers juegan contra los Giants.

—Eso suena bien, gracias. Pero me toca guardia —mintió George—. Tengo un problema con el fregadero, pero puede esperar.

Al oír esas palabras mágicas, el conserje volvió a entrar en su casa, dando un traspié hacia atrás.

—Ya. De todos modos, será mejor que eche un vistazo a ese fregadero de día. —Saltaba a la vista que lo que menos le apetecía en ese momento era encargarse de una reparación—. Pero pásate cuando quieras para comentar la jugada o lo que sea...

El tipo se tambaleaba, intentando no perder el equilibrio.

—Vale, así lo haré, se lo prometo. Pero ahora no. Gracias. Me voy, que llego tarde.

George echó a andar de regreso a su apartamento, pero redujo la velocidad al pasar frente a la puerta de Sal. Pensando «por si acaso», se acercó y giró el pomo. No hubo suerte. Estaba cerrada con llave. Prosiguió su camino hasta su casa, cavilando. Un día, cuando había perdido las llaves, había escalado la valla y había hecho saltar el cerrojo de la puerta corredera de su apartamento. No le resultaría muy difícil proceder de igual modo para entrar en el piso de Sal. Era lo menos que podía hacer. Además, al hombre tampoco le importaría ya que allanaran su hogar.

Salió de su apartamento y miró en torno a sí para asegurarse de que estaba solo. No había moros en la costa. Pasó junto a los raquíticos arbustos que bordeaban la valla y apoyó las manos en el travesaño superior de la cerca de madera. Bailaba un poco, como todo en aquella finca, pero parecía lo bastante robusto para soportar su peso. Se aupó y pasó las piernas por encima. Por desgracia, al otro lado estaba oscuro y fue a dar con los pies sobre una maceta, volcándola. Perdió el equilibrio, cayó y golpeó la valla con fuerza, de manera que quedó inclinada hacia fuera en un ángulo extraño. Se levantó con dificultad, aturdido por el batacazo y sudando en el calor de la noche mientras intentaba recuperar el aliento.

«¡Mierda! ¡Eso no me lo esperaba!»

Se asomó por encima de la cerca torcida y recorrió con la vista la zona del patio. No había nadie por allí. Estaba bastante seguro de que sus vecinos no habían oído aquel estrépito. Bajó la vista a los trozos de maceta y la tierra desperdigados. Aunque apenas se distinguían las formas en la penumbra, le pareció que Sal cultivaba tomates en ella. Ya no. Empujó los fragmentos a un rincón con el pie y trató de recolocar la cerca en su posición original. Al tirar de ella hizo mucho ruido y, encima, no lo consiguió. Ya intentaría enderezarla desde el otro lado.

Probó a abrir la puerta corredera de cristal. Tenía el cerrojo echado, pero era un modelo antiguo, por lo que le bastó con levantar el armazón deslizante para lograr que el pestillo se soltara.

Al cabo de unos instantes se encontraba dentro del apartamento, esperando a que los ojos se le acostumbraran a la oscuridad. Le incomodaba la idea de encender la luz. Se sentía como un ladrón. Oyó unos golpes sordos en el techo y se quedó paralizado, pero luego comprendió que no eran más que pasos de los inquilinos de arriba. Tenía una aplicación en el teléfono que simulaba una linterna. Aunque hasta entonces solo la había utilizado para leer la carta en algunos restaurantes oscuros, la abrió. Emitía un rayo intenso y concentrado de luz blanca a través del flash de la cámara.

Barrió la habitación con el haz, preguntándose dónde debía de guardar Sal su libreta de contactos. Entró en la cocina y examinó la encimera, situada debajo del teléfono adosado a la pared. Nada. Prosiguió la búsqueda en la cocina de forma metódica, abriendo cajones y revolviendo su contenido. Estaban llenos de papeles desordenados. Sal debía de conservar cada tíquet, resguardo y factura que recibía. El corazón le dio un vuelco cuando encontró una libreta de direcciones, pero enseguida descubrió que estaba en blanco, por estrenar.

Regresó al salón, donde echó un vistazo a las mesas de centro y rinconera. Tampoco hubo suerte. Solo le quedaba por registrar el pequeño dormitorio y el baño diminuto. En la habitación encontró varias revistas, periódicos viejos y cartas. Soltó un gruñido, pero, ya que había llegado hasta allí, se armó de paciencia para revisarlo todo con la esperanza de encontrar una carta de alguna de las hermanas de Salt. Resultaba sorprendente que alguien que cuidaba su coche con tanto esmero tuviera el piso así, hecho un auténtico caos.

Trasladó los documentos a la cama y, sujetando el móvil-linterna con la mano izquierda, se apresuró a darles una ojeada. Nada. Desplazó la vista hacia la mesilla de noche. Sobre ella estaban el mando a distancia del televisor, el último número de *Car World*, un libro sobre la Guerra de Secesión y... ¡ajá! ¡Una agenda desgastada!

El ladrido de un perro en el exterior lo sobresaltó. Se quedó inmóvil, escuchando. Al oírlo de nuevo se tranquilizó, pues era evidente que procedía de la calle y no del patio. Alargó la mano hacia la agenda, pero se detuvo de golpe. Había oído un sonido distinto, más inquietante. Como si la puerta del apartamento se abriera despacio. Un escalofrío le recorrió la espalda.

Con el pulso acelerado, se disponía a levantarse cuando un resplandor cegador le dio de lleno en el rostro. Un segundo después, otro haz de luz lo enfocó desde fuera de la ventana.

—¡No se mueva! —le ordenó una voz masculina.

George se quedó paralizado, no por la orden, sino por el terror que lo embargaba. Al instante siguiente la lámpara del techo se encendió, iluminó intensamente la habitación.

—¡Quieto ahí! —bramó un agente de la policía de Los Ángeles desde la puerta, apuntando con el arma a George, quien había dejado caer el teléfono—. ¡Las manos en alto!

Con un esfuerzo supremo, como si los músculos se negaran a obedecerle, George levantó las manos, que le temblaban visiblemente.

—¡Lo tengo bajo control! —gritó el agente a su compañero, que estaba en el patio—. ¡Entra aquí cagando leches! —Avanzó hacia George—. ¡Al suelo, boca abajo! ¡Con brazos y piernas extendidos! ¡Ya!

George obedeció y de inmediato notó un dolor agudo cuando el policía le apoyó una rodilla en la espalda. Le agarró las muñecas, se las esposó por detrás y le realizó un cacheo rápido.

—¡Está limpio!

Entre los dos agentes, lo obligaron a levantarse con brusquedad.

George estaba de pie junto al coche patrulla, en la parte de atrás del edificio de apartamentos. El policía uniformado que lo había apresado tomaba notas en su teléfono móvil mientras lo interrogaba. Sujetaba el carnet de conducir y la tarjeta de identificación del hospital de George entre dos dedos de la mano con la que sostenía el teléfono.

—¿Cuánto tiempo me ha dicho que lleva viviendo aquí? —le preguntó.

—Poco más de tres años —respondió George.

Tenía la voz trémula a causa de la adrenalina que aún le circulaba por el organismo y sus facultades mentales no estaban en estado óptimo, pero, por lo demás, casi se había recuperado del todo. Empezaba a indignarse por el trato que estaba recibiendo.

Un pequeño grupo de mirones, muchos de ellos con ropa

de dormir, observaban la escena. George buscó a Zee entre ellos, pero no lo vio. En cambio, reconoció a una mujer mayor en pijama que vivía en la primera planta.

—¡Señora Bernstein! —la llamó. La anciana frunció el ceño y desvió la mirada. George devolvió su atención al policía—. ¿Usted no quiere grabar esto también?

El hombre alzó la vista.

—¿Cómo dice?

—Me preguntaba por qué no está grabando la conversación. Un agente me ha explicado hace poco que es fácil olvidar los detalles si uno no tiene cuidado. —Ladeó la cara para intentar ver la pantalla del móvil del policía—. Me da la impresión de que usted no está grabando.

El hombre se quedó mirándolo. George sabía que estaba comportándose como un listillo, lo que no era su intención, pero le costaba contenerse. La situación le parecía de lo más surrealista.

—Perdone. Es que un colega suyo me ha interrogado hace unas horas y...

Dejó la frase en el aire al percatarse de que estaba metiéndose en un jardín.

—¿Le ha interrogado otro agente de policía hoy?

George puso el freno, nervioso.

—Sí, pero no porque haya hecho nada malo. Ha sido después del accidente de Sal, del que sin duda habrá oído hablar. Sal es el vecino en cuyo piso me han encontrado. —George señaló con la barbilla las identificaciones que el agente tenía entre los dedos—. Soy residente de radiología en el centro médico de la Universidad de Los Ángeles, y su colega intentaba reconstruir los hechos.

—¿Y cuáles fueron los hechos?

—Al parecer Sal, el señor DeAngelis, se desorientó, se estrelló con su coche y se mató. Supongo. Es decir, todo apunta a que eso fue lo que ocurrió. Padecía Alzheimer, entre otros muchos problemas. El caso es que yo quería ayudar y ponerme en contacto con sus dos hermanas, a las que conocí hace un tiempo, para comunicarles lo sucedido. Estaba buscando sus datos.

—¿Así que se ha colado de noche en el domicilio de un vecino para ponerse en contacto con las hermanas de un fallecido? —dijo el policía con una sonrisa sarcástica.

George abrió la boca para replicar, pero cambió de idea.

—Oiga, solo quería llamar a los familiares del señor DeAngelis para informarles de que él ha muerto hoy. ¿Eso es un delito? —dijo George.

—No, pero la forma en que lo ha intentado sí. ¿No podría haber pedido al conserje del edificio que le abriera la puerta?

—¡Ja! He intentado pedirle ayuda, pero... el hombre tiene un problema con la bebida, por si no lo ha notado.

George y el policía miraron hacia el otro lado de la calle, donde el segundo agente interrogaba al conserje, a quien aún le costaba tenerse en pie. Se reclinaba una y otra vez contra el edificio antes de enderezarse y cruzar los brazos, en un intento de parecer sobrio.

—Además, me voy al trabajo temprano, antes de que él se levante —continuó George—. Mire, no pensé que fuera algo tan grave. Vivo en un apartamento idéntico, y con cierta frecuencia, cuando me dejo las llaves, accedo a mi casa por las puertas correderas. Solo quería entrar, apuntar los números de teléfono y llamar, nada más.

—¿Y por qué no ha dejado esas llamadas a cargo de las autoridades?

—¡Oiga! —exclamó George, hablando en voz cada vez más alta—. El hecho es que creo que nadie ha sido informado sobre la existencia de las hermanas. Se las mencioné antes al agente que habló conmigo, pero, según un amigo, en las noticias de la noche han asegurado que la víctima no tenía familia. Y antes de eso me han dicho que estoy registrado como la persona de contacto en caso de emergencia. ¡La única persona! Esta noche he llegado a la conclusión de que alguien tenía que intentar comunicarse con las hermanas del señor DeAngelis. Solo pretendía ayudar.

Llegado a este punto, prácticamente estaba gritando.

El segundo agente interrumpió su conversación con el conserje y volvió la mirada hacia George. El pequeño grupo de vecinos y curiosos se quedó callado también.

—Lo siento —dijo George al policía—. Ha sido un día cargado de emociones.

Con cara de exasperación, el agente le hizo darse la vuelta. Sin mediar palabra, le quitó las esposas y lo dejó libre.

Mientras caminaba de vuelta a su casa arrastrando los pies, George cayó en la cuenta de que, aunque el policía había estado a punto de llevárselo a comisaría, él había conseguido convencerlo de que no lo hiciera. La ostensible borrachera del conserje lo había ayudado. A pesar de todo, estaba furioso consigo mismo. ¿Cómo se le había podido pasar por la cabeza hacer una cosa así? En cuanto llegó a su piso se dejó caer de nuevo en el sofá, pensando que si no se controlaba acabaría perdiendo los papeles.

18

Departamento de urgencias
Centro médico de la Universidad de Los Ángeles
Westwood, Los Ángeles, California
Miércoles, 2 de julio de 2014, 10.51 h

Era una mañana ajetreada para George en urgencias. El departamento estaba atestado de pacientes y obreros de la construcción. La ola de altas temperaturas solo había empeorado las cosas. Había un flujo continuo de personas que habían sufrido una insolación o un golpe de calor, y también se había producido un ligero aumento de casos de ataques al corazón y problemas respiratorios. Otra consecuencia de aquel tiempo veraniego era el éxodo masivo de la ciudad por carretera. Un par de colisiones de poca importancia habían desembocado en un tiroteo y en una pelea a navajazos. Estaban atendiendo a los heridos en las salas de traumatología. Como resultado, George y Carlos no daban abasto con los estudios radiológicos. Habían determinado que, de los seis posibles casos de ictus, cinco tenían un diagnóstico positivo y requerían intervención médica inmediata. El sexto caso resultó ser una migraña retiniana cuyos síntomas parecían propios de un ictus. Por otro lado, se habían registrado dos traumas craneales. El TAC reveló un hematoma subdural que debía operarse cuanto antes. La única ventaja de todo eso era que George estaba tan ocupado que no le quedaba tiempo para pensar en la muerte de Sal y de Tarkington ni en el roce que había tenido con la justicia. Llevaba desde las siete y media encerrado en la sala de diagnóstico por imagen, trabajando sin descanso.

Justo antes de las once, cuando Carlos regresó de una breve pausa para el café, George estaba concentrado en una nueva serie de estudios radiológicos.

El primero era la radiografía del tórax de un conductor que se había visto envuelto en un accidente y cuyo airbag no se había abierto.

—¿Qué ves aquí? —preguntó George.

—Fractura de la clavícula... y de varias costillas —señaló Carlos.

—¿Algo más?

—Una pequeña acumulación de líquido en los pulmones.

George se quedó impresionado. Carlos aprendía muy rápido a distinguir los matices.

—Bien. Pasemos al siguiente caso.

—He visto al doctor Hanson ahí fuera, en urgencias —comentó Carlos mientras abría otra imagen, la de una pelvis.

—¿En serio? Y ¿qué hacía? —preguntó George.

Como Clayton era director del programa de formación en radiología, por lo general a los residentes les gustaba saber si andaba cerca, pues los evaluaba cada mes. Cuando lo descubrían merodeando por ahí, se avisaban unos a otros, normalmente por medio de tuits o mensajes de texto. Pero George estaba más alerta que de costumbre, pues Clayton se había presentado en urgencias el día anterior.

—Al parecer ha venido a hablar con Debbie Waters. Ha pasado de mí y le ha preguntado si podían hablar en privado, aunque era evidente que ella iba de cabeza.

—¿Clayton sigue fuera? —inquirió George, no muy seguro de si eso debía preocuparle o no; dadas las circunstancias, que estuviera hablando en privado con Debbie resultaba un poco inquietante.

Carlos se encogió de hombros.

—Seguía ahí cuando he entrado.

George se puso de pie, entreabrió la puerta y echó un vistazo al exterior. En efecto: Clayton estaba apoyado en el mostrador central, carpeta en mano, manteniendo un prolongado *tête-à-tête* con Debbie. Era un comportamiento de lo más extraño, sobre todo dada la vorágine que los rodeaba en aquel momento. Se preguntó de manera distraída si estarían reavivando su rumoreada relación. De ser así, resultaría aún más extraño que lo hicieran a la vista de todos. La parte positiva sería que seguramente no hablarían de él durante mucho rato.

En ese instante, tanto Clayton como Debbie volvieron la cabeza en dirección a George. Este reculó de inmediato, temeroso de que lo sorprendieran espiándolos. Dejó que la puerta se cerrara y regresó a su asiento.

—Esto es de una mujer de setenta y ocho años que ha resbalado en la ducha —explicó Carlos, retomando el hilo donde lo había dejado, pero acto seguido cambió de tema—. Oye, esa fama de mujeriego que tiene Clayton Hanson... ¿es cierta? En Twitter nos lo han comentado bastante a los residentes de primer año, más que nada para advertir a las chicas.

George soltó una carcajada. Se dio cuenta de que era la primera vez que Carlos omitía el título «doctor» al referirse a Clayton. Ya empezaba a coger confianza.

—Creo que me acojo a mi derecho a permanecer en silencio —dijo George, y centró de nuevo su atención en la radiografía—. Volvamos al trabajo. ¿Qué opinas de esto?

Justo entonces Clayton abrió la puerta y entró. Aunque parecía relajado en el mostrador central de urgencias cuando George se había asomado, ahora se le veía ansioso y exaltado, como si la conversación con Debbie hubiera despertado su entusiasmo.

—¿Tienes un minuto, George?

Carlos se puso de pie en el acto.

—Disculpen. De todas formas, tenía que ir al baño. —Salió a toda prisa de la habitación.

George notó que se le aceleraba el pulso. Aunque no tenía idea de lo que le esperaba, temía que Clayton se hubiera enterado de que habían estado a punto de detenerlo. A la administración no le hacía gracia que los residentes tuvieran encontronazos con la ley.

Pero Clayton se limitó a preguntarle en voz baja:

—¿Has tenido tiempo de tirarle los tejos a Kelley?

Se sentó en la silla de Carlos y se inclinó hacia delante.

—No —respondió George, perplejo.

¿Cómo podía parecerle eso a Clayton lo bastante importante para interrumpir una sesión de estudio de radiografías?

—Nos cuesta un poco decidirnos, ¿no? —se mofó su jefe arqueando las cejas.

—Tengo que esperar a que llegue el momento oportuno, y, con todo esto del accidente, es muy probable que ese momento tampoco llegue hoy. De hecho, ni siquiera la he visto. A muchos de los pacientes de urgencias los están atendiendo en el pabellón de consultas externas, por las obras que están haciendo aquí.

Le habría gustado pedir a Clayton que dejara de intentar añadir chispa a su inexistente vida social, pero no se atrevía.

—Si no espabilas, se te adelantarán unos residentes de primer año de ortopedia venidos de Harvard que me han contado que le van detrás.

Riendo, Clayton le propinó un puñetazo suave en el hombro. La risa sonó algo forzada. George se quedó callado, conteniendo las ganas de preguntarle por qué había bajado a la morgue.

—¿Por lo menos has tanteado el terreno con Debbie Waters? Cuanto más pienso en ello, más convencido estoy de que lo pasarías bomba con ella.

—Debbie no está interesada en mí. Tengo la corazonada de que va en pos de alguien más importante que un residente.

—¡Qué va! Lo que pasa es que se comporta con profesionalidad. No quiere dar pie a más rumores en el hospital. Se hartó de eso cuando estuvimos saliendo, hace unos años. Acabo de charlar con ella, y me ha confesado que lleva meses fijándose en ti. Ha estado esperando que mostraras un poco de interés.

A George se le escapó una risotada.

—Ayer intenté captar su atención, pero no me hizo ni caso.

—Eso no es verdad. Te encuentra bastante guapo.

George puso cara de exasperación.

—Oye, dale una oportunidad —insistió Clayton—. Hazlo como un favor personal hacia mí.

—¿Estás de coña? Porque, si es así, te recuerdo que en estos momentos me siento bastante vulnerable.

—Te juro por Dios que lo que digo es cierto. Si quieres, voy a buscarla para que te lo confirme ella misma.

—¡No! —exclamó George, horrorizado—. Ya me las arreglaré solo para encontrar la manera de hablar con ella.

—Vale. Está bien. Cuento con ello, así que no seas tímido. No es sano que vivas tan aislado. Incluso teniendo en cuenta... bueno, la tragedia y todo eso. Como ya te he dicho, no hace falta que te cases con Debbie, por Dios santo. Basta con que salgas con ella. Finge que eres normal.

—Agradezco tu interés, pero mi ego ha recibido varios palos últimamente.

—¡Lo que daría yo por volver a tener veintitantos años! —Clayton se levantó y abrió la puerta—. No me quedaría cruzado de brazos, eso te lo aseguro.

Carlos, que había estado aguardando fuera, entró con paso inseguro y, al cruzarse con Clayton, le dedicó una inclinación de la cabeza y una sonrisa servil. Clayton hizo caso omiso de él.

—¿A qué ha venido eso? —inquirió señalando con la barbilla la puerta que acababa de cerrarse.

—Si te lo digo, no me creerás. Sigamos analizando las radiografías.

Carlos reactivó el monitor, que había entrado en estado de suspensión.

Mientras aparecía la imagen en la pantalla, George se maravillaba de lo absurdo que era que el director del programa de residentes de radiología estuviera preocupado por su vida social. Con todo, empezó a preguntarse cómo abordar a Debbie, ahora que prácticamente se lo había prometido a Clayton.

—¿Te acuerdas de este caso? —preguntó Carlos.

—Creo que sí. Mujer de setenta y ocho años que resbaló en la ducha y se lesionó la cadera derecha. Bueno, ¿qué ves ahí?

—Veo una fractura.

—No está mal para empezar —bromeó George—. ¡Hazme una descripción completa!

Media hora después, habían recuperado el tiempo perdido. Carlos, que había cumplido con sus obligaciones de la mañana, estaba listo para ir a buscar algo para almorzar antes de la conferencia de las doce sobre radiología.

—Voy a la cafetería. ¿Me acompañas?

—No, gracias. No tengo hambre —mintió George.

Tenía apetito, pero había tomado la decisión de hablar con Debbie Waters. Aunque el nerviosismo empezaba a apoderarse de él, sabía que no habría un mejor momento. Con toda la determinación de que era capaz, se puso de pie y salió a la sala de urgencias.

Sus ojos tardaron un rato en adaptarse a la deslumbrante luz del mediodía que entraba a raudales por las ventanas, incluidas las recién instaladas. Debbie estaba en el mostrador central, como de costumbre. George oía sus enérgicas órdenes desde donde se encontraba. Se acercó a la bandeja de entrada y fingió hojear las fichas de los casos. Era lo que le había recomendado a Carlos que hiciera en sus ratos libres, para familiarizarse con el estado clínico de los pacientes antes de examinar sus radiografías.

—Qué, ¿nos aburrimos? —le preguntó Debbie con sequedad. George se quedó perplejo durante unos segundos hasta que advirtió que la enfermera jefe estaba llamando la atención a un par de auxiliares—. Hay que limpiar la sala de traumatología ocho —bramó.

—Eso no nos corresponde a nosotras —protestó una de las auxiliares de enfermería.

Debbie se encaró con ellas.

—¡Anda que no! Si no arrimáis el hombro, os vais a la calle. Por si no os habéis dado cuenta, estamos desbordados.

La chica que había protestado abrió la boca de nuevo, pero cambió de idea y se alejó con su compañera, enfurruñada.

—Putas zorras —maldijo Debbie entre dientes, pero George alcanzó a oírla.

Le lanzó otra mirada furtiva. Ella lo miró unos instantes antes de posar los ojos en las historias clínicas que tenía delante. Un segundo después, alzó la vista y reconoció a George. Incluso sonrió.

—¿Puedo ayudarte en algo? —preguntó con un ligero tono de coquetería.

—Esto... Tal vez —respondió George tirando por la borda el valor que había reunido—. He estado hablando con el doctor Hanson...

—No me digas que ha ido a contarte que yo quería... Da

igual. Qué vergüenza —dijo, aunque no parecía en absoluto avergonzada.

George carraspeó.

—Hay... No hay motivo para avergonzarse. Admiro la manera en que llevas el departamento y mantienes el orden. A pesar de todos estos imprevistos... —dijo señalando con un movimiento de la cabeza al equipo de construcción que trabajaba en el soporte de la pantalla LED.

Debbie aceptó el cumplido con una sonrisa y se inclinó hacia delante.

—Gracias —musitó.

—De nada.

George miró a su alrededor. Milagrosamente, parecía tener a Debbie para él solo y nadie estaba fijándose en ellos, excepto un niño de unos diez años que estaba sentado a pocos metros. Sujetaba una bolsa de hielo sobre un chichón que tenía en la frente, mientras su madre escribía a alguien un mensaje con el móvil. El crío esbozó una sonrisa de complicidad. Pese a su corta edad, había captado las señales. George le guiñó un ojo y se volvió hacia Debbie.

—Me preguntaba si... tal vez te gustaría que quedáramos una noche para tomar algo. En fin, sé que estás ocupada y todo eso, pero...

—¿Qué tal esta tarde? —lo interrumpió ella—. Salgo a las cuatro. Podríamos encontrarnos a las seis.

George se quedó boquiabierto.

—Vale. ¡Genial! —exclamó. ¡Caray, había sido mucho más fácil de lo que imaginaba!—. A las seis, entonces.

La enfermera jefe sonrió.

—¿Qué te parece el bar Whiskey Blue, en el hotel W? Está lo bastante cerca para ir andando. De todos modos tienen servicio de aparcacoches, si lo prefieres.

—Perfecto —dijo George—. Nos vemos esta tarde.

—Lo estoy deseando.

George se despidió con la mano mientras se encaminaba hacia la sala de lectura. Hacía meses que no se sentía tan bien. Tomó nota mental de dar las gracias a Clayton por haberlo empujado a salir de aquella espiral de autocompasión.

19

Sala de conferencias del departamento de radiología
Centro médico de la Universidad de Los Ángeles
Westwood, Los Ángeles, California
Miércoles, 2 de julio de 2014, 11.57 h

George entró detrás de Carlos en la sala de conferencias con gradas, llevando en la mano los restos del almuerzo que había comprado en una máquina expendedora.

—Esa mierda te matará —señaló Carlos.

—Eso me han dicho. ¿Sabes dónde puedo encontrar a un buen médico? —bromeó George.

Tras su breve charla con Debbie, había recuperado el apetito, pero se había percatado de que no tenía tiempo para hacer cola en la cafetería. Se preguntó si Kasey daría su visto bueno a que saliera con la enfermera jefe. Supuso que opinaría que ella no era para nada su tipo. En realidad, él creía lo mismo. La actitud desafiante y descarada de Debbie contrastaba con la calidez y generosidad que tanto lo atraían de Kasey. Pero, al menos, no tendría que esforzarse en pensar qué decir. Debbie no era de aquellas personas que dejaban que la conversación decayera.

Se sentó en una de las últimas filas de la sala, junto a Carlos, quien le presentó a algunos de sus amigos de primer año. Asediaron a George a preguntas sobre el horario de reuniones diarias, y él les explicó que por lo general se celebraban tres al día: a las siete de la mañana, a mediodía y a las cuatro y media de la tarde; añadió que debían considerarlas obligatorias. Si se saltaban alguna, más valía que tuvieran una buena razón. Añadió que cada dos jueves la conferencia del mediodía era una charla didáctica sobre física a la que era especialmente importante que asistieran.

Cuando terminó de hablar, Claudine entró en la sala y se acercó. Al reparar en ella, Carlos le dio a George unos golpecitos en la rodilla para captar su atención.

—¡Hola, Claudine! —saludó George sonriendo de oreja a oreja—. Siéntate. ¿Ya conoces a todos? —le preguntó mientras señalaba con un gesto a la cuadrilla de residentes de primer año.

Ella no le devolvió la sonrisa.

—¿Te has enterado de los dos pacientes que atendimos el lunes?

—¿Qué dos pacientes? —preguntó George.

—Greg Tarkington y Claire Wong.

—Sé lo de Tarkington. Yo estaba en urgencias cuando ingresó cadáver.

—Lo mismo le ha ocurrido a Claire Wong esta mañana.

George estaba conmocionado.

—¿Me estás diciendo que ha fallecido?

Claudine asintió con solemnidad.

—La han traído y la han declarado muerta.

—He estado en urgencias toda la mañana y no he oído nada al respecto.

George sacudió la cabeza. La muerte de Tarkington lo había impactado, pero la de Wong lo había dejado impactado. Le parecía una coincidencia de lo más improbable. ¿Qué diablos estaba pasando?

—Me ha asustado —admitió Claudine—. Les realizamos una resonancia a ambos hace dos días. Tengo una sensación muy extraña. En fin, ya sospechaba que los dos estaban terminales, pero que hayan muerto antes de que pasaran cuarenta y ocho horas...

—Ambos padecían enfermedades muy graves —repuso George, como si ese comentario explicara los dos decesos inesperados.

—Me siento responsable en cierto modo —dijo Claudine—, aunque sé que no es racional. A pesar de todo... Se les veía tan lozanos, tan sanos... Y seguramente aún lo estarían si no hubiéramos realizado los estudios. Me temo que hemos abierto la caja de Pandora.

—No olvides que en ambos casos las afecciones eran en extremo agresivas, Claudine. —George trataba de tranquilizarla, consciente de que los de primer año estaban observando y escuchando—. Sus muertes, aunque sorprendentes, no son inesperadas.

—De acuerdo. Solo quería que lo supieras.

Claudine se despidió inclinando la cabeza con aire ausente y se alejó en busca de un asiento.

George se quedó desconcertado. En primer lugar, por haber restado importancia a la extraña coincidencia de los dos fallecimientos. En segundo lugar, porque ambos guardaban una relación temporal y quizá causal con las resonancias magnéticas que habían realizado. Su impulso reflejo había sido consolar a Claudine, aunque debería haber dejado que iniciara un diálogo en el que todos pudieran compartir sus sentimientos. El problema era que la última noticia le tocaba la fibra sensible y reavivaba su paranoia de que la muerte lo acechaba; de que él, y no las resonancias, era el responsable directo.

—Qué cosa tan rara —le susurró Carlos—. No puedo creer que atribuya de verdad las dos defunciones a unas resonancias.

—Bueno, las dos parecían indicar recurrencia del cáncer

—alegó George—. Los pacientes debieron de enterarse de los resultados a través de sus oncólogos. Después de todo lo que habían pasado, la noticia sin duda fue devastadora para ellos.

—Ya, pero...

—Oye, no quiero hablar más de ello ahora mismo. ¿Te importa?

—Claro que no. Perdona.

—No tienes por qué disculparte —le aseguró George.

No tenía ganas de seguir dando vueltas al tema. En su lugar, se esforzó por pensar en que a las seis de la tarde estaría en el bar Whiskey Blue, como una persona normal, charlando con una mujer muy atractiva y segura de sí misma.

En ese momento, Clayton descendió por el pasillo central. Mientras avanzaba, recorría la sala con la mirada. Por un segundo, clavó los ojos en George y levantó el pulgar.

Este sonrió y asintió por cortesía, aunque no entendía muy bien qué significaba el gesto de Clayton. Lo único que se le ocurrió fue que su jefe se había enterado ya de que Debbie y él habían quedado en verse en el bar del hotel W esa tarde. «¡Dios mío! —pensó George—. Es imposible guardar secretos en este hospital.»

20

Bar Whiskey Blue, hotel W
Westwood, Los Ángeles, California
Miércoles, 2 de julio de 2014, 21.31 h

George lo estaba pasando mejor con Debbie en el Whiskey Blue de lo que había imaginado. No podía creer que ya llevaran tres horas allí. Era la mujer más divertida que había conocido, aunque desde luego no la más fina. Su voz de fumadora casaba a la perfección con su florido y ofensivo lenguaje de marinero, y tenía opiniones, muy tajantes por cierto, sobre casi todo. Se encontraron con unos cuantos amigos de ella, incluidos varios de los camareros, que la saludaban por su nombre. Saltaba a la vista que era una cliente habitual. Reinaba un ambiente de alterne muy típico de Los Ángeles. También había varios famosos de segunda fila, y Debbie incluso conocía a algunos. Charlaban sin parar sobre toda clase de temas superficiales, entre los que no se encontraban la medicina ni, por fortuna, la muerte.

Acompañaban la animada conversación con abundantes copas, que Debbie insistía terminantemente en pagar y que ella misma se encargaba de pedir. George no tenía la menor intención de pelearse por eso. El único problema era que se estaba divirtiendo tanto que perdió la cuenta de lo que había bebido y acabó algo borracho.

Debbie, en cambio, se limitaba a tomar sorbos, por lo que estaba bastante sobria. George no se había percatado de ello. Estaba pasándolo bomba y no había comido otra cosa que unos cacahuetes con sal y guisantes secos con wasabi.

Durante la velada, Debbie le contó que había completado sus estudios de enfermería en la Universidad de Colorado, se había mudado a Los Ángeles en cuanto había obtenido el título y desde entonces trabajaba en el centro médico universitario.

—Empecé en urgencias, y allí sigo —declaró con orgullo evidente.

Cuando George le hacía preguntas sobre su vida privada, ella las respondía gustosa. Le dijo que nunca había estado casada y que había salido con varios médicos de la plantilla, entre ellos Clayton, durante una temporada, pero que no le apetecía hablar de ellos, y añadió que prefería que sus citas fuesen con personas ajenas a la medicina. George le dio la razón en ese punto, pero agregó que esperaba volver a salir con ella.

Finalmente Debbie echó un vistazo a su reloj. Eran las nueve y media pasadas.

—Este condenado sitio está cada vez más atestado. Y esta chica tiene que madrugar mañana.

A pesar de su aturdimiento etílico, George comprendió que Debbie quería marcharse.

—¿Hora de irse a casa?

—Sí. ¿Dónde vives? ¿Cerca de aquí?

George tragó saliva. Caray, la tía no se andaba con rodeos.

—Eh... sí. A pocas manzanas.

—Vayamos a tu casa a relajarnos un poco. Toda esta gente... Necesito un rato de tranquilidad.

George sintió un asomo de pánico. Sabía que no estaba preparado para acostarse con nadie, y no quería que ella viera el piso tan cutre en el que vivía.

—Es que... —balbució, desesperado por inventar una excusa— mi asistenta no ha podido ir hoy y...

—Oh, ¡venga ya! Eso me da igual. Además, no estás en condiciones de conducir. ¿Has venido en coche?

George tuvo que pensar la respuesta.

—Se lo he dejado al aparcacoches —afirmó al tiempo que sacaba el tíquet del aparcamiento.

Debbie se lo arrebató.

—Pediré que me lo sellen, te llevaré a casa y cogeré un taxi desde allí.

George tuvo que reconocer para sus adentros que no le faltaba razón respecto a su estado, sobre todo cuando se puso de pie. Notó que había bebido mucho más de lo que debía. La preocupación de Debbie la hizo subir un par de puntos en su estimación.

—De acuerdo. Buena idea. Gracias.

El trayecto al apartamento de George no duró más de cinco minutos, que Debbie dedicó a interrogarlo sobre sus amigos de fuera del hospital. Aunque le avergonzaba admitir que casi no tenía, acabó por reconocerlo. Lo que omitió decir fue que los pocos que tenía habían sido más bien amigos de Kasey.

—Un hombre tan inteligente y apuesto como tú debería tener montones de amistades. A ver, ya sé lo de tu novia, pero ya va siendo hora de que pases página.

George no quería hablar de Kasey, más que nada porque estaba intentando no pensar en ella. Y entonces, casi sin darse cuenta, se puso a parlotear sobre Pia Grazdani y la forma tan ridícula en que se había encaprichado con ella en la facultad de medicina. No podía contenerse. En la misma línea, incluso se abandonó a una digresión sobre cómo su encaprichamiento por Pia había afectado a su relación con Paula. Era como si el alcohol hubiese obrado los efectos de un suero de la verdad.

A pesar de todo, Debbie mostraba tanto interés como empatía.

—No te fustigues más. Joder, yo misma me he embarcado en relaciones autodestructivas como esa.

—¿En serio? —preguntó George, pero de inmediato deseó haber mantenido la boca cerrada.

Cuando llegaron a su edificio, extrajo su teléfono móvil con cierta dificultad.

—Te pediré un taxi. ¿Hay alguna empresa que prefieras?

—Dejemos eso para más tarde. Ya te he dicho que quería relajarme un rato. Entremos.

Antes de que George pudiera responder, Debbie estaba fuera del coche, de pie y con la mano en la cintura, esperándolo.

Cuando se disponían a cruzar el umbral de su puerta principal, George se deshizo otra vez en disculpas por el estado de su apartamento para evitar el bochorno.

—Hace tiempo que quiero arreglarlo un poco, pero la residencia me ocupa tanto tiempo...

—Cariño, eso no me importa en absoluto. Por favor, deja de preocuparte —dijo Debbie; después de entrar se detuvo a mirar—. Tienes razón. Es un cuchitril de mierda. Pero da igual, no me importa.

Al ver la base para iPod de George, sacó su móvil, puso algo de música y subió el volumen. George, sentado en el sofá, la observaba mientras extraía un canuto de su bolso.

—¿Te apetece colocarte? —Sin esperar respuesta, Debbie encendió el porro en el acto—. Me hacía mucha falta esto, después de la puta semana de locos que hemos pasado en urgencias.

Le dio una calada y se lo pasó a George, que vaciló antes de aceptarlo. La última vez que había fumado hierba aún no se había licenciado, pero no quería arriesgarse a decepcionarla. «A la porra», pensó, llevándose el cigarrillo a los labios y aspirando profundamente. Rompió a toser de inmediato.

—¿Te encuentras bien, cariño?

—Sí. El humo se me ha ido por el otro lado.

Unos golpes fuertes hicieron retumbar la pared. Era el tabique que George compartía con el apartamento de Joe. Al comprender de quién se trataba, estalló en carcajadas. ¡Joe el Actor se había cabreado por el ruido! Considerando todas las noches en que lo había molestado con sus orgías desenfrenadas, aquello era para mondarse.

—¿Por qué te ríes? —inquirió Debbie, riéndose también; ambos empezaban a experimentar los efectos de la hierba.

—Porque... —George soltó una risita—. Porque no me deja pegar ojo con su interminable serie de ligues.

Siguieron carcajeándose hasta que Debbie dijo que quería beber algo. Algo que tuviera alcohol.

—Tengo Jack Daniel's. ¿Te sirve?

—Por supuesto. —Debbie extendió el brazo para subir más el volumen a los altavoces del iPod mientras George se dirigía a la cocina en busca del whisky y unos vasos—. ¡Sin hielo! ¡Sin hielo! —le gritó—. ¡Solo y sin hielo!

Aunque a George no le apetecía mucho beber más, sirvió un par de copas y las llevó al salón.

Debbie bailaba al ritmo de la música. Se había puesto seria de pronto, a pesar de la maría y el alcohol.

—Bueno, ¿qué hay con ese vecino tuyo que se estrelló en la sala de urgencias?

—Solo era un amigo.

George tenía tan pocas ganas de hablar de Sal como de Kasey.

—Qué ironía, ¿no? Fue a morir justo donde estabas tú, y erais amigos.

—De hecho, éramos conocidos —se desdijo—. El hombre se sentía solo. Me daba lástima —añadió; se sentía culpable por renegar de Sal.

Después de sonsacarle detalles sobre el accidentado trayecto de Sal al hospital, Debbie empezó a sondearlo sobre qué pensaba de iDoc y Fusión Sanitaria. Le reveló que Clayton le aconsejaba que invirtiera en la empresa y por eso quería conocer su punto de vista.

A George la cabeza le daba vueltas por el alcohol y la marihuana. Con cierta dificultad, le explicó a Debbie que Clayton le había hecho la misma recomendación, pero que daba igual, porque no tenía dinero suficiente para invertir en nada. A continuación intentó cambiar de tema, pero ella no se lo permitió. Insistía en desviar la conversación hacia la historia de Sal y la opinión de George sobre iDoc.

De repente, todo lo que él había fumado y bebido se le subió a la cabeza. La risa había cedido el paso a una somnolencia arrolladora. Debbie, que no pareció notarlo, le preguntó qué pensaba de que iDoc hubiera liberado a Sal de la carga de inyectarse insulina.

George hizo un enorme esfuerzo por aclarar sus ideas y darle una respuesta. Intentó sentarse erguido y respirar hondo.

—No cabe duda de que iDoc lo ayudaba, no solo con la diabetes, sino con todos sus problemas médicos. iDoc era alguien con quien podía hablar siempre que quería, lo que ocurría bastante a menudo, por culpa del maldito Alzheimer. Cuando aún no tenía el iDoc, Sal me acribillaba a preguntas sobre temas médicos cada vez que me veía. Con el iDoc, dejó de hacerlo.

—Permíteme que te pregunte una cosa: ¿crees que iDoc pudo agravar de alguna manera los problemas de Sal?

George reflexionó sobre ello antes de contestar.

—Hasta donde pude ver, iDoc fue una auténtica bendición para Sal. —Pese a sus buenas intenciones, no logró reprimir un bostezo—. Lo siento —se disculpó con sinceridad.

Debbie notó que le estaba costando mantener los ojos abiertos. Aun así, continuó:

—¿Hay algo que te moleste de la situación?

—Pues sí —dijo George, desesperado por pensar con claridad—. Una de las cosas que me molestan es que, que yo sepa, no se ha informado a las hermanas de Sal de su muerte, y la segunda cosa son todos esos rumores de que Sal se estampó en urgencias para suicidarse. Amaba demasiado la vida, y también su coche, por ridículo que suene, para matarse.

—He oído que se medicaba para combatir la depresión.

George torció el gesto.

—A la gente le recetan toda clase de fármacos que no necesita. Ya lo sabes. De todos modos, nunca lo vi comportarse como si estuviera deprimido.

—El avance del Alzheimer, la pérdida de facultades... Es posible que todo ello lo empujara a plantearse el suicidio. Me han contado que presentaba heridas infligidas por él mismo, al parecer mientras conducía.

—Ya había oído lo de esas heridas. Me dejó tan perplejo que bajé al depósito de cadáveres para echarles un vistazo por mí mismo.

A Debbie pareció sorprenderle que se hubiera tomado semejante molestia.

—Yo nunca he ido ahí abajo.

—Como la mayoría. No te lo recomiendo.

—¿Qué averiguaste?

—Nada. No me permitieron ver el cuerpo, supuestamente por las normas de la Ley de Responsabilidad y Transferibilidad de Seguros Médicos. Eso me extrañó, dado que soy residente. Pero lo más raro es que vi a Clayton allí.

—¿Qué estaba haciendo?

Debbie dejó el vaso a un lado y observó a George.

Él no respondió, pues había perdido la batalla por permanecer despierto. A cámara lenta, se recostó hacia atrás, con la cabeza caída a un lado.

Debbie, lejos de darse por vencida, lo zarandeó por los hombros.

—No me has contestado —dijo—. ¿Qué hacía Clayton en la morgue?

George se humedeció los labios con la lengua. Los párpados le aleteaban en una pugna por evitar cerrarse. Se esforzó por erguir la espalda.

—No tengo ni idea. En ese momento me pareció bastante extraño.

—¿O sea, que no viste el cuerpo de Sal?

—No. Pero ¿puedo preguntarte algo? ¿Sabes qué médico de urgencias estaba al cargo del caso de Sal?

—¿Por qué te interesa?

—Me gustaría... —Se interrumpió y los ojos se le cerraron un par de segundos—. Me gustaría preguntarle por qué cree que algunas heridas eran autoinfligidas.

—¿Cómo crees que iDoc puede afectar a tu carrera?

—¿Eh? —A George le costaba poner en orden sus ideas sobre una pregunta tan insólita e inesperada. Debbie lo miraba con expectación—. Supongo que me preocupa tener que trabajar algún día para una compañía de seguros de salud. Me preocupa...

—Pero piensas que iDoc es ideal para personas como Sal —lo cortó Debbie—, con todos sus problemas médicos y, por si fuera poco, con cáncer de próstata.

—Sal no tenía cáncer de próstata.

—Sí que lo tenía, de células pequeñas, estadio tres.

—Yo no sabía nada de eso —dijo George, despabilándose en cierta medida.

Estaba atónito. Sal nunca se lo había mencionado cuando enumeraba sus otras dolencias.

—Se lo detectaron hace poco —explicó Debbie—. Puedo decirte que, desde mi perspectiva, iDoc será una maravilla. Mantendrá alejada de urgencias a mucha gente que no debería estar allí.

George se disponía a decirle que era incapaz de permanecer despierto un minuto más, pero no fue necesario. Ella consultó el reloj y se levantó de un brinco.

—Joder —barboteó—. ¿Sabes qué hora es? Y mañana es día laboral para mí. Esta chica tiene que marcharse a casa y meterse en la cama lo antes posible.

Una oleada de alivio recorrió a George mientras Debbie llamaba por su móvil para pedir un taxi. A continuación la observó mientras recogía sus cosas.

—Gracias por esta velada; ha sido genial —dijo—. No hace falta que te levantes. Ya encontraré la salida yo sola.

George se puso en pie de todos modos, con la idea de al menos acompañarla hasta la puerta, pero tuvo que apoyarse en el brazo del sofá para no caerse.

—Quédate ahí —le ordenó Debbie—. A ti también te conviene irte derechito a la cama.

—Estoy de acuerdo.

Le tendió la mano. Sonriente, ella se la estrechó y le dio un beso en la mejilla sin llegar a tocarlo en realidad. Unos momentos después, se había ido.

George se dirigió a su habitación, tambaleándose. Decidió tumbarse unos minutos antes de desvestirse...

21

Departamento de urgencias
Centro médico de la Universidad de Los Ángeles
Westwood, Los Ángeles, California
Jueves, 3 de julio de 2014, 7.30 h

Al día siguiente George llegó al centro médico con una resaca espantosa. No recordaba todos los detalles de la noche, pero esperaba no haber quedado como un idiota. Lo que necesitaba era café. Se sirvió una taza y se sentó con Carlos a revisar las radiografías del día anterior. Había muchas, pero, pese al martilleante dolor de cabeza, estaba decidido a examinarlas con meticulosidad y precisión.

Cuando habían despachado cerca de la mitad, descubrieron una placa de una muñeca que había sido considerada normal, claramente por error. Habían dado el alta al paciente sin tratarlo, pese a que presentaba una fractura en el hueso escafoides. George se la señaló a Carlos y le explicó que era fácil que médicos sin formación en radiología la pasaran por alto. Acto seguido transmitió la información al jefe de urgencias, a fin de que alguien localizara al paciente y le indicara que volviera al hospital para que le escayolaran la muñeca.

Cuando por fin hubieron estudiado todas las imágenes, incluidas las tomografías, Carlos se marchó para ver «qué se cocía» en urgencias, mientras George se quedaba sentado con la cabeza apoyada en la mesa, luchando contra la resaca. Se tomó un par de pastillas de ibuprofeno más, aliviado por disponer de un rato de tranquilidad.

Una vez que se sintió razonablemente mejor fue a la sala de urgencias y se acercó al mostrador central, donde Debbie, como de costumbre, impartía órdenes a diestro y siniestro. Saltaba a la vista que no estaba hecha polvo a causa de la resaca. Intentó captar su atención, pero no le resultó fácil. Había mucho movimiento, porque varios pacientes con traumatismos graves estaban a punto de llegar en ambulancia. Ya se oían las sirenas que se aproximaban.

Rodeó el mostrador por detrás hasta encontrarse a solo un par de metros de Debbie. Se quedó allí y aguardó. Y aguardó. Justo cuando empezaba a sospechar que lo ignoraba a propósito, ella se volvió hacia atrás e inclinó la cabeza a modo de saludo y siguió trabajando. De modo que era cierto que había estado ignorándolo. El saludo no era lo que él había esperado. De hecho, no sabía qué esperar, pero en modo alguno estaba satisfecho con lo que había conseguido.

«Bueno, qué le vamos a hacer», pensó. Intentó atribuir el desaire a que Debbie estaba concentrada dirigiendo el servicio de urgencias. Aun así, se quedó intranquilo. ¿Había hecho o dicho algo que la había molestado? Se había emborrachado, desde luego. No le costaba imaginar diversas maneras en que pudo ofenderla, considerando su estado.

De pronto ella se levantó de un brinco y pasó junto a él como una exhalación. «¿Qué demonios...?» George se percató de que la enfermera jefe había acudido a la llamada de los celadores de las salas de traumatismos mayores, que estaban listos para recibir a los heridos graves. Se disponía a marcharse cuando bajó la vista a los papeles que Debbie había esparcido sobre el mostrador. Un objeto metido en una casilla atrajo su mirada, pues le resultaba familiar. Era un teléfono inteligente roto con una funda de color naranja eléctrico.

George advirtió que la pantalla estaba llena de rajaduras. ¡Era el móvil de Sal! Al verlo, le dio la sensación de que su difamado amigo le enviaba una señal. Cogió el teléfono e intentó encenderlo: nada. O tenía la batería descargada o se había estropeado. Probablemente habían ocurrido ambas cosas.

Miró a su alrededor. Nadie se fijaba en él. En una decisión impulsiva, se introdujo el móvil en el bolsillo. De todos modos, seguro que acabaría en la basura. Con su trofeo bien guardado, se retiró al ambiente apacible de la sala de diagnóstico por imagen. Estaba hurgándose en el bolsillo para extraer el teléfono cuando Carlos irrumpió en la habitación.

—¡Un montón de pacientes con traumatismos graves vienen hacia aquí! —gritó.

—Vale, tranquilízate —dijo George—. Ya nos las apañaremos. No podemos hacer nada para estar más preparados de lo que ya estamos. ¿Has avisado a los técnicos?

—Sí, y ya han llevado las dos máquinas portátiles a la puerta de las salas de traumatología.

—Perfecto. Estamos listos para entrar en acción.

—Pero acaba de llegar una mujer embarazada con malestar abdominal; presenta dolor agudo, vómitos y diarrea. Waters me ha pedido que le haga un ultrasonido de inmediato.

—Tenemos que esperar a que los pacientes con traumatismo grave estén bajo control —repuso George—. ¿Qué médico de urgencias lleva el caso de esa mujer?

—Una novata. Se llama Kelley.

George asintió. Por lo menos podría alegar que había hablado con ella si Clayton lo interrogaba al respecto, pero no estaba seguro de qué responderle sobre Debbie si le preguntaba por su cita con ella, lo que era bastante probable. Se había mostrado simpática con él el día anterior, pero fría y distante esa mañana, suponiendo que no la estuviese malinterpretando...

Dos minutos más tarde los pacientes con traumatismo llegaron en camilla: nueve víctimas de un accidente en el que se habían visto implicados cuatro coches y una motocicleta en la autovía I-405. Se desató una actividad frenética para atenderlos a todos, incluido un caso de traumatismo de tórax grave que requería intubación endotraqueal y la inserción de un tubo de drenaje torácico. Iban a necesitar las máquinas de rayos X portátiles, todas las salas de radiografías e incluso la de TAC. A pesar del ajetreo, en varias ocasiones Debbie habría podido hablar con él, pero no lo hizo, y George no estaba seguro de si lo evitaba de forma deliberada o solo estaba enfrascada en el trabajo.

Cuando la situación se calmó por fin, George y Carlos aprovecharon para tomarse un respiro en la sala de diagnóstico por imagen, que había quedado en silencio de repente. En algún momento había parecido una estación de tren, con un trasiego continuo de residentes y cirujanos de urgencias que acudían a informarse de los resultados de los estudios. De pronto un haz de luz perturbó su tranquilidad.

—¿Y ahora qué demonios pasa? —preguntó George.

Su dolor de cabeza, que no había desaparecido del todo, se había visto exacerbado por la luz. Al volverse hacia la puerta vislumbró la silueta de una mujer alta y delgada con bata blanca.

—Perdonad. No quería interrumpir. Cuando tengáis unos minutos, me gustaría hablar de una paciente con vosotros.

George cayó en la cuenta de que era Kelley Babcock.

—¡No, espera! —exclamó levantándose de golpe—. Perdona, he sido un poco grosero. Acabábamos de realizar una serie completa de imágenes de traumatismos y... bueno, ya te imaginarás. En fin, ¿en qué podemos ayudarte?

—Tenemos una embarazada de seis o siete meses con dolor abdominal agudo —explicó Kelley mientras guiaba a George y a Carlos por el vestíbulo de urgencias.

George advirtió que llevaba unas notas minuciosamente escritas a mano sujetas con clips al historial de la paciente, que había descargado e imprimido. Había hecho sus deberes sola. También ella presentaba un aspecto pulcro y meticuloso, con el cabello recogido en una cola de caballo. A diferencia de los demás residentes de urgencias, a quienes parecía gustarles tener pinta de haber participado en una guerra con las batas cubiertas de sangre, Kelley mantenía la suya limpia y se la cambiaba siempre que era necesario.

Ella desempeñaba la función de médico de urgencias de la paciente, aunque un residente con más experiencia la supervisaba. Explicó a George que habían consultado a un cirujano y que este había descartado un síndrome abdominal agudo que requiriese una operación de urgencia. Una vez desechada esa posibilidad, se había establecido un diagnóstico de trabajo de enteritis viral.

—Ahora mismo están hidratando a la paciente —prosiguió Kelley con su característica formalidad—. Creemos que, antes de darle el alta, habría que realizar una evaluación del embarazo, pues no se ha llevado a cabo un seguimiento. La mujer no había acudido a la consulta de obstetricia desde su primera visita, hace cuatro meses.

George echó una ojeada al historial mientras caminaban. La descripción que Kelley había hecho del caso y de los pasos que había que dar le pareció impecable. Estaba impresionado.

—Se ha solicitado una consulta obstétrica —continuó ella—, pero todos los residentes de la especialidad están ocupados atendiendo partos. Ellos recomiendan realizar un ultrasonido en el ínterin. Por eso he ido a veros.

De pronto George cayó en la cuenta de que estaba leyendo una historia clínica conocida. Se fijó en el nombre de la paciente, escrito en la parte superior de la carpeta: Laney Chesney. Lo reconoció de inmediato. Había tenido trato con ella, y el recuerdo lo conmovió. Padecía diabetes juvenil, al igual que Kasey, pero llevaba una vida difícil, después de tener una infancia traumática con una madre soltera y drogodependiente. Se había fugado de casa varias veces y había acabado viviendo en la calle. George sospechaba que vivía de la prostitución, y había contraído una enfermedad hepática crónica y una miocardiopatía.

—Conozco a la paciente —dijo; sostuvo en alto la carpeta y detuvo sus pasos. Aún se encontraban a una distancia considerable de la habitación de la mujer. Kelley y Carlos se situaron a su lado. Pasando las páginas hasta los estudios radiológicos, añadió—: Si no recuerdo mal, Laney es una chica especialmente entrañable, de ojos grandes y mirada triste. Aparenta unos doce años.

—Me parece una descripción bastante acertada —opinó Kelley—. ¿De qué la conoces?

—Le hice varios estudios de radiología intervencionista para determinar el estado de su corazón —dijo George—. Recuerdo que las perspectivas no eran muy halagüeñas, por decirlo suave.

—Tienes buena memoria —comentó Kelley—. He leído por encima todo su historial. Hace ocho meses, la pusieron en lista de espera para un trasplante de corazón, pero debido a la enfermedad hepática y a un control deficiente de la diabetes, tiene prioridad baja.

—¡Madre mía! —Al revisar los estudios ecocardiográficos, George recordó que la chica le había inspirado mucha lástima—. Para colmo, va y se queda embarazada. ¡Joder!

—Da la impresión de que ha tomado las peores decisiones posibles —dijo Kelley—, pero es difícil culparla por ello, teniendo en cuenta sus antecedentes socioeconómicos.

—Supongo que no hace falta que pregunte si está casada o si cuenta con algún tipo de ayuda social.

—No está casada —respondió Kelley—. Ni siquiera sabe

quién es el padre. Cuando la examinaron por el embarazo, le recomendaron que abortara a causa de su problema cardíaco, pero se negó en redondo.

—Tal vez sea lo único que da sentido a su vida —aventuró George.

Kelley asintió.

—Lo que está claro es que es una tragedia. Espero que podamos ayudarla. Como ya os he dicho, hace ya casi cuatro meses que no viene a la consulta. De no ser por los dolores abdominales agudos, no estaría aquí.

—No parece propio de ella. Cuando yo la atendía, siempre acudía a las citas escrupulosamente, más que nada por la diabetes. ¿Sabes por qué no había vuelto?

—Ni idea, pero quizá la asustó que le hablaran del aborto.

—¿Ni siquiera se lo has preguntado? —saltó George.

Perder a una paciente como Laney, con problemas de salud progresivos y complicados, se consideraba un crimen en un centro médico universitario. El grupo echó a andar de nuevo.

—No, no se me había ocurrido —contestó Kelley—. Pero es una buena pregunta. Tendría que habérsela planteado.

George le escrutó el rostro. No le pareció que estuviera ofendida o a la defensiva, pese a que tenía motivos para estarlo dado el tono en que le había hablado. Era una mujer segura de sí misma; otro rasgo positivo.

Llegaron a la habitación de Laney. La habían trasladado a una de las del fondo, lo más lejos posible del resto del departamento de urgencias, pues aún tardaría un buen rato en verla un residente de obstetricia. Tenían la esperanza de que guardara el reposo que tanto necesitaba. La máquina de ultrasonido estaba preparada; también una técnica, Shirley Adams. A Laney le habían puesto una sonda intravenosa en el brazo izquierdo.

—Laney, estos son los doctores Wilson y Sánchez —anunció Kelley—. Ayudarán a la señorita Adams con el ultrasonido.

Cuando Laney alzó la mirada hacia los recién llegados, se le iluminó el rostro.

—Ya nos... —empezó a decir George.

—Nos conocemos —finalizó la frase Laney.

George esbozó una sonrisa. La chica parecía alegrarse sinceramente de ver una cara conocida. Era una joven menuda de tez blanca como la leche, una palidez típica de los irlandeses. El contraste entre su vientre voluminoso y su diminuto cuerpo hacía que pareciera embarazada de más de seis o siete meses.

—Prométame que no dejará que se lleven a mi bebé —pidió a George sin rodeos—. ¡Prométamelo!

—Te lo prometo. —La vehemencia de Laney lo había descolocado. Saltaba a la vista que estaba aterrada, mucho más que cuando él le había realizado el ecocardiograma—. El ultrasonido no hará ningún daño al niño, y es necesario para su bienestar.

Le explicó el procedimiento, cerciorándose de que Carlos lo escuchara, pues se trataba de su primer ultrasonido. A continuación, preguntó a Laney por qué había dejado de acudir a sus citas de seguimiento.

—Es que ahora tengo un médico personal. Me ha enviado aquí, a urgencias, porque no sabe qué ocasiona exactamente mis problemas de estómago.

—¿Cómo se llama el médico?

—Se supone que no debo decirlo.

—¿Por qué no? —inquirió George con delicadeza.

—En realidad no lo sé.

—Creo que deberías facilitárnoslo para que podamos contactar con él.

Laney desplazó la mirada de George a Carlos.

—Es importante —insistió George, incapaz de imaginar por qué se negaba a revelar ese dato.

Laney se aclaró la garganta.

—Se llama iDoc. En teoría no debía decírselo a nadie, pero como ustedes son médicos, supongo que no pasa nada.

George se echó hacia atrás. ¿iDoc? El maldito trasto estaba por todas partes.

—¿Formas parte de la prueba beta? —preguntó lleno de incredulidad.

—Pues sí. —La joven señaló su bolso, que estaba en la mesilla de noche—. Lo tengo ahí dentro. Ahora no he de preocuparme por la diabetes. Ya sabe el quebradero de cabeza que era eso.

—Sí, lo sé. Pero me asombra que dispongas de iDoc.

—Lo conseguí a través de la sanidad pública —declaró Laney—. Me dijeron que era afortunada, porque muy poca gente lo consigue así, al menos por el momento. Me gusta mucho.

—¿De qué estáis hablando exactamente? —quiso saber Kelley—. ¿Qué es iDoc?

George le proporcionó una descripción rápida de la aplicación.

—Impresionante —comentó Kelley. Aunque su tono parecía sincero, dedicó una expresión algo escéptica a George cuando Laney no estaba mirando—. Oye, debo irme. Tengo mucho lío ahí fuera. Laney, no hace falta que te diga que te dejo en buenas manos —añadió señalando a George y a los demás—. Volveré enseguida para ver cómo estás.

Antes de marcharse, dio a Laney una palmadita tranquilizadora en el brazo.

—Ya te pondré al corriente luego —le indicó George. Dirigiéndose a Laney, agregó—: Esto no os ocasionará ninguna molestia ni a ti ni al bebé. —Se volvió hacia Shirley y Carlos—. ¡Bueno, manos a la obra!

Carlos se llevó a George a un lado mientras la técnica ponía en marcha la máquina junto a la cama de Laney.

—¿Qué se supone que debo hacer yo? Me da la sensación de que estoy de más.

—En cuanto Shirley comience con la exploración, quiero que manejes la sonda tú mismo para que te hagas una idea más precisa de cómo se realiza la prueba. Eso te ayudará mucho a interpretarla mejor. ¡Solo debes armarte de paciencia! Yo también me sentía así cuando estaba empezando.

22

Departamento de urgencias
Centro médico de la Universidad de Los Ángeles
Westwood, Los Ángeles, California
Jueves, 3 de julio de 2014, 10.41 h

Clayton entró con grandes zancadas en la zona de urgencias, buscando a George. Al no localizarlo, fue directo a la sala de diagnóstico por imagen. Allí acorraló a otro residente de radiología que casualmente se encontraba utilizando la sala, aunque no estaba asignado a urgencias.

—¿Sabes por dónde anda George Wilson?

—Creo que sí. Me parece que está realizando un ultrasonido en la parte de atrás. ¿Puedo ayudarte...?

Clayton se marchó sin añadir una palabra, absorto en sus pensamientos. Se dirigió al mostrador principal y captó la atención de Debbie.

—¿Tiene un momento para hablar en privado, señorita Waters? —preguntó.

Aunque en aquel instante reinaba una calma relativa, seguía habiendo mucho movimiento. El mostrador era un hervidero de actividad.

—Por supuesto, doctor Hanson —respondió ella y, tras pedir a otra enfermera que tomara el mando, guió a Clayton hacia un cubículo sin ventanas y cerró la puerta.

—Bueno, ¿cómo fue la cosa? —inquirió Clayton, dejando a un lado la formalidad fingida—. ¿Tan mal como temías?

—Poco más o menos. Es un soso. Bebe demasiado y se le sube enseguida. Fue como salir con un miembro de una hermandad universitaria. He dejado esa época atrás, Clayton.

—Seguro que no fue todo tan terrible.

—En realidad, parece un tipo bastante majo. ¿Mejor así?

—Mejor. ¿Cuánto te debo por las copas?

—Casi cien pavos.

—¡Cien! ¡Joder! —Clayton le entregó el dinero—. Debisteis de beber como cosacos.

—Yo no; él. Y yo era la única que hablaba.

—Sigue afligido —dijo Clayton con impaciencia—. Su prometida murió hace poco, por Dios santo. Por lo que sé, era la primera vez que salía desde entonces. ¡Ten un poco de compasión! Bueno, vayamos a lo importante: ¿qué averiguaste?

Debbie frunció el ceño.

—Vale, lo siento —se disculpó Clayton—. Te agradezco el esfuerzo. Conseguir que saliera contigo fue un gran logro de por sí. Gracias.

—Lo hice por ti. Tenlo bien presente.

—Lo tengo, pero ¿qué averiguaste? ¿Cómo ha reaccionado a la muerte de DeAngelis? ¿Se lo ha tomado con filosofía o no?

—No está claro todavía. Una cosa que sí averigüé es que te vio entrar en la morgue. Pretendía echar un vistazo al cadáver, pero lo echaron de allí.

—¡Mierda! Qué inoportuno que me viera. Yo no lo vi a él.

—¿Qué hacías allí abajo? —preguntó Debbie.

—No tiene importancia —repuso Clayton—. Trámites administrativos.

La enfermera jefe se encogió de hombros.

—Eso no es todo. Hay un par de detalles sobre la muerte

de su vecino que le preocupan. El primero es que nadie haya notificado el deceso a las hermanas del difunto.

—Me aseguraré de que las avisen —se comprometió Clayton, quien hasta ese momento no sabía que DeAngelis tuviera parientes vivos—. ¿Qué más?

—El segundo son los rumores de suicidio basados en las heridas «autoinfligidas».

—Eso no es nada bueno.

—También dijo que quería saber qué residente de urgencias se encargó del caso DeAngelis, o algo así.

—¿Te explicó por qué?

—Adujo que quería hacer indagaciones sobre las heridas.

—¿Le diste el nombre del residente en cuestión?

—No. Tampoco creo que George Wilson recuerde gran cosa de anoche. Estaba como una cuba. De todos modos, ¿qué puede importarte? No me dio la impresión de que su vecino y él fueran amigos íntimos. No tenían nada en común.

—Cuanto menos sepas sobre este tema, mejor, Deb. Te lo aseguro. ¿Hablasteis de iDoc?

—Un poco. En mi opinión, no tienes por qué preocuparte en ese aspecto. Considera que iDoc era una bendición para DeAngelis.

—Bueno, menos mal —dijo Clayton—. Oye, te agradezco mucho tu ayuda. Quiero que sigas viéndote con George fuera del hospital para saber qué piensa y hace respecto a la muerte de DeAngelis.

Debbie entornó los ojos, visiblemente disgustada.

—Creía que se trataba de una misión de una noche.

—Necesito seguir informado de lo que le pasa por la cabeza. Tampoco te estoy pidiendo nada del otro mundo. Además, yo corro con todos los gastos.

—¡Me prometiste que estaríamos juntos, tú y yo!

—Y lo estaremos. ¿Qué te parece este fin de semana? Es la fiesta del Cuatro de Julio. Podría venirnos bien a ambos.

Ella lo miró con suspicacia.

—Deja que consulte mi horario y te digo algo —prosiguió Clayton—. Pero... es importante para mí que mantengas vigilado a George. Necesito saber si va a seguir escarbando en la muerte de su vecino.

—¡De acuerdo! —gruñó Debbie sin el menor entusiasmo.

En el fondo, sabía que haría prácticamente cualquier cosa con tal de recuperar a Clayton. Se había quedado deshecha cuando él había puesto fin a su relación... breve pero apasionada.

23

Departamento de urgencias
Centro médico de la Universidad de Los Ángeles
Westwood, Los Ángeles, California
Jueves, 3 de julio de 2014, 10.56 h

La prueba de ultrasonido de Laney avanzaba sin contratiempos. Al principio Carlos estaba algo vacilante, pero enseguida adquirió seguridad. En el monitor apareció la imagen nítida de un feto varón. George se aseguró de que Laney también pudiera verlo todo, ya que el niño significaba tanto para ella.

De repente, George y la técnica descubrieron algo que los sobresaltó. Él se apresuró a girar la pantalla para ocultarla a los ojos de Laney. Tanto ella como Carlos percibieron la tensión en el ambiente.

—¿Ocurre algo? —preguntó Laney, nerviosa.

—No, todo va bien —murmuró George mientras indicaba a Carlos con un gesto que le pasara la sonda. Sorprendido pero servicial, el residente de primer año se la dio y se hizo a un lado. George desplazó el extremo de la sonda hacia el costado izquierdo de Laney guiándose por la imagen que veía en el monitor. Apretó con firmeza y comenzó a describir arcos pequeños durante casi cinco minutos—. Muy bien —dijo finalmente al tiempo que apartaba la sonda del abdomen de la chica—. Ya está. Tenemos lo que queríamos, Laney. Ahora, intenta relajarte. Habrá que esperar un rato para la consulta de obstetricia porque hay muchas pacientes de parto. Están inundados de recién nacidos allí arriba —añadió con una leve sonrisa.

La metáfora no hizo gracia a Laney, que no estaba de humor para bromas. Observó a George con atención mientras él entregaba la sonda a la técnica.

—Aprovecha el silencio para dormir un poco, si puedes —agregó él. Sabía que la medicación que habían administrado a la joven para aliviarle los dolores de estómago surtiría un efecto sedante. Se volvió hacia Carlos—. Después de ayudar a Shirley a recoger, reúnete conmigo en la sala de diagnóstico por imagen.

Tras dedicar una sonrisa rápida a Laney y darle un apretón reconfortante en el brazo, fue a la sala de diagnóstico, donde permaneció un rato a solas. Estaba asombrado por la mala suerte de Laney. Le parecía injusto que tuviera que sobrellevar unos problemas médicos tan espantosos. Al cabo de unos minutos llegó Carlos.

—¿Qué pasa? Me he percatado de tu reacción. ¿Qué has visto?

—Siéntate. —George abrió el estudio en el monitor. Amplió la imagen de la cabeza del feto. Al principio, Carlos no localizaba el problema—. Fíjate en lo distorsionada que aparece. —La señaló utilizando un bolígrafo como puntero—. Mira, se inclina hacia atrás a partir de las órbitas. ¿Sabes lo que eso significa?

—La verdad es que no —admitió Carlos.

—Se trata de una malformación llamada anencefalia, que en esencia consiste en la ausencia del cerebro y probablemente también de la médula espinal. No tiene cura. Es una tragedia, sobre todo considerando la rotundidad con que esa joven rechaza la idea de una interrupción del embarazo, pero esto lo cambia todo. Su vida corre peligro, así que no podemos dejar que alumbre a un niño que nacerá muerto o morirá a los pocos días.

Carlos asintió en señal de comprensión, contemplando la imagen en el monitor y asimilando sus terribles consecuencias.

George se levantó y fue en busca de Kelley. Cuando la encontró, estaba ocupada suturando una laceración. Ante su insistencia, ella salió al pasillo sujetándose la bata estéril con las manos enguantadas. George le dio la mala noticia.

—Pobre mujer —comentó Kelly, atónita y descorazonada—. ¿Te importa volver allí y explicárselo?

—Lo siento, pero creo que no sería apropiado. Esa tarea les corresponde a los médicos que llevan su caso, es decir, tu residente o tú. De hecho, el diagnóstico no es oficial hasta que lo lee uno de los facultativos supervisores. También puedes esperar a que el obstetra se lo comunique, claro está. La decisión está en tus manos. Y en las de tu residente.

—Tengo que ocuparme de varias laceraciones más después de esta.

Resultaba evidente que estaba pidiendo ayuda.

—Habla con tu residente cuando termines. Espero que lo entiendas; no es el radiólogo quien debe comunicar este tipo de información a los pacientes.

—De acuerdo, lo entiendo —asintió Kelley a regañadientes—. Se lo diré a mi residente. Supongo que optará por esperar a la consulta de obstetricia.

—¡Vosotros mismos! Pero es importante que el residente de obstetricia conozca los resultados del ultrasonido antes de examinar a Laney.

—Por supuesto.

—Puedo encargarme de eso, si quieres.

—Sería genial, gracias.

Kelley intentó sonreír, pero le temblaban los labios.

—Pediré a un radiólogo de plantilla que estudie el caso de

inmediato para que los resultados consten en el historial. De ese modo, cuando el residente de obstetricia baje, estarán disponibles. Aun así, me gustaría hablar antes con él, sea quien sea.

—Entendido —dijo Kelley—. En cierto modo, tal vez todo sea para bien. Dado el estado del corazón de Laney, dudo que sobreviviera a un parto. ¿Crees que los de obstetricia podrán convencerla de que se someta a un aborto?

—Confiemos en ello.

—Dios mío, qué horror. Como mujer, me siento muy identificada con ella.

—Ya me lo imagino. Buscaré la última lectura del ultrasonido y la usaremos como punto de partida.

—Agradezco que te hayas tomado la molestia de venir a decírmelo. Gracias.

—No hay de qué. Ha sido un placer. Por cierto, opino que estás haciendo una labor estupenda pese a que solo llevas aquí dos días y medio.

—Gracias otra vez.

—Lo digo en serio —afirmó George—. Y ahora sigue con tu sutura. Luego hablaremos. —Asomó la cabeza al interior de la sala de diagnóstico y captó la atención de Carlos—. ¿Marcha todo bien?

—Sobre ruedas, jefe —informó Carlos en tono jovial.

—Voy a buscar a un médico supervisor para que dé el visto bueno al ultrasonido. Si surge algún problema, mándame un mensaje.

Carlos levantó el pulgar.

En la sala de urgencias, George vio a Debbie en el mostrador principal, tan ocupada como de costumbre. Cuando pasó por delante, la miró y, para su sorpresa, ella le devolvió la sonrisa. A lo mejor la noche anterior no la había ofendido, después de todo.

Aunque había varios radiólogos supervisores que podían

examinar el ultrasonido de Laney, Clayton, una autoridad en radiología obstétrica y ginecológica, seguramente era el más indicado. A George no se le escapaba la ironía de la situación, considerando que aquel hombre era un mujeriego. Fue directo hacia la secretaria de Clayton.

—Necesito ver al doctor Hanson.

—Está terminando un cateterismo cardíaco. Le diré que...

—No pasa nada. Ya lo encontraré. ¡Gracias!

Sabía cuál era la sala de cateterismo preferida de Clayton. Se dirigió hacia allí y se topó con él justo cuando estaba quitándose los guantes estériles.

—¡George! —exclamó Clayton—. ¿Qué te trae por este barrio?

—Esperaba que tuvieras un momento para echar un vistazo al ultrasonido de una joven encinta que está en urgencias. Me gustaría incluirlo en su historial antes de que se realice la consulta de obstetricia.

—Claro. Ahora mismo tengo un momento. —Le indicó con un gesto que lo siguiera—. ¿Embarazada de cuántos meses?

—Unos siete —respondió George, para a continuación ofrecerle una versión resumida del caso de Laney, junto con su opinión sobre lo que el ultrasonido revelaba.

—Caray —comentó Clayton—. ¡Pobrecilla!

Entraron en una sala de lectura vacía. George se sentó frente a un terminal y comenzó a introducir el código de identificación de Laney.

—He hablado con Debbie Waters hace un rato —dijo Clayton—. Me ha alegrado oír que se lo pasó muy bien.

—¿De verdad te ha contado eso? —preguntó George con escepticismo.

—Ya lo creo. Tanto... que se muere de ganas de volver a salir contigo. Estás de suerte, pues sé de buena tinta que ahora mismo está sin novio.

George no disimuló su incredulidad.

—Apenas se ha dignado mirarme esta mañana. Reconozco que bebí más de la cuenta. Me preocupaba haberla ofendido.

—A mí solo me ha comentado que se divirtió. —Clayton arrimó una silla y se sentó para mirar el vídeo del ultrasonido de Laney. Lo repasó varias veces, congelando la imagen en puntos clave—. Por desgracia, estoy totalmente de acuerdo con tu dictamen —dijo al fin—. No hay duda de que se trata de anencefalia. Firmaré el diagnóstico. —Mientras lo hacía, agregó—: Deben convencerla de que aborte. No tiene sentido que ponga en peligro su vida. —Cuando terminó se volvió hacia George—. Ya está. ¿Alguna cosa más?

George se encogió de hombros.

—Eso es todo. Gracias por tu tiempo.

—Me alegra poder ayudar. —Sonriente, Clayton se levantó—. Pero no te desanimes por lo arisca que se pone Debbie Waters en horas de trabajo. Te lo aseguro, anoche se lo pasó en grande. Dime la verdad: ¿disfrutaste tú?

—Sí. Ella es muy agradable cuando no está en urgencias.

—¡Ahí lo tienes! —exclamó Clayton—. No la dejes escapar. Posee talentos que no te imaginas. —Le propinó una palmada en la espalda—. Ya ves que me preocupo por ti, colega.

George se retiró a toda prisa hacia la sala de urgencias. Después de lo que Clayton le había contado sobre Debbie, estaba ansioso por pillarla antes de la pausa para el almuerzo. Tuvo suerte. En el mostrador central imperaba una tranquilidad relativa.

—¿Qué tal? —Debbie lo saludó con una amplia sonrisa cuando se acercaba—. ¿Dónde has estado toda la mañana?

—Me he pasado por aquí —dijo George—. ¿No me has visto?

—No, pero no me extraña. Esto ha sido un no parar. Ojalá la oleada de calor aflojara un poco. —Colocando las manos a modo de bocina, se inclinó hacia George sobre la mesa—. ¿Cómo te encuentras?

—Un poco desmejorado —reconoció él—. Siento haber bebido tanto anoche. Espero no haber dicho ninguna impertinencia.

—Te portaste como todo un caballero. Tenemos que repetirlo. ¿Te apuntas?

—Sí, pero con mucho menos alcohol.

—Bueno, ¿puedo ayudarte en algo, o solo has venido a saludar?

—Es por algo concreto. Creo que sería conveniente que el obstetra que va a examinar a Laney Chesney viniera a verme antes. El feto padece anencefalia.

—Uf —soltó Debbie, consternada, mientras escribía la petición en una nota autoadhesiva. Extendió la vista alrededor para cerciorarse de que nadie los miraba—. Pasé una velada estupenda. Fuiste muy amable con todos mis amigos, y te lo agradezco. Me gustaría que volviéramos a quedar pronto.

—A mí también —dijo George, aunque en el fondo no estaba seguro de querer revivir la experiencia.

Se encaminó de vuelta hacia la sala de diagnóstico por imagen, donde Carlos examinaba una nueva serie de radiografías que había que revisar. Como no había sorpresas, al menos según él, George le propuso que lo dejaran para después de la conferencia de radiología.

Departamento de urgencias
Centro médico de la Universidad de Los Ángeles
Westwood, Los Ángeles, California
Jueves, 3 de julio de 2014, 13.14 h

George regresó a la sala de urgencias. Quería hablar con Kelley y comprobar el estado de Laney. Aunque el ajetreo había disminuido desde la mañana, había más movimiento de lo que era habitual a aquella hora, debido a la persistente ola de calor. Kelley y los demás médicos de urgencias apenas daban abasto. George tardó unos minutos en localizarla y preguntarle si el obstetra había visitado a Laney. Suponía que ella le enviaría un mensaje si el especialista se hubiera presentado, pero no había recibido ninguno.

—Siguen muy ocupados arriba, así que aún no, pero la residente encargada de realizar la consulta ha llamado hace unos quince minutos para decir que bajará en menos de una hora. Están despachando un par de partos.

—¿Le has hablado a Laney... del resultado del ultrasonido? —inquirió George.

—Se lo ha dicho mi residente de último año. Yo he sido incapaz. Pero lo ha hecho bien, y he aprendido mucho de la experiencia. Se lo ha tomado mejor de lo que esperaba.

—Espero que no creas que me he escaqueado.

—Para nada. Lo entiendo. De hecho, en cierto momento me planteé dedicarme a la radiología para evitar estas situaciones. Somos médicos, pero sobre todo personas. Aun así, al final no pude resistirme a las emociones fuertes de la medicina de urgencias. Sentía que habría sido una lástima desperdiciar tantos años de formación. —Hizo una pausa y alzó la mirada hacia George, quien se había puesto rígido al oír el último comentario—. Perdona. Eso ha sonado fatal.

Él levantó las manos.

—No te disculpes. No me has ofendido. —Aunque lo cierto era que sí lo había ofendido un poco. Empezó a alejarse, pero entonces algo le vino a la mente—. Otra cosa: ¿por casualidad sabes qué residente de urgencias llevó el caso DeAngelis?

—No lo sé, pero puedo averiguarlo.

—Hazlo, por favor. Quiero plantearle algunas preguntas sobre las heridas autoinfligidas.

—Averiguaré su nombre y te lo diré.

—Gracias. Espero que terminéis antes del turno de noche.

Kelley asintió y se zambulló de nuevo en la vorágine de actividad.

George regresó a la sala de lectura y revisó las últimas radiografías con Carlos. Unos cuarenta minutos después, Kelley llegó junto con una afroamericana de estatura considerable. George se puso de pie mientras la joven se la presentaba como la doctora Christine Williams, residente de obstetricia de último año.

George le explicó que quería cerciorarse de que ella estuviera al corriente de los resultados del ultrasonido antes de reconocer a la paciente y se ofreció a repasarlos con ella, si así lo deseaba.

—En realidad, ya he visto el informe del ultrasonido —dijo Christine—. ¿Cómo has conseguido incluirlo en el historial tan rápidamente?

—Les he metido un poco de prisa para que pudieras consultarlo. Sabíamos lo importante que sería para determinar cómo manejar la situación. Supongo que intentarás convencerla de que aborte, ¿me equivoco?

—Puedo darte cierta información sobre la reacción de la paciente —declaró Kelley—. Después de que mi residente de último año le explicara los resultados del ultrasonido, Laney se reafirmó en su negativa a abortar, a pesar de todo.

Se impuso un breve silencio.

—Bueno, dejad que examine a la paciente y hable con ella —dijo Christine al fin—. Dado su estado cardíaco y la inviabilidad del feto, sería una tragedia permitir que diera a luz.

El caso lo tenía angustiado. Una vez más, un estudio en el que había participado había cambiado la existencia a una persona, y no necesariamente para bien, aunque en esa ocasión quizá salvaría la vida a la paciente. Y pensar que había creído que la radiología lo protegería de malos tragos como ese...

—Gracias por ofrecerte para repasar el ultrasonido conmigo —dijo Christine—, pero no será necesario. Preferiría ver a la paciente.

—Si no tienes inconveniente, me gustaría acompañarte —señaló George—. Conozco a Laney desde hace tiempo. Tal vez pueda ofrecerle un poco de apoyo. Que yo sepa, no tiene amigos.

—Faltaría más —respondió Christine con deferencia.

Echaron a andar por el largo pasillo. Mientras avanzaban, Kelley captó la mirada de George y alzó el pulgar en señal de agradecimiento por hacer un poco más de lo que habría hecho un radiólogo.

La puerta de la habitación de Laney estaba cerrada.

—Hemos dejado que duerma —explicó Kelley—. Estaba agotada.

Llamó con suavidad para no asustar a la chica. Al no obtener respuesta, golpeó con más fuerza y pronunció su nombre en voz alta. No se oyó sonido alguno al otro lado. Una sombra de preocupación asomó al rostro de Kelley. Abrió la puerta, y los tres médicos entraron en la habitación desprovista de ventanas. La iluminación estaba atenuada.

Laney parecía dormida. Kelley la llamó de nuevo mientras se aproximaba a la cama. George y Christine se dirigieron hacia el lado opuesto. Kelley sacudió el brazo de la joven con suavidad.

—¿Laney? —La paciente no reaccionó. Kelley volvió a intentarlo—. ¿Laney? ¿Te encuentras bien?

Silencio. La inquietud se disparó en la habitación.

—¡Laney! —gritó George, agachándose para comprobar el ritmo cardíaco. No percibió nada—. ¡No tiene pulso!

Kelley se apresuró a abrirle primero un ojo y después el otro entre el índice y el pulgar e iluminar las pupilas con una linterna de bolsillo. Estaban dilatadas y no reaccionaban a la luz.

—¡No respira! —exclamó Kelley.

—Dios mío —masculló George.

Retiró con brusquedad la almohada sobre la que descansaba la cabeza de Laney. Saltó sobre la cama para practicarle la reanimación cardiopulmonar y se percató de que ella sujetaba lánguidamente su móvil en la mano derecha. Christine agarró un resucitador manual que estaba sobre una botella de oxígeno mientras Kelley pedía ayuda por el intercomunicador.

Al cabo de dos minutos un equipo de reanimación al completo encabezado por un residente de último año irrumpió en la habitación y se puso manos a la obra. Incluso Carlos, que se había enterado de lo que sucedía, apareció justo en el momento en que se anunciaba que Laney no presentaba actividad cardíaca alguna. Después de unos instantes, alguien declaró que la temperatura de la paciente estaba por debajo de treinta y dos grados. Pese a esas señales negativas, persistieron en su febril intento de reanimarla.

George, que no tenía nada que hacer, cogió el teléfono de Laney. Pulsó el icono de iDoc, tal como había hecho con el móvil de Kasey. Advirtió que, también en ese caso, la aplicación estaba cerrada y los datos habían sido borrados de la memoria hacía más de una hora. A juzgar por lo que sabía, supuso que eso significaba que el corazón de Laney no había latido durante todo ese tiempo.

—Creo que lleva muerta una hora —informó. Sostuvo el teléfono en alto—. Al menos según iDoc.

—¡Una hora! —El jefe del equipo de reanimación indicó con un gesto a su compañero que interrumpiera las compresiones torácicas—. Eso explica por qué no hemos podido recuperar la actividad cardíaca. ¿Una hora? ¡Joder! ¡Esta paciente lleva muerta un buen rato! No hay nada que hacer. ¡Id recogiendo, chicos! Aunque consiguiéramos que el corazón latiera otra vez, el cerebro está perdido.

Los miembros del grupo empezaron a guardar el material. George, Kelley, Carlos y Christine parecían paralizados.

Antes de salir de la habitación, el jefe del equipo de reanimación, que sabía que George era residente de cuarto año, se le acercó.

—¿Una hora muerta? Eso no deja en muy buen lugar al servicio de urgencias. ¿Cuánto rato ha estado sola la paciente?

—Casi dos horas —respondió Kelley por George—. Soy la residente de primer año asignada a la paciente.

—¿Qué pasa, es tu tercer día aquí? —inquirió el jefe del equipo, y soltó un silbido prolongado—. Lo pasarán pipa con esta en la conferencia sobre morbilidad y mortalidad. Esperemos que los medios no se enteren. Pero bueno, supongo que no es de extrañar. ¡Estamos en julio!

Con una risita, guió a su equipo hacia el pasillo.

El último comentario fue un duro golpe para la residente de primer año. Todos los presentes habían entendido la alusión a julio.

George se quedó un momento sin habla. La muerte de Laney había hecho que reviviera el horror que había experimentado al despertar junto al cadáver de Kasey. Ella también llevaba muerta entonces el tiempo suficiente para tener el cuerpo frío. La pregunta lo asaltó de nuevo: ¿por qué lo acosaba la muerte? ¿O era él mismo el culpable, el que sin saberlo ocasionaba el fallecimiento de todos aquellos que lo rodeaban, empezando por su madre?

—¡Oh, Dios mío! —se lamentó Kelley conteniendo el llanto—. Qué desastre. Me siento fatal. Debería haber venido a ver cómo estaba.

Una enfermera de urgencias la abrazó por los hombros.

—No ha sido culpa tuya. No hagas caso a ese residente. Los auxiliares y los celadores también deberían haber venido. Si alguien tiene la culpa, somos todos.

—Lo que ha dicho ese tipo ha sido cruel y estaba fuera de lugar —aseguró Carlos, que había estado aguardando a que George hablara en su calidad de residente más veterano.

—Si alguien tiene la culpa, somos nosotros —puntualizó Christine—. El departamento de obstetricia no debería haberla hecho esperar. La realidad es que a veces el sistema no funciona. Seguramente deberíamos tener un residente encargado de las consultas de urgencias en vez de asignárselas al primero que queda desocupado.

George permanecía en silencio, con la vista fija en el rostro sin vida de Laney. Salió de la habitación como aturdido, sin mirar a los demás. No podía sacudirse la sensación de que algo en su mundo iba mal. Muy mal.

25

Departamento de urgencias
Centro médico de la Universidad de Los Ángeles
Westwood, Los Ángeles, California
Jueves, 3 de julio de 2014, 15.31 h

Carlos abrió una radiografía torácica en el monitor y explicó los datos esenciales de su historial a George, que estaba sentado a su lado. Seguía molesto con él por no haber defendido a Kelley. Como todos los demás, Carlos sabía que la muerte de Laney se había debido a un fallo del sistema, lo que significaba que la culpa podía atribuirse a varias personas. Que un médico residente se metiera de aquel modo con una residente de primer año podía considerarse acoso moral.

—¿Cómo interpretas esta radiografía? —preguntó Carlos, en un tono que reflejaba su decepción por la actitud que George había adoptado ante el incidente—. ¿Crees que hay un hallazgo secundario?

La radiografía se había tomado para evaluar posibles fracturas costales, pero Carlos había hecho un hallazgo secundario. No estaba seguro de si se trataba de una linfadenopatía hiliar o de una inflamación de los ganglios linfáticos en la zona del pulmón que contenía todos los vasos sanguíneos y los tubos bronquiales. Sabía que la linfadenopatía solía presentarse asociada a varias enfermedades infecciosas, pero que también podía indicar cáncer de pulmón. Aunque su detección era a todas luces significativa, no implicaba un diagnóstico concluyente.

George, que contemplaba el monitor con la mirada perdida, no respondió.

—¿Te encuentras bien? —preguntó Carlos, su enojo empezaba a ceder el paso a la preocupación.

George despertó de su trance.

—Perdona. Supongo que estoy un poco ensimismado. —Se puso de pie—. Disculpa, ya despacharemos estas radiografías más tarde.

Salió de la sala de lectura, consciente de que Carlos debía de estar desconcertado y preguntándose cuándo superaría la conmoción por la muerte de Laney Chesney. Sin duda el joven creía que él, por ser residente de cuarto año, estaba curtido en incidentes como ese.

Se había impuesto una misión. Debía asistir a la conferencia de radiología a las cuatro, por lo que no disponía de mucho tiempo, pero decidió que tenía que hablar con Kelley Babcock. Aunque estaba destrozado por la muerte de Laney, no le cabía duda de que ella se sentía aún peor. La encontró sola, sentada en la sala de médicos, encorvada sobre una taza de café.

—¿Kelley?

Cuando ella alzó los ojos, George advirtió que los tenía enrojecidos.

—¿Te importa? —preguntó; señalaba con la cabeza la silla contigua a la suya.

—Tú mismo.

No era la invitación más amable que había recibido en la vida, pero se sentó de todos modos.

—El doctor Warren Knox —dijo Kelley de improviso.

—¿Cómo dices?

—Me has preguntado quién era el residente de urgencias

responsable del caso DeAngelis. Era el doctor Knox. Pero hoy tiene el día libre.

—Gracias. Hablaré con él cuando vuelva a estar de turno. Pero no he venido por eso. —Se aclaró la garganta y continuó—. Hace poco murieron dos personas a las que había realizado una resonancia. —Hizo una pausa, pensando en la mejor manera de expresar lo que quería decir—. Yo también me lo tomo a pecho cuando un paciente muere. Tal vez debería haber aprendido a compartimentar, a meter mis sentimientos en una caja. En realidad, es lo que hago, pero no cierro bien la caja, y entonces los sentimientos se escapan...

Kelley levantó la mirada hacia él con curiosidad.

—Creo que lo que intento decir es que lo siento. Estaba muy afectado y... Debería haber plantado cara a ese médico residente. Se ha pasado tres pueblos cuando ha dicho...

—Gracias. Pero no estoy así solo por el sentimiento de culpa. Es decir, debería haber ido a verla, reconozco ese error. Pero hay algo más. Es que... es muy injusta, la forma en que la vida reparte las cartas. ¿Por qué he tenido yo tanta suerte? Ella era tan joven... —Kelley removió el café con aire ausente—. Cuando murió mi padre, creí que mi vida se había acabado. Él y yo estábamos solos en casa... —Se quedó callada un momento—. No era más que una tonta adolescente de trece años, y ahí estaba, viendo que a mi padre le daba un infarto delante de mis narices. —Sacudió la cabeza al evocarlo—. Deseaba desesperadamente ayudarlo. —Alzó la mirada hacia George—. Supongo que por eso decidí dedicarme a la medicina y, en concreto, a la medicina de urgencias. Pero ahora que he llegado hasta aquí, mi mayor temor es que aparezca alguien que tenga la necesidad y la expectativa de que lo atienda una supermujer, y que se encuentre con una niñita asustada de Kansas que a veces comete errores.

George la observó mientras continuaba removiendo el café.

Pensó que tal vez le parecía más hermosa por dentro que por fuera. Era todo un descubrimiento.

—No sé si mi opinión te servirá de mucho —dijo—, pero estoy convencido de que serás una médica de urgencias extraordinaria. En serio.

—Gracias. Es todo un cumplido, viniendo de un residente de cuarto año.

—A pesar de lo que ha dicho ese médico residente, no te fustigues por lo que le ha pasado a Laney Chesney. Como ha comentado la enfermera, todos somos un poco responsables. Incluso yo. Fui quien le recomendó que durmiera un rato y quien quería que la obstetra hablara conmigo antes de ir a verla. Eso ha supuesto un retraso añadido.

—Solo lo dices por consolarme.

George permaneció en silencio un momento.

—Tienes razón. Pero estoy pensando que habría dado igual que tú o alguna otra persona la hubiera visitado.

Kelley lo miró fijamente, intrigada.

George echó un vistazo a su alrededor para cerciorarse de que nadie los oía. De pronto, ante la sinceridad de la joven, sintió la necesidad de abrirse a ella por completo.

—Sé que esto te parecerá delirante, pero las personas que me rodean están cayendo como moscas. Te juro que empiezo a sentirme como un ángel exterminador o algo así.

—¿A qué te refieres?

—Todos estaban muy enfermos, entiéndeme, pero aun así han muerto antes de tiempo.

—No te sigo.

George comenzó a enumerar, ayudándose con los dedos.

—Kasey Lynch, Greg Tarkington, Claire Wong, Sal DeAngelis y ahora Laney Chesney. Cinco personas: mi novia, el vecino de al lado y tres pacientes. Mi novia murió hace tres meses, y los otros tres han fallecido en los últimos tres días.

Se sacó el móvil de Sal del bolsillo de la chaqueta con aire distraído y lo dejó sobre la mesa.

—¿Tu novia? —Kelley estaba atónita—. ¿Tu novia murió?

—Sí, por desgracia. Pero no era mi intención soltártelo de sopetón. —La miró a los ojos—. Aunque aquello fue terrible, y créeme que lo fue, me parece que el ritmo de los decesos se acelera. —Hizo una pausa, temeroso de estar quedando como un chiflado—. Tengo la sensación de que la muerte me sigue a todas partes y de que yo debería hacer algo al respecto.

—Pero ¿qué puedes hacer?

Se encogió de hombros.

—Es solo una sensación —respondió, de repente avergonzado y preguntándose qué lo había empujado a abrirse así con alguien a quien apenas conocía... pero deseaba conocer mejor—. Lo siento. Olvida todo lo que he dicho. Lo que intento darte a entender es que tal vez yo haya tenido más que ver con la muerte de Laney que nadie.

Kelley le dedicó una mirada escéptica.

—¿Estás hablando en serio?

—Para serte sincero, no lo sé. Sea como sea, no te tortures demasiado por lo de Laney. No creo que haya sido culpa tuya en absoluto.

Kelley se fijó en el teléfono roto que George hacía girar distraídamente sobre la mesa.

—Se te ha rajado la pantalla, ¿eh? A mí también me pasó, aunque no fue tan grave.

George bajó la vista.

—No, no es mío.

Un rato antes lo había conectado a un cargador y había conseguido que la pantalla se iluminara.

—Veo que tiene instalada la aplicación iDoc.

—Así es. Bueno, más bien la tenía.

—Cuando hemos hablado antes, me ha parecido que sabías mucho acerca de iDoc.

—Me he informado bastante al respecto. He hecho un curso intensivo, por así decirlo. Para bien o para mal, desempeñará un papel muy importante en la sanidad en un futuro próximo. La medicina tal como la conocemos cambiará de forma espectacular.

—¿De veras? —dijo Kelley enderezando la espalda—. Me encantaría saber más del tema.

George le resumió en cinco minutos lo que sabía de iDoc. Ella parecía fascinada. No apartaba los ojos de él.

En ese momento la puerta de la sala se abrió y una enfermera asomó la cabeza.

—Doctora Babcock, se requiere su presencia en la sala de urgencias.

26

Departamento de urgencias
Centro médico de la Universidad de Los Ángeles
Westwood, Los Ángeles, California
Jueves, 3 de julio de 2014, 16.05 h

Clayton se tomó el trabajo de dirigirse a la sala de urgencias una vez más, esperando no estar llamando demasiado la atención sobre sí mismo. Fusión le había encomendado otra misión, a instancias de Langley y, en segundo término, de Thorn. La primera, que aún no había concluido, consistía en evaluar la reacción general a la espectacular muerte de DeAngelis y sobre todo a la de su vecino, que había resultado ser el doctor Wilson. Ahora había muerto otro usuario de la versión beta de iDoc, una beneficiaria del programa de asistencia para personas sin recursos llamada Laney Chesney. Clayton había reconocido de inmediato el nombre y, por desgracia, George Wilson volvía a estar relacionado con el asunto.

La noticia de que iDoc presentaba fallos inquietaba sobremanera a Clayton. Había invertido todo su capital en la empresa, incluido el dinero de su plan de pensiones. Lo último que quería oír era que se habían producido muertes accidentales relacionadas con iDoc. «¿Habéis alertado a la Agencia de Alimentos y Medicamentos sobre este problema?», había preguntado a Thorn. Tanto si la respuesta era afirmativa como negativa, las consecuencias podían ser perjudiciales, pero Thorn no había contestado.

Llegó a la sala de urgencias, donde reinaba más ajetreo que nunca. El tráfico de víspera de festivo había desatado un caos previsible. Había seis ambulancias aparcadas en fila en la zona de acceso, y los sanitarios aún estaban bajando pacientes de algunas de ellas. Clayton fue directo a la sala de lectura, con la intención de hablar con George de la tal Chesney. No había decidido qué iba a decirle, pero no lo encontró de todos modos.

Al consultar su reloj, comprendió el motivo y se maldijo por no haberse acordado de que los jueves todos los residentes tenían una clase de física obligatoria. Ya podía olvidarse de mantener esa conversación con George. En lugar de ello, se pasó por el mostrador central para ver a Debbie. Sabía que su turno terminaba oficialmente a las tres, pero que, dado que era tan concienzuda, siempre se quedaba al menos una hora más. En efecto, la encontró sentada ante el mostrador con la enfermera jefe del turno de tres a once. Estaban repasando los casos pendientes.

Clayton las interrumpió y se llevó aparte a Debbie, quien se mostró sorprendida y recelosa al verlo. Clayton fue al grano.

—Me han dicho que una mujer embarazada ha fallecido aquí, en urgencias. Lo siento, sé que es duro para ti y para los demás.

—Las malas noticias corren como la pólvora —comentó Debbie observando a Clayton con suspicacia.

—¿Cuál ha sido la causa?

—El corazón —respondió Debbie—. La paciente tenía un largo historial de miocardiopatía progresiva.

—¿Te encuentras bien?

—Sí. Pero yo he tenido la puta culpa. La he cagado. Debería haber mandado gente a comprobar su estado en cuanto supe que la residente de obstetricia tardaría horas en presentarse. Por otro lado, aquí hay muchas personas que deberían haber ido a verla sin necesidad de que yo o alguien más se lo pidiera. ¡Es el procedimiento estándar, joder! —Hizo una pausa y alzó la mirada hacia Clayton—. ¿A qué viene este arrebato de empatía? No es habitual que bajes en pleno día para interesarte por mi estado mental.

—Bueno, hay otra razón. Tengo entendido que, lamentablemente, George Wilson se ha visto implicado otra vez. Me preocupa su reacción, pues la paciente, al igual que DeAngelis, participaba en la prueba beta de iDoc.

—¿Por qué narices te preocupa? No lo entiendo. ¿Crees que es peligroso en cierta forma?

—Digamos que no nos interesa ningún tipo de publicidad negativa en esta fase de las pruebas de iDoc. George no tiene un pelo de tonto. Conviene saber qué se le pasa por la cabeza, por si en algún momento hace falta intervenir.

—¿De modo que quieres que intente averiguar qué piensa sobre Laney Chesney y Sal DeAngelis? Me pides que me asegure de que no causará problemas, ¿es esto lo que quieres?

—Siempre las pillas al vuelo —dijo Clayton—. ¡Eres lista como el hambre! Sabía que podía contar contigo.

—Para el carro. Lo haré, pero con una condición. Que tú y yo volvamos a salir juntos.

—Por supuesto. Es lo que yo querría aunque no estuvieras ayudándome con George Wilson —mintió Clayton—. Lo sabes. Me gustas. Lo que pasa es que mi ex mujer estaba dándome tantos problemas que tuve que dejarlo durante un tiempo. La cosa está mejor ahora. No he olvidado que te propuse quedar este fin de semana. ¿Qué te parece si cenamos en Spago el sábado? ¿Te viene bien?

—De hecho, me parece estupendo —dijo Debbie, resplandeciente—. De acuerdo, lo haré.

Clayton le guiñó un ojo y le dio un cachete en el trasero con su carpeta antes de marcharse. Estaba complacido, pese a que había tenido que comprometerse a cenar con ella el sábado. Bueno, tal vez podría escaquearse. Echó un vistazo a su reloj. Se dirigió hacia el aparcamiento cubierto del hospital. El responsable fue enseguida en busca de su Ferrari rojo, que siempre estaba aparcado cerca del mostrador de recepción. Una hora antes, Clayton había recibido una llamada que lo convocaba a una reunión de urgencia con Thorn y Langley en Century City. Le encantaba codearse con altos ejecutivos. Si para gozar de ese privilegio tenía que ensuciarse las manos de vez en cuando, mala suerte. La suciedad hacía de él un hombre indispensable.

Clayton, Thorn y Langley se encontraban reunidos en torno a una mesa pequeña en el espacioso despacho del segundo, que hacía esquina. Las enormes ventanas daban al sur y al oeste, ofreciendo una vista impresionante de la bahía de Santa Mónica y el océano Pacífico, aunque Thorn ya ni se fijaba en ella.

La discusión se centraba en lo que ahora llamaban oficialmente «el fallo». Langley puso a los demás al corriente de las novedades, que incluían detalles concretos sobre la postura adoptada por los Centros de Servicios de Asistencia Médica y la Comisión Asesora Independiente sobre Pagos. Mientras hablaba, daba caladas a un cigarrillo electrónico, lo que irritaba de mala manera a Thorn. Estaba convencido de que aquella sustancia que Langley exhalaba al aire de la sala le impregnaría la ropa con su olor. Cuando las cosas no marchaban bien, como en aquellos momentos, Thorn era menos tolerante con las debilidades ajenas.

—Como ya les he contado, mi mayor temor es que esto salga a la luz —decía el genio tecnológico—. Los medios...

—Lo sacarán todo de quicio. —Thorn finalizó la frase—. Estamos de acuerdo en este punto. No hay discrepancias.

—Entonces ¿por qué no lo suprimimos? —preguntó Clayton—. ¿Aún es posible?

—Lo intentamos una vez, cuando apareció —explicó Langley—, antes de que los CSAM entraran en escena. Pero desactivarlo no es tan sencillo como parece. El programa base aprende demasiado rápido, por lo visto. Para eliminarlo por completo habría que reescribir gran parte del código, lo que llevaría mucho tiempo, en el mejor de los casos.

—¿Cuál es la situación en las trincheras? —inquirió Thorn con impaciencia mirando a Clayton; con «trincheras» se refería a las personas que tenían trato directo con los pacientes: médicos, enfermeras y demás.

—Hasta donde yo sé, nadie sospecha nada en los centros donde se originaron los hechos —dijo Clayton—. Ni en Santa Mónica ni en Harbor hay el menor motivo de preocupación. En el centro médico de la Universidad de Los Ángeles todo está en orden, salvo por la ligera inquietud que nos causa un residente de radiología que está bajo mi supervisión, como ya he informado a Langley.

Langley asintió.

—Pero, aparte de eso, todo va bien —prosiguió Clayton—. Además, me complace comunicarles que he estado pendiente de la oficina del forense, y tampoco cabe esperar que nos dé problemas. No hay ninguna señal de alarma. Nadie ha pedido que se practique una autopsia a ninguno de los fallecidos que participaron en la prueba beta de iDoc. Lo mejor es que a nadie le extraña que esas personas murieran, dados sus historiales clínicos. Por supuesto, también nos ayuda que la oficina del forense tenga recursos tan limitados, lo que empuja a sus médicos a dar por cerrados los casos terminales sin hacer muchas preguntas.

—Rebobina un poco. ¿Quién es el radiólogo? —preguntó Thorn.

—Se llama George Wilson —respondió Clayton—. Todo se debe a una serie de coincidencias desafortunadas. Una de las víctimas era su novia, otra su amigo, y otras tres eran pacientes a quienes había realizado alguna prueba. Había establecido una especie de vínculo con una de ellas, que ha muerto esta mañana. De momento, él solo sabe que tres de las cinco víctimas utilizaban iDoc, incluida la de hoy. Aun así, incluso si solo fueran tres... parecería bastante improbable, ¿no?

—Las probabilidades no importan una mierda frente a la realidad —replicó Thorn—. No podemos cometer un solo error. Nuestra estrategia al completo podría irse al garete. —Hizo una pausa y miró a la cara a los otros dos para asegurarse de que asimilaban sus palabras—. Junto con nuestra carrera profesional. —Se volvió hacia Langley—. La coincidencia de estos episodios demuestra que es necesario modificar el algoritmo. Si, en el futuro, iDoc detecta un caso de vencimiento, debe informar del nombre y el código del caso antes de actuar. Después debe valorar la proximidad de otros vencimientos e investigar las relaciones entre los profesionales sanitarios implicados. En LinkedIn, Facebook, Instagram, Tumblr, entre otros sitios webs, pueden identificarse los vínculos. Una vez que dispongamos de esa información, desarrollaremos protocolos para el número de conexiones y la frecuencia con que se prevé que se produzcan en un período determinado dentro de un margen aceptable. ¿Me seguís?

—Yo sí. —Langley sonrió—. Sé exactamente lo que buscas, y me encargaré de que mi equipo cumpla.

Clayton se sentía un poco aturdido después del vehemente monólogo de Thorn. No había entendido una palabra.

—Bien —dijo Thorn dando una palmada—. Y ahora, respecto al problema que nos ocupa, ¿qué hacemos con el residente de radiología, si es que hay que hacer algo?

—Bueno —respondió Clayton—, no creo que debamos hacer nada aún, pero me he asegurado de que lo mantengan a raya y vigilado. He reclutado a una quinta columna atractiva y eficiente, ya me entienden, que me informa de que, aunque el radiólogo está impresionado con iDoc, no comparte la creencia generalizada de que su vecino quería suicidarse, que desde su punto de vista es el segundo caso de fallecimiento de un usuario. Me temo que podría sentirse impulsado a investigar más a fondo. No nos conviene hacer nada que alimente sus sospechas de que iDoc guarda relación con esas muertes. Por desgracia, ocurrió algo que aumentó sus recelos: me vio en el depósito de cadáveres cuando fui para intentar recuperar el implante, como me había pedido el señor Langley.

Dirigió una mirada acusadora al informático.

—Nos habría venido bien una confirmación material de lo sucedido en realidad —se defendió Langley—. Examinar el implante nos habría ayudado a corroborar que la insulina fue el factor determinante de la muerte.

—Pero ¿será posible? Eso usted ya lo sabía —contraatacó Clayton, enfadado porque bajar a la morgue había puesto en peligro su seguridad y la viabilidad del programa en un momento en que no estaba del todo informado sobre la gravedad de la situación.

—¡Basta! —interrumpió Thorn—. Todos estamos en la misma sintonía. Quiero saber más sobre el tal George Wilson.

—En realidad, has hablado con él —señaló Clayton.

—¿Cuándo? ¿Dónde, por Dios santo?

—En la conferencia para inversores en el hotel Century Plaza. Es amigo de Paula Stonebrenner. Vi que ella os presentaba.

—¿En serio? —Thorn estaba sorprendido—. Caray, qué pequeño es el mundo a veces. De acuerdo, continúa.

Clayton los puso en antecedentes sobre George y explicó

que había ayudado hasta cierto punto a destapar una conspiración en la facultad de medicina de Columbia cuando todavía estudiaba allí. A Thorn se le ensombreció el semblante al oír eso. A continuación, Clayton describió a George como uno de sus mejores residentes, meticuloso en extremo, trabajador e inteligente.

—¿Cómo piensas controlarlo? —inquirió Thorn.

—Como ya he dicho, he pedido a una amiga que no le quite ojo durante los próximos días, que creo que serán críticos. Si George se tranquiliza, todo irá bien. Si no, ya os informaré. Me imagino que, llegado ese punto, vosotros os ocuparíais mejor de todo.

Thorn asintió, tras haber decidido que, en último caso, declararía la situación de alerta máxima y la dejaría en manos de su departamento de seguridad. Toda la jerarquía de dicho departamento estaba integrada por mercenarios retirados. Thorn confiaba en que tomarían las medidas necesarias sin vacilar.

—¿Sabéis? Que esto esté ocurriendo es bueno —terció Langley.

Thorn y Clayton lo miraron, desconcertados.

—No habíamos previsto este «fallo», pero precisamente para eso son las pruebas beta, para identificar y resolver esta clase de fenómenos inesperados. Sería mucho peor que no lo hubiéramos descubierto hasta después de haberlo lanzado al mercado nacional. En cierto modo, la situación en sí es una pequeña prueba beta.

—Ojalá yo fuera tan optimista como tú —comentó Thorn—. No me gusta que surjan dificultades que podrían acabar por desbaratar nuestros planes.

—Pues a mí me gusta ver el lado positivo de las cosas —dijo Langley—. Ese residente de radiología podría enseñarnos lecciones muy valiosas, según evolucione su implicación en el asunto. Y si Clayton lo mantiene vigilado, podremos intervenir en caso necesario, lo que reduce el riesgo a un nivel razonable. Creo que, en el fondo, estos acontecimientos nos benefician. Han creado un entorno controlado del que podremos extraer datos potencialmente útiles para reforzar la seguridad de iDoc en el futuro.

27

Apartamento de George
Westwood, Los Ángeles, California
Jueves, 3 de julio de 2014, 20.30 h

George estaba alicaído desde que había llegado a casa. En comparación con la vida de Kasey, Sal, Tarkington, Wong y ahora Laney, su existencia era un lecho de rosas, más que nada porque seguía vivo. Pero no podía quitarse de encima la sensación de que era cómplice de todas esas muertes. Después de desahogarse con Kelley, se había sentido mejor, aunque no por mucho tiempo.

Estaba sentado en el sofá frente al televisor, a oscuras, cambiando de canal de forma mecánica, cuando sonó el timbre. Hizo caso omiso, esperando que el visitante, fuera quien fuese, se marchara. Pero el timbre sonó una vez más. Y otra. De mala gana, se levantó a abrir la puerta, suponiendo que se trataba de Zee o del borrachuzo del conserje. No era ninguno de los dos. Enmudeció al ver ante sí a Debbie Waters.

—¿No vas a invitarme a entrar? —preguntó ella—. Pero si tienes visitas, ya volveré en otro momento.

—¡No, no! —exclamó George cuando recuperó el habla—. Deja que encienda la luz.

Debbie buscó algún sitio donde sentarse mientras George pulsaba el interruptor de una lámpara de pie y apagaba el televisor. Tuvo que morderse la lengua para no hacer comentarios sobre el estado en que se encontraba el apartamento.

—Pasaba por aquí en coche y he pensado en ti —dijo, y se decidió por un sillón de escay. Quería evitar el sofá para no enviar señales que George pudiera malinterpretar—. Espero que no te importe que haya venido, pero necesitaba charlar con alguien. Sigo muy alterada por la chica que ha fallecido durante mi turno.

—Es comprensible —aseguró George—. Su muerte nos ha inquietado a todos. Era una chica cariñosa que no tuvo muchas oportunidades en la vida. Antes de que llegaras, yo estaba aquí sentado, en la oscuridad, intentando encontrar algún sentido a lo ocurrido.

—¿Por qué te ha inquietado exactamente? —preguntó Debbie, ansiosa por despachar cuanto antes la tarea que Clayton le había encargado—. Desde luego, no ha sido culpa tuya.

George se disponía a responder, pero se quedó callado. Le parecía una pregunta extraña, ya que la respuesta era fácil de intuir.

—No creo que fuera culpa de nadie, Debbie, si es eso lo que te preocupa. Más bien pienso que fue un cúmulo de errores y descuidos. Lo que me inquieta es la mala suerte que acompañó a esa chica durante toda su corta vida. No sé si conoces los detalles, pero baste decir que tenía varios problemas graves de salud, algunos de los cuales yo ayudé a diagnosticar. Si a eso añades la terrible infancia que vivió, el resultado es una tragedia a todos los niveles.

—¿Eso es todo? —inquirió Debbie.

George la observó con atención. De pronto lo asaltó la sensación de que, más que mantener una conversación, ella lo estaba interrogando. Se alegró de no haberle confesado lo que pensaba sobre su propia responsabilidad. Algo le decía que no debía poner todas las cartas sobre la mesa. Su subconsciente había percibido algo en Debbie que no acababa de gustarle. Mientras no identificara ese algo, procuraría no correr riesgos.

—Entonces ¿te encuentras bien? —preguntó Debbie escudriñándole el rostro—. He pensado que tal vez este episodio, después de lo de DeAngelis y, claro, lo de tu novia... No sé... Estaba preocupada por ti.

—¿Cómo sabes lo de mi novia? —preguntó George.

—Me lo ha contado Clayton —contestó Debbie sin inmutarse—. Por eso estoy preocupada.

—Gracias. Es todo un detalle —dijo con sinceridad.

Aparte de Kasey, ninguna otra mujer en Los Ángeles había mostrado mucho interés en su bienestar. Por consiguiente, bajó un poco la guardia. Tal vez la había juzgado mal.

—Te noto intranquilo —dijo Debbie—. ¿En qué piensas?

—Bueno, me rondaba, aún me ronda, la cabeza la absurda idea de que la muerte me acosa. Sé que suena paranoico. Al fin y al cabo, todos esos pacientes padecían enfermedades graves, incluso Sal, según lo que me contaste.

—¿Cómo dices? —inquirió Debbie, desconcertada.

—El cáncer de próstata.

—Ah. No recordaba habértelo comentado.

—¿Cómo lo sabías?

—No estoy segura.

—¿En serio?

George se puso de nuevo en guardia.

—Ah, ya me acuerdo. Su accidente fue tan aparatoso y extraño... Cuando se estrelló, su móvil salió despedido del coche y cayó en mi regazo.

George sintió una punzada de culpabilidad por haberse llevado a hurtadillas el teléfono del mostrador. Por otro lado, creía que iban a tirarlo a la basura.

—Aunque parecía hecho cisco, lo conecté a uno de los dispositivos portátiles que Fusión nos facilitó para los clientes de iDoc. Los utilizamos para obtener las historias clínicas y las últimas lecturas de sus constantes vitales, lo que nos ayuda con el diagnóstico inicial. A pesar de que su teléfono estaba bloqueado a causa del impacto, conseguí descargar al lector algunos de los datos recientes antes de que el sistema operativo se colgara por completo. Entre ellos estaban los resultados de una biopsia de próstata. Era la última entrada en su historial.

—Fascinante —dijo George con visible interés—. ¿Crees que él lo sabía? ¿Aún está esa información en el ordenador del hospital?

—Nunca llegó a estarlo —contestó Debbie—. Y seguramente él no llegó a enterarse del diagnóstico.

La repentina curiosidad de George la había asustado un poco. Estaba segura de que darle motivos de sospecha no entraba en los planes de Clayton. Este solo le había pedido que sondeara el estado de ánimo de George respecto a los fallecimientos, con la esperanza de que las hubiera superado, y en cambio allí estaba ella, empeorando la situación.

—Resultó evidente enseguida que el tipo estaba muerto, así que no era necesario indagar más en su historial médico. Me limité a leerlo en el dispositivo portátil. No lo subí al ordenador del hospital.

—Interesante —opinó George mientras los datos dispares se arremolinaban en su cabeza. Que Sal no estuviera al tanto del diagnóstico de cáncer de próstata suponía un paralelismo curioso con Kasey—. Me pregunto si Greg Tarkington y Claire Wong eran usuarios de iDoc —soltó de pronto—. Si lo eran, estaríamos ante una casualidad extraña.

—¿Quiénes son Greg Tarkington y Claire Wong?

La señal de alarma de Debbie se había disparado. Eso no le gustaría un pelo a Clayton.

—Eran dos pacientes a los que realicé resonancias magnéticas y que también fueron declarados muertos al ingreso en tu sala de urgencias. —Se deslizó hacia el borde del sofá—.

Tengo que pedirte un favor. ¿Podrías averiguar si participaban en la prueba beta de iDoc? —Debbie estaba a punto de inventar alguna excusa, pero él no le dio la oportunidad—. Perdona. Solo estoy pensando en voz alta, pero es que hay algo más. —Notó que ella se ponía rígida, pero prosiguió de todos modos—. Está el tema de los depósitos implantados. Mi novia tenía uno para controlar la diabetes. Sal también, o al menos eso creía él. Me mostró una cicatriz en el abdomen. ¿Laney? No sé si ella llevaba uno, pero sería lógico, ya que también padecía diabetes. Supongo que debería haberme dado cuenta al realizar el ultrasonido, pero estaba distraído enseñando a Carlos cómo funcionaba todo. Puedo investigar el caso de Sal para asegurarme al cien por cien, pues sé cómo se llama su médico de atención primaria. Sal me pidió un par de veces que lo llamara. Averiguaré si el depósito consta en su expediente. Según él, fue ese médico quien se lo implantó. Tanto Sal como Laney debían de llevar uno, pues iDoc les controlaba la diabetes, como a Kasey, y eso solo era posible a través de depósitos implantados.

—¿De qué estás hablando? —preguntó Debbie, cada vez más alarmada—. ¿Depósitos implantados?

George la había confundido por completo, y su súbito entusiasmo la intranquilizaba. Tenía la sensación de que le había puesto las cosas más difíciles a Clayton.

—¿Qué me dices? —preguntó George, con los ojos clavados en ella—. ¿Podrás conseguirme esa información sobre Tarkington y Wong en los archivos de urgencias?

—¡Claro que no! —Debbie fue rotunda—. Esas personas no eran pacientes míos. Soy la enfermera jefe. Una cosa que la administración del hospital nos ha dejado muy clara es que la privacidad de las historias clínicas es sagrada. Que accediera a la información de los pacientes sería una violación flagrante de la Ley de Responsabilidad y Transferibilidad de Seguros Médicos, una ley que te recuerdo que el centro médico se toma muy serio. Lo sabes. Cada vez que alguien intenta acceder a los datos de un paciente sin ser su médico personal, los del departamento de historiales le dan un toque de atención.

—Tienes razón —admitió George.

Había recibido una reprimenda severa cuando había consultado la ficha médica de Kasey sin autorización, a pesar de que era su prometido. En aquel momento le había sorprendido la rapidez con que lo habían pillado.

—Escúchame —dijo Debbie, intentando minimizar los daños—. Esa idea de que la muerte te acecha es ridícula. Lo siento, pero es una locura. Como amiga tuya, te aconsejo que lo olvides. Eres víctima de una serie de casualidades. Créeme, si sigues por ese camino, es muy posible que acabes metiéndote en líos.

No se había atrevido a confesarle que no era una suposición sino una certeza, por temor a que él se oliera su doble juego.

—Gracias por el consejo —dijo George, aunque la mente le funcionaba a mil por hora. Le había venido a la cabeza otra idea. De pronto, había pensado que tal vez Paula podría aclarar sus dudas. Fusión tenía que disponer de una lista maestra de participantes en la prueba beta de iDoc. Entonces se le ocurrió otra cosa—. Recuerdo el nombre de los oncólogos de Tarkington y de Wong. A lo mejor si los llamo estarán dispuestos a contarme si los dos pacientes usaban iDoc. Eso no implicaría divulgar los historiales en sí.

—No lo sé. Lo dudo. ¡Escúchame! Te lo voy a repetir: ¡déjalo correr! Estás dejando que tu imaginación se desboque, y si no tienes cuidado te meterás en un lío de cojones. —Debbie se puso de pie. De pronto le habían entrado ganas de marcharse cuanto antes. A Clayton no iba a gustarle. No sabía muy bien por qué tenía esa sensación, pero la tenía—. He de irme —dijo dirigiéndose hacia la puerta.

Esto arrancó a George de su ensimismamiento. Sentía gratitud hacia Debbie por su visita inesperada, pues le había ayudado a centrar su mente.

—¿Seguro que no puedes quedarte? Te agradezco mucho que hayas venido. Puedo sacar el Jack Daniel's otra vez.

—No, gracias. De verdad que tengo que irme. Me quedo más tranquila después de haber hablado contigo. Gracias otra vez, George.

—Descuida. Para eso estamos. ¿Quieres que llame a un taxi?

—No, he venido en coche.

—Entonces te acompaño hasta donde lo hayas aparcado.

—No hace falta. Sé cuidar de mí misma.

—Insisto —dijo George—. Significa mucho para mí que hayas venido.

La acompañó hasta su coche, que estaba delante del bloque de apartamentos. Hizo un último intento de convencerla para que se quedara o por lo menos para que fuera con él a un bar cercano, pero Debbie estaba resuelta a marcharse. Agitó la mano a modo de despedida mientras ella arrancaba y se incorporaba al tráfico.

Se encaminó de regreso a su edificio, perplejo por los bruscos cambios de actitud de la enfermera. Había una luz encendida en el apartamento de Sal. Bien. Debían de ser sus hermanas. Se planteó pasar a saludarlas y darles el pésame, pero dudaba que ellas se acordaran de él siquiera.

Al llegar frente a la puerta de su casa, cambió de idea. Decidió hacer el esfuerzo de ir a presentar sus respetos y averiguar si se celebraría alguna ceremonia en honor del difunto. Al acercarse al apartamento de Sal, miró por una ventana que daba al salón comedor. En el interior no había dos mujeres mayores, sino dos hombres de treinta y tantos años, con traje negro y corbata.

Se volvió hacia la puerta del conserje, considerando la posibilidad de preguntarle quiénes eran aquellas personas. Sin embargo, supuso que estaría borracho como de costumbre, así que decidió investigarlo por su cuenta. Salió por la puerta de atrás del edificio para echar un vistazo a la plaza de aparcamiento de Sal. En ella había un todoterreno último modelo, negro, grande, con los cristales ahumados. Dudaba que fuera el vehículo de otro vecino. Más confundido que nunca, regresó a la valla del patio de Sal.

Agachándose a fin de que no lo descubrieran desde el interior del apartamento, recorrió con la mirada el complejo para asegurarse de que nadie lo observaba. No quería arriesgarse a tener otro encontronazo con la policía, como el que se había producido seguramente porque alguien lo había visto saltar la verja de Sal.

A través de la puerta corredera de cristal se abarcaba el salón comedor y la cocina. Al parecer, los trajeados registraban el apartamento, como había hecho él. Uno incluso estaba pasando un aspirador de mano por la alfombra oriental de imitación. ¡Qué extraño! Se preguntó si debía hacer algo y, en caso afirmativo, qué.

A falta de un plan alternativo, resolvió hablar con el conserje, estuviera o no borracho. Con ciertas reservas, pulsó el timbre. Cuando el conserje abrió la puerta, George comprobó que, tal como había imaginado, estaba como una cuba. Como ya se había tomado la molestia de llegar hasta allí, decidió seguir adelante.

—He pensado que le gustaría saber que hay dos tipos en el piso de DeAngelis revolviéndolo todo.

—Ya lo sé. Les he dado yo la llave.

—¿Quiénes son?

—Polis. O algo por el estilo —respondió el conserje rascándose la cabeza.

A juzgar por su aspecto, llevaba una semana sin afeitarse. Se tambaleaba aunque estaba apoyado contra el marco de la puerta.

—No tienen pinta de policías.

—Llevaban placa. Y un papel que era una especie de orden judicial.

—¿Qué buscan?

—Ni idea.

—¿No se lo ha preguntado? —inquirió George, sorprendido.

El conserje, que se llamaba Clarence, tuvo que meditar su respuesta.

—Tal vez sí. No me acuerdo.

Consciente de que aquello no llevaba a ningún lado, George dio media vuelta para marcharse.

—De acuerdo, gracias.

—Las hermanas de Sal están en la ciudad —gritó Clarence, como si ese dato acabara de venirle a la memoria—. Hay un oficio fúnebre programado para mañana. Espera. —Extendió el brazo hacia una mesa situada junto a la puerta y cogió un papel. Intentó leerlo, sujetándolo lo más lejos posible de sus ojos—. Funeraria Carter. Dos de la tarde. Por si quieres ir. Dicen que van a enterrarlo lo antes posible para darse el piro de la ciudad.

—Gracias, Clarence.

George se alejó, extrañado de que tuvieran previsto celebrar el oficio fúnebre el Cuatro de Julio, una fecha en que muchas personas no asistirían.

Echó a andar hacia su apartamento, sin haber satisfecho su curiosidad sobre quienes estaban registrando el piso de Sal. Si se trataba de agentes del gobierno, como creía Clarence, lo más probable es que fueran del FBI. Pero ¿qué demonios hacía el FBI husmeando en casa de Sal?

28

Casa del doctor Clayton Hanson
Bel Air, Los Ángeles, California
Jueves, 3 de julio de 2014, 21.17 h

Con una sonrisa nerviosa, Debbie Waters pulsó el timbre de Clayton y, al recorrer con la mirada la casa y los cuidados jardines que la rodeaban, avistó un coche nuevo en el camino de acceso. Era así como anhelaba vivir. Estaba en mitad de la treintena, y el reloj seguía avanzando. Sabía que tenía un cuerpo de escándalo, al menos en opinión de varios amigos suyos. Pero ¿cuánto le duraría? Lo que no quería era acabar llevando una vida corriente de clase media. Todos los días veía en Los Ángeles ambos extremos: los ricos y los desposeídos. Ella merecía figurar entre los ricos, y Clayton era su trampolín para conseguirlo.

Su casa se encontraba en lo alto de una colina, casi al final de una sinuosa carretera de Bel Air. Aunque era demasiado grande para el terreno en que la habían construido, quedaba empequeñecida por algunas de las mansiones de los vecinos. Aun así resultaba impresionante, sobre todo a los ojos de una enfermera jefe de urgencias que ganaba 89.000 dólares al año. Era un buen sueldo, sí, pero demasiado bajo para aquel código postal.

Clayton echó una ojeada a la pantalla de seguridad que tenía en la cocina mientras se dirigía hacia la puerta principal. Era Debbie quien había llamado al timbre. No le sorprendió, pues ya lo había avisado por teléfono de su llegada. Él le había pedido que no fuera a su casa porque tenía visitas, pero ella había insistido. En realidad, solo tenía una invitada y no pensaba dejar que Debbie la viera. La conocía lo suficiente para saber que eso podía desencadenar un desastre.

Clayton había perdido la mitad de su patrimonio como consecuencia de su divorcio y le costaba Dios y ayuda pagar la hipoteca, los impuestos y el mantenimiento de su casa. El mero hecho de tener una hipoteca a su edad lo asustaba. Necesitaba que esas opciones sobre acciones de Fusión rindieran fruto, por lo que aguantar molestias como aquella, en fin, era un mal necesario.

Aunque no tenía reparos en utilizar a Debbie como espía, le parecía inaceptable que ella se presentara en su casa sin que la hubiera invitado. No ignoraba que en ciertos círculos lo consideraban un buen partido, y Debbie Waters formaba parte de ellos. Pero los sentimientos no eran mutuos. Ella rebosaba atractivo físico, desde luego, pero en el ambiente social que a él le gustaba frecuentar, su lenguaje y sus modales de camionera no encajaban. Sin embargo, necesitaba hacerle creer lo contrario, por lo menos mientras continuara ayudándolo con George Wilson.

Abrió la puerta y, por uno momento, los dos ex amantes se miraron desde lados opuestos del umbral.

Clayton rompió el silencio.

—Esto no está bien —siseó.

—Si vas a tratarme así, tendrás que apañártelas solo. —Debbie dio media vuelta y se encaminó hacia su coche—. Tenía información nueva sobre George Wilson que pensaba que te interesaría, pero ¡tú mismo! —añadió por encima del hombro.

—¡Mierda! —gruñó George, consciente de que Debbie lo estaba manipulando.

Sabía que debía dejarla marchar. Lo último que quería era que la enfermera jefe se encontrara con la joven aspirante a actriz que lo esperaba en la biblioteca, pero necesitaba oír lo que había descubierto, así que echó a correr tras ella. Ya había subido al coche y se disponía a cerrar la puerta cuando la alcanzó. Agarró la manilla.

—Vale, ¿qué has averiguado?

—No. Me has hablado mal. Si quieres saberlo, tendrás que venir a mi casa. —Arrancó el motor y metió la marcha—. ¡Suelta la puerta!

—¡Espera, joder!

Debbie no le hizo caso, por lo que Clayton tuvo que trotar al lado del coche, aferrado aún a la manilla, mientras descendía por el camino de acceso.

—¡De acuerdo, de acuerdo! Iré a tu casa. Solo te pido un momento para deshacerme de mi invitado. Le diré que tengo que volver pitando al hospital. —Cuánto la odiaba por obligarlo a hacer eso—. Estaré allí dentro de una hora.

—¿«Invitado»? Sí, claro... —Debbie se mofó de que la visita de Clayton fuera un hombre. Estaba encantada de haber interrumpido su velada y de arrastrarlo tras de sí—. ¡Está bien, una hora! Pero ni un minuto más... o no te contaré lo que he averiguado.

Clayton se detuvo al final del camino y la observó alejarse. Se prometió que la haría pagar por ello cuando todo hubiera terminado. Tal vez podría encargarse de que la trasladaran al hospital afiliado que acababan de adquirir en Long Beach. Así aprendería la lección.

29

Apartamento de George
Westwood, Los Ángeles, California
Jueves, 3 de julio de 2014, 21.32 h

George se sentía mucho mejor. La visita sorpresa de Debbie le había levantado los ánimos. Tras una ducha rápida y con un poco de comida en el estómago, empezó a pensar con más claridad. Había caído en la cuenta de que todos los pacientes que formaban parte de lo que él llamaba «la cohorte de las casualidades» tenían un historial de problemas médicos graves que, poco antes de su fallecimiento, se habían visto complicados por el descubrimiento de una nueva afección con riesgo de muerte.

Lo que más le interesaba saber era si Tarkington y Wong participaban o no en la prueba beta de iDoc. Sabía que Debbie estaba en lo cierto al señalar que consultar la ficha médica de alguien sin autorización infringía la Ley de Responsabilidad y Transferibilidad de Seguros Médicos. Pero tal vez Paula Stonebrenner le echaría una mano. Dados sus contactos de alto nivel en Fusión, era bastante probable que pudiera averiguar si los fallecidos utilizaban o no la versión beta de iDoc. De cualquier manera, convenía que ella supiera que había una posibilidad pequeña pero real de que el algoritmo de la aplicación no funcionara a las mil maravillas, sobre todo en el caso de personas con enfermedades graves. La otra explicación posible era que alguien estuviera causando problemas a propósito. Recordaba que, en los últimos seis meses, había leído en un artículo que los piratas informáticos podían acceder a los dispositivos médicos basados en tecnología inalámbrica. iDoc encajaba de lleno en esa categoría. Quizá alguien estaba interfiriendo en la aplicación, bien por el reto que suponía hacerlo, bien como un intento deliberado de sabotear Fusión por algún supuesto agravio (muchos tenían razones para detestar las compañías de seguros) o bien por motivos económicos.

George se preguntó cuál sería la mejor manera de planteárselo a Paula. Era fácil que se ofendiera, pero quería intentarlo de todos modos. Decidió enviarle un mensaje de texto.

Sentado en el sofá con las luces encendidas y el televisor apagado, le envió un escueto «Hola». No tuvo que esperar mucho. Ella le respondió al cabo de unos minutos. Al poco rato charlaban por medio de mensajes sobre lo impresionado que él había quedado tras la presentación de iDoc y lo bien que ella había estado. George notó que los cumplidos la complacían. Acto seguido, la conversación se desvió a la posibilidad de quedar para verse. En cuanto tuvo la sensación de que su amiga estaba relajada, abordó de nuevo el tema de iDoc.

«Oye, estaba pensando... ¿Se detectaron fallos en iDoc durante la prueba beta?»

«No. ¿Por qué lo preguntas?»

«Me ha acordado de un artículo sobre piratas que se colaban en dispositivos médicos.»

«No nos ha pasado nada parecido. Funciona como una seda. ☺»

George comprendió que tenía que dar otra vuelta de tuerca.

«Algo me ha llamado la atención en el centro médico.»

Siguió un rato de silencio.

«¿Qué?», recibió al fin.

«Deberíamos hablar.»

«Vale. Llámame.»

«Sería mejor que habláramos en persona. ¿Te parece bien?»

«¿Cuándo?»

«¿Qué tal ahora mismo?»

«No puedo. Es tarde. Pero llámame, si quieres.»

George suspiró. De acuerdo, la llamaría. Habría preferido decírselo a la cara para observar su reacción, pero tenía que conformarse con lo que se le ofrecía. Paula contestó al primer timbrazo.

—Vale, ¿de qué se trata?

George se aclaró la garganta. Le dio la sensación de que ella ya se había puesto a la defensiva.

—Me imagino que es un tema delicado, pero no puedo pasar por alto lo que veo.

—¿Tiene esto algo que ver con iDoc?

—Sí... En realidad, no. Es más que eso. Conocía a tres usuarios de iDoc que han muerto. Sufrían problemas graves de salud, pero todos han fallecido de forma repentina y prematura justo después de que se les diagnosticara otra enfermedad grave o un empeoramiento de su mal originario. —Se abstuvo de añadir que tenía un vínculo con todos los difuntos. No quería que pareciera que se trataba de una cuestión personal—. Por otro lado, les realicé resonancias a otros dos pacientes que también murieron inesperadamente. Me preguntaba si participaban en la prueba beta de iDoc, como los otros. —Hizo una pausa, aguardando una respuesta. Paula guardaba silencio—. ¿Me has...?

—Sí, te he oído —dijo ella, al fin, en un tono frío y formal—. ¿No sabes si los pacientes de las resonancias formaban parte de la prueba beta?

—No, no lo sé. En parte por eso te he llamado. Confiaba en que pudieras aclarármelo. Si tienes un boli a mano, te diré sus nombres: Greg Tarkington y Claire...

—No estoy autorizada a informarte de si participaban en

la prueba o no —lo cortó ella—. ¿Te acuerdas de nuestra conversación sobre el nivel de seguridad de iDoc? Es algo que se toman muy en serio. Como parte de la aprobación preliminar, nos comprometimos a respetar las normas de confidencialidad. Aunque estuviera en posición de averiguarlo, que no lo estoy, no podría decírtelo.

De pronto, una voz que gritaba «¡Sí, sí, sí!» al otro lado de la pared del apartamento de Joe interrumpió los comentarios de Paula. Al parecer, su vecino había regresado temprano a casa. George se dirigió a toda prisa a su habitación y cerró la puerta.

—¿Qué ha sido eso? —preguntó Paula.

Por lo visto, incluso ella lo había oído.

—Un vecino. Tendrá la tele encendida.

—Tus paredes deben de ser de papel.

—La construcción no es de la mejor calidad, desde luego.

George torció el gesto. Ahora Paula se había hecho una idea de lo destartalado que estaba su apartamento. Puesto que aún se oían sonidos procedentes del piso de Joe, entró en el baño, cerró la puerta y se sentó en la tapa de la taza. Al menos allí estaba más tranquilo.

—No he oído tu última respuesta —dijo—. Repítela, por favor.

—Te explicaba que no podría revelarte lo que me pides ni aunque pudiera averiguarlo.

—Que conste que no te lo estoy pidiendo porque desee que iDoc fracase.

—Eso espero, George. Por otro lado, podría comprender que estuvieras un poco cabreado porque me apropié de tu sugerencia sin avisarte siquiera. Tenía órdenes específicas de no hablar de ello con nadie, por razones de seguridad. Se ha invertido una ingente cantidad de dinero en iDoc. Pero, por favor, no quiero que hagas el ridículo. Si haces declaraciones públicas absurdas contra iDoc, quedarás en evidencia. Te lo aseguro, si surge algún problema con iDoc, te informaré. Por el momento, no ha surgido ni uno. ¡Ni uno!

George ya se imaginaba que sacaría ese asunto a colación.

—Mis motivaciones no tienen nada que ver con el rencor.

—Espero que no. Estoy más convencida que nunca de que iDoc es el futuro de la asistencia sanitaria en el mundo digital. Los médicos han tenido la oportunidad de seguir liderando el sector, pero la han desaprovechado.

—Soy consciente del potencial de iDoc, créeme. Considero que es asombroso, de verdad. Pero no puedo desentenderme de lo que parece un fallo muy real.

—¿Y cómo podría iDoc haber causado esas muertes prematuras?

—Dímelo tú.

Paula exhaló un suspiro lo bastante fuerte para que George lo oyera.

—La prueba beta abarca a muchísima gente, George. Veinte mil clientes-pacientes. No es de extrañar que se produzcan algunos sucesos médicos y muertes inexplicables. Estoy segura de que se han investigado a fondo todos los fallecimientos. Y apuesto a que iDoc ha evitado muchos más, del mismo modo que habría salvado a tu madre. Los enfermos de gravedad serán quienes más se beneficien de iDoc.

—¿Por qué crees eso?

—Es muy sencillo. iDoc ajusta la dosis de la medicación en función de valores fisiológicos medidos en tiempo real en vez de intentar tratar los síntomas, como hace el antiguo paradigma médico. iDoc es el facultativo de atención primaria perfecto, pues se basa en un algoritmo que es capaz de aprender y que se actualiza cada vez que se incorpora información nueva.

—Me preocupa que se vea desbordado por todos los casos que lleva.

—¿Sabes lo que es un médico ludita, George? Me topo con

ellos constantemente. Son facultativos que han remoloneado a la hora de aceptar la medicina digital, incluso cosas tan intuitivas como los historiales electrónicos. ¡Por favor, no hace falta ser un genio para aprender!

—Es un buen argumento. Muy contundente. Pero mis objeciones no van por ahí. Me preocupa que iDoc no funcione como habéis previsto. Oye, te agradezco todo lo que has dicho. Solo te pido que me ayudes a disipar mis sospechas.

—Muy bien. Lo investigaré. Te lo prometo.

—¿Podemos quedar de todos modos?

Paula se echó a reír.

—Claro que podemos quedar. La idea la he propuesto yo, ¿no lo recuerdas?

—Me parece que me explico mejor en persona. Créeme, no me mueve en absoluto el resentimiento, ni siquiera el despecho.

—Vale —dijo Paula con una carcajada.

—Bueno, tengo el fin de semana del Cuatro de Julio libre. ¡Por primera vez en tres años!

—Por desgracia, como no me dijiste nada de cara al sábado, ya tengo planes. Salgo hacia Hawái por la mañana. Regreso el lunes por la tarde. Podemos quedar por la noche.

—De acuerdo, eso estaría bien —respondió George, disimulando la decepción—. ¡Diviértete! ¡Adiós!

—Adiós. —Paula colgó.

George salió al salón y se sentó en el raído sofá, oyendo a través de la pared la sesión de sexo de Joe, que aún duraba. Cobró plena conciencia de la diferencia entre su estilo de vida y el de Paula. La idea de pasar el fin de semana en Hawái escapaba a su comprensión. Le recordaba lo que su abuela le había dicho más de una vez: «Vivimos y morimos por las decisiones que tomamos. Nos convierten en lo que somos».

30

Apartamento de Debbie Waters
Westwood, Los Ángeles, California
Jueves, 3 de julio de 2014, 22.10 h

A Debbie le divertía atormentar a Clayton. Ni siquiera entendía por qué estaba tan preocupado por lo que George pensara. Pero, puesto que lo estaba y había acudido a ella, se dijo que debía aprovecharse de la situación.

Desde el momento en que Clayton llegó a su apartamento, Debbie empezó a castigarlo. De entrada, por haberla obligado a pasar tiempo con George. En segundo lugar, por haber recibido en su casa a alguien que no era ella. Sabía que se trataba de una mujer, y disfrutaba al pensar que había empujado a Clayton a interrumpir lo que estaba haciendo con ella y salir corriendo. Fuera quien fuese la tía, debía de estar echando humo, aunque Clayton seguramente había puesto la excusa de que tenía que volver al hospital.

Al cabo de un rato, cuando consideró que él ya se había humillado bastante, Debbie accedió a hablarle del creciente interés de George en las cinco muertes repentinas, de las cuales al menos tres participaban en la prueba de iDoc.

—Incluso me ha pedido que busque en los archivos de urgencias para averiguar si los otros dos pacientes formaban parte de vuestro estudio de iDoc.

—¿Y qué le has dicho? —quiso saber Clayton; por fin había conseguido que ella hablara.

—Le he dicho que no, que no pienso infringir las normas de confidencialidad. Oye, Clayton, la culpa de que se le haya pasado por la cabeza pedirme algo así es tuya. Eres tú quien me obliga a salir con él. Sabes que no es mi tipo. Vive en una puta pocilga.

«Oh, qué ironía», pensó Clayton. Deseaba poder explicarle qué clase de hombre merecía. La conciencia de los propios defectos no era uno de los puntos fuertes de Debbie. ¿Qué había podido ver en ella antes? Bueno, ya conocía la respuesta a esa pregunta. Ahora tenía que recordarse que estaba allí por trabajo. «Tú piensa en las opciones sobre acciones», se decía una y otra vez.

—George también está interesado en saber si Salvatore DeAngelis llevaba un depósito implantado por iDoc. Cree que sí, pero quiere estar seguro.

Eso disparó una alarma en el cerebro de Clayton. Notó que se le enrojecía la cara.

—¿A qué se refiere? —inquirió Debbie—. ¿Qué es un depósito? ¿Qué tiene que ver con tu dichoso iDoc?

—Es un término técnico. Pero me llama la atención que te hablara de ello. Cuéntame todo lo que te ha dicho.

Debbie le refirió toda la historia, tal como la recordaba. Clayton escuchaba con atención, hacía preguntas y pedía que repitiera algunas partes para asegurarse de que no la traicionaba la memoria. Una vez que estuvo satisfecho con la información que le había facilitado, se puso de pie, listo para marcharse.

—¿Adónde vas? —dijo Debbie, horrorizada—. ¡Quédate!

Se levantó de un salto y fue en busca del whisky escocés de malta que guardaba en un aparador.

—Tengo que irme. Lo siento, es absolutamente imposible.

Clayton no quería que le cupiera la menor duda de que iba a marcharse. Pasar cinco minutos más en aquel salón donde todo era de imitación era más de lo que podía soportar, aunque le venían a la mente escenas salvajes del pasado en las que la decoración no había supuesto un problema para él.

—¿Por qué te preocupa lo que George piense? —preguntó ella con un mohín.

—Es un subordinado —respondió Clayton, restándole importancia—. Forma parte de mi trabajo.

—¿Qué pasa con esas muertes? ¿Qué tienen que ver contigo?

Clayton se quedó callado unos instantes.

—Todo eso está relacionado con el estado de ánimo de George Wilson. Por ahora no puedo decirte nada más.

Debbie parecía dolida.

Clayton sabía muy bien que tal vez volvería a necesitar de sus servicios, así que se tragó el orgullo y comenzó a darle jabón.

—Te agradezco tus esfuerzos. ¡De verdad! Me has prestado una ayuda muy valiosa, pero ahora tengo que irme. ¡Lo siento! Nada me gustaría más que quedarme a tomar una copa y luego... divertirnos un poco. Y pronto lo haremos, te lo prometo. Es más: el sábado te llevaré al Spago de Beverly Hills. Lo pasaremos en grande. Pero, por el momento, quiero que sigas vigilando a George de cerca. Solo unos días más. Y avísame de inmediato si decide pasar de la duda a la acción, ¿de acuerdo?

A Debbie no la hacía muy feliz tener que seguir viendo a George, y menos aún la posibilidad de que Clayton la dejara plantada.

—Pese a lo que puedas pensar —dijo—, ya he hecho planes para el futuro próximo. No me paso el día sentada esperando a que me llames.

Él la abrazó por la cintura.

—Es importante.

Se inclinó para besarla. Dios, qué rabia le tenía a Thorn por hacerle pasar por eso.

—Lo pensaré —dijo ella—. ¡Y pobre de ti como canceles nuestra cita del sábado!

—Por nada del mundo. Te lo prometo. Estoy deseando que llegue el momento. —Le guiñó el ojo mientras abría la puerta—. No te preocupes. Será una velada maravillosa.

Una vez que estuvo fuera echó a correr hacia su coche. Había ido hasta allí en el Lexus todoterreno porque no le gustaba dejar el Ferrari aparcado en la calle. Arrancó el motor, deseando con todas sus fuerzas que su invitada aún estuviera esperándolo. Mientras aceleraba y se alejaba del bordillo, se preguntó cuándo debía contar a Thorn la mala noticia de que George sentía curiosidad por los depósitos de iDoc.

31

Apartamento de George
Westwood, Los Ángeles, California
Viernes, 4 de julio de 2014, 9.00 h

Aunque era el primer Cuatro de Julio que George tenía libre desde que se había mudado a Los Ángeles, no le apetecía pasarlo en la playa. Quería aprovechar el día para investigar las muertes de Kasey, Sal y Laney. Lo primero que planeaba hacer era ponerse en contacto con el doctor Roland Schwarz, el facultativo de atención primaria de Sal. Había tenido ocasión de mantener una breve conversación con él unos seis meses antes, a petición de su vecino. Sal estaba confundido respecto a las indicaciones del médico, por lo que George había intervenido para intentar aclararlas. Recordaba que Schwarz, aunque algo seco, se había mostrado dispuesto a cooperar y parecía razonablemente bien informado.

Marcó el número de su consulta con la intención de dejarle un mensaje. Se quedó descolocado cuando el propio Schwarz cogió el teléfono.

—Al habla el doctor Schwarz. ¿En qué puedo ayudarle? —bramó con brusquedad.

—Hola, doctor Schwarz —titubeó George, que no estaba preparado para hablar con él en persona—. Soy el doctor George Wilson, del centro médico de la Universidad de Los

Ángeles. Hablamos por teléfono hace unos meses, a propósito de un paciente llamado Salvatore DeAngelis. Le llamo porque desearía hacerle algunas preguntas.

—Tengo que atender pacientes hoy —le espetó Schwarz—. Si el señor universitario quiere hablar conmigo, puede pasarse por la consulta. —Dicho esto, colgó.

George estaba tan asombrado de que aquel hombre recibiera visitas de pacientes el Cuatro de Julio que apenas se había fijado en su descortesía. Si el tipo quería que fuera a su consulta, no tenía inconveniente en complacerlo.

La consulta del doctor Schwarz se encontraba en Westwood Village, en una calle pintoresca y bordeada de árboles que por lo general estaba atestada de estudiantes de UCLA. Sin embargo, al tratarse de un día festivo de verano, la zona estaba tranquila; todo aquel que no se había marchado de la ciudad se había ido a pasar el día a la playa. Al fin y al cabo, aquello era el sur de California.

El centro médico donde George trabajaba no estaba lejos de la consulta de Schwarz, lo que le permitió dejar el coche en el aparcamiento del hospital e ir en busca de su desayuno habitual. Dio cuenta de su bollo mientras caminaba por la avenida Braxton, buscando la dirección del médico. Encontró el nombre de Schwarz en una desgastada placa atornillada a la fachada de un antiguo edificio estilo misión.

Al abrir la puerta, paseó la mirada por la sala y advirtió que no había ni recepcionista ni secretaria, ni siquiera una enfermera; solo media docena de pacientes que esperaban a que los recibieran. Todos alzaron la vista y observaron a George mientras entraba. Les dedicó una breve sonrisa y tomó asiento, pues no quería que creyeran que pretendía saltarse la cola. Una vez que se hubo sentado, todos se relajaron.

Aguardó mientras varias de las personas que habían llegado antes pasaban a la consulta. Schwarz asomaba la cabeza desde el cuarto contiguo, leía en voz alta el siguiente nombre de la lista y guiaba al paciente al interior. Por lo que George alcanzaba a ver, la consulta constaba de solo dos espacios: la sala de espera y una habitación que hacía las veces tanto de sala de reconocimiento como de despacho. Comprendió que, puesto que su nombre no figuraba en la lista, tendría que permanecer allí hasta la hora de cierre... a menos que se levantara y abordara a Schwarz.

Cuando este volvió a asomar la cabeza, reaccionó. El paciente cuyo nombre había sido anunciado se puso de pie al mismo tiempo, lo que dio lugar a un momento de confusión. George se disculpó, alegó que era médico y que solo quería hablar un momento con Schwarz.

Este presenciaba la discusión mirando por encima de sus gafas bifocales. George se volvió hacia él, expectante, pero Schwarz le indicó con sequedad que tomara asiento. George obedeció, escarmentado, y observó a médico y paciente hasta que entraron en la consulta.

Recorrió la sala con la vista. Todos lo miraban como a un intruso empeñado en alargar su espera. Finalmente, Schwarz reapareció.

—¿Doctor? —dijo dirigiéndose a George.

Este se levantó de un salto y se encaminó a toda prisa a la sala de reconocimiento. Lo primero que le llamó la atención fue el monitor de ordenador sobre el escritorio. Era una pantalla anticuada con tubo de rayos catódicos que ocupaba toda la superficie de la mesa. Hacía años que no veía una igual. A juzgar por las apariencias, Schwarz era de la vieja escuela. Tenía una barba poblada y cana, una calva incipiente y unas gafas bifocales colgadas del cuello por medio de un cordel. Como nota positiva, cabía señalar que llevaba la bata limpia y planchada, y una corbata pasada de moda pero bien anudada. Otro punto a su favor era el aura de sabiduría y fiabilidad que irradiaba. Pero no era amable. Hablaba a George en un tono irascible y cortante, como el que había empleado antes, por teléfono. No lo invitó a sentarse.

—No dispongo de mucho tiempo —dijo en cambio—, así que vaya al grano.

—Le agradezco que me reciba —empezó George—, y me sorprende que abra la consulta en Cuatro de Julio.

—No me queda otro remedio que atender pacientes en días festivos. Las compañías de seguros me asfixian con sus normas de reembolso. Tengo que trabajar prácticamente las veinticuatro horas toda la semana solo para llegar a fin de mes.

—Me imagino que debe de ser muy difícil.

—No, ustedes los médicos universitarios no tienen ni idea —replicó Schwarz sacudiendo la cabeza—. ¿Qué clase de médico es usted, a todo esto? ¿Especialista?

—Sí —reconoció George, casi como disculpándose; se resistía a confesar que no era más que un residente.

—Lo suponía. ¿Qué hace aquí, entonces? ¡Dese prisa! Necesito seguir ocupándome de los pacientes.

—Me gustaría hacerle una consulta sobre Sal DeAngelis.

Schwarz se acercó a un archivador anticuado y, tras rebuscar entre las carpetas, encontró la que llevaba el nombre de Sal. La abrió y levantó la mirada hacia George.

—Bueno, ¿de qué se trata?

—En primer lugar, ¿percibió usted tendencia suicida en el paciente?

—¡Por Dios santo...! —gruñó Schwarz con una mueca—. ¿Es usted psiquiatra?

—No, radiólogo.

—No tengo idea de si a DeAngelis le tentaba el suicidio. —Repasó el historial de Sal—. No lo puse por escrito, pero ese hombre era un auténtico incordio. —Comenzó a enumerar los defectos de Sal—. No se acordaba de nada de lo que le decía, nunca seguía mis indicaciones respecto a la medicación y se olvidaba de controlar su nivel de glucosa. ¿Qué más quiere saber?

—¿Lo trató por depresión? ¿Tomaba antidepresivos?

—No le diagnostiqué ni le receté cosa parecida.

George asintió. Sin duda eso era obra de iDoc.

—¿Y el cáncer de próstata?

Schwarz echó otro vistazo al historial.

—Pues sí, al parecer padecía cáncer de próstata. Tengo aquí el resultado positivo de la biopsia, que me enviaron hace poco, pese a que no lo solicité ni lo traté por ello. —Le mostró el papel—. Me lo mandaron de su condenado centro médico, ya que consto como su facultativo de cabecera. Lo cierto es que hacía un par de meses que no veía al paciente, desde que se había incorporado a la prueba beta de iDoc. La última vez que lo atendí fue para implantarle un depósito que funcionaba con la aplicación. Fusión Sanitaria me pagó la friolera de cuarenta pavos por ello.

—De modo que no hay duda de que el señor DeAngelis llevaba un depósito implantado.

—Como acabo de decirle, se lo puse yo mismo. Creo recordar que era más que nada para la diabetes.

George asintió.

—¿Cuánto tiempo se suponía que debía durar el depósito?

—En el caso del señor DeAngelis, dos años, como mínimo. —Schwarz clavó los ojos en el expediente de Sal—. ¡Dios, cómo odio las compañías de seguros! Nunca quieren pagar, y te las hacen pasar canutas para obtener un reembolso. He implantado unos cuantos depósitos de esos para Fusión. Me dieron un cursillo sobre cómo llevar a cabo la intervención (querían que los colocara todos en el mismo punto, en la parte inferior izquierda del abdomen, hacia un lado, en la grasa del vientre), pero en cuanto realizaba el implante, perdía al paciente, y eso fue lo que me sucedió con DeAngelis.

Como le he dicho, una vez que le puse el depósito, nunca volví a verlo. Lo bueno fue que también dejó de llamarme. Supuso un alivio para mí, si quiere que le diga la puñetera verdad. Dedico horas a hablar con mis pacientes por teléfono, ¿y sabe cuánto me pagan por mi tiempo? ¡Nada! Detesto hablar por teléfono. Los de Fusión son unos hijos de puta. Incluso me ofrecieron empleo, pero les dije dónde podían metérselo. Malditas sanguijuelas.

—¿A qué profundidad le implantó el depósito a DeAngelis? —preguntó George con tiento—. ¿Justo por debajo de la piel o más adentro?

Schwarz empezaba a alterarse.

—¿Se ocupa usted ahora de DeAngelis? No trabajará para Fusión, ¿verdad? —inquirió en tono acusador.

—Ni hablar —exclamó George—. Trabajo en el centro médico de la Universidad de Los Ángeles.

Schwarz lo observó con los párpados entornados.

—Estoy interesado en el caso —añadió George.

—¿Interesado? —Schwarz alzó la voz—. Eso no denota precisamente una relación médico-paciente. ¿Lo estaba tratando, sí o no?

—En realidad, soy residente de radiología en el centro médico y...

—¿Era familiar suyo? —preguntó Schwarz en voz aún más alta.

—No, solo un conocido. Éramos vecinos. Como le he dicho, soy radiólogo y...

El rostro de Schwarz se ensombreció. Cerró de golpe la carpeta de Sal.

—Me ha engañado para obtener información confidencial de un paciente. ¡Eso constituye una violación de las normas de confidencialidad!

—¡Ese hombre ha muerto! —exclamó George—. Intento...

—¡Eso no justifica nada, joven! ¡Su jefe de radiología tendrá noticia de esto! ¡Y ahora, márchese! —gritó mientras señalaba la puerta.

George, consciente de que había topado con un muro de ladrillo, alzó las manos en señal de rendición.

—De acuerdo, de acuerdo. Me voy. Gracias por su tiempo.

Salió a través de la sala de espera, intentando ignorar las miradas descaradas y las expresiones de pasmo de los pacientes sentados. Resultaba evidente que habían oído la discusión.

32

Departamento de urgencias
Centro médico de la Universidad de Los Ángeles
Westwood, Los Ángeles, California
Viernes, 4 de julio de 2014, 11.08 h

George se dirigió hacia la entrada trasera del departamento de urgencias y pasó por la lavandería para recoger una bata blanca. Estaba inquieto por la amenaza de Schwarz de informar al jefe de radiología. Considerando que ya había quebrantado las normas de confidencialidad al acceder al historial de Kasey, sabía que una llamada así podía causarle serios problemas. No se le había pasado por la cabeza la posibilidad de que Schwarz se enfadara. Intentó alejar la idea de su mente, pero no lo logró. Trató de planear maneras de minimizar el impacto si tenía un encontronazo con el jefe, sin embargo no se le ocurrió ninguna prometedora. Por fortuna, tenía otras cosas en que pensar y concluyó que, de todos modos, no sucedería nada hasta después del fin de semana del Cuatro de Julio. Estaba resuelto a asegurarse de que las muertes de Kasey, Sal y Laney —así como las de Tarkington y Wong— se habían debido a la casualidad y no a una especie de conspiración o a la intrusión inalámbrica de unos piratas informáticos.

Oyó el alboroto que reinaba en urgencias incluso antes de

llegar a la zona de recepción. Tal como imaginaba, estaba abarrotada. Dada la ola de calor que aún azotaba la ciudad, había previsto que habría mucho movimiento, más aún por el tráfico del fin de semana largo y los accidentes habituales de la fecha, como quemaduras y lesiones en los ojos causadas por artefactos pirotécnicos.

En cuanto avistó a Debbie Waters, fue directo hacia ella. Aunque volvía a estar rodeada de gente en el mostrador principal, reparó enseguida en la presencia de George.

—¿Qué diablos haces aquí? —preguntó, asumiendo su personalidad de comandante en jefe—. No estás de guardia, ¿eh? Joder, deberías estar en la playa.

—Tal vez vaya luego —dijo George—. Antes tengo que ocuparme de algunos recados.

—¿Como cuáles? —preguntó Debbie en tono apremiante—. De verdad espero que no sigas obsesionado por esas muertes que te habían afectado tanto.

—Bueno, sigo dándoles vueltas. Pero el motivo por el que he venido es para hablar con Warren Knox. ¿Está aquí?

—Sí, pero en calidad de residente superior. ¿De qué quieres hablar con él? Está muy, muy ocupado.

—No le robaré mucho tiempo. Solo quiero hacerle un par de preguntas sobre el caso DeAngelis.

—¿Qué clase de preguntas?

George se inclinó sobre el mostrador para responderle en voz baja. Había muchas personas alrededor y no quería que nadie más lo oyera.

—Sobre las supuestas heridas autoinfligidas. Se me ha ocurrido una explicación que no tiene nada que ver con las tendencias suicidas, pero necesito confirmar si las heridas estaban donde sospecho.

—Tienes que dejarlo estar, te lo digo en serio —le advirtió Debbie con el ceño fruncido.

—No puedo. Estoy convencido de que DeAngelis no quería suicidarse. —George miró en derredor—. Bueno, ¿dónde puedo encontrar a Knox?

—En la sala de traumatología número ocho —respondió Debbie, lacónica, y se puso a gritar órdenes a varios celadores que se habían acercado con camillas, como si no supieran qué hacer.

—De acuerdo, gracias —dijo George.

Debbie no contestó ni le dirigió una mirada siquiera. Él se encogió de hombros. Por lo visto, estaba molesta.

Se encaminó hacia la sala de traumatología número ocho, donde se encontró con un equipo de urgencias que ultimaba los preparativos para enviar a un ciclista a quirófano. Lo había atropellado un autobús y sufría traumatismos graves.

No le costó identificar a Knox, pues era la persona que estaba al mando. Como muchos de los residentes, llevaba la bata salpicada de sangre. Parecía cansado y necesitaba afeitarse, como si no hubiera dormido en toda la noche. George esperó a que terminara el papeleo del paciente antes de abordarlo.

Cuando le explicó de qué quería hablar, Knox le indicó por señas que lo siguiera. Le dijo que tenía que correr a ocuparse del siguiente caso, pero que George podía acompañarlo. Se dirigieron hacia la sala de traumatología número seis, donde iban a amputarle a un sintecho atropellado por un tren ambas piernas por debajo de la rodilla. Debían estabilizarlo antes de enviarlo también arriba, a cirugía.

—Mi consulta es sobre Sal DeAngelis —dijo George—. Te acuerdas de él, ¿no?

—Tardaré mucho tiempo en olvidarlo. ¿Qué querías preguntarme?

—He oído lo de las heridas autoinfligidas. ¿Las tenía en las muñecas, como la mayoría de los suicidas? ¿Qué os llevó a pensar que eran autoinfligidas, si presentaba laceraciones en todo el cuerpo?

—Las tenía en el abdomen. En la parte inferior izquierda.

—Knox señaló la zona en su propio cuerpo—. Parecían quirúrgicas y eran muy distintas de las laceraciones causadas por el impacto. Además, encontramos en el vehículo un cúter ensangrentado. Eso nos ayudó a determinar el origen de los cortes. No hay duda de que DeAngelis intentaba autolesionarse. Y es evidente que lo consiguió. —Knox se detuvo frente a la puerta de la sala de traumatología número seis—. Tengo que entrar —dijo—. Si necesitas hacerme más preguntas, podríamos hablar luego.

George permaneció un rato en el pasillo, pensando en lo que Sal había hecho. Según Knox, era casi indudable que se había cortado con un cúter. Quizá pretendía extraer el depósito. Las incisiones de aspecto quirúrgico se encontraban en la parte inferior del abdomen donde, según Schwarz, había implantado el depósito. Quizá Sal, llevado por el pánico, había concluido que este era la causa de sus problemas y había querido sacárselo. Esa idea no disminuyó la inquietud de George. Tal vez Sal tenía razón.

George entró en la sala de lectura de radiología y se sumergió en la tranquilidad de la habitación, aliviado por haber dejado atrás el caos de la sala de urgencias.

Carlos, que estaba trabajando allí, se mostró sorprendido pero contento de verlo.

—¿Qué diablos haces aquí? Te imaginaba tumbado en una playa de Santa Mónica. Al menos, allí es donde estaría yo.

—¡Qué más quisiera! Tal vez luego.

—Bueno, ya que estás aquí, ¿te importaría repasar algunas placas conmigo? Tengo dudas respecto a algunas. Así me ahorrarías tener que ir a radiología a buscar a alguien que les eche un vistazo.

George accedió de buen grado. Apartaría su me~~~e de Kasey, Sal y Laney.

Una vez que terminaron se sentó frente a un monitor desocupado y abrió los estudios radiológicos de Tarkington y Wong, lo que no constituía infracción alguna pues él les había realizado las resonancias. Buscaba radiografías simples de abdomen. Encontró una de cada paciente. Y ambas le proporcionaron la confirmación que necesitaba: tanto Tarkington como Wong llevaban depósitos implantados, al igual que Sal, Kasey y Chesney. La presencia de los implantes parecía indicar que participaban en la prueba beta de iDoc, pero no era un descubrimiento concluyente.

Miró a las otras personas que trabajaban en la sala para cerciorarse de que no estuvieran fijándose en él. En cuanto se aseguró de que no lo observaban, introdujo su contraseña de residente para acceder al historial de los dos pacientes. Cada vez que lo intentaba, el ordenador le denegaba el acceso, informándole de que su petición violaba las normas del hospital y sus intentos habían sido comunicados al departamento de historiales del centro.

Cambiando de táctica, consultó las resonancias de Tarkington y Wong, y anotó el número de teléfono de sus oncólogos. Los llamó y les dejó un mensaje en el que incluyó su número de móvil. Era consciente de que eso podría ocasionarle problemas en el futuro, pero no sabía qué otra vía explorar. Si resultaba que ambos pacientes habían formado parte de la prueba beta de iDoc, su hipótesis de que la aplicación no funcionaba bien o estaba intervenida por piratas se vería reforzada. Si no, quedaría claro que la paranoia se le estaba yendo de las manos.

Tras reflexionar sobre ello, decidió probar suerte con la oficina del forense. Telefoneó y, cuando se identificó como médico, lo pasaron con uno de los investigadores forenses que estaban de guardia.

—Llamaba para pedir información general sobre unas muertes recientes —dijo George—. En realidad, una acaeció hace meses, pero las otras ocurrieron hace poco. ¿Podrá ayudarme?

—Depende —respondió el investigador—. ¿Con quién hablo?

—Soy el doctor George Wilson, residente de radiología en el centro médico de la Universidad de Los Ángeles —explicó—. Me he percatado de que varios pacientes terminales fallecidos recientemente llevaban depósitos de medicamentos implantados. ¿Tienen ustedes experiencia con esos aparatos? Me preguntaba si los extraen en el transcurso de la autopsia...

—Me temo que no sé nada al respecto, doctor —repuso el investigador forense—, pero si me facilita sus apellidos, puedo comprobar si consta algo en los informes.

A George le sorprendió agradablemente ver que estaba haciendo progresos. Supuso que se debía a que era día festivo, por lo que no había tenido que lidiar con el departamento de relaciones públicas de la oficina del forense.

—Los apellidos son Lynch, DeAngelis, Tarkington, Wong y Chesney —dijo.

Se hizo el silencio al otro lado de la línea. George no oía más que el repiqueteo en un teclado de ordenador. Por fin, la voz del investigador sonó por el auricular.

—No fue necesario practicar la autopsia a ninguno de esos pacientes.

—¿Por qué? —inquirió George, extrañado.

—Padecían enfermedades terminales confirmadas por sus médicos, de modo que no se exigió una autopsia forense. Eso significa que la causa y las circunstancias de cada muerte figuran en el acta de defunción. Eran casos bastante más claros que aquellos de los que solemos ocuparnos.

—Muy bien. Gracias.

George colgó, desanimado. De pronto, se le ocurrió otra idea. Iba a darse otra vuelta por la morgue.

George bajó al subsótano en el ascensor. De nuevo iba solo, por lo que, permitiéndose un momento de humor negro, supuso que no muchas personas necesitaban visitar a los muertos el Cuatro de Julio.

Al acercarse, percibió el desagradable olor que emanaba del depósito de cadáveres. Le pareció peor que el que había notado la vez anterior. Se preguntó cómo podía alguien trabajar allí todos los días.

En esa ocasión, el auxiliar de autopsias estaba en la recepción, pero se trataba de una persona distinta. George se presentó.

—Vengo a hablar de los depósitos implantados en los pacientes. ¿Extraerlos forma parte del procedimiento?

El rostro del auxiliar reflejaba una incomprensión absoluta. Saltaba a la vista que no tenía la menor idea de lo que le hablaba.

George probó diferentes enfoques para obtener información sobre los depósitos de medicamentos, pero pronto le quedó claro que, por regla general, la morgue no se hacía cargo de ellos. De hecho, se enteró de que los encargados tenían instrucciones de no retirar ni manipular aparatos médicos de ningún tipo.

—No les quitamos nada —aseguró el auxiliar—, y eso incluye tubos endotraqueales, dispositivos intravenosos, tubos nasogástricos, catéteres implantados...

George lo interrumpió. Cada vez se hacía más evidente que aquello no lo llevaba a ningún sitio. Tras dar las gracias al auxiliar, se largó. Esa idea no daba más de sí.

Regresó a la sala de lectura de urgencias, arrastró una silla a un lado y se sentó. Mientras cavilaba sobre sus opciones, su teléfono móvil rompió a sonar, arrancándolo de su ensimismamiento.

—Diga.

—Soy el doctor White. ¿Es usted el doctor George Wilson?

—En efecto. —George se irguió en su silla. Aquello sí que podía significar un avance en su investigación—. Gracias por devolverme la llamada. Soy residente de radiología en el centro médico de la Universidad de Los Ángeles y lo que deseaba era hacerle una pregunta sobre un ex paciente suyo, Greg Tarkington.

—¿Residente de radiología? —preguntó el doctor White con una mezcla de incredulidad e irritación—. Estoy muy ocupado y es día festivo. ¿Por qué...?

—Realicé al señor Tarkington su última resonancia.

El oncólogo pareció tranquilizarse ligeramente.

—Está bien. ¿Qué quería preguntarme?

—¿Utilizaba el señor Tarkington la versión beta de iDoc? Estoy ayudando a Fusión con sus pruebas. Me he comprometido a enviarles un par de formularios tipo cada vez que fallezca un usuario de la versión beta. Me parece recordar que el señor Tarkington dijo que lo era, pero no encuentro documentación que lo acredite. He pensado que tal vez usted podría echarme una mano. —Bajó la voz con la esperanza de transmitir una sensación de complicidad—. Es más fácil hablar de médico a médico que intentar llamar a Fusión, sobre todo en día de fiesta.

Contuvo la respiración. Era una explicación bastante endeble, pero aun así esperaba que lo ayudara a obtener la información que deseaba.

—Tarkington formaba parte del estudio —aseveró el doctor White sin vacilar y con una actitud más amigable—. Y puede decir a los de Fusión que iDoc le facilitó la vida, y a mí también, al responder a muchas de sus preguntas. Ojalá más pacientes míos lo usaran.

—¿Sabía usted que llevaba un implante que liberaba un fármaco?

—Por supuesto, aunque no se trataba de ninguno de los fármacos que yo le había recetado. El implante era para la diabetes. En más de una ocasión me comentó que el aparato controlaba su nivel de glucosa en sangre mejor de lo que él había sido capaz. Era un asunto menos del que preocuparse en un momento muy difícil.

—Gracias por concederme su tiempo. Ha sido muy amable al devolverme la llamada.

—Me alegra haberlo ayudado. ¡Sigan así, están haciendo un gran trabajo!

George finalizó la llamada y se preguntó si el doctor White, que deseaba que sus pacientes utilizaran iDoc, tenía idea del cambio radical que estaba a punto de sufrir la medicina. Fuera como fuese, agradecía su buena disposición. Gracias a él ahora sabía con certeza que Tarkington, al igual que Kasey, Sal y Laney, había participado en la prueba beta de iDoc: cuatro usuarios conocidos con implantes de fármacos...

Su teléfono volvió a sonar casi en el acto. ¡Era la oncóloga de Wong, la doctora Susan Jefferson! George estaba gratamente sorprendido de que ambos médicos se hubieran puesto en contacto con él tan pronto, sobre todo en un día festivo. También estaba impresionado por el celo profesional que intuía en ellos, pese a que ejercían una especialidad tan agotadora desde el punto de vista emocional.

Le refirió la misma historia que le había contado al doctor White. La doctora Jefferson, que se mostró igual de comunicativa, corroboró que Wong también participaba en la prueba beta de iDoc. Así pues, quedaba confirmado que los cinco muertos conocidos de George utilizaban iDoc y tenían depósitos implantados.

Sus sospechas se incrementaron. Aunque aún se inclinaba a pensar que todo se debía a un fallo técnico o a la malicia de algún pirata informático, se le ocurrió otra posibilidad: ¿y si iDoc estaba utilizándose de forma deliberada como criba de pacientes terminales? Eso favorecería los intereses económicos de Fusión, desde luego, tanto si era política de la empresa, posibilidad un tanto descabellada, como si era obra de un programador con un montón de opciones sobre acciones de Fusión que actuaba en solitario. Sin embargo, descartó la hipótesis de plano casi en el mismo momento en que se le ocurrió. Era incapaz de imaginar que hicieran una cosa así durante la prueba beta. Si alguien tramaba algo tan atroz, sin duda esperaría al lanzamiento internacional de iDoc antes de llevarlo a la práctica.

Por asociación de ideas recordó varios casos sonados de médicos o auxiliares que se habían arrogado el derecho de ahorrar a los pacientes los sufrimientos de lo que creían que serían sus últimos meses de vida bajo un tratamiento doloroso. Tal vez aquellos profesionales sanitarios solo habían actuado movidos por la compasión. En la otra cara de la moneda estaban los burócratas roñosos a quienes lo único que les preocupaba era la asignación de recursos, es decir, dejar las camas libres para los ingresados que se reincorporarían poco después a la sociedad y llevarían una vida productiva, en vez de tenerlas ocupadas por enfermos terminales. Le vino a la memoria el caso de un facultativo brasileño que había sido responsable de la muerte de más de trescientos pacientes.

Esos pensamientos le provocaron un escalofrío desagradable. Ofrecían una concepción espeluznante de la medicina digitalizada y constituían una distorsión terrible de la perspectiva de que el teléfono inteligente llegara a sustituir a los profesionales de la sanidad. Sin duda, iDoc se revelaría como una idea estupenda que triunfaría en el futuro, por lo que si alguien se apropiaba de ella, por los motivos que fueran, se produciría una tragedia de dimensiones colosales. Al comprender eso, pensó de nuevo en el importante papel que desempeñarían los depósitos implantados en cualquier tipo de criba de pacientes. Tal como al parecer había intuido Sal, si iDoc estaba matando gente, tenía que valerse de los implantes para ello. George decidió centrarse en eso.

De pronto se le ocurrió una idea. Era una idea disparatada, pero posiblemente buena. Recordó que el funeral de Sal se celebraría esa tarde. Por desgracia, no recordaba dónde.

Sacó el teléfono móvil y buscó empresas de pompas fúnebres en Google. Iba solo por la letra C cuando dio con la funeraria Carter. En cuanto vio el nombre supo que era el que Clarence había mencionado. Si bien no le habían permitido ver el cuerpo de su vecino en la morgue, tal vez podría examinarlo en la funeraria. O, al menos, hablar con el embalsamador. No sabía cómo reaccionarían los empleados, pero valía la pena intentarlo. En el peor de los casos, aprovecharía la oportunidad para presentarle sus respetos a Sal.

Con súbita determinación, se levantó de un brinco y se dirigió a toda prisa hacia la salida, sobresaltando a dos residentes.

Atravesó la sala de urgencias, despojándose de la bata blanca mientras corría. Su primera parada fue una sala de reconocimiento vacía, donde cogió un par de guantes quirúrgicos, por si acaso. Acto seguido se encaminó hacia el aparcamiento.

—¡Eh, George! ¡Aquí!

Se detuvo en seco. Para su asombro, Debbie le hacía señas a fin de que se acercara.

—Quería preguntártelo antes —le dijo—. ¿Te apuntas a tomar unas copas en el Whiskey Blue esta noche? Creo que me daré una vuelta por allí. Necesitaré relajarme un poco después de lo de hoy. Esto es un circo.

—No sé —respondió George, un poco sofocado. La frecuencia con que Debbie pasaba de arisca a cariñosa lo desconcertaba. Lo que menos le apetecía era volver a aquel bar.

Por otro lado, no quería quemar las naves—. Te enviaré un mensaje cuando llegue a casa.

—¿Adónde demonios vas con tanta prisa?

—Aunque no lo creas, a una funeraria.

—¿A una funeraria? ¿Para qué puñetas...?

—Hoy es el funeral de Sal DeAngelis. —Se inclinó hacia Debbie y le susurró—: Entre tú y yo, como dudo que vaya mucha gente, espero tener la oportunidad de examinar el cadáver. Tengo una nueva teoría sobre sus heridas abdominales autoinfligidas. Creo que su propósito era quitarse el depósito implantado. Quiero averiguar si lo consiguió.

Debbie lo miró como si creyera que estaba perdiendo la cabeza.

—¡Estás loco! ¡Déjalo correr de una puñetera vez!

—Sé que parece absurdo, pero estoy decidido. Te lo plantearé de otra manera: empiezo a pensar que «algo huele a podrido en Dinamarca» por lo que respecta a Fusión Sanitaria.

—No tengo idea de lo que me hablas —dijo Debbie, irritada.

—Es posible que Fusión Sanitaria, o al menos alguien de la empresa, tenga un comportamiento menos ético de lo que los directivos quieren hacernos creer.

—¿No está un poco manido eso de culpar a la compañía aseguradora? —Bajó la mirada hacia lo que George sujetaba en las manos—. ¿Por qué te llevas unos guantes quirúrgicos?

—Por si acaso.

George los agitó en señal de despedida mientras se alejaba hacia la puerta principal.

—Por si acaso ¿qué? —le gritó ella.

—Ya te enviaré un mensaje sobre lo de esta noche —dijo él, haciendo caso omiso de la pregunta.

Unos instantes después, George avanzaba con paso ligero por el camino pavimentado en dirección al aparcamiento.

33

Casa de Clayton Hanson
Bel Air, Los Ángeles, California
Viernes, 4 de julio de 2014, 12.20 h

Clayton disfrutaba de un almuerzo junto a la piscina, repantigado ante una mesa bajo una sombrilla de rayas amarillas y blancas. Lo acompañaba una joven de veinticinco años en biquini, y un climatizador de exteriores lanzaba chorros de vapor frío al aire para combatir el calor. Aunque la noche anterior la chica se había marchado enfurruñada mientras Clayton acudía por obligación al apartamento de Debbie Winters, había conseguido arreglar las cosas con ella esa mañana.

En ese momento su móvil empezó a sonar. Se inclinó a un lado y se fijó en la pantalla. Como no estaba de guardia, no acertaba a imaginar quién podía llamarlo. Era Debbie. Frunció el ceño, debatiéndose entre contestar o no.

—Disculpa —dijo a su invitada, tras decidir que no le quedaba otra alternativa que hablar con la enfermera—. Tengo que atender esta llamada. —Se apartó de la mesa para que la chica no lo oyera—. ¿Qué pasa? —espetó en un tono algo más áspero de lo que pretendía.

—¿Esa es forma de saludar, sobre todo a alguien que se desvive por ayudarte?

—Perdona. Es que me pillas ocupado.

—Espero que lo estés pasando de maravilla —dijo Debbie con sarcasmo—. Yo estoy aquí, partiéndome el espinazo en urgencias.

—¿Tienes algo que contarme? Si es así, desembucha. Te repito que estoy ocupado.

—Ya me lo imagino. Pero más vale que seas amable conmigo, o no compartiré contigo la noticia importante de la que acabo de enterarme, listillo.

—Estoy siendo amable. He cogido el teléfono, ¿no?

—¿Sigue en pie lo de Spago el sábado por la noche?

—¡Por supuesto! Me hace mucha ilusión —aseguró Clayton poniendo los ojos en blanco.

—Acabo de mantener una breve charla con tu residente favorito. Al parecer, se ha embarcado en una jodida cruzada.

Clayton torció el gesto.

—¿Me lo explicas?

—Sigue obsesionado con esas muertes porque, según dice, «algo huele a podrido en Dinamarca», aunque no sé qué coño significa.

—Es una cita de Shakespeare, bastante famosa.

—No te pases, nene. Te la estás jugando conmigo.

—¿Tienes idea de a qué se refería? —inquirió Clayton, haciendo oídos sordos al comentario.

—A Fusión Sanitaria, segurísimo. Está muy alterado por unas cosas que llama «depósitos». Se ha marchado del hospital con unos guantes quirúrgicos. Iba al funeral de DeAngelis.

—Mierda —masculló Clayton, notando que se le revolvía el estómago. El problema con George iba de mal en peor—. Muy bien, Debbie, gracias —añadió con la mayor amabilidad posible—. Te agradezco la información, pero tengo que colgar. Luego hablamos, y nos vemos la noche del sábado.

Cortó la llamada sin esperar a que Debbie dijera adiós y llamó a Thorn con marcación rápida. Le saltó el buzón de voz del ejecutivo, y a Clayton no le quedó más remedio que dejar un mensaje en el que le pedía que le devolviera la llamada lo antes posible y recalcaba que se trataba de un asunto importante.

Se acercó de nuevo a la piscina, sonriendo a su joven amiga, e intentó concentrarse otra vez en ella. No lo consiguió. Había demasiado en juego para relajarse. Tenía que hacer algo, y cuanto antes.

34

Funeraria Carter
Westwood, Los Ángeles, California
Viernes, 4 de julio de 2014, 13.45 h

George sospechaba que el local de la funeraria Carter había albergado algún otro negocio con anterioridad. Tenía un tejado de dos aguas muy inclinado, con unas ventanas que se elevaban hasta la parte superior del edificio, lo que parecía fuera de lugar en un local de pompas fúnebres. Quizá había sido un restaurante, supuso, aunque le pareció bastante inapropiado. Recorrió con la mirada el aparcamiento en forma de U. No había más que media docena de coches, casi todos al fondo. Teniendo en cuenta que varios de ellos debían de pertenecer a los empleados, no quedaban muchos para los dolientes. Era una buena señal, desde el punto de vista de George. Confiaba en que muy pocas personas hubieran acudido a ver el cuerpo de Sal, si es que había ido alguna.

Pasó al interior. Tal como esperaba, el sitio parecía vacío y no había un alma a la vista. Una música de órgano lúgubre y suave emitida por unos altavoces ocultos inundaba el espacio. Había un libro de visitas en un atril. George echó un vistazo a la página por la que estaba abierto. Solo había un oficio fúnebre programado, el de Salvatore DeAngelis, a las dos de la tarde. Consultó su reloj. Tendría que darse prisa.

La primera habitación a la derecha era una recepción con asientos de tapicería acolchada. A la izquierda había una sala en la que se exhibían distintos ataúdes. George avanzó por un pasillo central que discurría a lo largo del edificio. Llegó a una sala con una puerta de dos hojas abierta. Sobre un estrado, frente a un altar provisional, había un féretro cerrado y, en el suelo, cerca de una docena de sillas plegables. No había nadie en la habitación. Miró de nuevo el reloj, sin saber qué hacer: faltaban catorce minutos para la hora en que el oficio debía comenzar. No estaba seguro de si aquel ataúd era el de Sal, pero, teniendo en cuenta que su vecino había salido disparado por el parabrisas y se había empotrado contra una pantalla LED, el hecho de que estuviera cerrado parecía un buen indicio.

Con la intención de conocer mejor el terreno, siguió caminando por el pasillo principal. A través de una puerta entreabierta a la izquierda vio a dos mujeres situadas de espaldas a él que hablaban en murmullos con un caballero de traje oscuro y expresión triste. «¿Las hermanas de Sal?», se preguntó. Por la vestimenta y los sombreros que llevaban, parecían las típicas solteronas. Una ojeada rápida a la placa de la puerta de aquella sala le confirmó que era el despacho del director funerario, Myron Carter.

—¿Puedo ayudarle en algo? —le susurró un hombre al oído.

A George le dio un vuelco el corazón. Se volvió en redondo y se encontró frente al pecho de un tipo corpulento con un traje de corte conservador, semejante al del director.

—Eso espero —respondió en voz baja—. He venido a presentar mis respetos a Salvatore DeAngelis.

—Es por allí.

El gigantón señaló en la dirección por la que George había llegado. Acto seguido lo acompañó en silencio hasta la sala del ataúd cerrado y, afortunadamente, tras realizar una leve inclinación, se marchó.

Por desgracia, en ese momento había dos personas. Una era una mujer afroamericana de unos sesenta y tantos años con un vestido morado; la otra, un hombre blanco de edad similar. No estaban sentados juntos. La mujer llevaba un pequeño velo que le cubría la parte superior del rostro, por lo que costaba distinguir sus facciones, pero a George le pareció que no la conocía. En cuanto a aquel individuo, nunca antes lo había visto.

Decidió sentarse a meditar su siguiente paso. También aprovecharía para inclinar la cabeza, despedirse de Sal... y pedirle perdón por lo que estaba a punto de hacer, si conseguía reunir el valor suficiente, cosa que dudaba mientras no estuviera solo en la sala.

Reflexionó que si el implante de Sal había fallado, la prueba no tardaría en quedar enterrada con él. Pero si conseguía hacerse con el aparato, tal vez podría comprobar si las dosis que aún contenía se correspondían con la fecha aproximada en que Schwarz se lo había implantado a su vecino.

Como si sus plegarias hubieran sido atendidas, las otras dos personas presentes se levantaron de repente y salieron, dejándolo a solas con el cadáver de Sal. Consultó su reloj y vio que solo faltaban seis minutos para las dos. Si quería hacer algo, había llegado el momento. Aparte de la música enlatada de fondo, no se oía otro sonido más que el tictac de un reloj de pie que estaba fuera, en el pasillo.

Con súbita determinación, George se puso en pie. El corazón le latía con fuerza. Se sentía como si estuviera a punto de atracar un banco. Tras mirar alrededor para cerciorarse de que no había nadie más, intentó levantar la tapa del féretro. Se abrió ligeramente sin la menor resistencia. Se alegró de que no estuviera sujeta a la caja.

Después de echar una última ojeada hacia el pasillo, levantó la tapa del todo y bajó la mirada.

Sal llevaba una camisa azul marino. Habían intentado recomponerle la cara, pero el resultado era grotesco. Pidiéndole perdón de nuevo por perturbar su descanso, George se puso los guantes, le desabrochó la chaqueta y le abrió la camisa de vestir para dejar al descubierto su abdomen inferior, blanco como el mármol. Hizo una pausa para recuperar el aliento y entonces vio el corte por el que habían insertado el trocar para extraer la sangre y el contenido de los intestinos, así como para introducir a continuación el líquido de embalsamar. Muchas personas suponían que a los médicos no les afectaba ver cosas así, pero se equivocaban.

Tragando en seco, dirigió la mirada al lado izquierdo del abdomen inferior de Sal. Además de diversas abrasiones, presentaba en la piel varias incisiones superficiales realizadas al parecer con un instrumento quirúrgico, y una más profunda que bien podía haber sido practicada con un cúter. George insertó en esta última el dedo índice cubierto con el guante y palpó el tejido rígido y sin vida que la rodeaba. Nada. ¡No había ningún depósito! Tentó de nuevo para asegurarse.

O Sal había conseguido sacarse el implante o se lo había retirado otra persona. ¿Era esa la razón por la que Clayton había bajado a la morgue el día que George lo había visto? Otra posibilidad que le parecía más creíble era que los trajeados que habían registrado el apartamento de Sal la noche anterior estuvieran buscando el depósito.

Tras arreglarle la ropa a Sal de modo que quedara más o menos como estaba, George se disponía a cerrar el ataúd cuando oyó un alarido desgarrador. Sobresaltado, dejó caer la tapa y giró sobre los talones. La autora del grito era una de las mujeres que había visto en el despacho del director de la funeraria. Estaba inmóvil bajo el vano de la puerta, horrorizada, tapándose la boca con la mano. El horror pronto cedió paso a la indignación.

—¿Qué diablos cree que está haciendo? —preguntó en tono imperioso.

La otra hermana y el director aparecieron detrás de ella.

—¡Ha abierto la caja! —chilló la primera hermana apuntando a George con uno de los huesudos dedos de su mano enguantada.

—¡Esta es una ceremonia a féretro cerrado, señor! —bramó el director.

—Lo... lo sé —titubeó George—. Lo siento. Solo quería ver si...

—¡Fíjense en sus guantes!

La segunda hermana soltó un grito ahogado.

—¡Pervertido!

—¡No, lo siento! No es...

No era ¿qué? No sabía ni por dónde empezar. El gigantón se acercó, por detrás de los otros tres.

Invadido por el pánico, George analizó sus opciones. Aunque la puerta de dos hojas por la que había entrado estaba obstruida por las cuatro personas escandalizadas pero aturdidas, había una segunda puerta que por fortuna no estaba cerrada con llave. Se abalanzó hacia ella y al atravesarla se encontró en otra sala de velatorios, vacía. Desde allí regresó al corredor central, por el que se adentró aún más en el edificio, alejándose de la entrada principal.

Tras recorrer el pasillo pasando por delante del despacho del director, entró a toda prisa en una de las puertas marcadas como SOLO PARA EMPLEADOS. Frenó con un patinazo. Se hallaba en la sala de embalsamamiento, de paredes alicatadas, que contenía varias mesas metálicas, una de las cuales estaba ocupada por un cadáver desnudo y marmóreo en el que estaba trabajando un hombre con un delantal largo y una expresión de sorpresa. Sujetaba en la mano un trocar de embalsamar, y en un rincón runruneaba una máquina succionadora. George miró de un lado a otro con desesperación, buscando una salida. En cuanto la avistó, corrió hacia ella.

Una vez fuera, oyó unos gritos mientras rodeaba el edificio a toda velocidad en dirección a su coche.

Cuando, unos instantes después, se encontraba dentro del vehículo, arrancando el motor, las mujeres mayores y el director de la funeraria salieron en tromba por la puerta principal, exigiéndole a voces que se detuviera. George los miró por el espejo retrovisor mientras se alejaba rápidamente marcha atrás. Estaba a punto de enfilar la calle cuando una mano enorme se estampó contra la ventanilla del lado del conductor. Era el gigantón. ¿De dónde diablos había salido? El hombre se inclinó y apretó su cara congestionada e iracunda contra el cristal, gritando a George que bajara del coche.

Este pisó el acelerador y, con un volantazo, coló el Jeep en un hueco en el carril de circulación. Por el retrovisor entrevió al gigantón, que agitaba el puño con ademán amenazador.

Unas manzanas más adelante George y se incorporó al tráfico vacacional. ¡Se había librado por un pelo! Cuando consiguió respirar de nuevo a un ritmo normal, empezó a pensar en el implante. Estaba más convencido que nunca de que constituía la clave de todo.

Sin dudarlo, sacó el móvil y localizó la comisaría más cercana. Era la Jefatura de Policía Comunitaria de Los Ángeles Oeste, en la avenida Butler. George dobló la siguiente esquina y puso rumbo hacia allí.

Mientras se enjugaba el sudor de la frente, un par de coches patrulla con la sirena ululando pasaron a gran velocidad, por fortuna en sentido contrario. George se preguntó si se dirigían hacia la funeraria Carter. ¿Y si alguna cámara de seguridad había grabado su rostro o, peor aún, su profanación del cadáver? ¿Lo que había hecho se consideraba delito? No lo sabía. De lo que no le cabía duda era de que si sus acciones trascendían al público, fueran o no delito, no le granjearían muchas simpatías en el centro médico, más que nada por las tendencias conservadoras que predominaban entre los altos cargos del departamento de radiología.

35

Casa de Bradley Thorn
Beverly Hills, Los Ángeles, California
Viernes, 4 de julio de 2014, 15.15 h

Clayton acercó el coche a la verja que se interponía en el camino de acceso a la casa de Thorn. La envidia lo corroía cada vez que visitaba a su hermana y a Thorn. Para impedir que gentuza como Debbie Waters se presentara ante su puerta sin avisar, Clayton necesitaba una verja de seguridad como aquella. Además, se la merecía. En Los Ángeles era un símbolo de distinción social.

El médico pulsó el botón del portero automático y se identificó ante un empleado de Thorn. La puerta se deslizó hacia atrás, y él avanzó por el camino bordeado de árboles. El presidente de Fusión había respondido por fin a su llamada, pero cuando Clayton había empezado a hablarle de George Wilson, Thorn lo había cortado y le había dicho que prefería que le informara de aquello en persona y no por el móvil. El radiólogo había accedido a recorrer en coche la corta distancia entre Bel Air y Beverly Hills.

La residencia de Thorn era una gran mansión de inspiración mediterránea de los años veinte, un estilo que se había puesto de moda en el sur de California.

Un sirviente lo acompañó a la piscina, donde Thorn lo

aguardaba con unas copas. En cuanto el personal de servicio se retiró, Clayton entró en materia.

—Me temo que el doctor George Wilson amenaza con convertirse en un problema serio.

—Mala noticia. ¿Has hablado con él?

—No, pero tengo una informadora fiable. Según ella, Wilson está convencido de que iDoc tiene un fallo muy grave y al parecer se ha impuesto la misión de demostrarlo.

—Entonces es una noticia peor que mala: es un jodido desastre.

Thorn se levantó de la silla apoyándose en los brazos de esta y echó a andar de un lado a otro.

Clayton lo observaba. Era evidente que Thorn estaba barajando distintas posibilidades. El médico esperó.

De pronto Thorn se sentó de nuevo.

—¿Tienes alguna idea de lo que planea hacer ese residente?

—No dejará correr el asunto, eso seguro. No se traga el cuento del suicidio del tal Salvatore DeAngelis. Por desgracia, tiene una fijación con los depósitos de medicamentos implantados y, si tuviera que hacer conjeturas, diría que o bien sospecha que Fusión Sanitaria causó a través de iDoc la muerte de ese individuo o pronto lo sospechará. Mi fuente me ha contado que Wilson se ha marchado al funeral de DeAngelis con un par de guantes quirúrgicos.

—Pero ¿estás seguro de que no encontrará nada?

—Totalmente. El depósito no estaba en el cuerpo de DeAngelis. Lo comprobé yo mismo, a instancias de Langley.

—Por lo menos tenemos esa ventaja —comentó Thorn. Asintió con aire pensativo—. De acuerdo —añadió, disgustado por la información que le había proporcionado Clayton—. Esperaba no tener que llegar a esto, pero es hora de dejar la situación en manos de profesionales.

—¿A qué te refieres con «profesionales»?

—A empleados de la empresa. Pediré al departamento de

seguridad de Fusión que se encargue del asunto. He estado pagando un dineral a Thorton Gauthier y su gente por su experiencia y conocimientos. Ahora tendrán la oportunidad de ganárselo.

Thorn había contratado hacía dos años, cuando había heredado la empresa de su padre, a Thorton Gauthier, apodado Butch. El mote se debía a su corte de pelo, al cepillo y al rape por los lados, que en inglés coloquial recibía ese nombre. Thorn se había enterado de su existencia por medio de un colega con quien jugaba a golf que presumía de conocer al ex mercenario y miembro de las fuerzas especiales, que se había convertido en jefe de seguridad para empresas y recurría a todos los medios necesarios para cumplir con su deber. A Thorn le encantaba que Gauthier dirigiera el equipo de seguridad de Fusión como si de un comando paramilitar se tratara. Esa mezcla de fuerza bruta y poderío lo ayudaba a dormir mejor, sabiendo que estaba en condiciones de hacer frente a casi cualquier eventualidad.

—¿Qué crees que podría hacer Butch? —preguntó Clayton con inquietud creciente.

Conocía la reputación de Gauthier. Empezaba a preocuparle que al pobre George Wilson le sucediera alguna desgracia por su culpa. Entonces se acordó de sus opciones sobre acciones. No costaba tanto encontrar residentes de radiología competentes. Era una cuestión de prioridades.

—Eso dependerá totalmente de Wilson —respondió Thorn de forma críptica—. Por el momento, creo que es mejor que nadie de nosotros sepa lo que puede suceder. Confío en que todo saldrá bien. Lo importante es que no permitiremos que George Wilson arruine los planes de futuro de Fusión.

«Bueno —pensó Clayton—, al menos tiene claras las prioridades.»

Un cuarto de hora más tarde Clayton estaba de nuevo en su coche, conduciendo de vuelta a casa con la esperanza de poder concentrarse en sus planes para el fin de semana largo. Intentó apartar a George Wilson de su mente, pero no le resultó fácil. El problema era que lo apreciaba y lo consideraba uno de los mejores residentes que había tenido.

—Es una lástima —susurró mientras enfilaba el camino de acceso a su casa.

36

Desguace United
Van Nuys, California
Viernes, 4 de julio de 2014, 15.37 h

El trayecto hasta el valle de San Fernando había transcurrido sin incidentes. Uno nunca sabía lo que iba a encontrarse en la 405, fuera la hora que fuese. Tan pronto podía pillar un atasco monumental a las cinco de la mañana como a las cinco de la tarde. Pero ese día, no. El tráfico fluía sin problemas. George supuso que, a causa de la ola de calor, todo el mundo se había ido a la playa.

Tomó la salida de Sherman Way y condujo unos tres kilómetros hacia el este. En los comercios de una sola planta que flanqueaban el aparentemente interminable bulevar se veían cada vez menos rótulos en inglés y más en español. En el primer intento, pasó de largo el depósito y tuvo que dar la vuelta. Al poco rato llegó.

Cuando hizo indagaciones sobre el coche de Sal y preguntó adónde lo habían llevado, le dijeron que a uno de los dos desguaces de Van Nuys. En el primero, Rust-a-Car, le aseguraron que no habían recibido ningún Oldsmobile rojo de 1957. Aunque no se mostraron muy amables con él, George tuvo que confiar en su palabra y telefonear a United. Allí le confirmaron que tenían el vehículo.

El terreno estaba rodeado por una cerca de tablones con una espiral de alambre de cuchillas en lo alto para disuadir a los ladrones. En esencia, su aspecto era igual al de cualquier vertedero reconvertido en desguace. Había un pequeño aparcamiento frente a una caravana que albergaba la oficina. George vio otros dos vehículos; uno de ellos era un taxi que se marchaba justo en ese momento.

Se acercó a la caravana y tiró de la puerta. Estaba cerrada. Al mirar por la estrecha ventanilla, descubrió a un hombre tras un mostrador que hablaba con unos clientes. Se disponía a llamar su atención con unos golpecitos cuando reparó en el timbre y en una cámara de seguridad que lo enfocaba desde arriba. Pulsó el botón. Al cabo de un momento, la puerta se abrió con un zumbido, y George entró.

La recepción era pequeña y contaba con pocos muebles. Frente al mostrador se alzaba una mampara de vidrio como las que estaba acostumbrado a ver en bancos y tiendas que permanecían abiertas las veinticuatro horas. El hombre situado detrás portaba un arma de mano en una funda sobaquera y discutía con una pareja joven sentada del mismo lado de la mampara que George. Llevaban ropa de playa y tenían el cuerpo repleto de tatuajes. Por lo visto habían bebido.

—¡Vamos, no me joda! —gritó el chico.

—¡Es una puta estafa! —terció la chica.

—Tenemos un contrato con el ayuntamiento —dijo el dependiente en un tono que rezumaba aburrimiento—. Son las tarifas establecidas.

Tenía pinta de motero con su sobrepeso, su cola de caballo entrecana y su desaliñada barba de pocos días.

—No es solo por las tarifas. ¡El sitio donde había aparcado no estaba marcado como zona prohibida!

—¡Menudo descontrol de mierda! —resopló la chica mientras escribía frenéticamente un mensaje en su móvil—. Llegaremos tardísimo a la fiesta —añadió. Frustrada, propinó un puñetazo en el brazo a su compañero—. Más vale que tu colega esté en la puerta para dejarnos entrar, que lo sepas.

—¡Ay! Tranquilízate un poco, ¿vale? —dijo él frotándose el musculado brazo.

El tipo del mostrador no se inmutó. Ya lo habían insultado antes. Deslizó un papel por la ranura de la parte inferior de la mampara.

—Son las tarifas publicadas. Si tienen algún problema con la señalización de la calle, vayan al ayuntamiento. Allí podrán presentar una solicitud de reclamación.

—Pero antes tengo que pagar de todos modos, ¿no?

—Correcto. Son doscientos veintidós dólares por el servicio de grúa, porque el vehículo es un deportivo utilitario. El precio por día en el depósito es de cincuenta dólares (solo les cobraré uno), más un impuesto del diez por ciento. Y hay una tasa de ciento quince dólares por retirar el vehículo. El total es trescientos noventa y dos dólares. Aceptamos efectivo, tarjeta de débito o de crédito, cheques conformados, cheques de viaje o giros postales.

—¡Menudo timo! —protestó el chico mientras extraía la cartera y sacaba una tarjeta de crédito. Se volvió hacia George—. Prepárate para una buena clavada, tío.

El hombre del mostrador cogió la tarjeta de debajo de la ranura y la pasó por el lector. Dirigió una mirada fugaz a George, probablemente se preguntaba si le montaría una escenita parecida cuando fuera su turno.

George le dedicó una sonrisa tensa. Las esperanzas de que el dependiente le permitiera ver el coche de Sal se habían reducido en los últimos minutos, al observar como lidiaba con la pareja. De entrada, casi seguro que no llevaba encima pasta suficiente.

El tipo del depósito cogió un walkie-talkie.

—Joey, han venido a buscar el Escalade negro que acabas de traer. —Señaló al chico y luego a una puerta en el rincón—.

Señor, pase por aquí, por favor. Señorita, puede esperar fuera. Las puertas se abrirán cuando el vehículo vaya a salir.

Ella se volvió en redondo y se alejó hacia la salida.

—Gilipollas.

El dependiente alzó la mirada hacia George.

—¿En qué puedo servirle, señor?

Acompañó a George a través del recinto hacia el rincón más alejado. Dos pastores alemanes grandes le gruñeron al pasar.

—Qué lástima, joder —comentó el dependiente cuando llegaron ante el automóvil de Sal—. Era un coche precioso. En cuanto lo vi supe que el conductor no había sobrevivido al accidente.

—Lamentablemente, los clásicos no llevan airbag —respondió George en tono amigable; quería transmitir al tipo del depósito una sensación de complicidad.

Se había jugado el todo por el todo en la oficina. Había abierto la cartera delante del dependiente, había sacado todo el efectivo que contenía (trescientos diecisiete dólares) y lo había plantado en el mostrador, junto a la ranura de la ventanilla. Había dicho a aquel hombre que era todo lo que tenía y que se lo ofrecía... a cambio de que le dejara examinar el coche de su amigo fallecido. Le había descrito el vehículo y explicado que, según los de comisaría, lo habían llevado allí. Incluso había llegado al extremo de confesar al dependiente que estaba buscando un microchip. Había supuesto que si le decía que buscaba algún objeto de cierto valor, como una joya, el tipo tal vez querría echar un vistazo él mismo en vez de aceptar su soborno. Pero el hombre se había limitado a mirar el dinero y había dicho: «Vale».

El Oldsmobile parecía tan muerto como Sal. Tenía el morro como un acordeón, reducido a un tercio de su longitud original. La capota estaba bajada, tal como su vecino la llevaba el noventa por ciento de las veces. El bloque del motor había quedado alojado en el asiento delantero. George soltó un gemido. Aquello iba a ser más complicado de lo que había previsto. Se acercó al vehículo y comenzó a buscar un lugar por donde empezar cuando una voz sonó por el walkie-talkie entre crepitaciones.

—¿Danno? Hay alguien en la puerta delantera.

—Recibido. Voy para allá. —Danno se volvió hacia George—. Tengo que regresar a la oficina. —Señaló el coche—. Busca cuanto quieras, pero ten cuidado. Y nada de pasearte por el desguace. Te quedas aquí.

—De acuerdo. Entendido. —George levantó el pulgar.

—Si te haces daño, te tiraré por encima de la valla y negaré haberte visto nunca. ¿Queda claro?

—Sí.

—Bien. Regreso dentro de quince minutos, así que date prisa. Si acabas antes, llama a la puerta trasera de la oficina.

—¿Y los perros?

—Como te he dicho, mantente en el centro de este camino. No te desvíes.

—Entendido otra vez —afirmó George.

Asintiendo con la cabeza, Danno se alejó a toda prisa. George posó la vista de nuevo en el Oldsmobile. El interior del descapotable destrozado estaba cubierto de vidrios rotos. El bloque del motor ocupaba gran parte de lo que había sido el asiento del pasajero. Quedaba un poco más de espacio en la parte del conductor. George sacó el móvil, activó la linterna y, enfocando con ella, echó una ojeada rápida por debajo del motor. También había montones de fragmentos del parabrisas bajo el asiento. Comprendió que aquella era una tarea casi imposible de llevar a cabo; un microchip sería apenas más grande que un sello postal y tendría un grosor de un par de milímetros como máximo. Por otro lado, claro estaba, no había garantías de que el microchip estuviera dentro del vehículo. George respiró hondo. Más valía que dejara de dar tantas vueltas al asunto y se pusiera manos a la obra. Agachado sobre la puerta del conductor, comenzó a rebuscar entre los pedazos de vidrio con un limpiaparabrisas roto.

Media hora después no había encontrado nada. Estaba cubierto de tierra y grasa, y empapado en sudor. La frustración empezaba a ceder el paso a la rabia. Aquella pequeña excursión le había parecido mucho más sencilla en su imaginación. Por lo menos el dependiente no había regresado todavía. Se planteó la posibilidad de abandonar la búsqueda.

Estaba tumbado boca abajo en el asiento trasero, iluminando la parte inferior del asiento delantero. Había llegado a un punto en que recogía uno por uno los fragmentos de cristal y, después de examinarlos, los tiraba por la ventanilla. Un barrido con el haz de la linterna reveló que aún quedaban muchos trocitos. Cambió de posición para alargar el brazo bajo el asiento...

—¿Qué hay, tío? Se ha acabado el tiempo.

Danno había vuelto.

—¡Vale! —respondió George en tono jovial, sin levantarse—. Ya casi estoy.

Ahora que lo estaban obligando a irse, no quería. Siguió buscando, moviéndose más deprisa, pero empujando a un lado los vidrios rotos en vez de lanzarlos al exterior. A causa de la prisa, se hizo cortes en los dedos.

El dependiente deslizó los pies de un lado a otro sobre el polvoriento suelo, esperando. Era evidente que estaba deseando que George se marchara.

—¡Ya está bien! No me obligues a traer uno de los perros.

—De acuerdo —dijo George desde debajo del asiento, rebuscando más deprisa, desesperado; ¡tanto esfuerzo para nada!

A Danno se le estaba agotando la paciencia.

—Estoy a punto de agacharme, agarrarte del cinturón y sacarte de ahí por la fuerza.

—Ya voy —mintió.

—Muy bien. Contaré hasta tres. Uno...

George seguía escarbando, con los ojos escocidos por el sudor.

—Dos...

—¡Vale!

—¡Tres!

George notó que una mano lo aferraba del cinto. Agitando los brazos, se vio arrastrado hacia atrás a través de la puerta del coche. Comenzó a tambalearse, intentando recuperar el equilibrio, hasta que Danno lo soltó. A pesar de su sobrepeso, el tipo estaba fuerte.

—Te he dado mucho más tiempo del que habíamos acordado. Es hora de irse.

—¡Mierda! —le bramó George—. ¡Sé que lo que he venido a buscar está aquí! ¡Tienes que darme un rato más!

—No tengo que hacer nada. ¿Quieres seguir buscando? Vuelve dentro de un par de meses, cuando la policía ya no necesite el vehículo. Entonces podrás pagar el servicio de grúa y de depósito, y el coche será todo tuyo. Incluso lo remolcaremos hasta tu casa. Aunque eso te costará un extra.

—Solo cinco minutos más —suplicó George.

—¡No!

El tipo de la grúa le clavó una mirada severa y bajó la vista hacia un destello en la mugrienta pechera de George. Entre varios fragmentos de cristal, había un objeto rectangular, dorado, plano y fino. Danno se lo desprendió de la camisa—. ¿Era esto lo que buscabas?

George, que había abierto la boca para seguir discutiendo, se interrumpió y miró lo que aquel individuo sostenía en la mano. Era un microchip.

—Hay que joderse —murmuró.

George estaba sentado en el interior de su coche, en el rincón del aparcamiento del desguace, con el motor encendido y el aire acondicionado al máximo. Estaba acalorado, pero eufórico. Quizá había dado con la piedra de Rosetta que lo ayudaría a descifrar la clave. Había abierto en su teléfono una aplicación de lupa que se valía de la lente de la cámara, con la que estaba enfocando el diminuto objeto dorado que descansaba sobre su palma. Veía una serie de estrías irregulares en la superficie, hechas seguramente con el cúter que habían encontrado en el lugar del accidente. Por lo visto, ¡Sal había conseguido arrancarse el maldito artilugio del cuerpo! El pobre hombre debía de intuir lo que estaba sucediendo. Esa era la teoría que a George le parecía más creíble. Tenía más sentido que las otras posibilidades que se le ocurrían. Mucho más que el suicidio, desde luego.

Desistió de continuar examinando el chip con la lupa de su móvil. Necesitaba algo más potente con el fin de estudiar cada uno de los compartimentos que contenían la medicación. Para ello, tendría que regresar al centro médico. ¡No podía creer que hubiera conseguido encontrar el condenado chisme!

Se oyeron tres golpes seguidos. George irguió la cabeza y la volvió hacia los sonidos. El dependiente golpeteaba la ventanilla con una porra corta.

—¡No puedes quedarte aquí! —gritó a través del cristal, con una expresión que indicaba de forma inequívoca que George le estaba colmando la paciencia—. Ahuecando.

El médico agitó la mano en señal de conformidad y puso el coche en marcha.

George inspeccionaba las hileras de depósitos individuales que surcaban el chip. Eran minúsculos como la punta de un alfiler, y había miles. Había investigado cómo funcionaban. Cada depósito tenía una frecuencia de radio asignada. Al recibir una señal, una fina capa de nanopartículas de oro que contenían una dosis de medicamento se disolvía. El fármaco liberado atravesaba las membranas biológicas, se filtraba al torrente sanguíneo y se esparcía por todo el cuerpo.

Se encontraba en el laboratorio de patología del centro médico, donde se había incautado de un microscopio de disección para estudiar el microchip. Su gran capacidad de aumento le permitió comprobar que los numerosos y diminutos receptáculos ¡estaban vacíos! Todos. Eso no podía considerarse normal en absoluto tratándose de un depósito que, en teoría, debía durar por lo menos dos años y llevaba implantado solo dos meses. Por otro lado, el chip indicaba el tipo de fármaco que contenía: Humalog. Sabía que era una marca de insulina de acción rápida.

Ahora lo importante era determinar si el depósito se había vaciado antes o después de que Sal hubiera fallecido. La primera posibilidad significaría que las dosis se habían descargado en masa cuando aún vivía. Y eso implicaría asesinato, bien por intromisión informática, bien por un acto deliberado de los diseñadores de la aplicación. Si los receptáculos habían vertido su contenido después de la muerte, seguramente había sido como consecuencia de los daños sufridos por el chip cuando Sal se lo había arrancado. Por otra parte, el microcircuito había permanecido días dentro de un coche destrozado bajo el sol abrasador de Los Ángeles en plena oleada de calor. Eso también habría podido ocasionar el derrame.

De todas las posibilidades, la de la descarga anterior a la muerte le parecía la más realista, pero necesitaba más pruebas, y se le había ocurrido una manera de conseguirlas. Era posible que para ello le bastara con el teléfono roto de Sal y el microchip, siempre y cuando consiguiera que alguien lo ayudara. La primera persona que le vino a la mente fue Zee.

Apagó la luz del microscopio de disección y salió del laboratorio de patología tras dar las gracias al técnico que le había echado una mano. Estaba contento con lo que había logrado, pero era consciente de algo importante: tenía que andarse con cuidado. Muchas personas, entre ellas Clayton, tal vez los hombres que habían registrado el apartamento de Sal y, muy probablemente, Fusión, debían de ir detrás del microchip. Si él estaba en lo cierto, era un indicio incriminatorio.

Condujo hasta su casa con mil pensamientos arremolinándose en su mente. Sabía que había descubierto algo muy serio. La primera persona a la que debía comunicárselo era Paula. Tenía que saber que su creación había sido secuestrada. Solo esperaba que no culpara al mensajero, pues sin duda quedaría tan deshecha como horrorizada. Se preguntó si debía llamarla mientras aún estuviera en Hawái y, acto seguido, se preguntó cómo podía dudarlo siquiera. Claro que debía telefonearla en cuanto estuviera seguro. Ese asunto no podía esperar. Estaba muriendo gente, literalmente.

37

Apartamento de George
Westwood, Los Ángeles, California
Viernes, 4 de julio de 2014, 15.52 h

Un todoterreno y una furgoneta, ambos negros y con las ventanas tintadas, redujeron la velocidad y aparcaron detrás del edificio de apartamentos de George. El interior de la furgoneta estaba repleto de dispositivos electrónicos de escucha. Cuatro hombres con uniforme de la compañía de teléfonos se apearon de los vehículos, dejando a dos trajeados en el todoterreno y a dos técnicos con mono de trabajo sentados en la parte trasera de la furgoneta.

Los cuatro uniformados llevaban aparatosos cinturones portaherramientas. Uno de ellos se acercó a un poste y trepó a él para pinchar la línea telefónica. Los otros tres se dirigieron hacia el cuadro eléctrico y lo abrieron, como si se dispusieran a hacer la lectura del contador. A continuación se separaron: dos entraron en el bloque y el tercero caminó hasta un lado del edificio.

Los tres se aproximaron al apartamento de George, dos por delante y uno por detrás. Avanzaban en silencio y sin vacilaciones. Eran profesionales. Lo habían planeado todo. No habían dejado margen a la improvisación.

Los dos que se encontraban en el interior del complejo

llamaron al timbre de George. Tal como esperaban, no obtuvieron respuesta. Antes, al localizar su móvil por medio de un GPS, habían descubierto que estaba en el valle de San Fernando. Aun así, querían asegurarse de que su piso estuviera vacío. Uno de los hombres forzó la cerradura barata en un santiamén y sin esfuerzo.

Sin una palabra, el más alto se adentró en el apartamento mientras el otro montaba guardia junto a la entrada. Miró al exterior por una ventana. La zona de la piscina comunitaria estaba desierta. No se veía ni un alma; al ser Cuatro de Julio, la mayoría de la gente que disponía de un vehículo estaba en la playa o en una barbacoa.

El hombre que se había internado en el piso de George trabajaba con rapidez, ocultando en sitios estratégicos pequeños micrófonos y cámaras diminutas que se conectarían de forma inalámbrica con un amplificador provisto de batería que su colega había instalado en la parte posterior del edificio, escondido detrás de una bajante. El amplificador captaría la señal emitida por los dispositivos del interior del apartamento y la retransmitiría al equipo de grabación de la furgoneta. En total, la operación duró menos de siete minutos.

Una vez a salvo en el interior de los coches, los cuatro técnicos aguardaron a que los recogiera un tercer vehículo. Este apareció poco después y se detuvo lo justo para que los cuatro subieran a toda prisa. Los hombres con mono de trabajo se quedaron en la furgoneta y los dos trajeados se sentaron dentro del todoterreno, donde se quitaron las pistoleras e hicieron todo lo posible por ponerse cómodos. Sabían que probablemente sería una noche larga. Pero estaban acostumbrados. Su trabajo consistía en largas horas de aburrimiento intercaladas con momentos de violencia súbita.

El que estaba al volante marcó un número en su teléfono móvil y dejó un mensaje sencillo:

—Todo listo.

38

Edificio de apartamentos de George
Westwood, Los Ángeles, claifornia
Viernes, 4 de julio de 2014, 18.05 h

George enfiló la calle que discurría por detrás de su edificio. Estaba agotado y había estado a punto de sufrir un accidente en el trayecto de regreso desde el valle. Pese a que era día festivo, el tráfico era como el de la hora punta. Al aparcar en su plaza, no reparó en el todoterreno negro detenido junto al bordillo. Los vehículos de ese tipo eran más comunes que las palmeras en aquel barrio, sobre todo los de color negro.

Aparcó y cogió sus cosas, asegurándose con cuidado de llevar el pequeño depósito de fármacos bien guardado en el bolsillo. Tras dejarlo todo menos el microchip sobre la mesa del comedor, fue a buscar los móviles de Sal y Kasey. Con los teléfonos en el otro bolsillo, salió corriendo y subió la escalera para aporrear la puerta de Zee.

—¡Joder! ¡Ya voy, un momento! —gritó Zee. Al cabo de unos instantes abrió la puerta de un tirón y se fijó en la expresión y las pintas de George—. ¿Qué cojones pasa, tío? —preguntó—. ¿Hay un incendio en el edificio o qué?

—Necesito tu ayuda. Ahora mismo.

—Tranquilo, tío. Estoy aquí —dijo Zee, intentando calmar a su angustiado vecino.

George respiró hondo.

—De acuerdo. —Comprendió que tenía que controlarse. Era consciente de que lo que le iba a pedir a Zee le llevaría mucho tiempo, y eso suponiendo que fuera factible. Y que Zee estuviera dispuesto a hacerlo. Eso último era mucho suponer, pues lo que quería pedirle era más bien ilegal—. Necesito encargarte una tarea —dijo intentando mantener un tono sereno—. Te pagaré. Muy bien. Tengo casi diez mil dólares en efectivo y a crédito.

—¡Caray, tío! ¡Para el carro! Empieza por el principio.

—Es que... sé que hace un tiempo que no trabajas y que tienes problemas de dinero.

—Tengo problemas de dinero incluso cuando tengo curro. Pero cuéntame qué es lo que quieres.

—Necesito que me hagas un pequeño trabajo como hacker.

Zee se puso en guardia.

—Ninguno de esos trabajos es pequeño. Unos son fáciles, otros no. Pero ninguno es pequeño, al menos para la víctima. Explícame exactamente qué quieres que haga. Y relájate. ¿Te apetece una birra?

—Sí —respondió George sentándose en el sofá—. Una birra estaría muy bien.

Mientras Zee iba a buscar las cervezas, George le refirió los suficientes antecedentes sobre Fusión e iDoc para despertar su interés. Por fortuna, la idea de que los teléfonos inteligentes sustituyeran a los médicos de cabecera le pareció alucinante al informático. Estaba deseoso de convertirse en usuario de iDoc, pues, de ese modo, si contraía la gonorrea, podría recibir tratamiento sin tener que explicárselo todo a una persona de carne y hueso.

—Ya me entiendes —continuó—. A veces las visitas al médico pueden resultar un poco embarazosas. Pero ¿sabes qué? Se me ocurre una mejora que haría que iDoc fuera aún más increíble.

—Zee, me gustaría que nos ciñéramos al tema —lo interrumpió George.

—¡No! Escúchame —repuso Zee—. ¡Cuando uno fuera a la farmacia con una receta, no tendría que tratar con el farmacéutico! Eso puede ser tan violento como hablar con el médico. ¿Sabes lo que quiero decirte? Sería mejor que bastara con enseñar el móvil o con poner los dedos en un lector de huellas para que le entregaran a uno el medicamento de inmediato.

—Es una gran idea, Zee, pero nos estamos desviando del asunto.

—Perdón. ¡Sigue! —dijo Zee alzando la cerveza en un simulacro de brindis.

—El concepto de iDoc es estupendo y el futuro de la medicina, pero creo que hay un problema. Ya sea por diseño o por accidente, la aplicación se ha extralimitado. Me parece que ha estado funcionando como una especie de juez que decide quién debe vivir y quién no.

Zee lo contemplaba con cara de incomprensión.

—¡Explícate! —dijo al fin.

George se explicó. Le contó que Kasey, con quien Zee había coincidido varias veces en las zonas comunes del edificio, formaba parte del grupo que probaba la versión beta de iDoc, al igual que Sal. Luego le habló de Laney Chesney, Greg Tarkington y Claire Wong, quienes también participaban en el estudio de iDoc y padecían enfermedades graves, aparte de la diabetes.

—iDoc administraba la medicación a los cinco de una manera muy futurista, pues funcionaba como un auténtico páncreas, por medio de un depósito de insulina implantado y una monitorización constante y en tiempo real de sus niveles de glucosa en sangre.

—Ya lo pillo —contestó Zee—. Y ¿cuál es el problema?

—Tengo motivos para creer que iDoc mató a los cinco al

verter de golpe todo el contenido del depósito en su organismo.

Zee lo miró con recelo.

—Si estás diciendo que el depósito se jodió, estoy contigo. Las desgracias pasan. Pero si piensas que fue algo intencionado, creo que estás loco. Conozco a muchas de esas personas...

—¡Una prueba! —lo cortó George al tiempo que se sacaba del bolsillo el depósito que había encontrado en el coche de Sal y lo dejaba sobre la mesa—. Una prueba de que el fenómeno que te he descrito es real. Si estoy hablando contigo es porque no sé si fue intencionado o un fallo. Para serte sincero, me inclino por la primera posibilidad.

Zee cogió el depósito con delicadeza y lo examinó.

—No se alcanza a ver bien sin aumento —señaló George—. Sobre la superficie hay miles de cápsulas diminutas con dosis de insulina. Cada una está programada para liberar su contenido al recibir una señal de radio de una frecuencia concreta.

—Entiendo el concepto, pero ¿cómo has llegado a la conclusión de que iDoc está matando pacientes?

—A Sal le implantaron bajo la piel el depósito que tienes en las manos hace cosa de dos meses. Se suponía que debía durar dos o tres años, según sus niveles de glucosa en sangre. Sin embargo, está vacío del todo. Creo que iDoc le envió la orden de realizar una descarga masiva y total.

Zee dejó el chip en la mesa de centro, asqueado de pensar dónde había estado y lo que tal vez había hecho.

—¿Cómo sabes que el depósito derramó toda la insulina antes de la muerte de Sal? A lo mejor sucedió después, una vez fuera del cuerpo de Salt.

—Buena pregunta. Y no lo sé con certeza —admitió George—. Es una de las razones por las que necesito tu ayuda.

—Pero ¿por qué crees que fue intencionado?

—En los cinco casos, la descarga de insulina se produjo poco después de que el diagnóstico de una enfermedad probablemente terminal se incorporara al historial clínico electrónico de cada uno de ellos. Es una coincidencia muy extraña.

Zee se quedó sentado en silencio, con los ojos fijos en el depósito.

—¿Qué quieres que haga?

George exhaló un suspiro de alivio al notar que su vecino suavizaba su actitud.

—Varias cosas. —Extrajo un teléfono inteligente—. Este era de Kasey. —Lo encendió y le enseñó a Zee el icono de iDoc, antes de demostrarle que la aplicación no se abría—. Creo que Fusión lo borra cuando el paciente muere. Sería lo más lógico, pues de ese modo se protegería la confidencialidad de su historial. —A continuación sacó el segundo móvil y se lo tendió—. Este era de Sal. Al igual que su cuerpo, salió despedido del Oldsmobile a través del parabrisas cuando se estrelló. Quedó visiblemente dañado, pero al parecer siguió funcionando durante un rato, pues una enfermera de urgencias logró extraer de él información médica antes de que se apagara, y yo conseguí encenderlo unos instantes.

Zee inspeccionó el teléfono de Sal, dándole vueltas entre los dedos.

—Pobre tío.

—En fin, es solo una teoría, pero creo que a lo mejor en este caso la aplicación no se borró. Quiero que intentes recuperar la información que puedas del teléfono. Tal vez una orden de descarga o algo por el estilo.

Zee asintió, mirando la pantalla rajada del móvil.

—Quizá pueda hacer una especie de autopsia forense. Aún deben de quedar datos, si no en el procesador, en la unidad de almacenamiento. —Alzó la vista hacia George—. ¿Estás dispuesto a pagarme diez mil dólares por esto? —preguntó con incredulidad.

—Por diez mil quiero un poco más que eso.

—Lo suponía. ¿Qué?

Zee frunció el entrecejo.

—Quiero que te cueles en los servidores centrales de iDoc de Fusión. Si conseguimos el historial completo de Sal, podemos cotejarlo con lo que encuentres en su móvil. Si, como sospecho, las muertes son intencionadas, necesito poder demostrarlo. Solo entonces estaremos seguros al cien por cien de lo que está pasando y de si los responsables son piratas externos o personas de dentro de Fusión.

—Pides mucho...

—Si estoy en lo cierto, mataron a mi novia. Tú la conocías. Si estoy en lo cierto, mataron a Sal. También lo conocías. Que yo sepa, ha habido cinco muertes. ¿Cuántas personas más fallecerán de forma prematura cuando iDoc se lance nacional y luego internacionalmente?

—No lo sé, tío —farfulló Zee. Miró los dos teléfonos—. No es moco de pavo acceder a historiales clínicos sin autorización. Es casi tan grave como colarse en el ordenador del Pentágono, por Dios santo.

—Es grave —convino George—. Matar gente también.

Zee asintió. A George no le faltaba razón en ese punto.

—Fusión debe de tener planes de contingencia para lidiar con cualquiera que les venga con preguntas o sospechas. Seré sincero contigo: hacer esto podría ponernos a ti y a mí en peligro, dadas las cantidades de dinero que se barajan. Hay miles de millones en juego, o quizá cientos de miles. No exagero.

Viendo el semblante serio de Zee, George cayó en la cuenta de que estaba tirando piedras sobre su propio tejado al exponerle los riesgos. Aun así, sentía la necesidad de hablarle con franqueza.

—Oye, Zee —prosiguió, intentando emplear un tono menos apremiante—. Tengo que llegar hasta el final de esto, con tu ayuda o sin ella, pero me hacen falta pruebas de lo que está sucediendo para acudir a los medios, que es lo que pienso hacer si mis peores temores se cumplen. Y la única prueba que creo que puedo conseguir es la que espero que tú me proporciones.

Sus palabras movieron a Zee a mostrarse más comprensivo.

—¿Va en serio lo de los diez mil?

—Del todo. Y si tengo razón, apuesto a que le lloverán ofertas de trabajo al tipo que ayudó a destapar el escándalo.

Zee asintió, algo avergonzado.

—Es que últimamente he perdido unas cuantas veces al póquer y, en fin, tengo que pagar el alquiler, las facturas y todo eso.

—Si me ayudas, el dinero es tuyo.

—De acuerdo, lo haré —dijo Zee—, pero con un par de condiciones. Intentaré acceder a los servidores de Fusión desde tu ordenador. Y solo utilizaré tu módem. Cuando salpique la mierda, prefiero que salpique allí.

—No hay problema —accedió George de inmediato—. ¿Cuándo podrás empezar?

—Dame una hora. Necesito darme una ducha y comer algo para estar fresco. No será fácil. Me imagino que habrán creado un sistema de cortafuegos de la hostia.

Un gran alivio invadió a George.

—¡Vale, genial! ¿Cómo puedo ayudar?

—Pagándome. Ahora que sé que me pondré al día con el alquiler, te prestaré toda mi atención.

39

Apartamento de George
Westwood, Los Ángeles, California
Viernes, 4 de julio de 2014, 19.20 h

Fiel a su palabra, Zee se presentó ante la puerta de George una hora después, recién duchado y vestido con un chándal holgado. Llevaba una cafetera llena, y en su otra mano portaba en precario equilibrio una caja de aparejos de pesca repleta de utensilios diversos y varios CD-ROM sobre la que mantenía como mejor podía unas latas de Red Bull y un cartón de cigarrillos Marlboro. Cuando George hizo alusión a todas aquellas cosas, le respondió que se había armado hasta los dientes para la batalla.

—Mejor si no fumaras —dijo George al fijarse en el tabaco.

—Lo siento, tío, pero los pitillos son imprescindibles si quieres que consiga algo. O los pitis o nada.

—De acuerdo, está bien —transigió George, consciente de que había personas que no podían concentrarse sin llevar a cabo sus ritos de fumadores, que a veces eran más importantes que la nicotina en sí.

Señaló la mesa del comedor, donde había dejado su ordenador portátil preparado y encendido junto al teléfono inteligente de Sal. El de Kasey había vuelto a guardarlo en la caja del armario.

—¿Y tu módem? —preguntó Zee paseando la vista por la habitación.

George apuntó con el dedo a un lado del televisor. Zee se acercó para inspeccionarlo.

—Funciona bien —aseguró George—. Los instaladores dijeron que era bueno.

—Es una puta mierda, pero servirá.

George se percató de que todos los que hacían comentarios sobre su piso empleaban la palabra «mierda» para describir la vivienda o su contenido. Cuando todo aquello terminara, tendría que poner remedio al asunto. Suponiendo que siguiera por allí para entonces. Era consciente de que lo que estaba haciendo podía repercutir en su futuro profesional.

Zee conectó su cafetera a la corriente, metió las latas de Red Bull en la nevera, se sentó a la mesa y abrió su caja de utensilios. Se había acabado la cháchara. Comenzó a trabajar en el teléfono de Sal, tras extraerlo de la funda de color naranja y retirar la tapa. Se puso una lupa binocular y examinó con atención el interior del móvil.

George lo observó durante un rato, pero no tardó en aburrirse. Se dirigió hacia la cocina y escrutó el contenido de la nevera.

—¿Te apetece comer algo? —gritó a Zee.

El informático no respondió, lo que a George le pareció bien, pues no tenía mucho que ofrecerle. Cogió lo que había, preparó un sándwich de cualquier manera y se lo comió de pie frente al fregadero. Se planteó de nuevo llamar a Paula a Hawái, pero decidió esperar a tener más pruebas de que algo no iba bien con su preciado iDoc. Supuso que ella se resistiría con uñas y dientes a creerlo. Se preguntó qué efecto tendría eso sobre su amistad. Seguramente no sería bueno.

40

Furgoneta de vigilancia
Edificio de apartamentos de George
Westwood, Los Ángeles, California
Viernes, 4 de julio de 2014, 20.52 h

Se oyeron unos golpes en la parte de atrás de la furgoneta, la señal acordada. Steven, el más bajo de los dos técnicos, alargó el brazo y abrió la puerta. Andor Nagy, un hombre apuesto y de complexión fuerte, subió al vehículo. No llevaba americana y se había aflojado el nudo de la corbata.

—¿Qué hay? —preguntó con un ligero acento húngaro, y se sentó en un pequeño banco adosado a un lado de la furgoneta.

Steven, que controlaba los monitores, señaló la imagen de Zee, encorvado sobre un teléfono desmontado.

—Sabemos tan poco como tú. Creemos que es un vecino, y está trabajando en un teléfono inteligente que suponemos que pertenece al objetivo.

—¿Alguna idea de por qué?

—Ni la más remota. El vecino ha llegado hace más de una hora, pero apenas han hablado entre ellos.

—¿Dónde está Wilson?

Steven señaló una pantalla más oscura que mostraba el dormitorio de George. Aunque apenas alcanzaba a vislumbrarse en la penumbra, este se encontraba tumbado en la cama, mirando un programa de televisión con el sonido apagado.

Andor pidió a Lee, que llevaba auriculares y estaba más cerca de la parte delantera del vehículo, que confirmara si los dos hombres del apartamento de George habían permanecido en silencio.

—Así es. No han dicho ni mu —respondió Lee.

—¿Qué está mirando ese en internet?

El ordenador portátil sobre la mesa del comedor estaba colocado en un ángulo tal que la pantalla no resultaba visible a través de ninguna de las cámaras.

—Nada, de momento —dijo Steven—. Solo ha estado trasteando con el móvil.

Andor se encogió de hombros.

—Tendremos que armarnos de paciencia, entonces. ¿Ha hecho Wilson alguna llamada o ha enviado algún mensaje de texto?

—Qué va.

—Avisadme cuando se produzca algún cambio —pidió Andor, levantándose para marcharse.

—Serás el primero en enterarte —le aseguró Steven.

41

Apartamento de George
Westwood, Los Ángeles, California
Sábado, 5 de julio de 2014, 5.40 h

George se vio arrancado de un sueño profundo cuando Zee lo zarandeó con brusquedad por el hombro. Se había quedado dormido vestido frente al televisor, que seguía encendido.

Zee estaba hecho un manojo de nervios.

—He terminado, y me largo.

Parecía un demente, con los ojos enrojecidos y el rostro demacrado. Las actividades de la noche en combinación con el café, los cigarrillos y el Red Bull le habían provocado un temblor visible en las manos, y hablaba con voz ronca.

—¿Cómo que te largas? —preguntó George.

—Lo que oyes: ¡me largo! —afirmó Zee dirigiéndose al salón.

George se levantó de un salto y echó a correr hacia él mientras intentaba ponerse los zapatos.

—Mierda, mierda, mierda —mascullaba Zee para sí mientras tiraba sus utensilios y cachivaches dentro de la caja de aparejos.

—¿Adónde vas?

—Desaparezco del mapa hasta que la tormenta amaine.

—¿Qué tormenta? —dijo George, desconcertado.

—La que está cayendo —respondió Zee de forma críptica.

—¿Qué has averiguado?

—Muchas cosas. —Zee cerró la caja de golpe—. Demasiadas.

George no daba crédito.

—¿Qué quieres decir exactamente con eso de «desaparecer del mapa»?

—Justo lo que parece. Me voy a la montaña hasta que pase todo esto. Unos amigos míos viven en el norte, cerca de San Francisco. Tienen una cabaña en algún lugar de Sierra Nevada. En estos momentos creo que me vendrá de perlas.

George no podía creer que Zee fuera a marcharse.

—¿Por qué tanta prisa? ¿Qué has descubierto?

—Si de verdad quieres saberlo, sube a mi apartamento cagando leches mientras recojo mis trastos.

George se preguntó si estaba soñando.

—¿Quieres irte ya? ¿Ahora mismo?

—En cuanto tenga hechas las maletas. —Zee se dirigió hacia la puerta y se detuvo—. ¿Y el dinero que me has prometido?

—Tengo que ir al banco para sacar una cifra tan grande. Pensaba hacerlo a las nueve de la mañana del lunes. Si pudieras esperar un poco...

—¿Cuánto llevas encima?

George se encogió de hombros.

—Unos doscientos pavos.

Había pasado por un cajero automático después de salir del desguace, pues el dependiente lo había desplumado.

—Me lo quedo. Ya me darás el resto más adelante.

George le entregó el dinero.

—¿Y la información por la que iba a pagarte?

—En mi piso —afirmó Zee, y salió por la puerta.

Perplejo, George lo siguió escalera arriba hasta su apartamento. Zee fue directo a su dormitorio y George entró tras él.

—¡Espera un momento! —Creyó que podría razonar con su vecino—. Respira hondo y tranquilízate. ¿Qué has averiguado?

Zee empezó a meter ropa en un par de bolsas de viaje.

—Tenías razón —admitió—. Está pasando algo raro con iDoc. He conseguido acceder a los servidores de Fusión. He echado un vistazo a los historiales de todos: Kasey, Sal, Tarkington, Wong y Chesney. Al principio todo parecía normal. De hecho, estaba a punto de darme por vencido. Pero entonces una cosa extraña me ha llamado la atención. La mejor palabra para describirlo es «artefacto». Era difícil de detectar, pero allí estaba. Así que he examinado de nuevo los cinco historiales y he descubierto que en todos ellos el artefacto aparecía justo diecisiete minutos antes de que los datos fisiológicos se descontrolaran, lo que indicaba el principio del suceso mortal. Diecisiete minutos clavados en los historiales de los cinco pacientes. Bastante sospechoso.

»He intentado determinar qué era ese artefacto, su razón de ser, ¿sabes a qué me refiero? —Zee no esperó a que George respondiera—. Y mientras exploraba las diferentes posibilidades, tuve una iluminación: aquello me recordaba a Stuxnet.

George sacudió la cabeza. No tenía idea de qué le estaba hablando.

—¿Te acuerdas de cuando Estados Unidos e Israel se colaron «presuntamente» en los ordenadores iraníes que controlaban sus centrifugadoras nucleares?

—No, la verdad es que no.

—Pues bien, los intrusos dejaron un artefacto. Fue así como los descubrieron. Querían mostrar a los iraníes una serie de datos falsos y ocultarles al mismo tiempo los que indicaban lo que de verdad estaba pasando. A eso se le llama «ataque por intermediario». Los artefactos que he encontrado en los archivos de iDoc son muy similares, lo que significa que alguien se coló en sus servidores y sobrescribió la información que los cinco historiales contenían.

—Me he perdido.

—Lo que creo —explicó Zee mientras continuaba metiendo cosas en las bolsas sin orden ni concierto— es que alguien intentaba borrar las huellas del vaciado de los depósitos o bien del hacker que ocasionó ese vaciado. Ahora que lo pienso, debió de ser una chapuza rápida, porque interceptaron cada historial exactamente diecisiete minutos antes de la muerte del paciente. Deberían haber variado el tiempo para disimular, pero cuando uno tiene prisa... En fin, tanto si el vertido es obra de la aplicación como de un hacker, los historiales se han sobrescrito. —Zee dejó lo que estaba haciendo y comenzó a enumerar las razones con los dedos—. Para ocultar la orden de vaciado, el origen de esa orden y los datos fisiológicos que reflejaban la reacción provocada en los pacientes por el vertido hasta el momento de su muerte. Si estoy tan seguro de eso es porque he comprobado que el móvil de Sal recibió un mensaje de vertido total. He conseguido recuperar los datos originales de su historial, así que no me cabe la menor duda en este caso en concreto. Pero, como te contaba, ignoro si se produjo como una función del algoritmo de iDoc o como una intrusión informática.

—Has dicho que intentaron ocultarlo, pero ¿tienes idea de dónde se originó la sobrescritura? ¿Podrías rastrear la procedencia?

Zee cerró la cremallera de las bolsas.

—No ha sido fácil, pero es lo que estaba haciendo hace justo una hora. He encontrado rastros de un par de servidores proxy de alto grado de anonimato. Se llaman así porque encubren su dirección IP, como un servidor proxy normal y corriente, con la diferencia de que intentan disimular el hecho de que son servidores proxy. Son muy discretos. El caso es que conozco varios trucos para desenmascararlos y averiguar quién se esconde tras ellos.

—¿Y quién es?

—Por eso me largo. Eso es lo más inquietante de todo. —Se dirigió hacia el baño y vació el contenido de su botiquín en una bolsa de basura—. Uno de los conjuntos de servidores que están enmascarando se encuentra cerca de aquí. Si tuviera que concretar más, diría que está en alguna parte de Hollywood Hills. Una ubicación extraña, ¿no?

—¿Y por eso quieres huir?

—No, hay otro grupo de servidores que colabora en la sobrescritura, o por lo menos la monitoriza, y que está en Maryland.

Eso sorprendió a George, pues sabía que Fusión aún no se había implantado en la costa Este.

—Ese no forma parte de Fusión —precisó Zee, como si le hubiera leído el pensamiento.

—¿Cómo lo sabes? —preguntó George.

—Porque sé que pertenece... al gobierno federal.

George se sentó de golpe en el borde de la cama de Zee, conmocionado. Aquello no tenía ningún sentido para él.

—¿Qué?

—Por lo que he podido averiguar, se trata de una agencia sobre la que no he encontrado una sola referencia en internet. Se llama IRU, Iniciativa de Recursos Universales.

—Si no has encontrado referencias sobre ella, ¿cómo sabes que forma parte del gobierno federal?

—¡Me he metido en su sistema, tío! Ten un poco de paciencia. —Zee tenía los nervios a flor de piel, lo que claramente había contribuido a su estallido. Hizo una pausa para intentar tranquilizarse—. Perdón. IRU está relacionada con otra agencia llamada Comisión Asesora Independiente sobre Pagos. Sobre esa sí que hay referencias. Un montón. Es bastante nueva, pero muy conocida. Se instituyó tras la aprobación de la Ley de Asistencia Sanitaria Asequible de Obama, en teoría para ofrecer asesoramiento sobre el control de costes de los cuidados médicos prestados a las personas mayores y sin recursos. Creo que su objetivo declarado es «reducir el gasto a los niveles deseados». —Fue a la cocina, seguido por George, y procedió a meter comestibles frescos y envasados en bolsas de basura—. ¡He topado con un avispero! Y algo de lo que estoy seguro al cien por cien es de que les cabreará mucho que me haya colado en su red. Por eso, amigo mío, es por lo que voy a refugiarme en el bosque: porque vendrán aquí, a este apartamento. O mejor dicho, al tuyo. Antes de eso, prefiero poner tierra por miedo. Y te aconsejo que hagas lo mismo. Será mejor que no estés aquí cuando lleguen. Al principio irán a por ti y tu ordenador, pero no me cabe duda de que acabarán siguiéndome la pista, por mis antecedentes de pirata informático. No tardarán mucho en atar cabos y darse cuenta de que no tienes ni pajolera idea de cómo colarte en sistemas informáticos. Aunque no les dijeras una palabra sobre mí, acabarían por descubrirme. Pero no es eso lo que sucederá: hablarás. Te harán cosas para obligarte a hablar, créeme.

—Me parece que estás exagerando, Zee —protestó George de forma pausada para contrarrestar el hablar atropellado del informático.

—¡Y una leche! —replicó este—. ¿Te acuerdas de ese caso del año pasado, el de Aaron Swartz, el tío de Reddit? Había accedido sin autorización a la red del MIT con el único objetivo de bajarse artículos académicos gratis para distribuirlos entre los estudiantes. Y ya ves lo que le pasó.

—¿Qué le pasó?

George nunca había oído hablar del tal Swartz.

—¡Está muerto! Dicen que se ahorcó. Iban a meterle un puro muy gordo, y eso que lo que había hecho era una niñería en comparación con lo que acabamos de hacer nosotros.

Piénsalo bien. No pueden dejarte suelto por ahí sabiendo lo que sabes. —dijo mientras recogía las bolsas de viaje y de basura y se dirigió hacia la puerta.

—Sigo sin creerme que vayas a huir.

—Es la única opción. ¡Huye y no mires atrás!

—No puedo irme. Tengo un puesto de residente...

George dejó la frase en el aire, preguntándose de qué alternativas disponía.

—Te resultará imposible tratar a los pacientes desde la cárcel. O desde la tumba.

—¡Estás sacando las cosas de quicio, Zee! Oye, te has sobreexcitado por la cafeína, la nicotina y...

—¡Lo que me tiene sobreexcitado es el deseo de sobrevivir! ¡De respirar! ¡Sí, llámame loco, pero me gustaría seguir haciendo esas cosas!

George salió del apartamento y bajó la escalera en pos de Zee, intentando convencerlo de que reflexionara sobre la situación, pero el informático estaba convencido de que ya había reflexionado suficiente.

En el aparcamiento, Zee metió las bolsas en el maletero de su viejo Toyota y rodeó el coche para subir al asiento del conductor. Bajó la ventanilla con la manivela.

—Oye, George, coge un poco de ropa y vente conmigo. Esto va en serio. Espera a que las aguas vuelvan a su cauce. Sigue el transcurso de los acontecimientos desde un lugar donde no puedan encontrarte. Y luego regresa.

—No. —George negó con la cabeza—. De eso, nada. Me ocuparé de todo desde aquí.

—Allá tú —dijo Zee encogiéndose de hombros—. Yo ya te he advertido, no puedo hacer más.

George se agachó frente a la ventanilla abierta.

—Escucha, Zee... Siento haberte involucrado en esto.

El informático sacudió la cabeza.

—No me has obligado a nada. Un hacker siempre tiene

que estar preparado para darse el piro. Forma parte del curro.

—Gracias, Zee. Me encargaré de esto. Busca alguna manera de ponerte en contacto conmigo, y lo verás. El problema es que lo único de lo que tengo pruebas es de que iDoc envió al parecer una orden de vaciado al depósito de Sal.

—Esa prueba está en tu mesa del comedor. Y tengo bastante claro que los demás recibieron el mismo mensaje.

—Pero ¿quién lo envió? —preguntó George, desesperado—. ¿Quién dio la orden? ¡No tengo al malo de la película! Necesito a un malo, ¿no lo entiendes? ¡No puedes irte sin antes proporcionarme más información!

—Me largo mientras me sea posible. He hecho todo lo que estaba en mis manos.

—Pero ¡no dispongo de la prueba que necesito para acudir a los medios! —gritó George, desalentado.

Teniendo en cuenta la indignación que había causado la mera insinuación del gobierno de que quizá sería prudente incluir en la Ley de Asistencia Sanitaria Asequible asesoramiento a las personas mayores sobre cuidados paliativos, no le cabía duda de que las muertes provocadas por iDoc levantarían una gran polvareda.

Zee arrancó el motor del Toyota, cuyo petardeo rompió la quietud de la madrugada.

—¿Se te ocurre alguna idea sobre cómo puedo encontrar el origen de las órdenes de vaciado? —preguntó George en tono suplicante.

Zee metió la marcha, y la vetusta caja de cambios emitió un chirrido metálico.

—Dudo que sea posible averiguar mucho más infiltrándose en sus sistemas. Supongo que la única manera es que consigas la ayuda de alguien de dentro de la empresa que tenga un acceso amplio a los ordenadores de Fusión. —Levantó el puño para chocarlo con el de George—. Buena suerte, tío.

George se quedó mirando el puño cerrado unos instantes, antes de darle un golpecito con el suyo.

—Lo mismo digo.

Zee se alejó en el coche, de cuyo tubo de escape suelto saltaron chispas al pasar por un bache en la salida a la calle.

George siguió con la vista el destartalado Toyota hasta que desapareció. Comprendió que Zee seguramente tenía razón respecto a sus limitadas opciones. Pensó en Paula de inmediato. Sin duda ella gozaría de un acceso holgado al sistema informático de Fusión. Solo le faltaba convencerla de que le echara un cable.

Dio media vuelta y se encaminó hacia su casa, sin reparar en el todoterreno negro que se apartaba del bordillo para seguir a Zee.

42

Vehículo de vigilancia
Westwood, Los Ángeles, California
Sábado, 5 de julio de 2014, 6.29 h

—Ahí está.

Michael Donnelly señaló el coche de Zee, que ascendía por el acceso a la autovía 405 en dirección norte. Michel iba en el asiento del copiloto.

—Ya lo veo —dijo Andor.

Retrocedió a fin de que el Cadillac Escalade permaneciera a una distancia suficiente del Toyota de Zee para que este no sospechara que lo seguían. A continuación ellos también enfilaron la rampa de acceso y aceleraron por la autovía. Los dos hombres se tranquilizaron hasta cierto punto. Aunque era muy temprano, el tráfico era lo bastante denso para que pasaran inadvertidos.

Cuando habían comenzado el seguimiento en las calles relativamente desiertas de la ciudad, les había resultado más complicado. Andor tenía que rezagarse mucho para no delatarse. Cada vez que perdían de vista el coche de Zee, Andor se veía obligado a acelerar hasta que lo avistaban de nuevo. Era un hombre experimentado. Procuraba mantener al menos un vehículo entre su Cadillac y el Toyota para disimular.

El ataque de pánico que Zee había sufrido minutos antes había provocado uno similar en los ocupantes del todoterreno. Tras una noche larga y tranquila, el estallido de actividad los había cogido por sorpresa. Durante las horas nocturnas, la oficina central había realizado varias pesquisas y había descubierto que Zee Beauregard era un programador espabilado que había sido procesado por actos de piratería informática. Si estaba ayudando a George, sin duda habría que vigilarlo también.

Al escuchar las pocas conversaciones que se habían registrado aquella mañana, los técnicos habían supuesto que algo en concreto había desatado el pánico de Zee. El problema era que no podían determinar de qué se trataba pues el diálogo que había tenido lugar en el apartamento de George había sido parco en detalles. Cuando habían informado a Andor y Michael, ellos tampoco habían sabido cómo interpretarlo. De entrada, se les había encomendado a los dos el seguimiento de George Wilson y su posible neutralización, según el rumbo que tomaran los acontecimientos, pero después había surgido la cuestión del vecino, que también requería vigilancia, en opinión de todos.

Mientras Andor y Michael aguardaban esperanzados a que los técnicos les proporcionaran más información para comprender qué estaba sucediendo, el primero había telefoneado a Butch Gauthier, a quien no le había hecho ninguna gracia que lo despertaran un sábado a esas horas. Su furia se había ido aplacando a medida que le explicaron los motivos de la llamada. Al enterarse de que Zee Beauregard estaba implicado, le había asegurado a Andor que su intuición era del todo correcta, y le había indicado que no perdiera de vista ni a George ni a Zee.

Andor había colgado, con un leve alivio, pero esa sensación se había desvanecido en el momento en que Zee había salido del edificio y había arrojado sus bolsas en el maletero del coche. Cuando Andor había llamado de nuevo al jefe de seguridad, este le había ordenado que siguiera a Zee y que él enviaría a otro equipo a vigilar a George Wilson mientras tanto.

De pronto el coche de Zee aceleró para adelantar a toda velocidad una hilera de semirremolques, lo que pilló desprevenido a Andor.

—¿Qué coño...? —refunfuñó. Apretó el acelerador justo cuando el vehículo de Zee desaparecía delante de la fila de camiones. Andor los avanzó, pero no había ni rastro del Toyota—. ¡Mierda! —exclamó—. ¿Dónde diablos se habrá metido?

Michael se volvió en su asiento para mirar atrás. Estaba tan desconcertado como Andor.

—Se ha esfumado sin más. No lo entiendo.

Aunque la carretera era recta más adelante, el coche de Zee seguía sin divisarse por ninguna parte. Andor aceleró, y adelantaron otra hilera de camiones. El Toyota seguía sin aparecer.

De repente Michael se volvió de nuevo.

—¡La hostia! ¿Cómo cojones se las ha arreglado para quedarse detrás de nosotros?

—El muy cabrón debe de haber aminorado la marcha cuando estaba al otro lado de esa hilera de camiones que acabamos de rebasar.

Al minuto siguiente, Zee avanzaba a la par que ellos, con la clara intención de echar un vistazo por las ventanillas tintadas.

—Creo que nos ha descubierto —dijo Michael, recalcando lo obvio.

El Toyota de Zee aceleró al máximo, desafiando de este modo su antigüedad. Andor y Michael intercambiaron una mirada.

—No nos queda otra alternativa —reconoció Andor.

—Estoy de acuerdo —aseveró Michael—. Llamaré a Butch... solo para asegurarnos.

Andor aceleró a su vez, intentando mantener el Toyota a la vista mientras Michael pulsaba la tecla de marcado rápido en su móvil.

43

Apartamento de George
Westwood, Los Ángeles, California
Sábado, 5 de julio de 2014, 8.00 h

George decidió llamar a Paula. Sabía que había una diferencia de tres horas entre Los Ángeles y Hawái, por lo que, de mala gana, optó por aguardar un rato antes de telefonear. Sin embargo, la espera era una auténtica tortura para él; no aguantaba más. Al marcharse Zee, se había quedado cavilando sobre su siguiente paso y había llegado a la conclusión de que el informático estaba en lo cierto: tenía que hablar con Paula. Sencillamente no había alternativa, más que nada porque era probable que la policía lo investigara debido a las intrusiones que Zee había realizado.

Marcó el número del móvil de Paula. Mientras esperaba a que sonara el tono de llamada, se preguntó cuándo tardarían las autoridades en aporrear su puerta. Dado lo que le había enseñado la experiencia sobre la burocracia, dudaba mucho que el pánico de Zee estuviera justificado, ya que calculaba que tardarían unas semanas en reaccionar, como mínimo. Para entonces, confiaba en contar con respuestas verificables sobre iDoc o, por lo menos, con una explicación de por qué la intrusión informática había sido necesaria. Su conocimiento de las cinco muertes le llevaba a preguntarse cuántas más se habían producido entre las veinte mil personas que participaban en la prueba beta de iDoc. Más de una, sin duda. Quizá muchas.

Dejó vagar sus pensamientos a la espera de que Paula descolgara el teléfono. Había querido exponerle sus sospechas desde el primer día, y desde luego no por resentimiento, como ella había insinuado, sino porque le preocupaba que algún desaprensivo o un grupo de ellos se apropiara del fruto del duro esfuerzo de su amiga.

Tras el cuarto timbrazo, ella no había contestado aún. George estaba cada vez más convencido de que acabaría por saltar el buzón de voz, y se debatió entre dejarle un mensaje, telefonearla más tarde o enviarle un mensaje. Al fin y al cabo, las cinco de la mañana en Hawái era una hora intempestiva, sobre todo para alguien que estaba de vacaciones. Se preguntó si estaría sola o durmiendo con algún tipo. Acto seguido se preguntó por qué se le había pasado siquiera por la cabeza esa idea.

Se sobresaltó al oír que alguien descolgaba.

—¡Hola, George! ¡Buenos días! —dijo Paula.

No tenía la voz cansada o áspera. Más bien sonaba un poco jadeante.

—Perdona que te haya despertado al llamarte tan temprano. Sé que solo son las cinco ahí, en Hawái.

—Tranquilo, no pasa nada. No dormía. Estaba en la bicicleta estática haciendo un poco de ejercicio antes de desayunar. Y no estoy en Hawái, sino en casa, en Santa Mónica. Cambié de idea respecto al viaje.

—¡Estás aquí! ¡Genial!

—¿Qué hay? Me sorprende que des señales de vida a estas horas.

—¡Tenemos que vernos lo antes posible! Me temo que he descubierto algo bastante importante que te interesará oír.

—Pues cuéntamelo ahora —dijo Paula con recelo.

—No quiero hablar de ello por teléfono. Alguien está manipulando iDoc para que haga cosas que no entraban en tus planes. Iré a tu casa. Tengo que marcharme de aquí de todos modos. Puede que me haya metido en un lío por acceder ilegalmente a redes ajenas.

—¿En qué redes ajenas te has colado, George? —inquirió ella, de pronto muy seria.

—En ninguna. No sabría hacerlo. Fue alguien a quien contraté.

—¿Y qué has averiguado?

—En persona —insistió George.

Hubo un momento de silencio.

—Preferiría quedar en un lugar público.

—Donde quieras.

—Hay un lugar llamado Caffe Luxxe en la avenida Montana de Santa Mónica.

—Lo encontraré. ¿A qué hora? Cuanto antes, mejor.

—A las diez.

—Allí estaré.

44

Apartamento de George
Westwood, Los Ángeles, California
Sábado, 5 de julio de 2014, 8.20 h

George se dio una ducha rápida. Después de haber dormido con la ropa puesta, asearse le produjo un placer especial. Se vistió a toda prisa. Como tenía tiempo de sobra para estar en la cafetería de Santa Mónica a las diez, quería hacer una cosa antes. Sacó del armario la caja de cartón que contenía los efectos personales de Kasey.

Tras alisar la colcha, dedicó unos minutos a extraer con delicadeza los objetos de la caja y disponerlos sobre la cama. Era su forma de comunicarse con ella, de imaginar cómo habría sido su vida si hubiera luchado contra su enfermedad, la que ambos ignoraban que Kasey padecía. ¿Habrían sabido sobrellevarla bien? ¿Los habrían unido más la afección y el tratamiento? ¿Habría querido ella seguir adelante con la boda? Le venían a la cabeza muchas preguntas, pero pocas respuestas. De algo estaba seguro: sentía una rabia profunda e implacable. A juzgar por lo que había descubierto, cabía la posibilidad de que alguien le hubiese arrebatado la oportunidad de despedirse de su novia, de decirle lo especial que era y cómo le había cambiado a él la vida para bien.

El corazón le dio un vuelco cuando de pronto su puerta saltó en pedazos. Se puso en pie de un salto, consciente de la barahúnda que se había desatado en su salón. Al cabo de un segundo tenía ante sí a una horda de personas con pasamontañas que habían irrumpido en su habitación. Llevaban uniformes, en su mayoría negros, aunque había algunos marrones, y portaban armas, unas armas de gran calibre. Y todas lo estaban encañonando.

Se oyeron gritos.

—¡Las manos en alto! Y ahora ¡al suelo!

—¡Vamos, vamos!

—¡Abajo! ¡Extienda los brazos! ¡Las piernas, abiertas!

Aturdido y aterrado, George obedeció. Más uniformados entraron en tropel. Notó el peso de varios cuerpos que lo inmovilizaban contra el suelo. Una docena de manos fuertes lo cachearon. Alguien le tiró de los brazos hacia atrás con violencia, y unas esposas se cerraron con un chasquido en torno a sus muñecas. Era como lo que había ocurrido en el apartamento de Sal, pero peor, mucho peor. Al instante siguiente lo obligaron a ponerse de pie, con el rostro crispado por el dolor que le atenazaba los hombros.

Los gritos de quienes habían asaltado su casa cesaron por completo y se impuso una calma tan repentina como la que seguía a una tormenta.

George escrutó con recelo las caras de los individuos que lo rodeaban. Algunos se habían quitado el pasamontañas negro, otros no. Llevaban estampado en sus chalecos antibalas el logotipo de los cuerpos a los que pertenecían: FBI, Servicio Secreto y Operaciones Especiales de la Policía de Los Ángeles. Habían bajado las armas, pero no las habían guardado.

En ese momento, un hombre de traje negro entró en el dormitorio de George. Los miembros del equipo combinado se apartaron en silencio para abrirle paso. El recién llegado mantenía una expresión neutra y serena. Mostró una placa a George.

—Soy Carl Saunders, agente especial del FBI —dijo—. Queda usted detenido por quince cargos de fraude informático y de telecomunicaciones. —Sujetó un documento oficial delante de las narices de George—. Esta es la orden judicial de detención. —Con un movimiento rápido, sacó el papel que estaba detrás y lo colocó delante—. Y esta es la orden para registrar su piso. —Volviéndose hacia un subordinado, añadió—: Léele sus derechos.

Mientras lo sacaban a la fuerza de su habitación, George vio a varios agentes de la policía científica frente a la mesa del comedor, guardando en bolsas su ordenador y las piezas del teléfono móvil desmontado.

Al principio estuvo tentado de explicarles lo que había descubierto, pero, puesto que acababan de leerle sus derechos como detenido, decidió que tal vez lo mejor sería permanecer en silencio. Ninguna de aquellas personas se mostraba amable con él, sino que lo trataban como a un criminal peligroso y reincidente. Se quedó callado mientras salía de su apartamento escoltado por los agentes.

Fuera se había formado un corro de vecinos que se habían despertado por la repentina llegada de las fuerzas del orden en una flota de vehículos, entre los que había un blindado para transporte de personal. Nadie dijo una palabra cuando los agentes obligaron a George a subir a un furgón policial.

El agente especial Saunders subió con él, y la flota se alejó a gran velocidad.

George mantenía la vista fija en la pequeña ventana, en silencio, mientras el vehículo zigzagueaba entre el tráfico de Los Ángeles con la sirena encendida. Se volvió hacia su captor y estudió su perfil.

—No pierden ustedes el tiempo.

—Se ha metido en un lío de cojones, amigo —respondió

el agente Saunders observándolo—. Te caerán entre veinticinco y treinta años de cárcel, además de una multa multimillonaria. ¿Tiene algo que decir sobre los cargos?

—He visto suficientes series policíacas para saber que lo mejor es esperar a hablar con un abogado.

El agente Saunders lo miró con expresión burlona.

—¿Series de televisión? Para ser médico, se pasa de listo.

—¿Cómo sabe que soy médico?

—Sabemos muchas cosas de usted. Incluso nos hemos puesto en contacto con sus superiores en el centro médico. Al parecer, piensan presentar cargos contra usted, además de los que presentará el gobierno federal. La ha cagado de mala manera, amigo mío. Por si fuera poco, el hospital quiere denunciarlo por infringir las normas de confidencialidad. Como ya se imaginará, oficialmente está de baja administrativa.

«¡Oh, Dios mío», se dijo George. ¿Qué había hecho con su vida? Se había convertido en un paria absoluto de la noche a la mañana, y estaba a punto de ingresar en prisión. Apesadumbrado, dirigió de nuevo los ojos hacia la ventanilla, preguntándose qué ocurriría si se equivocaba y sus sospechas sobre iDoc resultaban ser circunstanciales.

45

Celda de detención de la prisión central del condado
Centro de Los Ángeles, California
Sábado, 5 de julio de 2014, 21.20 h

Había sido un día de perros para George. Tal vez el peor de su vida, aparte del día que Kasey había muerto. Lo habían detenido y puesto en custodia. La posibilidad que Zee le había planteado de que el gobierno estuviera involucrado de algún modo en una conspiración para eliminar enfermos terminales lo aterraba ahora que estaba en manos de las autoridades. Conforme pasaban las horas, más fuerte era el impulso de revelar todo lo que creía haber descubierto y de explicar por qué había participado en el acceso ilegal a las redes de Fusión. Pero se contenía, temeroso de que si hablaba se metería en un lío aún más gordo, si cabía. Lo embargaba una sensación muy real de que su vida tal como la conocía se había acabado, ya que, según le habían comunicado, lo habían despedido, pues a efectos prácticos eso era lo que significaba «estar de baja administrativa». Para colmo, sabía que si lo declaraban culpable de un delito, tal como había predicho el agente del FBI con tanta seguridad, jamás obtendría un permiso de la DEA para recetar fármacos de uso restringido, por lo que la práctica de casi cualquier tipo de medicina le resultaría muy difícil, si no imposible.

Durante el procedimiento, que había durado todo el día, a George le pareció que ya estaban tratándolo como a un delincuente peligroso. Todos los que le dirigían la palabra empleaban un tono cortante, descortés o los dos a la vez. El proceso de custodia había sido de lo más humillante: la foto policial, la confiscación de sus efectos personales, la toma de huellas digitales, un cacheo integral, una búsqueda de posibles cargos pendientes y una revisión médica que incluía un análisis de sangre para la detección de enfermedades de transmisión sexual. Todas esas medidas le daban la impresión de que lo considerarían culpable hasta que demostrara su inocencia, y no al contrario.

Por fin, a las nueve de la noche, lo escoltaron hasta una pequeña celda de cinco por cinco metros que olía a orina y desinfectante, desde donde le permitieron llamar a un abogado. En la pared de la celda había colgado un anticuado teléfono de disco. George descolgó el auricular, preguntándose a quién debía llamar. El problema era que no conocía a ningún abogado penalista. En realidad, no conocía a ningún abogado. Punto. ¡Además, era un fin de semana largo! De pronto comprendió que era muy posible que lo retuvieran en aquel Agujero Negro de Calcuta hasta el lunes.

Con un horror creciente, George colgó el auricular y contempló a sus tres compañeros de celda. Uno yacía inconsciente en el suelo, en un charco de vómito. Otro, evidentemente un adicto, tenía los dedos ennegrecidos por la heroína. El tercero era un motero robusto con los brazos y el pecho cubiertos de tatuajes que observaba a George con cara de aburrimiento.

Este le dedicó una sonrisa vacilante antes de desviar la mirada con rapidez.

—¡Oye!

Una oleada de pánico recorrió a George. Estaba bastante seguro de que el motero lo llamaba a él. Consciente de que no tenía ninguna alternativa real, se volvió. Se miraron con fijeza durante unos diez segundos largos. George no estaba seguro de si el otro esperaba que hablara o no. Finalmente el motero se le acercó y se levantó una manga de la camisa color naranja.

George sacudió la cabeza, confundido.

—Yo no...

El hombre se agachó y se dio unos golpecitos con un dedo en un tatuaje que tenía en la parte interior de su voluminoso y peludo brazo. ¿Estaba presumiendo de la calidad de su caligrafía o intentaba atraer a George para agarrarlo? Este se inclinó con cuidado hacia él para ver mejor, dispuesto a montar un buen número en caso necesario. Pero no hizo falta. Advirtió que el tipo se señalaba un número de teléfono que llevaba tatuado en el brazo.

—Es abogado, y es bueno.

—¿Qué tal su cuenta corriente?

George sujetaba el apestoso teléfono de la celda a cierta distancia de su cara para evitar los microbios. Confiaba en no llevarse de aquel espantoso lugar más que malos recuerdos. El abogado con el que hablaba se llamaba Mario Bonifacio, y después de interrogar a George sobre los pormenores del caso y sobre cómo había conseguido su número, había ido directo al grano, preguntándole por sus recursos económicos.

—Está... En realidad no tengo mucho dinero.

—¿Tarjetas?

—Sí, Visa.

—¿Y el límite de crédito?

—Es bastante alto, creo. De unos diez mil.

—De acuerdo. Aceptaré el pago con tarjeta. Mis honorarios serán de mil doscientos dólares, por mi trabajo de hoy y de mañana. No puedo sacarlo de ahí esta noche, de modo que tendrá que relajarse hasta que amanezca. Y anímese: le estoy haciendo un descuento porque viene recomendado por un cliente de confianza.

George lanzó una mirada furtiva al motero, quien casualmente se llamaba también George. Alcanzaba a oír la conversación porque el médico mantenía alejado el auricular de su oreja. El motero sonrió al oír lo del descuento y levantó el pulgar, mirando a George.

—¿Supondrá eso un problema? —inquirió Bonifacio.

—No, me parece justo.

—Lo es. Ahora bien, la fianza sí será un buen pico. El fiador querrá un diez por ciento de la cifra fijada por el juez. Es la comisión que cobra, y usted no la recuperará, ¿lo entiende?

—Sí.

—Supongo que no conocerá a ningún agente de fianzas.

—No.

—No hay problema, ya me ocupo yo. Tengo que advertirle de algo por adelantado: se le acusa de delitos graves, así que solicitarán una fianza considerable para usted. Pero, dado que conozco al ayudante del fiscal, tal vez pueda conseguir que la reduzcan. No tiene antecedentes, y eso es una ventaja.

—¿Cuándo compareceré ante el juez?

—Por la mañana. En cuanto terminemos de hablar, haré unas llamadas a la cárcel. Tendrá que pagarme a mí y al agente de fianzas antes de la vista. ¿Lleva la Visa encima?

—La tienen con mis otros efectos personales.

—No pasa nada. No hay problema. Muy bien. Intente tranquilizarse. Hablaré con usted por la mañana.

Bonifacio interrumpió la conversación de golpe, y George se quedó oyendo el tono de llamada.

Tras colgar el auricular, dio las gracias al motero por la recomendación.

El hombretón respondió con una inclinación de la cabeza y centró su atención en sus uñas.

George recorrió la celda con la mirada en busca de un lugar donde sentarse. ¡De pronto tomó conciencia de que se pasaría toda la noche allí encerrado! Abandonado a su suerte, ¿cómo se las arreglaría? Se acomodó en el sitio más limpio que fue capaz de encontrar en el suelo. Cerró los ojos y se estremeció. Se encontraba justo en el centro del cubo de basura de la sociedad. Ya era oficial: había caído más bajo que nunca. Se preguntó qué nuevo desastre le depararía el nuevo día.

Tercera parte

46

Juzgado de lo penal
Centro de Los Ángeles, California
Domingo, 6 de julio de 2014, 9.45 h

George fue conducido al interior de la sala junto con otros tres hombres. Una gruesa mampara de vidrio que llegaba hasta el techo separaba la atestada zona de asientos en la que se hallaba del tribunal. Una abertura estrecha a lo largo del cristal, a la altura del rostro de los acusados, permitía que el juez y los abogados los oyeran.

A primera hora de la mañana, George se había reunido con Bonifacio y un agente de fianzas en una sala de visitas después de que el abogado se hiciera con su tarjeta de crédito. A George le dio la impresión de que a ambos hombres los había enviado una agencia de casting. Eran altos, gordos y de higiene personal dudosa.

No recordaba haber estado tan cansado en la vida, lo que no era poca cosa teniendo en cuenta que había pasado cuatro años deslomándose en la facultad de medicina y tres como residente. Durante la noche habían llegado varios compañeros de celda más, cuyas actividades habían truncado sus esperanzas de pegar ojo aunque solo fuera unos minutos. Un hombre había intentado «acurrucarse» junto a él. El motero, a quien al parecer no le importaban las actitudes políticamente correctas hacia los gais, le había parado los pies en un terrorífico arrebato de violencia homofóbica.

Para George, la guinda del pastel había sido verse obligado a utilizar el retrete al sentir un retortijón de tripas. Estaba tan sucio que se negó a sentarse y, como pudo, mantuvo el equilibrio sobre la taza. Como si no estuviera ya bastante cohibido, sus gestos ridículos provocaron las carcajadas de sus compañeros de celda, quienes se mofaron de él llamándolo «puto aristócrata». Hasta la experiencia de conseguir papel higiénico le resultó humillante. Los carceleros lo obligaron a suplicar antes de dárselo.

George estaba hecho un asco. No se había duchado ni se había lavado los dientes. Tampoco los tres hombres que se encontraban de pie junto a él. Despedían un hedor nauseabundo, y supuso que él no debía de oler mucho mejor.

Bonifacio, un individuo tan corpulento y rollizo como el motero que se lo había recomendado, se acercó. El único punto a su favor era que estaba familiarizado con aquellos tejemanejes.

—¿Va todo bien?

George asintió.

—Me alegro. He hablado con el abogado de la acusación. El ayudante del fiscal ha asignado el caso a un tipo que conozco. A veces se porta como un capullo, pero el juez no es tan malo, así que puede que salgamos bien librados. Dado el límite de tu tarjeta, si fijan una fianza inferior a setenta y cinco de los grandes, todo irá bien.

—¿Qué probabilidades hay de eso?

Bonifacio se encogió de hombros.

—Como ya te he dicho, van a presentar muchos cargos contra ti. Podríamos estar hablando de hasta doscientos mil pavos. Pero no te desesperes: tengo buenos contactos por aquí.

El abogado sonrió. Al fijarse en sus dientes, George comprendió por qué le olía tan mal el aliento.

Víctima de la mala suerte que lo perseguía últimamente, George tuvo que esperar a que llamaran a los otros tres hombres antes de que le llegara el turno. Su nerviosismo fue en aumento al ver que ninguno de ellos conseguía la libertad bajo fianza, lo que parecía indicar que el juez no estaba de muy buen humor. Cuando por fin anunciaron el nombre de George, Bonifacio y el ayudante del fiscal del distrito a quien habían asignado el caso se pusieron en pie y se presentaron. A continuación, Bonifacio renunció a una lectura formal de los cargos y comunicó al juez que su cliente se declaraba inocente de todos ellos y que quería demostrarlo en un juicio rápido.

El juez alzó la mirada, sin duda sorprendido, y la clavó en George.

—¿No desea renunciar a su derecho a una vista preliminar en un plazo de diez días?

Los tres acusados anteriores habían renunciado a su derecho a un juicio rápido con la esperanza de que, si alargaban el proceso al máximo, el fiscal del distrito redujera los cargos para dar carpetazo al asunto. Bonifacio había explicado a George que, de acogerse a ese derecho, estaría enviando al juez el mensaje subliminal de que era inocente, una estratagema que incrementaba sus posibilidades de que le rebajaran la fianza. El abogado insistió en que era una estrategia que siempre le había dado excelentes resultados. George esperaba que tuviera razón. Quedar en libertad bajo fianza era su principal objetivo. Para defenderse de las acusaciones que pesaban sobre él, era imprescindible demostrar que alguien estaba saboteando iDoc, cosa que no podría hacer si estaba pudriéndose en un calabozo. No había un plan B.

—Su señoría, mi cliente es inocente por completo. Creemos que las acusaciones no resistirían una vista preliminar, y queremos acelerar los trámites. No renunciamos a ese derecho.

El juez bajó la vista y estudió su calendario para buscar la fecha oportuna al tiempo que George lo observaba con la cabeza dándole vueltas. Sus ojos recorrían la sala con nerviosismo mientras transcurrían los segundos. Entonces, por casualidad, reparó en un ejemplar del *L.A. Times* que estaba en la esquina de la mesa del abogado. Bajo un titular que no alcanzaba a leer aparecía una foto de la cara de Zee. «¿Qué demonios...?», pensó.

Apretó la cabeza contra la abertura para ver mejor. ¡No cabía duda de que era Zee! Desde aquel ángulo, pudo descifrar el titular: «Jugador profesional en paro muere en accidente automovilístico». El subtítulo rezaba: «Se sospecha que se trata de otro caso de fallo del acelerador del vehículo». El miedo lo dejó de una pieza. ¿Era posible que la muerte de Zee no fuese más que una terrible casualidad? Lo dudaba mucho. Los remordimientos por haberlo implicado en algo que quizá le había costado la vida lo abrumaban casi tanto como el pánico.

—¿George? George, ¿estás escuchando? —decía Bonifacio, quien lo miraba con preocupación.

—Perdón —consiguió responder—. ¿Qué?

—Han fijado la fecha del juicio para el 18 de julio —susurró el abogado—. Presta atención, o harás enfadar a ya sabes quién. Madre mía...

El ayudante del fiscal se había levantado para dirigirse al juez.

—Debido a la gravedad de los cargos, el pueblo insta al tribunal a establecer una fianza de quinientos mil dólares.

George se quedó boquiabierto. Aquella suma excedía con creces su límite de crédito. Al miedo y el remordimiento se sumó una ansiedad casi paralizante que corrió por sus venas como un fuego abrasador. ¿Estaba destinado a ingresar en prisión? ¿Cómo sobreviviría en ella? Tras la experiencia de la noche anterior, no se veía capaz. Y, después de lo que al parecer le había sucedido a Zee, escapar de las garras de las autoridades se le antojaba una cuestión de supervivencia.

El juez alzó la vista hacia el ayudante del fiscal.

—Parece una cifra excesiva, letrado. ¿Por qué tan alta?

—Debido a la gravedad de los cargos, creemos que existe un riesgo de fuga.

Bonifacio carraspeó.

—Señoría, el doctor Wilson es médico residente de cuarto año en el centro médico de la Universidad de Los Ángeles, un miembro respetable de la comunidad que jamás ha sido imputado por ningún delito ni ha recibido siquiera una multa por exceso de velocidad.

—¿Qué fianza propone usted? —preguntó el juez a Bonifacio.

—Señoría, considerando la ausencia absoluta de antecedentes penales de mi cliente, veinticinco mil dólares me parecen más que suficientes.

—Estamos hablando de un ataque contra empresas y organismos del gobierno federal relacionado con historiales médicos, señor mío —replicó el ayudante del fiscal.

El juez posó una mirada escrutadora en George antes de escribir algo rápidamente en los documentos judiciales que tenía delante. Levantó la vista.

—Fijo la fianza en cincuenta mil dólares.

A George se le doblaron las rodillas por el alivio. Bonifacio se volvió hacia él y le guiñó un ojo.

—Te sacaré de aquí en menos de una hora.

George fue puesto en libertad y le devolvieron su ropa y sus efectos personales, incluido el teléfono móvil. Pronto se halló en el soleado y caluroso exterior. ¡Dios, qué alivio! Pero entonces se acordó de Zee.

Se dirigió a toda prisa a la esquina, donde encontró un puesto de periódicos. Compró el *L.A. Times* y se sentó en el bordillo a leer el artículo. Por lo visto, el coche de Zee iba a más de 160 kilómetros por hora cuando se salió de la carretera y se estrelló contra el contrafuerte de hormigón de un paso elevado. El periodista atribuía el suceso a un defecto de fábrica del acelerador del Toyota. Al terminar el artículo, George se quedó absorto contemplando la boca de alcantarilla con las manos todavía temblorosas. Desde luego, era una coincidencia demasiado increíble para que se tratara de un accidente. Se habían producido varios casos en los que el acelerador de un Toyota había fallado, pero ¿qué probabilidades había de que le hubiese pasado a Zee? Por otro lado, si no había sido un accidente, había sido un asesinato. George nunca se había mostrado partidario de las teorías de la conspiración, pero dadas las circunstancias empezaba a pensar en ello.

Siguió sentado en el bordillo, abstraído en sus pensamientos. No veía los vehículos que circulaban ante sus ojos ni a los peatones que lo miraban de reojo al pasar. Se le había ocurrido otra posibilidad. ¿Y si a Zee no lo había matado el gobierno, una idea que el informático le había metido en la cabeza con su paranoia antigubernamental, sino un individuo o un grupo implicados en la confabulación contra los usuarios terminales de iDoc? En muchos aspectos, eso tenía más sentido. Al fin y al cabo, iDoc y Fusión eran entidades privadas.

Soltó un sonoro resoplido, sin percatarse de que había estado conteniendo la respiración mientras cavilaba sobre esa nueva teoría. En cierto modo, daba aún más miedo que la posible implicación del gobierno, sobre todo porque, de ser así, cabía esperar que estuviera más seguro en prisión que en la calle.

Se puso en pie con dificultad y paseó la vista alrededor, nervioso. Experimentó un ligero alivio al comprobar que nadie le prestaba la menor atención ahora que no estaba sentado. Sin embargo, la nueva hipótesis dio pie a otra preocupación: tal vez sería mejor que no regresara a su casa, o al menos que no durmiese allí. Si las autoridades sabían que había participado en el acceso ilegal a los servidores de iDoc, había motivos para temer que quienes habían manipulado la aplicación también estuvieran enterados.

Tras sacudirse el polvo, paró un taxi y dio su dirección al conductor. Aunque había decidido no quedarse en el apartamento, necesitaba recoger algunas cosas, y suponía que no correría un gran riesgo por permanecer allí un rato. Cuando llevaba unos minutos en el taxi y se había tranquilizado un poco, marcó el número del móvil de Paula. Si quería averiguar más sobre iDoc, necesitaría su ayuda. ¿Su amiga se la daría? Lo ignoraba, pero ella era su única esperanza.

Paula contestó al primer timbrazo, como si hubiera estado esperando su llamada.

—¿De qué vas? ¡Me dejaste plantada! ¡Me pasé una hora sentada en esa cafetería, mandándote mensajes!

—Lo siento, lo siento. El día no salió como esperaba.

Era el eufemismo del año.

—Más vale que me lo expliques... y que tengas una buena excusa —exigió ella sin rodeos.

—Estuve detenido.

Silencio. George le dio un minuto para que asimilara la información.

—Me tomas el pelo.

—Ojalá. Las últimas veinticuatro horas han sido las peores de mi vida. Sabía que me esperabas, pero no podía llamarte ni enviarte mensajes. Por si fuera poco, me han dado de baja administrativa, que es el equivalente a ser despedido, a menos que me absuelvan, lo que seguramente no ocurrirá porque soy culpable de los cargos que se me imputan.

—¿De qué narices me hablas? —inquirió Paula.

—Me detuvieron por colarme en el servidor de iDoc —dijo

George—. Fueron a buscarme diez minutos después de que hablara contigo ayer. He pasado la noche en el calabozo y acabo de salir.

—¿Dónde estás ahora mismo, George? —preguntó ella con suavidad.

—En un taxi. Voy camino de casa.

—¿De qué se te acusa exactamente?

—Como te dije ayer por la mañana, en realidad no fui yo quien se coló en la red de Fusión. Fue alguien a quien pagué por hacerlo. Un jugador profesional llamado Zee Beauregard. Sale en portada de la edición local del *L.A. Times* de hoy. —Embargado por la emoción, George tuvo que contener las lágrimas. Se quedó callado unos instantes antes de continuar—. Zee me contó que había logrado acceder a los historiales de iDoc en los servidores de Fusión.

—¿En serio? ¿Conseguisteis atravesar nuestro cortafuegos?

—Yo no. Lo hizo Zee.

Paula soltó una carcajada desprovista de humor.

—¡Con razón te detuvieron! ¿Por qué demonios lo hiciste? ¿Y por qué aparece en la prensa?

George no quería darle más explicaciones por teléfono.

—Hablemos en persona. Tengo más motivos que nunca para sospechar que la seguridad de iDoc está comprometida. Y no me refiero a la intrusión informática. Me temo que tu creación ha sido modificada y está matando gente.

—George, ¿tienes idea de lo mal que suena eso?

—Sí, lo sé. Pero quedemos en algún sitio. Te lo aclararé todo. Es incluso más complicado de lo que parece. El gobierno federal también está involucrado... hasta cierto punto. De lo contrario, no me habrían detenido tan pronto. Oye, resulta de lo más complejo. Escucha todo lo que tengo que contarte y luego decide si te lo crees o no. Pero, por favor, deja que te lo explique.

—Lo que dices me resulta inconcebible, George. Aun así, estoy dispuesta a escucharte, por nuestra amistad. No lo tomes a mal, pero recuerda que en la facultad tenías cierta tendencia a suscribir las teorías de la conspiración. Una vez incluso alegaste que era imposible que Lee Harvey Oswald actuara en solitario.

—Esa era la opinión de Pia. Yo solo la expresé para apoyarla.

—Bueno, tanto da. Cuando afirmabas que iDoc sería un competidor directo de los profesionales sanitarios, tu negatividad me parecía comprensible. Me refiero a que se te ocurre una idea genial y, en vez de que el estamento médico la haga suya, va y te la roba una compañía de seguros. Entiendo que eso pueda dar lugar al rencor. Es lo único que digo. De todos modos, si me presentas pruebas de que iDoc ha sido corrompido, te concederé el beneficio de la duda. Pero necesito saber ahora mismo qué crees haber descubierto, antes de que vayas por ahí contándoselo a otras personas.

—Te lo contaré todo, pero cara a cara. Además, necesitaré tu ayuda para asegurarme al cien por cien.

Paula suspiró y guardó silencio un momento, pensando.

—De acuerdo, quedemos.

—¡Genial! ¿Qué te parece ahora mismo?

—Vale.

—Voy en un taxi hacia mi casa, pero la verdad es que me da miedo quedarme allí.

—¿Qué hay de tu amigo? ¿Por qué sale en el periódico?

—Porque ha muerto. —A George, abrumado por la emoción, le costaba continuar—. Iba conduciendo por la autovía. Según el artículo, el acelerador de su vehículo se atascó. Era un Toyota viejo. Pero que sucediera después de la intrusión informática parece demasiada casualidad, ¿no crees? Cuando se marchó estaba aterrorizado porque pensaba que el gobierno iría a por él.

—Ven directamente a mi casa. —Paula había adoptado de pronto un tono apremiante—. ¡Ahora mismo! Puedes quedarte en la habitación de invitados. Dile al taxista que te deje en el cuatrocientos veintiocho de la calle Dieciséis. Está al norte de la avenida Montana, en Santa Mónica. No es que me crea todo esto que afirmas, pero no quiero que corras riesgos, así que ven enseguida, ¿de acuerdo?

—Antes iré a mi apartamento a buscar mi coche y a recoger algunas cosas. Créeme, tendré cuidado. Y me aseguraré de que nadie me siga hasta tu casa.

—Está bien. Si insistes... Pero ¡date prisa!

Cuando llegaron frente a su edificio, George le pidió al taxista que diera una vuelta a la manzana para echar un vistazo. Reinaba la misma calma que cualquier otra mañana de domingo, de modo que se decidió a bajar.

Entró en el bloque de apartamentos con cautela, mirando a todas partes mientras avanzaba. La zona estaba tranquila. Una vez dentro del piso, agarró el bate de béisbol que guardaba en el paragüero e hizo un breve recorrido por las otras habitaciones. Acto seguido, comprobó que todas las puertas y las ventanas estuvieran bien cerradas. Incluso echó una ojeada dentro de los armarios y debajo de la cama. Era consciente de que se estaba comportando como un paranoico, pero no podía evitarlo.

Cuando ya no le cabía la menor duda de que estaba solo, recogió los objetos de Kasey, que estaban desperdigados sobre la cama, los metió en la caja de cartón y la guardó en el armario. Estaba examinando aquellos recuerdos cuando el equipo de operaciones especiales había irrumpido en su casa. A continuación entró en el baño, echó el pestillo y se dio la ducha rápida que tanto necesitaba. Sintiéndose un poco más como un ser humano normal, sacó una pequeña bolsa de viaje e introdujo con rapidez en ella algunas pertenencias. Luego empuñó de nuevo el bate de béisbol, aunque sabía que la seguridad que le proporcionaba era puramente psicológica. Menos de quince minutos después, estaba listo.

47

Edificio de apartamentos de George
Westwood, Los Ángeles, California
Domingo, 6 de julio de 2014, 12.32 h

George salió del edificio con la bolsa de viaje en una mano y el bate de béisbol en la otra. Rodeó la piscina, en la que no había nadie salvo una joven a la que nunca había visto y que estaba tumbada en una colchoneta inflable, tostándose al sol con los ojos cerrados. La chica no movió un músculo. Hacía calor. A George se le empezaba a perlar la frente de sudor cuando atravesó la verja trasera en dirección al aparcamiento.

Antes de subir a su coche echó a andar por la calle para dar una vuelta por el barrio y cerciorarse de que no estuviera ocurriendo nada fuera de lo normal. Nunca había sentido tanta aprensión y desconfianza como en aquel momento. Aunque esperaba que nadie lo espiara, una parte de él quería detectar algún indicio de vigilancia que confirmara que su miedo estaba justificado.

Había un par de personas lavando su coche y otras paseaban a su perro como si fuera un mediodía de domingo cualquiera. A uno de los paseadores pareció molestarle que George lo observara y se quedó mirándolo unos instantes. Dos todoterrenos negros con las ventanillas tintadas estaban aparcados junto a la acera, lo que no era de extrañar ya que dichos vehículos abundaban en Los Ángeles. Aun así, George no las tenía todas consigo.

Oteó la calle durante un rato, pero nadie pareció reparar en su presencia. Incluso el paseador había seguido adelante y en su lugar había ahora un par de críos en monopatín. Se oían trinos y gorjeos de pájaros, el ladrido de un perro y las rociadas rítmicas de un aspersor, pero nada sucedió. Dándose al fin por satisfecho, George regresó a su coche.

Lanzó su pequeña bolsa de viaje al asiento trasero del Jeep junto con el bate y se acomodó ante el volante. Hizo girar la llave en el contacto, algo temeroso de que el vehículo saltara por los aires envuelto en una espectacular bola de fuego, como había visto en muchas películas. En lugar de ello, se activó el encendido y el motor petardeó hasta arrancar con su ronroneo habitual. Metió la marcha atrás, salió a la calle y se alejó, siempre atento al retrovisor para asegurarse de que no lo siguieran, sobre todo después de lo que le había pasado a Zee. No quería poner a Paula en un peligro mayor al que la había expuesto al llamarla por el móvil.

Mientras conducía y pensaba en su situación, tuvo que reconocer para sus adentros que era un completo principiante en el terreno de las intrigas. En el fondo, no tenía ni idea de lo que hacía ni de lo que alguien con medios y conocimientos podía hacer para mantenerlo vigilado. Si una persona u organización estaba interesada en seguir sus movimientos, sabría cómo evitar que él la descubriera y, puesto que el gobierno federal contaba con los recursos tácticos del FBI y la CIA, todo era posible. Con eso en mente empezó a escrutar el cielo a través del techo solar en busca de drones. Por muy descabellada que pareciera la idea, no podía quitársela de la cabeza; la paranoia se había apoderado de él por completo. Por nada del mundo quería acabar como Zee.

Principiante o no, pensó que lo mejor era obrar con prudencia, así que optó por una estratagema sencilla. Se desvió hacia el centro médico y entró en el aparcamiento de varias plantas. Una vez en el interior, encontró una plaza desde la que se divisaba el acceso y observó los vehículos que subían por la rampa. Tras un cuarto de hora sin apreciar nada sospechoso, salió del aparcamiento a una calle distinta de aquella por la que había entrado. Aceleró, bastante seguro de que nadie lo seguía.

Circuló por calles secundarias de Santa Mónica, evitando deliberadamente las vías rápidas. A medida que se acercaba, incluso consiguió relajarse un poco. Estaba deseando ver a Paula y, con un poco de ayuda, convencerla de que le echara una mano.

Cuando avistó su casa detuvo el coche junto al bordillo y se quedó mirándola. Era una hermosa vivienda de estilo mediterráneo, bastante nueva, de dos plantas, techumbre de tejas y detalles arquitectónicos de inspiración colonial. Debía de valer por lo menos tres millones, pensó George, basándose en lo que sabía sobre el mercado inmobiliario de Los Ángeles. Al compararlo con el ruinoso estado de su edificio, el hogar de Paula le parecía un ejemplo claro de la diferencia entre el valor de un doctorado en medicina y el de un máster conjunto en medicina y administración de empresas. Sabía que esos pensamientos estaban motivados por la irracionalidad y una ligera envidia; aun así, la diferencia era tan notable...

No había un camino de acceso por delante, lo que indicaba que debía de haber uno posterior. Al cabo de unos instantes, Paula apareció en la puerta delantera, con un aspecto demasiado juvenil para ser propietaria de tamaña residencia. Le hizo señas de que diera la vuelta por detrás, lo que confirmó a George en su intuición.

Avanzó obedientemente hasta el siguiente cruce, giró a la derecha y luego otra vez a la derecha hasta un callejón, donde vio a Paula de pie frente a las sombras de una puerta de garaje abierta. Su amiga agitó el brazo para indicarle que entrara con el Jeep. Él así lo hizo y se detuvo junto a lo que parecía un flamante Porsche 911 Carrera GT. Paró el motor y se apeó.

—Dadas las circunstancias, creo que es mejor que tu coche no resulte visible desde la calle —explicó ella.

—No podría estar más de acuerdo —dijo George, cogiendo su bolsa pero dejando el bate en el vehículo.

Paula fue directa hacia él y, tomándolo de los brazos, lo miró a la cara.

—¿Te encuentras bien? —preguntó, visiblemente preocupada—. Estás temblando.

George decidió que la mejor política era la sinceridad.

—No estoy seguro.

—Pareces agotado.

—Así me siento. Creo que «reventado» es la palabra que se usa ahora.

—¡Pues entremos en casa! A ver si conseguimos que te relajes un poco. ¿Tienes hambre o sed?

Aunque le soltó un brazo, Paula continuó sujetándole el otro con delicadeza mientras bajaba la puerta del garaje.

Ese recibimiento le levantó el ánimo a George. No había sabido qué esperar, pues era portador de noticias inquietantes. Siguió a su amiga hasta el patio trasero y contempló la extensión de la finca. Había una piscina, una bañera de hidromasaje integrada, una terraza grande y unos jardines cuidados hasta el último detalle. Una vez en el interior, se maravilló con la elegante decoración.

—Tienes una casa preciosa —declaró en medio de una cocina que era a la vez la sala de estar; una puerta cristalera ofrecía vistas a la piscina.

—Gracias. —Paula sonrió—. Me alegra que te guste. La compré amueblada, así que el mérito del interiorismo no es mío. —Lo guió a través de la cocina hasta una zona de invitados espaciosa y bien amueblada, con salón y baño propios—.

Te alojarás aquí. Y me imagino que te vendría de perlas una buena siesta, así que...

—Preferiría hablar primero —la interrumpió George—. Estoy demasiado acelerado para dormir.

—Está bien. Hablemos, pues —dijo ella—. Lo entiendo. Pero ¿qué tal si primero dejas la bolsa y te enseño el resto de la casa para que te sitúes? Tiene sus peculiaridades. Y después charlamos.

—Suena bien —contestó George.

Por primera vez desde su detención se sentía a salvo.

Paula lo acompañó en un recorrido rápido que a él le resultó entretenido e incluso tranquilizador, además de brindarle la oportunidad de poner en orden sus pensamientos.

La casa poseía una característica inesperada. El propietario anterior, un hombre de negocios de Oriente Medio, había construido una habitación de seguridad en el sótano al que podía accederse en cuestión de segundos desde el dormitorio principal de la primera planta a través de un tobogán bastante similar a un conducto para la ropa sucia. Este arrancaba detrás de un panel oculto de la pared y desembocaba en el sótano, justo delante de la puerta de la habitación de seguridad. Paula le explicó que, en teoría, el refugio estaba diseñado para soportar una explosión fuerte y un incendio. Aunque el agente inmobiliario lo consideraba un atractivo más de la casa, a Paula le parecía una mera curiosidad.

—¿Te apetece probar el tobogán?

George bajó la vista hacia las fauces de la rampa cóncava y torcida que se internaba en la oscuridad.

—Mejor no —dijo.

—Vamos —insistió Paula—. ¡Desmelénate un poco!

Dejándose llevar por un impulso repentino, George se lanzó. No se había deslizado por un tobogán desde tercero de primaria. Le resultó de lo más estimulante. Incluso fue capaz de reírse cuando Paula y él acabaron hechos una maraña de brazos y piernas sobre una esterilla y a oscuras hasta que ella encendió una luz.

—¿Exactamente a qué se dedicaba el propietario anterior? —inquirió George cuando pasaron frente a la puerta acorazada de la habitación de seguridad.

—Yo tenía la misma duda, pero cuando la planteé nadie fue capaz de disipármela. Según los rumores, participaba en la venta de armas y fue asesinado en un viaje de negocios el año pasado.

Subieron a la cocina. Paula tenía listos unos sándwiches y una jarra de té helado, y con todo ello salieron a sentarse en la terraza bajo un toldo amplio. Una vez que se hubieron acomodado, preguntó a George qué le había sucedido a Zee.

Él le contó lo poco que sabía, que era lo que había leído en el *L.A. Times*. Paula cargó el artículo en su iPad y lo repasaron juntos.

—Todo esto es bastante... —Paula no daba con la palabra adecuada.

—Aterrador —dijo George.

—Como mínimo —asintió ella.

Acto seguido se interesó por su noche en el calabozo.

—Seguramente fueron las peores veinticuatro horas de mi vida —reconoció él con un escalofrío.

Le describió la experiencia sin omitir detalles como el sórdido abogado que al final había conseguido su libertad bajo fianza o el compañero motero que llevaba el número del letrado tatuado en el brazo.

—Qué terrible ha sido todo el asunto —comentó Paula—, pero lo peor es la muerte de tu amigo. Y estoy de acuerdo en que la explicación del acelerador atascado que propone el periódico parece demasiado improbable.

—Y demasiado conveniente —añadió George.

—Sin duda —convino Paula llenando de nuevo los vasos

de té helado—. Bueno, hablemos de iDoc. ¿Cuál es tu teoría sobre lo que pasa?

George respiró hondo y empezó por el caso de Kasey, sin mencionar que estaba comprometido con ella. Se limitó a describirla como una persona a la que conocía bien, obviando el hecho de que se había despertado en la cama junto a su cadáver. Paula no lo interrumpió para preguntarle qué clase de relación mantenía con ella, ni él se lo aclaró. Quería decírselo, pero en otro momento.

A continuación George le habló de las otras víctimas de muertes inesperadas: Tarkington, Wong, DeAngelis y Chesney. Le explicó los vínculos que lo unían a ellos y confesó que en su investigación se había visto obligado a violar las normas de confidencialidad.

—En pocas palabras: todas esas personas participaban en la prueba beta de iDoc, y a todas les habían diagnosticado enfermedades graves y probablemente terminales, aunque no todas lo sabían.

Paula comprendió de inmediato lo que eso implicaba.

—¿Te preocupa que iDoc se haya transformado en una especie de ejecutor de enfermos terminales?

—¡Exacto! —admitió George—. Existe una pequeña posibilidad de que todo esto sea circunstancial, pero, para serte sincero, lo dudo. Creo que iDoc está matando a pacientes que necesitan un tratamiento caro que, de todos modos, no alargaría mucho su esperanza de vida.

A Paula se le congestionó el rostro.

—¡Escúchame bien! En ningún momento se nos pasó por la cabeza semejante cosa durante el desarrollo de iDoc. ¡Nunca!

—Te creo —aseguró George.

—Entonces ¿por qué te precipitas a sacar conclusiones?

—¡No me precipito, me han empujado a ello!

Ella clavó los ojos en él con escepticismo.

—Me parece que estás yendo demasiado lejos.

—De acuerdo. Deja que retroceda un poco —dijo George.

Primero le habló del artículo que había leído en una publicación especializada sobre la posibilidad de que los hackers interfirieran los dispositivos médicos inalámbricos que empezaban a proliferar. Le explicó que casi se había olvidado de esa advertencia, pero que le había vuelto a la memoria cuando habían comenzado a acaecer aquellas muertes.

—¿Tienes alguna prueba? —preguntó Paula.

—Por supuesto —respondió George, y le contó todas las penalidades que había pasado para hacerse con el depósito que Sal DeAngelis llevaba implantado bajo la piel del abdomen.

Paula escuchó horrorizada mientras él le relataba la visita a la funeraria y cómo había arremangado la ropa del cuerpo que yacía embalsamado en el ataúd.

—¡Pues sí que estabas motivado! —se admiró ella—. No puedo creer que tuvieras tanta sangre fría. Yo no habría sido capaz.

—Quería ese depósito —recalcó George—. Creía que sería clave. Había intentado examinar el cadáver en la morgue del hospital, pero me habían echado de allí.

—A pesar de todo, al final lo conseguiste.

—En efecto.

George le narró aquella penosa tarde que había pasado en el desguace y le explicó cuánto le costó encontrar el chip, tras lo que parecía una búsqueda inútil.

—O sea, ¿que ese implante es la prueba?

—No en sí mismo.

George procedió a describirle cómo se había apoderado del móvil de Sal, cuando ya tenía el de Kasey. Le contó que, aunque el iDoc de esta había sido borrado, el de Sal no, porque el teléfono había quedado dañado tras el accidente y aún conservaba algo de información. Gracias a ello había averiguado, con la ayuda de Zee, que ese móvil había recibido una orden de vaciado total.

—¿Y eso cuadraba con lo que ya sabías?

—Por completo. Al echar un vistazo al implante, comprobé que estaba vacío. Y el depósito debía durar por lo menos dos años, según el médico que lo había implantado. ¡Sal lo llevaba desde hacía solo un par de meses!

—¿Y por eso contrataste a Zee?

—Exactamente —contestó George. Añadió que cuando Zee se había colado en los servidores de Fusión no había encontrado rastros de que se hubiera enviado una orden de vaciado. Sin embargo, el teléfono de Sal indicaba justo lo contrario. Zee tampoco había detectado órdenes de vertido en las fichas de los demás pacientes—. Pero ¡cuando buscó con más detenimiento los descubrió!

—¿Qué descubrió? —preguntó Paula.

—¡Los «artefactos», como él los llamaba! Unos indicios minúsculos de que los historiales habían sido sobrescritos. Zee intuía que los habían modificado para borrar la orden de vaciado y las constantes vitales que mostraban los efectos de dicha orden. Se percató de que el mismo artefacto aparecía en los cinco historiales en el mismo momento crítico, diecisiete minutos antes de la muerte del paciente. Tenía la sensación de que se trataba de un intento de encubrir la orden de vaciado procedente de fuera del servidor.

Paula estaba atónita, furiosa, incrédula e intrigada a la vez.

—Vale, ¿y qué significa todo esto?

—Basándome en las pruebas de que dispongo, que se reducen a los datos extraídos del teléfono de DeAngelis, creo que un hacker envió la orden de vaciado y otro hacker la borró.

—Es demasiado complicado —repuso Paula, negando con la cabeza—. En medicina, cuando los síntomas son poco claros, el diagnóstico suele ser una sola enfermedad.

—Lo reconozco, no puedo estar seguro de ello, pero Zee descubrió algo más. Cuando intentó localizar al hacker, se topó con «dos servidores proxy de alto grado de anonimato». Según él, los hackers se hallaban al otro lado de esos servidores. Por lo que pudo averiguar, uno estaba aquí, en Los Ángeles, quizá en Hollywood Hills, y el otro en Maryland.

—¿Maryland?

—El servidor de Maryland es el que asustó a Zee. Según él, pertenecía a una misteriosa agencia gubernamental llamada IRU, Iniciativa de Recursos Universales. Lo único que consiguió sacar en claro respecto a la organización fue que guardaba alguna relación con la Comisión Asesora Independiente sobre Pagos que, por si no lo sabes, se creó por disposición de la Ley de Asistencia Sanitaria Asequible para ofrecer orientación sobre el control de costes de la ayuda médica prestada a personas mayores y sin recursos.

Paula parecía alicaída.

—¿Crees que se trata de una especie de plan chapucero de reducción de costes concebido por los federales?

George se encogió de hombros.

—No lo sé, pero es una de las teorías que se me ocurren. También es posible que Fusión esté detrás.

Paula se inclinó hacia delante con la cabeza entre las manos, susurrando «no» una y otra vez. De pronto recuperó la compostura, irguió la espalda y fijó la mirada en George. La ira había prevalecido sobre el abatimiento.

—Si estás en lo cierto sobre todo esto, nos encontramos ante una terrible manipulación de la que probablemente sea la innovación más importante en el terreno de la medicina hasta la fecha. ¡iDoc va a salvar a la gente, no a matarla! Va a revolucionar la sanidad, a democratizarla, de modo que dejará de consistir en el cuidado de los enfermos y se centrará en el cuidado de la salud, y todo el mundo contará durante las veinticuatro horas del día con los servicios de un profesional que lo conocerá a fondo y tendrá acceso a los diagnósticos y los tratamientos disponibles más recientes.

George no respondió. Paula había enrojecido de nuevo, y una expresión salvaje había asomado a sus ojos. Enfurecida ante la posibilidad de que iDoc hubiera sido corrompido, estaba soltando de nuevo el discurso de la presentación de ventas. Él se abstuvo de interrumpirla. Comprendía que estuviera tan conmocionada como él mismo lo había estado. Dejó que se explayara.

—¡Sabes tan bien como yo —le espetó ella— que iDoc reducirá las intervenciones innecesarias y acabará con el monopolio de los especialistas!

Le sostuvo la mirada con aire desafiante.

—Estoy de acuerdo —dijo George, intentando tranquilizarla—. Coincido con todo lo que has dicho. Pero hay un problema: las cinco muertes sospechosas. Hay que investigarlas y demostrar si fueron asesinatos o hechos circunstanciales, si tal cosa es posible a partir de los datos de que disponemos.

—¡Está bien, está bien! —exclamó Paula, pugnando por controlarse—. ¿Cómo podemos investigarlo?

George sabía que debía andarse con tiento; aquel paso era crucial.

—Tu acceso te convierte en la única persona que puede confirmar o desmentir la hipótesis. ¿Cuántas personas integran el equipo de programación de iDoc?

—No sé... Unas doscientas, creo.

—Entre esas doscientas, ¿hay alguna de la que te fíes por completo, alguien con un acceso ilimitado que pueda determinar de forma concluyente si alguien ha comprometido la seguridad del programa?

Ella negó con la cabeza.

—No soy muy amiga de ninguno de los programadores. Gracias a Langley, apenas he tenido contacto con ellos. Y, para serte sincera, la única persona clave de la que no me fío por completo es el propio Langley.

—¿Por qué?

—Ha insinuado varias veces que se me atribuye más mérito del que merezco como creadora de iDoc. ¿Y si está involucrado en un complot estrambótico para desacreditar la primera iteración y luego rescatarla?

—Pese a lo que la intuición te dice, Langley seguramente tiene demasiado que perder para intentar desacreditar iDoc. No encaja, al menos desde mi punto de vista. Deja que te pregunte otra cosa: ¿hay alguien en quien confíes al cien por cien en Fusión?

—Thorn. Es la única persona de la que me fío por completo. Y creo que estás en lo cierto: Langley tiene mucho que perder, pero aun así preferiría no hacerle ninguna consulta sobre este asunto. Creo que deberíamos ir a ver a Thorn, contarle lo que has averiguado y lo que sospechamos.

George sacudió la cabeza y torció el gesto.

—No estoy seguro, Paula, por la misma razón por la que me lo pensaría dos veces antes de acudir a Langley. El dinero, el poder y la fama que rodean iDoc son tan descomunales que al empresario que Thorn lleva dentro le costaría ser objetivo.

—No lo conoces tan bien como yo. Tiene carácter.

George hizo otro gesto de negación.

—Cuando me fijo en él, veo al hombre de negocios prototípico, más interesado en el margen de beneficios que en cualquier otra cosa —declaró George.

—Hace casi cuatro años que lo conozco, y ha sido como un padre para mí. Es un empresario, desde luego, pero tiene integridad. Confío en él sin reservas.

—¿Crees que debería dejar a un lado mi paranoia sobre el gobierno y acudir al FBI para que confirme o disipe mis temores?

Ella sacudió la cabeza.

—Podría ser que tus sospechas no fueran desencaminadas

y que el gobierno estuviera implicado de alguna manera. Sería mucho mejor hablar con Thorn. Él sabrá lo que debemos hacer. Estoy segura de que le dará tanta rabia como a mí que algún grupo esté manipulando iDoc.

George seguía sin estar muy convencido. Reconocía para sus adentros que no estaba tan familiarizado con Thorn como Paula, pero algo le decía que no debían acudir a él, por los motivos que había expuesto.

—No deja de inquietarme que la rentabilidad que iDoc pueda tener para Fusión influya más que cualquier otra cosa en Thorn.

—Oye —dijo Paula, algo decepcionada—, todos sabemos que iDoc será muy rentable para Fusión, pero esa no es la cuestión. Thorn es ante todo una persona de fuertes valores éticos. —De pronto se le ocurrió algo—. Me pregunto si no será la Asociación Médica Estadounidense la culpable. La medicina organizada verá en iDoc un competidor, sin duda. Tal vez esto no sea más que una manera complicada de crearle mala fama desde el principio.

George se quedó perplejo ante esa posibilidad. Aunque no se le había ocurrido, sabía que no era del todo inverosímil. Al fin y al cabo, a finales de los cuarenta la medicina organizada había frustrado el intento de Truman de crear un sistema sanitario nacional en Estados Unidos. Aun así, la idea le parecía prendida con alfileres.

—O el culpable podría ser cualquiera de los numerosos grupos accionistas que se reparten el pastel sanitario —prosiguió Paula—, como las grandes farmacéuticas o la Asociación Estadounidense de Hospitales, que corren el riesgo de perder mucho dinero cuando iDoc sea plenamente operativo y pasemos de la medicina curativa a la preventiva.

George asintió. Ahora que se había relajado y se sentía a salvo, le costaba cada vez más permanecer despierto; estaba a punto de caer rendido.

—Necesitas dormir —señaló Paula al advertir que a su amigo le costaba mantener los ojos abiertos. Le tendió la mano—. Vamos. ¡Es la hora de la siesta! Ya hablaremos después, durante el almuerzo. Si te parece bien, prepararé algo para que podamos comer en casa.

—Una siesta me vendría bien —admitió George. Aceptó la mano de Paula, se puso en pie y sintió un mareo momentáneo—. Me bastará con una hora, más o menos. Pero quiero decidir cómo lidiar con esta situación. Si las muertes causadas por iDoc son intencionadas, hay que evitar que sigan produciéndose. Por otro lado, tengo que prepararme para el juicio.

—¿Cuándo se celebrará?

—Pronto. En julio. No recuerdo la fecha exacta, pero sí que no falta mucho.

—Creo que deberíamos recurrir a Thorn. Cuanto más lo pienso, más me convenzo de que es la persona idónea —aseveró Paula con firmeza—. Estoy segura de que por lo menos te ofrecerá asesoramiento legal.

A George se le cerraban los párpados, pero estaba demasiado cansado para replicar. Se tambaleó, y Paula lo sujetó para que no perdiera el equilibrio.

—¡Vamos! —dijo—. Estás a punto de caerte al suelo.

Lo guió a través de la puerta cristalera hasta el interior de la gran sala. George no rechistó. En comparación con el calor que había pasado fuera, el aire acondicionado era como un regalo caído del cielo.

Una vez en la habitación de invitados, Paula cerró las contraventanas de listones de madera y retiró la colcha de la cama de matrimonio con dosel. Descolgó de la puerta del aseo un albornoz turco blanco y lo colocó plegado a los pies de la cama.

—Creo que nunca había visto a alguien tan agotado como tú en este momento —comentó—. Has llegado al límite de tus fuerzas.

George abrió la boca, pero ella le tapó los labios con los dedos.

—Chis... Duerme. Luego hablamos.

Retrocedió hacia la puerta al tiempo que George se desplomaba sobre la cama.

—Si mis temores sobre iDoc se ven confirmados —murmuró, en un último esfuerzo por mantener viva la conversación—, tendremos que acudir a los medios, diga lo que diga Thorn.

—¡Basta! —exclamó Paula desde la puerta en un tono autoritario exagerado—. ¡Ya hablaremos cuando hayas dormido!

Tras dedicarle una breve sonrisa, se apresuró a cerrar la puerta para evitar que él respondiera.

En el ambiente fresco y silencioso de la habitación, George se quitó la ropa. Con un placer inmenso, se deslizó entre las sábanas limpias y planchadas. Era una experiencia tan distinta de la que había vivido la noche anterior que se sentía transportado a otro planeta.

Justo antes de sumirse en un sueño profundo, pensó en lo estúpido que había sido al no mantener el contacto con Paula en la facultad. ¿En qué estaría pensando? La impresión que ella le causaba mejoraba por momentos, y por primera vez desde la muerte de Kasey tenía la sensación de que estaba intimando con alguien de una forma que ya no creía posible. No sabía si estaba listo para una relación amorosa, ni si Paula se mostraría muy receptiva, considerando el pasado que compartían y la situación en que él se encontraba. Como convicto en potencia y residente desempleado, sus perspectivas profesionales distaban mucho de ser prometedoras. Con todo, no pensó mucho en ello. El sueño lo arrastró como un tsunami virtual.

48

Casa de Paula
Santa Mónica, California
Domingo, 6 de julio de 2014, 19.51 h

George se despertó sobresaltado. Había estado durmiendo tan profundamente que al abrir los ojos no sabía dónde se encontraba. Enseguida lo recordó... y cobró plena conciencia de la pesadilla que estaba viviendo. «¡Dios mío!», pensó. ¡Tenía que comparecer ante un tribunal que quizá lo condenaría a años de cárcel! Tras la experiencia de una noche en la celda de detención, dudaba que fuera capaz de sobrevivir en prisión durante un período largo. Por otro lado, se podía decir que lo habían despedido del centro médico. ¿Se había ido al garete su carrera como radiólogo e incluso como médico? Su único consuelo era que estaba oculto y a salvo, al menos por el momento, en la casa de Paula Stonebrenner.

Al fijarse en el tono dorado de la luz que se filtraba por las contraventanas dedujo que estaba atardeciendo. Sorprendido, cogió su teléfono para consultar el reloj. ¡Se quedó atónito! Eran casi las ocho de la tarde. Tenía la sensación de haber dormido solo una hora, como había planeado. ¡Desde luego, no imaginaba que habían sido cinco!

Se levantó, preguntándose dónde andaría Paula y por qué no lo había despertado para compartir ese almuerzo del que le había hablado. Aunque estaba ansioso por verla, aprovechó la bonita y práctica ducha. Se había aseado en su apartamento, pero aquella experiencia le resultó mucho más placentera.

Al cabo de unos minutos se sentía limpio, fresco y bastante descansado; se había envuelto en el albornoz turco que Paula le había facilitado, si bien le venía algo grande. Salió de la zona de invitados y la encontró con su iPad en la espaciosa sala con vistas a la piscina. Unos aromas apetitosos surgían de la cocina.

Cuando reparó en su presencia, ella le dedicó una gran sonrisa.

—Veo que has vuelto del más allá. ¡Espero que tengas hambre!

—Mucha. Siento haber dormido tanto. ¿Por qué no me has despertado?

—Era evidente que necesitabas descansar.

—No te habrás quedado sin almorzar por mí, ¿verdad?

—Lo cierto es que no me ha importado en absoluto esperarte. ¡Ahora mismo voy a asar un par de filetes en la barbacoa, junto a la piscina! ¿Qué te parece?

—Me parece fantástico.

Advirtió que ella había descorchado una botella de vino. La cogió y echó un vistazo a la etiqueta. No reconoció la marca, pero parecía caro.

—¿Puedo?

—Por favor. Sírvenos a los dos. Estaba dejando que respirara un poco.

George sirvió dos copas, reflexionando sobre lo extraño que era saborear de antemano lo que prometía ser una cena agradable después del día y medio tan turbulentos que había pasado. Le producía una sensación curiosamente irreal.

Observó a Paula, que continuaba preparando la cena, aliñando una ensalada ya hecha. Cuando terminó, cogió la fuente con los filetes e indicó a George por señas que la siguiera al jardín, hasta donde estaba la parrilla. Él salió tras ella, con las dos copas.

—¿Sabes que Fusión ha estado en negociaciones directas con los Centros de Servicios de Asistencia Médica para que sus beneficiarios utilicen iDoc? —preguntó Paula mientras comprobaba la temperatura de la barbacoa.

—Sí, lo sé —respondió George.

—Tal vez por eso Zee descubrió que una agencia federal estaba conectada a los servidores de Fusión.

—Podría ser —convino George—. Me sentiría aliviado si fuera así.

Paula puso los filetes sobre la parrilla y preguntó a George cómo quería el suyo.

—Poco hecho —contestó él—. ¿Te ayudo?

—Creo que lo tengo todo controlado.

Colocó un par de mazorcas en la rejilla superior y, durante un rato, contemplaron los filetes chisporrotear mientras degustaban el vino. Cuando la carne estuvo lista, Paula la puso de nuevo en la fuente junto con las mazorcas asadas. Llevándolo todo entre los dos, entraron de nuevo en la casa.

—Cada vez estoy más segura de que debería hablar con Thorn —afirmó Paula cuando se sentaron—. Contigo o sin ti. Tú decides.

—Conmigo —dijo George, pues, aunque todavía albergaba ciertas reservas respecto a Thorn, se alegraba de contar con un plan de acción.

—Bien —comentó ella con una sonrisa—. Porque seguramente me hará un montón de preguntas que no podría responder sola. —Cambiando de tema, agregó—: ¿Cómo es eso de que te han dado de baja administrativa?

—Justo lo que te imaginas. En rigor no me han despedido, pero a todos los efectos es como si lo hubieran hecho, al menos a corto plazo.

—Si no te readmiten, ¿qué pasará con tu residencia, ahora que estás en el último año?

—Adiós a la residencia, a menos que otro programa de estudios me convalide estos años. Ignoro si eso es posible, pero si no consigo terminarla, jamás seré un radiólogo colegiado.

—¿Y eso qué significaría para tu futuro?

George se encogió de hombros. No sabía qué decir.

—¿Que habré de dedicarme a vender vitaminas? La verdad es que no tengo idea. Hablaré con Clayton. Espero que me salve el pellejo, pues es él, y no el jefe, quien dirige el programa de residencia.

—Tal vez Thorn pueda ayudarte también ya que está casado con la hermana menor de Clayton. Son cuñados.

—Una vez pregunté a Clayton por qué tenía tanto trato con Fusión, y me lo contó. Eso explica muchas cosas.

Comieron en silencio durante unos minutos.

—¡Oye! —saltó Paula de pronto—. ¡Se me ocurre una idea! Dejemos a un lado la cuestión de iDoc, la muerte prematura de Zee y tu futuro como radiólogo durante un rato e intentemos relajarnos y pasarlo bien. ¿Qué me dices? De todos modos, esta noche no podemos hacer nada para arreglar todo este lío.

George volvió a encogerse de hombros.

—Estoy dispuesto a intentarlo. Y quizá el vino me ayude. De hecho, me sorprende que tenga tanto apetito. Por cierto, Paula, todo está para chuparse los dedos.

—Gracias. En cuanto al vino, me complace comunicarte que hay mucho. —Paula llenó de nuevo las copas. De repente se le iluminó el rostro—. ¡David Spitz y Rachel Simmons! ¿Te acuerdas de ellos, George?

Desde luego que se acordaba. Habían sido amigos y compañeros suyos en Columbia. A George aquella pareja le caía muy bien, aunque siempre estaban a la greña entre sí, y salían y rompían ahora sí, ahora también.

350

—Por supuesto que los recuerdo: ¡los Roper!

Paula se echó a reír.

—¡Exacto! No te lo vas a creer: ¡se han casado!

—Pero ¿qué dices?

—¡Lo que oyes! Fui a su boda hace dos meses, en San Mateo.

George soltó un silbido.

—¡Lo que hay que ver...! Jamás lo habría imaginado.

—Nadie lo imaginaba. Ni siquiera ellos, me parece.

Entre risitas siguieron hablando de sus experiencias en común con amigos, profesores y rotaciones cuando estudiaban en la facultad de medicina de Columbia. En retrospectiva, comprendieron que habían disfrutado bastante de aquellos cuatro años de trabajo duro pero gratificante.

—¿Sabes qué? —dijo George—. Hay algo que nunca te confesé, aunque lo pensaba, y a pesar de que te daba mucho la vara con el tema. Me parecía admirable tu capacidad para compaginar los estudios de medicina y empresariales. Para mí una carrera era más que suficiente.

—Ya, bueno, trabajabas en el banco de sangre y en otros sitios. Yo no tenía que hacerlo. Mis padres me mantenían.

—Aun así, era impresionante —aseguró George. No quería hablar de su situación económica, que no había mejorado tanto como le habría gustado.

Conforme avanzaba la tarde, a ambos les sorprendió comprobar que estaban tranquilos y a gusto, a pesar de las circunstancias. La segunda botella de vino, la comida y el ambiente habían contribuido a ello. Siguieron charlando, distanciándose del pasado e incluso bromeando sobre él. Paula opinaba que quizá había tirado los tejos a George de forma demasiado descarada. Él replicó que no acertaba a explicarse por qué se había enamorado de Pia Grazdani.

—Me da vergüenza cuando lo pienso —confesó—. Era evidente que yo no le interesaba y ahora, años después, me doy cuenta de que ella seguramente no era capaz de mantener una relación normal con nadie.

A continuación explicó que Pia había desaparecido en Londres y que incluso su padre, un capitoste de la mafia albanesa de Nueva York, había tenido dificultades para averiguar qué había sido de ella.

—O sea, ¿que nadie ha tenido noticias de Pia desde entonces?

—Ni una sola —confirmó George—, aunque su padre me telefoneó hace un par de meses para decirme que por fin había recibido información esperanzadora y que se pondría en contacto conmigo cuando supiera algo más. Pero no ha vuelto a llamarme. Espero por el bien de Pia que logre encontrarla.

Se quedaron callados, mirándose y preguntándose qué pensaba exactamente el otro. Fue Paula quien rompió el encantamiento.

—Supongo que es hora de recoger todo esto.

—Buena idea —comentó George.

Tras llevar los platos a la encimera de la cocina siguieron trabajando en un plácido silencio durante unos minutos.

—¿Sabes? Me asombra que estés tan relajada como yo —reconoció George.

—Te has portado como un campeón, considerando todo lo que has pasado —dijo Paula—. Pero está claro que necesitas dormir más, aunque no seas consciente de ello.

—Oh, ya lo sé —convino George—. No me costará nada quedarme como un tronco, y más en esa cama. Es estupenda. ¿Has dormido en ella alguna vez?

—No, aún no. —Sonrió—. Como sabes, planeaba pasar este fin de semana largo en Hawái. No me esperan en la oficina hasta el martes. Tenemos tiempo de sobra para planear nuestra estrategia. Puedes quedarte aquí todo el tiempo que quieras, con confianza.

—Te lo agradezco —dijo George con sinceridad—. Es todo un detalle. No sé adónde más habría podido ir, y te aseguro que no me habría quedado tranquilo en mi apartamento.

—Me alegra poder ayudar. Y ahora, a la cama. Estoy agotada, aunque no pasé la noche en el calabozo. —Sonrió de nuevo—. Tengo zolpidem, si quieres.

George negó con la cabeza.

—Creo que no me hará falta.

Paula lo abrazó. Unos instantes después, el reaccionó y le devolvió el abrazo. Con fuerza. Al cabo de un rato se soltaron. Paula se volvió rápidamente hacia los armarios de la cocina.

—¡Muy bien! ¡Nos vemos en el desayuno!

George la observó mientras le señalaba dónde guardaba la comida y los accesorios, por si se levantaba antes que ella. Se quedaron de pie en la cocina, callados e incómodos; aunque estaban cansados, no querían que aquella velada acabara.

—En fin, buenas noches.

Paula le dio un apretón en una mano. Él correspondió con el mismo gesto.

—Buenas noches.

La siguió con la mirada mientras subía la escalera hacia el dormitorio principal, y luego se encaminó hacia la habitación de invitados.

49

Casa de Paula
Santa Mónica, California
Domingo, 6 de julio de 2014, 23.53 h

Pese a que George seguía estando exhausto, descubrió que, después de haber dormido cinco horas por la tarde, le costaba conciliar el sueño. Había apagado la luz y se había metido en la cama, pero en cuanto cerró los ojos todos los temores sobre su futuro lo asaltaron de nuevo. Si bien había dejado descansar su mente al no pensar en iDoc, Zee, sus preocupaciones legales y la baja obligatoria del programa de residencia, en la cama no resultaba tan fácil. Por más que se esforzaba, no podía dejar de cavilar, pese a que no tenía respuestas y, como Paula había dicho, no había manera de resolver nada esa noche.

Tras dar vueltas y vueltas en la cama durante cerca de una hora, encendió la luz de nuevo. Se levantó, se arrebujó con el albornoz para protegerse del fresco del aire acondicionado y se acercó con los pies descalzos a una estantería empotrada. Paula la había llenado de novelas y libros de no ficción. Echó un vistazo a los títulos en busca de algo que leer. No se sentía exigente, solo necesitaba distraerse. Sacó un ejemplar gastado de *Los cañones de agosto*, de Barbara Tuchman. Se recostó en la cama dispuesto para la lectura con la esperanza de que le entrara el sueño. Sin embargo, no tardó en darse cuenta de que el libro estaba demasiado bien escrito y era demasiado interesante. Varios capítulos más adelante, decidió que debía buscar otra cosa. Iba a levantarse cuando le pareció oír unos golpecitos. Aguzó el oído y los percibió de nuevo.

Al abrir la puerta que comunicaba con la zona principal de la casa le sorprendió ver a Paula allí de pie, también en bata, con la mano en alto y a punto de llamar de nuevo. Ella se sobresaltó por la brusquedad con que se había abierto la puerta. Ambos rieron, ligeramente avergonzados.

—Siento molestarte, pero desde mi habitación se ve la ventana del cuarto de invitados, y he reparado en que tenías la luz encendida. No sabía si dormías o no, y no quería despertarte; pero, como no podía pegar ojo, he pensado bajar para preguntarte si a ti te pasaba lo mismo. Si tienes insomnio, puedo hacerte compañía durante un rato.

—¡Genial! ¡Pasa! —George soltó una risita—. Vaya, tiene gracia. Estoy invitándote a entrar en tu propia suite de invitados.

Paula lo siguió hasta la pequeña sala de estar.

—¿Sabes? A pesar de las circunstancias que nos han reunido, lo he pasado muy bien esta noche.

—Yo también —aseguró él.

Ella se sentó en el sofá, con las piernas dobladas bajo el cuerpo.

—No dejaba de darle vueltas a la cabeza. Y no solo por los sucesos relacionados con iDoc. Esta noche... Bueno, no he sido tan sincera contigo como debería.

George arqueó las cejas.

—Continúa.

—Cuando hablábamos de la relación que mantuvimos en la facultad, no te he dicho la verdad sobre cuánto me había enfadado contigo. —Paula bajó la mirada hacia sus manos, que tenía sobre el regazo—. En aquel entonces creo que fue por una cuestión de amor propio. Decidí que no quería volver a saber nada de ti fuera del ámbito académico.

—Paula, lamento lo que ocurrió. Como te he contado, al mirar atrás no entiendo mi propio comportamiento. De verdad.

—Tardé unos tres años en superarlo, aunque no del todo. Cuando me llamaste durante el verano de tu primer año de residencia y mi primer año aquí, y me pediste que nos viéramos, estuve tentada de decirte que no y de confesarte lo furiosa y dolida que estaba, pero, sin apenas pensarlo, decidí dejarlo correr. ¿Te acuerdas de qué hablamos?

George creía recordarlo; había parloteado sin parar sobre Pia.

—Te pasaste todo el rato lamentándote de que Pia no te devolvía las llamadas ni los mensajes de texto o de correo electrónico, de lo preocupado que estabas y... bla-bla-bla.

George torció el gesto.

—¿Eso hice? —preguntó; sabía que era cierto.

—Sí, eso hiciste. Estuviste toda la tarde así, reabriendo las heridas que tenía desde el primer año de carrera.

—Lo siento. Me porté como un auténtico idiota. Pero he madurado un poco. —No explicó que había madurado gracias a Kasey.

Conforme la conversación proseguía, Paula aprovechó la oportunidad para desahogarse como no había hecho hasta entonces. George, arrepentido, se disculpaba y le pedía que entendiera que su conducta derivaba de aquella especie de adicción que padecía, y que cuanto más lo rechazaba Pia, más se esforzaba él por conseguir que la relación funcionara. Puesto que esa noche estaban poniendo las cartas boca arriba, George decidió sincerarse respecto a Kasey.

—No había mencionado que Kasey Lynch, la primera víctima del fallo de iDoc, era mi prometida —murmuró—. Estaba participando en la prueba beta de iDoc cuando le diagnosticaron un cáncer de ovario avanzado, en estadio tres —dijo; omitió que había despertado junto a su cuerpo sin vida.

Paula se quedó boquiabierta.

—¡George, cuánto lo siento! ¡Yo aquí hablando de mis sentimientos heridos hace siete años, y tú has perdido a tu prometida, quizá a causa de algo que yo ayudé a crear! —Exhaló un suspiro—. ¿Cuándo falleció?

—Hace unos meses.

—¿Aún estás de duelo? Qué pregunta, claro que lo estás. Solo han pasado unos meses.

—Supongo que siempre estaré de duelo, pero me he resignado a la idea de su muerte, salvo por el hecho de que fue tan precipitada. Es una de las razones por las que tengo que averiguar qué está ocurriendo con exactitud. ¿Podemos hacerlo juntos?

—Sí, George. —Le tomó una mano y le dio un apretón suave.

Él se inclinó hacia ella y la estrechó contra sí. Le resultó evidente que esa vez ninguno de los dos se sentía cohibido por el abrazo. Se prolongó largo rato y culminó en un beso tímido. Ese beso llevó a otro y, para sorpresa de ambos, la atracción mutua que sentían desde el día que se habían conocido prevaleció sobre sus reservas y sobre las circunstancias que los habían reunido de nuevo.

Con cierta desesperación, los dos viejos amigos se aferraron vacilantes el uno al otro antes de dar rienda suelta a sus instintos, arrancándose la ropa. Se dejaron caer en la cama con dosel y se devoraron mutuamente, haciendo el amor de forma frenética y apasionada. Durante unos momentos celestiales dejaron que su mente y su cuerpo quedaran absortos en el acto de proporcionar y recibir placer. Un rato después, fundidos en un abrazo como si temieran que aquello no fuera más que un sueño y que el otro desapareciera de pronto, se sumieron, exhaustos, en un sueño sublime.

50

Casa de Paula
Santa Mónica, California
Lunes, 7 de julio de 2014, 3.23 h

Una explosión sorda provocó que una onda expansiva recorriera la casa, haciendo vibrar las ventanas y despertando a George y a Paula. Ambos se quedaron atontados unos instantes, sobre todo George, que ni siquiera sabía dónde estaba, como después de su siesta.

Se disparó una alarma con un pitido fuerte, intermitente y desagradable que resonó por el edificio. Se miraron, preguntándose si la causa era un terremoto. Reinaba una oscuridad casi absoluta. La escasa luz que había era la que se colaba entre los listones de las contraventanas desde la piscina.

Paula fue la primera en reaccionar. Se levantó de un salto y, con la bata de seda ondeando tras ella, se dirigió con paso veloz hacia una pequeña pantalla LED de seguridad instalada en la pared e introdujo rápidamente una clave.

Tras levantarse, no sin esfuerzo, George se le acercó.

La pantalla arrojó algo de luz a la habitación y mostró un plano de la casa. Un punto luminoso parpadeaba en la entrada principal.

—Han forzado la puerta delantera —dijo Paula con voz ronca; no daba crédito a lo que ocurría.

En la pantalla se sucedieron imágenes reales captadas por las cámaras de seguridad de toda la finca. Paula tecleó una orden y apareció la puerta principal. La explosión la había destrozado. Tras la humareda, se entreveía una figura armada y vestida de negro de la cabeza a los pies que parecía montar guardia en la entrada.

—¡Dios mío! —jadeó Paula.

Introdujo otra orden, y la pantalla mostró la escalera principal y luego el pasillo de la primera planta. Otras tres figuras de negro avanzaban a toda prisa hacia el dormitorio principal.

El teléfono rompió a sonar. Paula recogió el auricular de inmediato.

—¡Confirmado! ¡Hay intrusos en la casa!

—¡Diez cuatro! —oyó George que decía una voz al otro lado de la línea—. ¡La policía va de camino!

Paula soltó el teléfono y se volvió hacia George.

—¡Tenemos que refugiarnos en la habitación de seguridad! ¡Ya!

—¿Cómo llegaremos allí? —balbució George mientras se apresuraba a ponerse el pantalón; su desnudez lo hacía sentirse aún más vulnerable, si cabía.

Paula posó la vista de nuevo en la pantalla. Ambos vieron que los desconocidos salían en tropel del dormitorio principal y se detenían, como indecisos respecto a qué hacer a continuación.

—Me buscan a mí —susurró Paula por encima del sonido de la alarma—. ¿Quiénes diablos son?

—¡A saber! No pueden ser del FBI o de operaciones especiales.

Recordó que los miembros del equipo que había irrumpido en su apartamento llevaban el logotipo del cuerpo al que pertenecían en el uniforme. Los tipos de negro, no.

En la pantalla, uno de ellos llamó por lo que parecía un teléfono móvil.

—Sígueme —susurró Paula—. Podemos subir a la primera planta por una escalera secundaria que está justo detrás de la habitación de invitados.

—¿Seguro que es buena idea, teniendo en cuenta que el refugio está en el sótano?

Paula señaló el monitor con un movimiento de la cabeza.

—Ya han revisado el dormitorio principal. Debemos ir allí y utilizar el tobogán oculto.

George asintió en señal de que había entendido.

Salieron con sigilo de la suite de invitados, y Paula lo guió de la mano hasta la escalera secundaria, que se hallaba tras lo que parecía una puerta de armario. Una vez allí, comenzaron a subir despacio los escalones de madera oscura. Cuando llegaron arriba, Paula se detuvo en seco y se agachó, lo que ocasionó que George chocara contra ella y estuviera a punto de caer al suelo. Paula apuntó hacia delante, donde una silueta negra apostada en lo alto de la escalera principal, al final del pasillo, se interponía en su camino. Como no les quedaba otra opción, se acurrucaron entre las sombras, en el rellano de la escalera secundaria, y esperaron. El estridente pitido de la alarma cesó tan de repente como había empezado.

Se oyó un silbido procedente de la planta inferior, y el hombre bajó velozmente la escalera.

—Ahora —musitó Paula.

Se abalanzó hacia delante e hizo señales apremiantes a George para que la siguiera. Avanzó a paso ligero por el pasillo hacia el dormitorio principal.

Al oír pasos, el hombre que acababa de descender por la escalera alzó la mirada y los sorprendió escabulléndose en la penumbra.

—¡Alto ahí! —bramó.

Ellos siguieron corriendo hacia el dormitorio sin hacerle caso.

El hombre subió los peldaños de dos en dos.

—¡Ya los tengo! —gritó a sus compañeros—. ¡En el dormitorio principal!

George y Paula irrumpieron en la habitación y dieron un portazo en las narices a su perseguidor. George apuntaló la puerta con su cuerpo mientras Paula echaba el cerrojo.

El intruso lanzó todo su peso contra la puerta, pero esta tenía refuerzos de acero, otra de las medidas de protección que había tomado el propietario anterior, para alivio de George y Paula. El hombre del pasillo la embistió repetidas veces, golpeándola presumiblemente con el hombro. La puerta se estremecía, pero resistía.

El dormitorio principal estaba casi a oscuras, pues solo una luz muy tenue se filtraba entre las cortinas que cubrían las cristaleras correderas que daban a un balcón con vistas a la zona de la piscina. Paula se acercó al panel de madera que cubría el conducto, con George agarrado a su camisón. Tras localizar el tirador ingeniosamente camuflado en las molduras del panel, abrió de un tirón la portezuela del tobogán. Un aire húmedo y rancio que contrastaba con el ambiente climatizado de la habitación salió del conducto.

Paula sujetó a George del brazo y lo empujó hacia la enorme y negra boca del tobogán. Él vaciló. Lanzarse sin pensar por un agujero oscuro lo asustaba, a pesar de que ya lo había hecho antes. Por otro lado, en aquella ocasión el dormitorio no estaba a oscuras.

—¡Vamos! —ordenó Paula con aspereza.

El tipo del pasillo continuaba aporreando la puerta con golpes estruendosos. Esa vez se oyó el sonido de madera que se astillaba. George comprendió que aunque la puerta resistiría, el marco estaba a punto de ceder.

Consciente de que no podía dudar un segundo más, se arrojó de cabeza por el conducto. Se deslizó por las paredes de metal pulido y, al cabo de solo unos instantes, aterrizó en el suelo acolchado del sótano. En aquella negrura absoluta buscó a tientas algún objeto reconocible. Cuando empezaba a ponerse en pie, Paula chocó con él e hizo que perdiera el equilibrio y acabara a gatas en el suelo.

—Perdona —se disculpó.

—No pasa nada.

George se puso en pie con dificultad y comenzó a avanzar muy despacio hacia la habitación de seguridad; movía los brazos extendidos de un lado a otro con la esperanza de tocar algo que lo ayudara a orientarse.

Notó la mano de Paula en la parte baja de la espalda, empujándolo hacia la puerta del refugio. Entonces, por segunda vez esa noche, se quedaron estupefactos. Y en esa ocasión fue por algo incluso más terrorífico que la explosión de una puerta.

51

Casa de Paula
Santa Mónica, California
Lunes, 7 de julio de 2014, 3.31 h

George y Paula estaban paralizados, parpadeando ante una luz cegadora enfocada directamente a sus ojos. De inmediato se les echaron encima varios de los intrusos, que los asieron y les sujetaron las manos detrás de la espalda con bridas de plástico. Fueran quienes fuesen aquellas personas, tenían prisa. Nadie decía una palabra.

—¿Quiénes sois y qué queréis? —quiso saber Paula.

Ahora que el nerviosismo de la persecución había remitido, su terror había cedido el paso a la rabia.

Por toda respuesta los hombres les taparon la cabeza con unas bolsas negras. Acto seguido los llevaron a toda prisa, medio a rastras, medio en volandas, hasta la escalera, donde los hicieron a subir a empujones hasta la planta principal. Con la misma celeridad, los obligaron a salir por la puerta principal. Ellos crisparon el rostro de dolor al pisar con los pies descalzos la grava del camino que conducía hasta el callejón.

Paula comenzó a gritar, pero recibió un golpe de porra en la espalda.

—Vuelve a hacer eso y te quedas sin dientes —le advirtió con desdén uno de sus captores.

George oyó la amenaza y se quedó callado. Poco después los hicieron subir a una furgoneta, los tumbaron sobre el suelo de metal y los taparon con lo que debía de ser una manta gruesa. Unos instantes más tarde alguien cerró la puerta de golpe, y ambos notaron que el vehículo se ponía en marcha y avanzaba despacio por el callejón. Al cabo de unos segundos aceleró con brusquedad por la calle despejada. Tanto George como Paula intentaron cambiar de posición para respirar mejor.

Sus movimientos les valieron un castigo inmediato. Notaron que las botas de sus captores los pisaban con fuerza para mantenerlos inmóviles. Oyeron una sirena de policía a lo lejos, pero el ulular se fue apagando en la distancia conforme la furgoneta avanzaba en la dirección opuesta.

«Y esa era la policía que iba a ayudarnos», pensó George, desanimado. No encontrarían más que una casa vacía.

Al cabo de unos minutos se atrevió a susurrar:

—Lo siento. Me temo que yo te he metido en esto. Intenté cerciorarme de que no me hubieran seguido.

—Deben de haber localizado tu coche por GPS —respondió Paula en voz igual de baja.

—Tal vez —admitió George; no se le había ocurrido que podían seguirle la pista por medio de señales inalámbricas.

—Aun así, no es culpa tuya. Lo siento yo también —añadió ella.

—¡Silencio! —les espetó uno de los hombres que tenían encima; la presión de las botas aumentó.

George notaba que circulaban a gran velocidad por las calles de la ciudad, que a aquella hora tenían poco tráfico. Pese a la advertencia anterior, trató de ponerse más cómodo, con lo que obligó a Paula a hacer lo mismo.

—¡Quietos! —ordenó uno de los captores.

Mientras proseguían el trayecto en silencio, George intentó no pensar en lo que iba a ocurrirles o en el motivo de su secuestro. Sus captores parecían profesionales muy bien entrenados, a juzgar por la eficiencia con que actuaban sin necesidad de comunicarse entre sí. Como no lucían identificación alguna, se preguntó si serían agentes secretos del gobierno, pero llegó a la conclusión de que eso no tenía sentido, pues él ya había sido detenido. De hecho, la única agencia gubernamental que obraría de ese modo era la CIA. Le parecía muy inverosímil que alguien creyera que Paula y él eran terroristas que debían ser enviados a Guantánamo o a algún sitio por el estilo.

Después de unos cuarenta y cinco minutos de recorrido sobre lo que a George le parecían las calles llanas de Los Ángeles, empezaron a ascender por una cuesta. Era tan empinada que la gravedad los empujaba hacia atrás. Sospechaba que subían por uno de los numerosos desfiladeros de la ciudad. No oía conversaciones entre los secuestradores, lo que parecía indicar que tenían claro adónde se dirigían.

De pronto la furgoneta redujo la velocidad y, al parecer, tomó un desvío. George supuso que ya no circulaban sobre el asfalto, a juzgar por el crujido que producían las ruedas. Luego el vehículo se detuvo y George oyó un chirrido amortiguado como el de una verja que se abría. Aguzó el oído para intentar formarse una idea más precisa de dónde estaban. La furgoneta arrancó de nuevo y avanzó sobre la grava. Al cabo de un par de minutos volvió a frenar. Esa vez se apagó el motor y, unos momentos después, se abrieron las puertas, incluidas las de atrás.

De inmediato George percibió una ráfaga de aire seco. Hacía bastante más frío allí que en la casa de Paula, en Santa Mónica. Teniendo en cuenta la duración del viaje, la diferencia de altitud y el cambio de temperatura, conjeturó que se hallaban en alguna parte de Hollywood Hills. Quizá se trataba de la ubicación donde Zee había localizado uno de los servidores proxy que habían tenido algo que ver con la sobrescritura de las órdenes de vaciado de iDoc.

Los captores retiraron el cobertor que tenían encima y los sacaron del vehículo, otra vez medio en volandas, medio a rastras. Una vez en el exterior, los dos se quedaron tiritando en el frío de la noche hasta que les echaron unas mantas sobre los hombros. Eso por sí solo les infundió cierto optimismo. Si a los secuestradores les preocupaba su bienestar, la situación no era tan desesperada. A empujones, los obligaron a caminar sobre la grava hasta un suelo pavimentado que supuso un alivio para sus sensibles pies.

Mientras avanzaban, George alcanzaba a atisbar un tramo de la acera a través de la abertura en la parte inferior de la bolsa que le tapaba la cabeza. Había una hilera de luces a lo largo del camino. Oyó el aullido de un coyote a lo lejos justo antes de que entraran en un edificio iluminado y los obligaran a detenerse. De forma inesperada, les quitaron las capuchas. Ambos se quedaron atónitos al ver ante sí a los cinco secuestradores con el rostro descubierto.

Eran hombres altos, de constitución fuerte y razas diversas con el cabello muy corto, lo que hizo pensar a George en las fuerzas especiales. Todos llevaban pistoleras. El hecho de que no ocultaran la cara le provocó un escalofrío. Sabía que los secuestradores nunca mostraban el rostro si existía alguna posibilidad de que las víctimas fueran liberadas una vez pagado el rescate. Puesto que sus captores no iban enmascarados, temió que no albergaran la intención de dejarlos en libertad. Cuando intentó analizar las otras posibilidades y no se le ocurrió ninguna, un estremecimiento de terror lo recorrió de nuevo.

Paula, aunque visiblemente asustada, lanzó una protesta airada.

—¿Qué coño está pasando? ¿Quiénes sois? ¿Por qué nos habéis traído aquí? ¡No podéis ir por ahí secuestrando a quien os dé la puta gana!

George se encogió al oírla. Le preocupaba que estuviera ganándose la paliza con que la habían amenazado antes.

Los hombres de negro no respondieron. Saltaba a la vista que estaban aguardando. «Aguardando ¿qué?», se preguntó. Miró en torno a sí y advirtió que se encontraban en una espaciosa recepción o sala de espera. El lugar tenía un aire inequívocamente institucional. Todo era blanco, de color tostado o gris. Los muebles eran anodinos y en absoluto contemporáneos, quizá de los años cincuenta o sesenta. El suelo estaba hecho de algún tipo de material compuesto, como linóleo anticuado. Había revistas viejas desparramadas en mesas auxiliares. La iluminación procedía de hileras de lámparas fluorescentes empotradas que emitían una luz dura.

De súbito una puerta se abrió y aparecieron tres hombres y tres mujeres. Todos eran de mediana edad y llevaban pantalón y camisa blanca bien planchados. No hablaban, y desde luego no sonreían. El grupo, heterogéneo desde el punto de vista étnico, estaba integrado por un par de personas afroamericanas, una blanca, dos latinas y una asiática. George no tenía idea de qué implicaba eso, si es que implicaba algo. Presentaban un rasgo en común: eran altos y musculosos; parecían capaces de reducir a cualquier díscolo en caso necesario.

A George y a Paula les resultó evidente de inmediato que los esperaban. Sin mediar palabra, los hombres de negro saludaron a los celadores recién llegados con una inclinación de la cabeza antes de perderse en la oscuridad de la noche. Al parecer, su misión había concluido.

Paula los observó alejarse y, cuando se recuperó de la impresión, se volvió hacia los celadores y se embarcó en una versión modificada de la furiosa perorata que había endilgado a los secuestradores.

—¿Dónde estamos? ¿Por qué nos han traído aquí? ¡Esto es de locos! Nos han secuestrado.

Los guardas no se inmutaron. Las mujeres la arrastraron hacia la puerta por la que habían salido.

—¡Soltadme! —chilló Paula—. ¡No pienso entrar ahí! ¿Qué mierda de sitio es este?

—Señora —dijo una mujer con serenidad—, se encuentra en un centro psiquiátrico de desintoxicación.

—¿Qué? ¿Por qué? —quiso saber Paula, con más rabia que miedo; intentó plantarse.

Al parecer, los celadores estaban habituados a lidiar con actitudes así. Una se sacó una jeringuilla del bolsillo.

Paula la miró con los ojos desorbitados y se sosegó. No quería que le inyectaran un tranquilizante.

—¡Vale, vale! Me rindo.

Con paso vacilante, dejó que la condujeran hacia el interior del centro.

—¡Todo saldrá bien, Paula! —le gritó George—. ¡Por el momento, haz lo que te pidan!

La mente le iba a mil por hora, intentando dilucidar qué estaba sucediendo. Dos celadores hombres lo agarraron de los brazos y lo obligaron a seguir a Paula.

Oyó que la pesada puerta se cerraba tras ellos con un estruendo metálico que denotaba lo impenetrable que era. A continuación, resonó un chasquido que indicaba que había quedado bien asegurada.

Paula lo oyó también, y la histeria estuvo a punto de adueñarse de ella. Intentó detenerse y liberarse de las manos de las celadoras.

—¡No lo entendéis! —vociferó—. ¡Estamos aquí contra nuestra voluntad! ¡Los gorilas que nos han traído nos han secuestrado! ¡Hay que llamar a la policía!

Sin abrir la boca, las celadoras la sujetaron con más fuerza y la obligaron a seguir adelante.

Ella clavó una mirada de incredulidad en sus semblantes inexpresivos.

—¡Os digo que nos han secuestrado! ¿Es que no lo entendéis?

—Sí, lo entendemos —respondió la celadora de la jeringa—. Oímos eso a menudo. Es lo que suele decir la gente cuando la traen aquí.

Paula y George se quedaron sin habla al oír ese comentario. Ella lo miró con aire inquisitivo. Él adoptó una expresión de desconcierto absoluto. Ninguno de los dos sabía cómo reaccionar.

—¡Por favor! —dijo la celadora—. ¡Pongan un poco de su parte! Hacemos esto por su bien. Tenemos que ponerlos cómodos.

Paula cedió, de mala gana.

Atravesaron un espacio común con una decoración similar a la de la recepción. No había ni rastro de otras personas. Los guardas los escoltaron en silencio por un pasillo largo e intensamente iluminado. Paula parecía haberse resignado a la situación. Llegaron ante una puerta, que una de las celadoras abrió con una llave engarzada en una anilla que, a su vez, estaba sujeta a sus pantalones por medio de un pasador. Por señas indicó a Paula que entrara.

Esta se quedó frente a la puerta, indecisa, y George dio un paso al frente para echar un vistazo al interior. Era una habitación pequeña, de unos tres por tres metros, toda ella blanca y sin más muebles que una cama y una silla. No había ventanas. George sintió un empujón en la espalda y avanzó por el pasillo.

Llegaron hasta sus oídos las protestas de Paula, que se negaba a entrar en la habitación. Una de las mujeres le advirtió que, o colaboraba, o la sedarían. Fue lo último que George oyó antes de que lo hicieran detenerse frente a la puerta de una celda similar a la de Paula.

—Después de usted —le dijo el celador.

George entró en la habitación. Estaba vacía, salvo por una cama y una silla. Las blancas paredes carecían de adornos y ventanas. Había un baño sin puerta, provisto de retrete, lavabo y una ducha sin mampara ni cortina, con un desagüe en medio del suelo. La palabra «manicomio» le vino a George a la mente.

Sobre la cama había unas prendas que parecían ropa de hospital. Eran de un anodino azul grisáceo. También había unos calzoncillos, calcetines y zapatillas. George alzó la vista. En el centro del techo había una pequeña cúpula invertida de cristal oscuro, tras la que supuso que se ocultaba una cámara de videovigilancia.

Otro celador entró tras él y cortó con unas tenacillas la brida de plástico que le sujetaba las manos. Cuando se miró las muñecas, George vio que las esposas le habían dejado unas marcas profundas, si bien no le habían hecho heridas.

—Vístase —ordenó el tercer celador señalando la ropa dispuesta sobre la cama.

—¿Podrían decirme dónde estamos y por qué nos han traído? —se atrevió a decir al fin George, intentando mantener un tono tranquilo.

—Lo sabrá por la mañana —contestó el hombre, impasible, como si le hablara a un niño.

—Sé que les dicen esto a menudo, pero es cierto que nos han secuestrado.

El celador asintió y señaló de nuevo la ropa.

—Póngase eso, por favor. Y sí, nos cuentan esa historia constantemente. Casi todas las personas que traen aquí afirman haber sido secuestradas y, en cierto modo, es verdad.

—¿Qué otras personas? —inquirió George, aunque se lo imaginaba; supuso que se trataría de pacientes con adicciones graves cuyas familias habían recurrido a una terapia forzosa.

—Por favor, relájese. Mañana le explicarán todo lo que quiere saber. Le sugiero que, mientras tanto, duerma un poco.

George le planteó más preguntas, pero fue en vano. El celador se limitó a repetirle que tendría que esperar al día siguiente para obtener respuestas. Dicho esto, los tres guardas dieron media vuelta y se marcharon. George oyó otro chasquido cuando echaron la llave.

Se sentó en la cama con la mirada fija en la puerta y una ligera sensación de claustrofobia. Se levantó para probar suerte con el pomo. «Nunca se sabe —le insistía su cerebro—. Podría ser que por algún milagro estuviera abierta.» Hizo girar el tirador y lo sacudió, pero la puerta no se abrió. Se acercó a la pared que, según creía, compartía con la celda de Paula y pegó una oreja; no percibió nada. Dio unos golpecitos con los nudillos. Casi de inmediato oyó una respuesta apagada. Supuso que la pared era gruesa y estaba insonorizada. Gritó el nombre de Paula, pero solo le respondió el silencio.

A continuación echó una ojeada al baño. No descubrió nada que no hubiera visto un rato antes. Tenía un aspecto funcional y no había objetos afilados con los que pudiera hacerse daño. Regresó a la habitación y se sentó de nuevo en la cama. El corazón aún le latía con fuerza por el mal trago del secuestro. ¿Qué demonios estaba pasando allí? ¿Qué otra desgracia podía sobrevenirle después de haber sido detenido, encerrado en un calabozo y ahora recluido contra su voluntad en una institución psiquiátrica?

Se recostó, inquieto por el lío en que había metido a Paula. Tenía la paranoica impresión de que todas las mujeres que se relacionaban con él —Pia, Kasey y ahora Paula— acababan sufriendo unas consecuencias horribles.

Sintiéndose tan acelerado como si hubiera consumido mucha cafeína, se levantó y echó a andar de un lado a otro de la celda. Se burló en silencio del consejo del celador de que durmiera un poco. Le resultaría imposible conciliar el sueño en ese estado. Entonces se percató de que no había interruptores para apagar o al menos reducir la intensidad de la luz. Se preguntó si aquella celda estaba concebida para personas que estaban bajo observación por riesgo de suicidio. Otra parte de él se preguntó qué importancia podía tener eso. ¿De verdad obtendría todas las respuestas por la mañana, o los celadores solo pretendían apaciguarlo con promesas vacías? Entonces lo asaltó la duda de si alguien lo echaría en falta y lo buscaría. Otra pregunta deprimente.

Al cabo de un rato, acostado en la cama, cerró los ojos para protegerlos de aquella luz brillante, pero no consiguió despejar su mente. ¿De verdad podían mantenerlo oculto allí durante un tiempo indeterminado? ¿Era posible una cosa así en pleno siglo XXI? Por desgracia, creía que sí. La única persona que se le ocurría que quizá querría investigar su paradero era el agente de fianzas.

De pronto notó que se le inundaban los ojos de lágrimas. Se tapó la cara con las manos y se entregó al llanto durante unos minutos antes de recuperar el aplomo. Lo que lo ayudó a salir de la desesperación fue pensar en Zee. Tenía que reconocer que, por terrible que fuera su situación, era mejor que la de Zee, que estaba muerto. ¿O tal vez no?

—¡Tranquilízate! —se dijo George en voz alta.

Se puso en pie y comenzó a correr sin moverse del sitio. Sabía que tenía que controlarse y esperaba lograrlo por medio del cansancio físico. Cuando consideró que ya estaba lo bastante sofocado, se dejó caer al suelo e hizo una serie de veinte flexiones.

Al terminar, se sentó otra vez en la cama. Aunque estaba sin aliento, había recuperado en parte el dominio de sí mismo. Incluso le pareció que tal vez conseguiría relajarse.

52

Centro psiquiátrico
Hollywood Hills, Los Ángeles, California
Lunes, 7 de julio de 2014, 8.15 h

George se despertó sobresaltado al oír un fuerte chasquido. Se incorporó de golpe, sorprendido de haber podido dormirse. La puerta se abrió, y tres robustos celadores entraron en la habitación. Uno de ellos llevaba una bandeja con comida.

—¿Qué hora es? —preguntó George.

—Las ocho y cuarto.

—¿Y mi amiga?

—Se encuentra bien. También está desayunando.

Eso lo alivió, aunque no estaba muy seguro de por qué se fiaba de aquel hombre.

—¿Cuándo sabré dónde estoy o, puestos a preguntar, por qué estoy aquí?

—Coma. Volveremos dentro de media hora.

Los tres celadores giraron sobre los talones y se marcharon.

«¡Genial! Cuántas respuestas», pensó George. Bajó la vista hacia la bandeja: había huevos con beicon, pan tostado, zumo de naranja y café. No tenía mala pinta, suponiendo que no le hubieran echado veneno o algún narcótico. Incluso había un ejemplar del *L.A. Times* en la bandeja. «Qué detalle», se dijo George. Bebió el zumo y picoteó la comida, sin mucho apetito. Leyó el periódico por encima sin encontrar ninguna nota sobre un secuestro o un allanamiento en Santa Mónica, o alguna novedad sobre la muerte de Zee.

Tras utilizar el retrete y lavarse la cara, se dirigió hacia la pared que separaba su habitación de la de Paula y dio unos golpecitos de nuevo. Como respuesta, se oyó un repiqueteo amortiguado. Volvió a pronunciar su nombre en alto, pero no percibió sonido alguno. Sin un reloj a mano, no sabía cuánto más tendría que esperar. Al poco rato alguien llamó a la puerta, justo antes de que esta se abriera otra vez. Los tres celadores de antes entraron.

—¿Listo?

A George se le ocurrieron varias réplicas, pero decidió morderse la lengua. No le convenía irritar a sus custodios.

—Listo —contestó, y salió al pasillo seguido por los tres guardas.

Casi en ese momento Paula surgió de su celda con una ropa de hospital parecida a la que él llevaba. Tres matronas vestidas de blanco aparecieron tras ella, casi marcando el paso. A George le dio un vuelco el corazón.

—¡Paula!

Como los celadores no hicieron el menor esfuerzo por impedírselo, la estrechó entre sus brazos.

—Cuánto me alegro de verte —dijo ella abrazándolo a su vez, y George percibió el alivio en su voz.

—¿Estás bien?

Ella lo soltó e intentó recuperar la compostura.

—Todo lo bien que puedo estar dadas las circunstancias, supongo.

—Yo también.

—¿Qué está ocurriendo, George?

Dirigió la mirada de un lado a otro del pasillo y la posó en los guardas, que parecían estar aguardando pacientemente.

—No tengo idea. Espero que lo averigüemos pronto.

—¡Por favor! —dijo una celadora, y les indicó con un gesto que la siguieran por el pasillo en la dirección por la que habían llegado el día anterior—. Tienen que darse prisa. No les conviene llegar tarde.

George y Paula obedecieron, con los otros cinco celadores a la zaga. Envalentonado por el abrazo, George tomó a Paula de la mano y se la apretó. Ella le devolvió la muestra de afecto y no se la soltó. Intercambiaron una mirada recelosa y siguieron caminando agarrados.

—¿Sabes dónde estamos? —susurró Paula.

—No con certeza, pero diría que en algún lugar de Hollywood Hills.

Paula lo miró.

—Eso sería bastante extraño. Claro que, por otro lado, ¿hay algo en todo este asunto que no lo sea?

Los llevaron a una habitación amplia en cuya puerta alcanzaron a ver la inscripción SALA DE JUNTAS. Por el camino no se habían cruzado con nadie, ni celadores ni internos.

En la sala había una mesa alargada con cinco asientos a cada lado y otro en cada cabecera. Vieron una pizarra blanca instalada al fondo. Una ventana grande daba a una floresta de sicómoros. No había otros edificios a la vista.

Los guardas ordenaron a George y a Paula que se sentaran en extremos opuestos de la mesa, de cara a la puerta, y estos de nuevo hicieron lo que se les pedía. Como tenían la esperanza de que estuvieran a punto de darles explicaciones, habían optado por mostrarse dóciles. Tres celadores se apostaron frente a cada pared de la habitación, en silencio, con los brazos cruzados.

George y Paula se miraron, cada vez más confundidos. Aunque no tenían idea de qué esperar, al menos estaban recibiendo un trato aceptable, a diferencia de las víctimas de secuestros, quienes, por lo general, eran mantenidas en aislamiento total, sin poder ver o dirigir la palabra a sus captores.

Al cabo de unos momentos George se inclinó hacia Paula.

—¿Cómo has pasado la noche? —murmuró.

—De fábula —respondió ella con sarcasmo—. ¿Y tú?

—La primera parte me gustó más que la segunda —declaró.

Paula soltó una risita. Extendió el brazo y le estrechó la mano por debajo de la mesa.

—Creo que yo también prefiero la primera parte.

—¿Qué te ha parecido el servicio de habitaciones?

—Mejor de lo que esperaba —admitió Paula—. Toda esta situación es de lo más surrealista. No me imaginaba un desayuno así, y menos aún con periódico.

—¿Has podido dormir algo? —preguntó él.

—No he pegado ojo. ¿Y tú?

—Sorprendentemente, sí. Supongo que es gracias a la noche que pasé en el calabozo.

—Qué suerte —comentó Paula. Armándose de valor otra vez, se dirigió a los celadores—. ¿Cuánto más tendremos que aguardar?

—No mucho —le respondieron.

Justo en ese instante la puerta se abrió y aparecieron tres hombres.

Tanto Paula como George se quedaron boquiabiertos. No se habrían llevado una impresión más fuerte si hubiera entrado el presidente de Estados Unidos.

53

Centro psiquiátrico
Hollywood Hills, Los Ángeles, California
Lunes, 7 de julio de 2014, 9.05 h

Bradley Thorn, Lewis Langley y Clayton Hanson pasaron al interior de la sala y se sentaron frente a George y Paula. Eludieron el contacto visual con sus estupefactos rehenes, casi como si estuvieran avergonzados.

Thorn depositó una carpeta sobre la mesa con una lentitud deliberada, de forma que quedó perpendicular respecto al borde del tablero. No fue sino hasta que estuvo acomodado en su asiento que dirigió la mirada hacia George y Paula. Durante un momento cargado de tensión, los cinco se contemplaron unos a otros por encima de la mesa.

George experimentó cierto alivio al ver a aquellos hombres, pues razonaba que si habían ordenado su secuestro en plena noche debían de albergar otras intenciones que no fuera la de asesinarlos o someterlos. Se trataba de médicos y empresarios profesionales, no de matones. Y, lo que era más importante desde el punto de vista de George, no representaban a ninguna organización secreta del gobierno... o, al menos, eso creía.

Finalmente Thorn se aclaró la garganta.

—Me imagino vuestra sorpresa. Para empezar, quiero disculparme en nombre de todos por la terrible experiencia que habéis vivido, y de la que no nos habíamos enterado hasta esta mañana. Suponemos que habéis pasado miedo, pero, como pronto comprenderéis, la situación se interpretó como una emergencia, y las personas responsables no querían correr riesgos. De hecho, la persona responsable era el señor Gauthier, jefe de seguridad de Fusión.

—¿Qué? —exclamó Paula, casi levantándose de un salto, y aporreó la mesa con los puños. Todos los presentes dieron un respingo—. ¡Fusión está detrás de nuestro secuestro! ¿Tú...? —dijo en un tono agudo y furioso, clavando los ojos en Thorn.

Varios celadores se acercaron por si hacía falta reducirla. Thorn alzó las manos como para protegerse. Apartó la vista por un momento de la mirada acusadora de Paula.

—En esencia, sí, soy el responsable último —aseveró con una voz cuidadosamente modulada—. Sin embargo, debo reiterar que la decisión sobre cómo afrontar la urgencia de las circunstancias la tomó el señor Gauthier, y que yo... nosotros, mejor dicho, no fuimos informados de cómo se había llevado a cabo la operación hasta después. —Se volvió hacia Langley y Clayton, quienes asintieron en señal de conformidad—. Como jefe de seguridad, le correspondía a él hacerse cargo de la situación y decidió dejarla en manos de profesionales a los que suele acudir en momentos de necesidad. De ahí los métodos algo excesivos que, por desgracia, habéis sufrido en carne propia. Aun así, todos somos responsables. Por eso os pedimos disculpas de nuevo.

—Pero ¿por qué? —preguntó Paula con más escepticismo que enojo, dejando claro que no pensaba conformarse con que Thorn entonara el mea culpa.

—Eso es lo que hemos venido a aclarar —dijo él con paciencia—. Ya suponíamos, o al menos yo suponía, que reaccionaríais con justa indignación, así que vuestra ira me parece razonable. Comprendemos que veros arrastrados hasta aquí en plena noche sin explicación alguna debió de resultar perturbador, como mínimo. Pero, como ya he dicho, Gauthier juzgó que convenía actuar con rapidez y...

—¿Dónde coño estamos? —lo interrumpió Paula—. Lo único que nos han contado es que se trata de una especie de centro psiquiátrico y de desintoxicación.

—Correcto —confirmó Thorn—. Antes era un plató de cine ultrasecreto que pertenecía al ejército. Lo construyeron en los años cuarenta. Más tarde lo reacondicionaron como centro privado de tratamiento de adicciones para famosos y familias adineradas que buscaban la máxima discreción para sus hijos. Solían traerlos, como a vosotros, a altas horas de la noche. El centro estaba incluido en el paquete de una cadena de hospitales adquirida por Fusión. Aunque al principio no lo considerábamos una propiedad muy interesante, hemos ido encontrándole utilidades diversas.

George recordó que, después de atravesar los servidores proxy anónimos, Zee había identificado otros agrupados, situados en algún lugar de Hollywood Hills. Se preguntó si esos últimos se encontraban en aquel edificio, tras alguna de las muchas puertas cerradas.

—¿Dónde está ubicado este centro? —inquirió; era la primera vez que intervenía en la conversación.

—En Hollywood Hills. En Laurel Canyon, para ser más exactos. Poca gente sabe de su existencia. Ni siquiera la mayoría de los vecinos la conoce. Estamos apartados de todo aquí arriba, pese a hallarnos a solo diez minutos de Sunset Strip. —Señaló la ventana—. Hay un terreno boscoso bastante extenso con un complejo sistema de seguridad y cercado por una valla electrificada con alambre de espino.

George movió la cabeza afirmativamente, intentando mantener la calma, a diferencia de Paula. Le daba la impresión de que Thorn estaba haciendo algo más que describirles las instalaciones: estaba dando a entender que podían retenerlos en el centro sin que nadie se enterara. Parte del temor que George sentía antes de que Thorn, Langley y Clayton entraran en la sala de conferencias se reavivó.

—La valla garantiza la seguridad por lo que respecta tanto a la entrada como a la salida de personas —añadió Thorn como si le hubiera leído la mente—. Contamos con un personal muy discreto y preparado, habituado a tratar con clientes traídos contra su voluntad por disposición de sus familiares o albaceas. —Señaló a los celadores con un gesto de la cabeza.

—Vale, vale —dijo Paula cerrando los ojos y, aparentemente, contando hasta diez—. Pero ¿cuánto tiempo más tendremos que pasar aquí? ¿Y por qué? ¿Cuál es la emergencia?

A George le rechinaron los dientes al oír el tono de Paula. Al parecer, él era más consciente que ella de la vulnerabilidad de su posición.

—Son todas buenas preguntas —dijo Thorn—. Por lo que concierne a la duración de vuestra estancia, la respuesta depende por completo de vosotros. A nosotros nos gustaría que volvierais a casa lo antes posible. Pero antes necesitamos ciertas garantías por vuestra parte.

—¿Qué clase de garantías? —preguntó George.

—Para entender el problema, es importante que nos prestéis toda vuestra atención.

George y Paula intercambiaron una mirada de incredulidad. A él la situación le parecía de lo más absurda, y notaba que ella opinaba lo mismo.

—¿Cómo no vamos a prestaros toda nuestra atención? —le espetó, pese a los esfuerzos que hacía por reprimir sus emociones—. ¡Nos habéis secuestrado en plena noche y nos habéis tenido aterrorizados! ¡Vamos, hombre!

—Interpretaré eso como un sí por parte de los dos. —Thorn se aclaró la garganta de nuevo e indicó por señas a los celadores que salieran de la habitación. Mientras estos se dirigían hacia la puerta, miró a George y a Paula con una sonrisa. Saltaba a la vista que aquello estaba preparado de antemano. Jugueteó con lo que a George le pareció un mando de garaje con un botón—. Se quedarán fuera por si los necesito. —Colocó el mando sobre la mesa, para tenerlo cerca. George captó la indirecta. Cuando los celadores hubieron salido y cerrado la puerta, Thorn volvió a hablar—. Antes de nada, quiero poner de relieve que la prueba beta ha ido mejor de lo previsto y ha sido un éxito espectacular, gracias a ti, Paula, por haber tenido la idea inicial, y gracias a Lewis y a su equipo por su extraordinaria labor de programación.

Langley asintió en señal de agradecimiento.

—Sin embargo —prosiguió Thorn—, nos hemos topado con un bache en el camino. Ha aparecido un fallo técnico. Al principio pasó desapercibido. A posteriori, después de detectarlo y de saber qué buscábamos, hemos descubierto que surgió hace varios meses. No cobramos plena conciencia de él hasta la semana pasada, y debo añadir que no tiene nada que ver con el funcionamiento general de iDoc, ni con la aceptación de la que goza como médico de atención primaria entre miles de personas. En ese sentido, sigue superando nuestras expectativas más optimistas. Ha sido fantástico. iDoc promete convertirse en una solución beneficiosa para los pacientes, el país y, por qué no, el mundo. Devolverá un poco de sentido común a un sistema sanitario que siempre ha padecido de un déficit de médicos de cabecera y que nunca se ha centrado lo suficiente en la prevención.

George, que tenía las manos entrelazadas frente a sí, comenzó a frotárselas mientras le temblaba la pierna derecha por debajo de la mesa. Por más que se esforzaba por controlar sus impulsos, estaba cada vez más ansioso por que Thorn entrara en materia.

Pero Thorn no lo hizo. En vez de ello, agregó que iDoc tendría un efecto muy positivo en la salud de millones de personas, lo que se traduciría en un ahorro de muchos miles de millones de dólares. Además, gracias a iDoc, millones de visitas al médico y a urgencias dejarían de ser necesarias, lo que también implicaría una reducción de gastos considerable.

—No me cabe duda de que ambos comprendéis la importancia de todo esto —dijo como si percibiera la impaciencia del radiólogo—, sobre todo porque George desempeñó un papel clave al sugerir el concepto a Paula. —Fijó los ojos en él—. A Fusión le gustaría retribuir económicamente tu aportación, pero ya hablaremos de eso después. iDoc representa una magnífica oportunidad de negocio para Fusión, ya que facturaremos por el acceso de los usuarios a iDoc...

—¡Ya está bien de gilipolleces! —lo interrumpió Paula, colérica, quitándole las palabras de la boca a George—. No estás diciéndonos nada que no sepamos ya. Déjate de rollos y ve al grano de una puta vez.

—Paciencia, Paula, paciencia. —Thorn alzó una mano en un gesto apaciguador—. He aquí algo que no sabéis: nuestras negociaciones con los Centros de Servicios de Asistencia Médica, CSAM, han progresado hasta tal punto que ellos han accedido a realizar por su cuenta una prueba beta con iDoc. Están entusiasmados con nuestra criatura... Tu criatura, Paula. ¿No es así como la llamas? —Le dedicó una sonrisa y un guiño condescendiente—. Eso significa que, a menos que surja un problema imprevisto, todos los beneficiarios de los programas de asistencia para personas mayores y sin recursos acabarán por tener acceso a iDoc. ¡Estamos hablando de unos cien millones de personas!

»Por otro lado, las negociaciones con los gobiernos extranjeros, en particular los europeos, van viento en popa. Por si fuera poco, varios gestores de fondos de cobertura se han comprometido a inyectar cientos de millones de dólares en Fusión para que el lanzamiento general de iDoc se produzca pronto y sin contratiempos.

—Todo eso me parece estupendo —lo cortó de nuevo Paula—, pero no entiendo qué tiene que ver con George o conmigo.

Thorn levantó otra vez las manos para aplacarla.

—Solo quería recordaros las magníficas perspectivas de futuro antes de volver al pequeño inconveniente que tenemos entre manos: el fallo técnico.

Estas palabras quedaron flotando en el aire.

—Se produjo por primera vez con una paciente del hospital universitario de Santa Mónica. Por desgracia, padecía problemas médicos graves. El fallo ocasionó el óbito de la joven.

George se puso rígido al comprender que era muy posible que Thorn estuviera refiriéndose a Kasey. Oír a alguien describir la muerte de Kasey como un fallo le provocó un acceso de ira. Incluso el uso del aséptico término «óbito» por parte de Thorn lo irritó. Le costó un gran esfuerzo contenerse.

—El fallo se manifestó posteriormente en pacientes que frecuentaban el centro médico de la Universidad de Los Ángeles, en Westwood. Fue algo de lo que tú, George, te diste cuenta.

El aludido hizo un gesto afirmativo.

—Al llamarlo «fallo» encubres lo que es en realidad —señaló de pronto—. Es el asesinato deliberado de usuarios de iDoc. Seres humanos. Personas con seres queridos.

La vehemencia de George dejó a Thorn sin habla por un momento. Hubo un silencio breve hasta que este asintió con aire solemne.

—Reconozco que esas muertes inesperadas están relacionadas con el fallo, pero yo no emplearía la palabra «deliberado». ¿Cuántos de estos fallecimientos descubriste en el hospital?

—¿Te refieres solo a los que descubrí en el centro médico de la Universidad de Los Ángeles? —quiso saber George.

—Sí.

—Cuatro.

No deseaba ni nombrar a Kasey. En aquellas circunstancias, habría sido ensuciar su nombre.

Thorn se volvió hacia Langley y Clayton. Ambos inclinaron la cabeza afirmativamente.

—Hubo tres más en la Universidad de Santa Mónica y otros tantos en el hospital de la Universidad Harbor —agregó Langley.

George se preguntó si los tres de Santa Mónica incluían a Kasey, pero se abstuvo de expresar su duda en voz alta.

—¿Qué resultados arrojó tu investigación de esas muertes? —continuó Thorn—. ¿Cuál era la causa?

George caviló unos instantes sobre lo que debía responder. Estaba tan embargado por la emoción que le costaba poner en orden sus ideas.

—Necesitamos que colabores, George —insistió Thorn—, sobre todo si quieres salir de este centro psiquiátrico más pronto que tarde.

George notó que Paula le apretaba el muslo. Respiró hondo.

—Si estás pidiéndome resultados confirmados, tengo que limitarme a mis conclusiones sobre Sal DeAngelis.

—¿Qué lograste averiguar... y cómo?

George se removió en su asiento, debatiéndose sobre lo sincera que debía ser su respuesta.

—Contamos con tu franqueza —dijo Thorn como si le hubiera leído el pensamiento—, del mismo modo que los tres estamos dispuestos a deciros las cosas sin tapujos. Nuestro deseo —añadió, señalando primero a George y a Paula, y después a Langley y Clayton— es que estemos todos en el mismo bando.

George desplazó la vista de un hombre a otro, intentando calibrar su sinceridad. Todos le devolvieron la mirada sin pestañear. Clayton apenas había dicho esta boca es mía desde que había entrado. George no tenía idea de qué le pasaba por la cabeza.

Carraspeó y posó los ojos en Paula, quien asintió y le dio otro apretón en el muslo.

—Creía que el depósito de fármacos que se había implantado a todas esas personas había sido decisivo. Me tomé la molestia de encontrar el que DeAngelis llevaba en el abdomen.

—¿Y cómo lo lograste? —preguntó Thorn.

—No fue fácil. Primero intenté conseguirlo en la morgue, donde vi a Clayton, quien supongo que albergaba la misma intención.

Thorn y Clayton se miraron.

—Es cierto que fui a la morgue por ese motivo, pero no encontré el depósito —explicó Clayton.

Thorn asintió y devolvió su atención a George.

—Continúa.

—Bueno, yo no sabía que no estaba donde se suponía. Más tarde intenté extraerlo del cadáver de DeAngelis en una funeraria. Fue entonces cuando descubrí que alguien se lo había quitado ya. Como había visto a varias personas registrar el apartamento del fallecido, supuse que todos estaban buscándolo sin éxito. Así que concluí que quizá DeAngelis había conseguido arrancárselo mientras conducía hacia el centro médico. Localicé el vehículo siniestrado en un desguace y di con el depósito, que estaba dentro.

—¿Lo encontraste? —inquirió Thorn, nervioso, e intercambió una mirada rápida con sus colegas.

—Sí. Me costó mucho trabajo.

—¿Lo examinaste? —quiso saber Thorn.

—Por supuesto. Utilicé un microscopio de disección. El depósito estaba totalmente vacío, lo que me pareció muy inquietante pues, en teoría, debía durar varios años, no solo dos meses.

—¿Qué dedujiste de ello?

George clavó la vista en Thorn, sospechando que el ejecutivo estaba haciéndose el desentendido.

—Me preocupaba que hubiera sido intencionado y que...

—¿A qué te refieres con «intencionado»?—lo cortó Thorn—. Llamemos a las cosas por su nombre. ¿Concluiste que su muerte había sido un homicidio?

—Sí—asintió George. Por fin había puesto las cartas boca arriba—. Y me planteé el propósito de demostrarlo.

—¿Y cómo lo conseguiste?

—Me había hecho con el móvil roto de DeAngelis y pedí a un amigo informático que determinara si ese teléfono había recibido la orden de realizar un vertido total, es decir, de vaciar el depósito de golpe. Mi amigo me confirmó que así había ocurrido. El móvil se había bloqueado a causa del impacto, lo que había impedido que iDoc borrara la memoria a distancia. Un archivo no modificado de iDoc donde consta la orden de vertido total obra en mi poder.

Thorn se volvió con el ceño fruncido hacia Langley, quien se retorció en su silla.

—Entonces tuve la certeza de que la muerte de Sal De Angelis había sido deliberada, y no un fallo del depósito o del teléfono. Acto seguido animé a mi amigo, Zee Beauregard, a que se colara en los servidores de iDoc para intentar encontrar el origen de la orden de vaciado. Estaba preocupado por ese tipo de cosas desde que había leído un artículo que describía la posibilidad de que los hackers interfirieran dispositivos sanitarios inalámbricos.

—¿Pediste eso a tu amigo a pesar de que ambos sabíais que acceder a los servidores de iDoc era un delito grave?

—¡Por supuesto! —saltó George, molesto—. Pero ¡las circunstancias justificaban correr ese riesgo!

Thorn sostuvo la mano en alto.

—Por favor... Tanto tu razonamiento como tu perseverancia me parecen admirables.

Langley se impacientó; la discusión empezaba a entrar en su terreno.

—¿Qué descubrió el tal Zee?

—Al principio todo parecía normal. No había pruebas de una orden de vertido total, lo que aparentemente indicaba que un pirata informático había manipulado a distancia el móvil de Sal. Pero entonces Zee detectó lo que denominó un «artefacto». Según él, la presencia de ese artefacto denotaba que se había producido una reescritura del historial. Suponía que se había emitido una orden de vaciado, pero que alguien la había sobrescrito. Encontró el mismo artefacto en los cinco casos que yo estaba investigando. No era algo fácil de localizar de por sí, pero el hecho de que apareciera justo diecisiete minutos antes de la muerte de cada paciente lo ayudó a identificarlo.

George se percató de que Thorn fulminaba con la mirada a Langley, quien desvió la vista. Intuyó que este era el responsable de la sobrescritura y que, en resumidas cuentas, había metido la pata, lo que había permitido que Zee lo descubriera.

Con cara de exasperación, Thorn se volvió de nuevo hacia George.

—De acuerdo, sospechabas que se trataba de un homicidio. ¿Cuál era tu teoría al respecto?

George titubeó.

—Por favor —insistió Thorn.

—Mi teoría era que una persona o un grupo de dentro de Fusión había decidido aprovechar iDoc para conseguir reducir gastos.

—¿Podrías concretar un poco?

—Temía que alguien hubiera estado utilizando iDoc como una especie de criba de pacientes terminales y luego hubiera sobrescrito las órdenes para borrar las pruebas.

Thorn y Langley asintieron.

—Una vez más —dijo Thorn—, debo felicitarte por tus razonamientos y tu tesón. Aun así, a la vez he de informarte de que te equivocas.

George lo observó, perplejo.

—Lewis va a explicarte lo que sucedió en realidad.

George y Paula se inclinaron hacia delante, dejando a un lado la rabia y el miedo, por el momento.

54

Centro psiquiátrico
Hollywood Hills, Los Ángeles, California
Lunes, 7 de julio de 2014, 9.28 h

Esa vez fue Langley quien se aclaró la garganta.

—Ante todo —dijo en voz baja, como temeroso de que lo escuchara algún oído indiscreto pese a que los celadores habían salido de la sala—, hay que aclarar los conceptos básicos. Debo asegurarme de que ambos sepan realmente lo que significa que un programa sea heurístico.

George y Paula intercambiaron una mirada, descolocados por la forma en la que Langley había decidido iniciar su exposición.

—Claro que lo sé, Lewis —contestó ella—. ¡He estado ensalzando esa característica a Dios sabe cuánta gente!

—Me interesa en especial la respuesta del doctor Wilson. Aun así, vender la heurística no implica por fuerza comprenderla.

Posó los ojos en George.

—Tengo una idea vaga, pero no estoy muy seguro de cómo lo definiría.

—En su significado original, «heurística» designaba un concepto especulativo que podía servir de guía para solucionar un problema... o un método didáctico en el que el aprendizaje se producía a través de los descubrimientos realizados por el propio alumno.

George y Paula volvieron a mirarse, confundidos. Ninguno de los dos había entendido lo que Langley había dicho. A George en concreto sus palabras le habían parecido de lo más estrambóticas en aquellas circunstancias.

—En programación —continuó el informático—, la heurística es una técnica para resolver problemas que puede describirse como la capacidad de aprovechar soluciones previas. Me refiero a que la aplicación incorpora información y soluciones a su base de datos para aplicarlos a problemas futuros que originalmente no estaba programada para resolver. —Langley observó a George para asegurarse de que comprendía su explicación.

Este asintió. Le parecía una manera muy complicada de decir que un programa informático poseía la capacidad de aprender.

—Era importante desde el principio que el algoritmo de iDoc estuviera escrito de modo que pudiera sacar partido de casos anteriores y hacerlo de forma rápida. Las pruebas alfa iniciales nos dieron una idea del número de situaciones que requerirían el apoyo de un médico especialista de carne y hueso. Para cubrir esa necesidad, creamos lo que denominamos «la sala de control». La sala de control es...

—De hecho, Paula me llevó a visitar la sala de control —lo interrumpió George, con la esperanza de que Langley se dejara de tantos rodeos.

Este sonrió.

—Bien. Desde el principio de la prueba beta, iDoc consultaba a menudo la sala de control, pero la frecuencia disminuyó muy deprisa, lo que significaba que el programa estaba funcionando de manera heurística, tal como habíamos previsto. En otras palabras, el número de situaciones que iDoc no se sentía capaz de manejar él solo se redujo con rapidez, lo que demostraba que, en efecto, estaba aprendiendo, y además a un ritmo espectacular —explicó, y observó a Paula y a George esperando alguna señal de que seguían el hilo de su razonamiento.

Ambos hicieron un gesto afirmativo.

—Ahora bien, para entender el fallo que se produjo, deben saber que el algoritmo en el que iDoc se basa incluye una serie de cuestiones subjetivas como el dolor y el sufrimiento relacionados con diversos tratamientos médicos y hasta con algunas pruebas supuestamente preventivas. Incluso alteraciones simples, como el insomnio o la falta de apetito, se han incorporado a iDoc si se trata de efectos secundarios habituales. De lo que estamos hablando es, en esencia, de datos relativos a la calidad de vida que no son fáciles de cuantificar de cara a digitalizarlos. Aun así, intentamos incluirlos porque estamos convencidos de que, a la hora de adoptar decisiones médicas, hay que tomarlos mucho más en cuenta de lo que lo hacen los profesionales que cobran por cada servicio prestado. Y permítanme que introduzca otra variable: el coste. El algoritmo de iDoc es consciente de que la sanidad ya se lleva un buen bocado del PIB y de que los costes deben reducirse para garantizar una distribución equitativa de la atención médica. ¿Tiene sentido para ustedes lo que estoy diciendo?

Los dos asintieron. La frase «no hay que ser un genio para entenderlo» se le pasó a George por la cabeza.

Langley carraspeó otra vez.

—Pues he aquí la verdad: nadie ha utilizado iDoc de forma expresa para matar a nadie. Que un pequeño número de pacientes murieran como consecuencia de su uso es algo que nos sorprendió a todos. Lo que pasó fue que el algoritmo de iDoc decidió por sí mismo eliminar a ciertos individuos tras tomar en consideración el dolor y el sufrimiento relacionados con los tratamientos para el tipo de cáncer concreto que padecían, su pronóstico y los costes derivados. No hubo una interferencia externa. En resumen: no hay malo de la película. iDoc tomó su decisión de forma desapasionada, basándose en los datos que había recopilado sobre las enfermedades, los tratamientos disponibles, el sufrimiento que los pacientes tendrían que soportar y el coste. Y, en esencia, eso es todo.

Se impuso un silencio prolongado. El único sonido que se percibía en la sala era el piar de los pájaros que estaban al otro lado de la ventana.

Paula fue la primera en hablar, visiblemente menos enfadada que antes.

—¿Cuándo descubristeis ese fallo?

—Hace una semana —respondió Langley—. Me informaron de los primeros indicios el mismo día que Fusión realizó la presentación para los inversores potenciales.

—¿Y qué medidas habéis tomado? —preguntó Paula.

—En cuanto determinamos lo que había ocurrido —prosiguió Langley— pusimos fin de inmediato a lo que George llama «órdenes de vertido total». Después quisimos averiguar cómo había sucedido. Nuestra principal preocupación era la misma que la del doctor Wilson: que hubiera un hacker que actuara en solitario. Pero eso quedó descartado en el acto cuando confirmamos que las órdenes de vaciado procedían del propio iDoc, lo que significaba que el algoritmo había hecho los cálculos y había tomado la decisión.

—¿Y qué hicisteis entonces? —inquirió Paula, adelantándose a George.

—Como ya he dicho, suspendimos la capacidad de iDoc de emitir órdenes de vertido.

—La selección de esa clase de pacientes... ¿también se interrumpió? —preguntó George.

—No, porque queremos analizar el grupo de personas que iDoc sacrificaría, así como el proceso por el que llega a esas conclusiones, para que los programadores podamos aprender de la aplicación... Sería una especie de heurística inversa.

—¿Cuántos pacientes había, aparte de los cuatro que George descubrió? —quiso saber Paula.

—Ocho. Eran doce en total —reconoció Langley—. Había uno más relacionado con el centro médico de la Universidad de Los Ángeles que el doctor Wilson pasó por alto, cuatro relacionados con el hospital universitario de Santa Mónica y tres con el hospital de la Universidad Harbor.

—¿Todos esos casos terminaron con la muerte del paciente? —preguntó Paula, como una abogada interrogando a un testigo.

—Sí.

—¿Ha identificado iDoc a alguien que reúna las condiciones para un vertido total desde que impedisteis que continuara emitiendo esas órdenes?

—Sí, a tres personas: dos en el centro médico de la Universidad de Los Ángeles, uno en el hospital universitario de Santa Mónica.

—¿De modo que esos pacientes siguen con vida?

—Sí, pero están a punto de someterse a tratamientos difíciles que afectarán a su calidad de vida y con escasas probabilidades de retrasar el desarrollo de sus enfermedades.

—Imagino que iDoc habrá identificado también a unos cuantos candidatos que cumplen los requisitos para un vaciado pero que no llevan un depósito implantado que pudiera realizar el trabajo sucio, si estuviera permitido —interrumpió George.

Langley calló un momento. Miró a Thorn de reojo.

—Sí.

—¿A cuántos ha identificado?

—No tengo esa información a mano. Puedo conseguírsela, si quiere.

—Pero es una buena pregunta —admitió Thorn.

George asintió antes de proseguir.

—¿Estaba Zee en lo cierto al suponer que los historiales

de los cuatro casos que investigué habían sido sobrescritos para encubrir las órdenes de vaciado?

—Sí. Eso fue lo que hicimos —confesó Langley.

—¿Por qué borrasteis todos los datos de los teléfonos de los pacientes e intentasteis hacer lo mismo con el móvil de DeAngelis? —preguntó George en tono imperioso.

—Era el procedimiento estándar desde los inicios de la prueba beta. Borramos por completo la memoria del teléfono en cuanto recibimos confirmación de la muerte. Eso no tiene nada que ver con las órdenes de vaciado, sino con cuestiones de privacidad que...

—Lewis dice la verdad —terció Thorn—. No ha habido intentos de encubrimiento con los teléfonos inteligentes. Nuestras medidas de control de daños se limitaban a sobrescribir las órdenes de vertido total y los datos de sus consecuencias fisiológicas en los servidores. Y lo hacíamos para evitar que alguien de Fusión o de la filial iDoc descubriera el fallo. Solo nosotros tres, además de otra persona de la empresa, estábamos al corriente de lo que estaba pasando. Nuestro propósito era, y sigue siendo, impedir que los medios se hicieran eco de lo sucedido. Sabemos que una noticia así desataría una tormenta mediática. Basta con recordar lo que ocurrió cuando Sarah Palin sacó el tema de los «tribunales de la muerte». Y eso era solo por asesorar a los pacientes ancianos sobre los diferentes cuidados paliativos para sus últimos meses de vida. Creemos que iDoc tiene tal potencial para beneficiar al país y al mundo que no debería irse al garete por un fallo desafortunado. Cuando las ventajas de iDoc para la democratización de la medicina y una sanidad centrada en la prevención sean bien conocidas, podremos lidiar con este problema sin echar la soga tras el caldero.

Cuando terminó, Thorn respiró hondo. Todos se quedaron callados mientras asimilaban aquella apasionada defensa de iDoc. George rompió el silencio.

—iDoc también será beneficioso para Fusión.

—¡Desde luego! —convino Thorn sin dudarlo—. Quiero que Paula y tú entendáis que el fallo no es fruto de una especie de conspiración por parte de Fusión. No había ningún «tribunal de la muerte» en la empresa, ni lo habrá jamás. Para seros sincero, no lo necesitamos.

—¿Por qué no acudisteis a George o a mí en vez de secuestrarnos a horas intempestivas? —preguntó Paula con ira renovada—. Sois conscientes de que podríamos haber resultado heridos de gravedad.

—Os pido disculpas por ello. Como os he explicado antes, esa decisión la tomó Butch Gauthier, nuestro jefe de seguridad. Tranquilos, pronto le diré un par de cosas. Lamentablemente, fue una de esas situaciones en que la mano derecha no sabe lo que hace la izquierda. Los profesionales que os apresaron no tenían ni idea de quiénes erais; solo sabían que erais peligrosos. Entiendo cómo os sentís los dos. No os faltan motivos. Pero tened presente que se había declarado una situación de emergencia y había que controlarla cuanto antes. Dicho eso, os pedimos perdón de nuevo.

Langley y Clayton se sumaron a la disculpa con un gesto de la cabeza.

—En vista de lo que ambos habéis tenido que soportar, estamos dispuestos a resarciros si accedéis a colaborar.

—¿A qué diablos te refieres con «colaborar»? —exigió saber George.

—«Colaborar» significa para nosotros que asumáis que el fallo no fue más que eso. Las muertes de los pacientes fueron deplorables, puesto que ellos no tomaron la decisión. Eso es contrario a los principios del consentimiento informado. Pero no olvidéis que todos eran enfermos terminales y que el tratamiento previsto para ellos iba a causarles un dolor y un sufrimiento considerables, lo que deterioraría en gran medida su calidad de vida.

George y Paula se miraron con incredulidad.

—Y si nos negamos a «colaborar», como tú dices, ¿qué? —preguntó George.

Thorn exhaló un suspiro sonoro.

—Eso significaría una estancia prolongada en este centro tan agradable, sin posibilidad de comunicarse con el exterior hasta que se considere que Fusión está en condiciones de hacer frente a las revelaciones y las acusaciones que juzguéis oportuno airear. En otras palabras: necesitamos cubrirnos el trasero —bromeó con una sonrisa torcida.

—¿De verdad creéis que podéis mantenernos encerrados impunemente? —inquirió Paula.

—Sí, por supuesto. En caso necesario, fabricaremos pruebas de que padecéis adicciones que requieren tratamiento... o algo por el estilo.

Thorn agitó una mano con ademán despreocupado.

—¡Hay personas que denunciarán nuestra desaparición! —exclamó Paula, sin dar crédito a lo que oía.

—Ya nos ocuparemos de eso. Aunque sabemos que ninguno de vuestros jefes os echará en falta durante unos días. —Thorn se volvió hacia George—. Bueno, en tu caso, será durante algo más que unos días, ¿no? En fin, esa es una de las fuentes más habituales de denuncias por desaparición, aparte de los familiares que viven en la misma localidad o las parejas sentimentales, y vosotros no tenéis ni lo uno ni lo otro.

Paula miró a George como diciendo: «Esto es de locos».

—Ha descrito el fallo que mató a los pacientes como una creación espontánea del algoritmo. —George se dirigía a Langley—. Además, me ha parecido entender que no lo habéis eliminado, sino solo bloqueado de forma temporal.

Langley asintió.

—Deja que disipe tus temores —intervino Thorn—. Como he mencionado antes, Fusión está en negociaciones directas con CSAM, los Centros de Servicios de Asistencia Médica, para facilitar iDoc a todos los beneficiarios de los programas de asistencia sanitaria pública. Parte de sus obligaciones de diligencia debida consisten en permitir que la Iniciativa de Recursos Universales, la IRU, supervise la prueba. La IRU es una agencia clandestina tutelada por la Comisión Asesora Independiente sobre Pagos, que a su vez se rige por la Ley de Asistencia Sanitaria Asequible. Cuando la IRU estaba llevando a cabo la supervisión, detectó el fallo casi al mismo tiempo que nosotros.

George recordó que, según Zee, uno de los servidores proxy anónimos estaba ubicado en Maryland. La implicación del gobierno era lo que lo había asustado.

—Entre otras tareas —continuó Thorn—, la IRU debía encargarse de estudiar la dosificación de la atención sanitaria durante los últimos meses de vida, sobre todo para los beneficiaros del programa para mayores.

Las caras de Paula y George reflejaban su espanto.

—Contemplar algún tipo de limitación o de control es imprescindible para evitar que se disparen los gastos. La mayor parte de los países industrializados limita o dosifica la sanidad a los pacientes en sus últimos meses de vida, aunque de vez en cuando se denuncian casos de favoritismo o de corrupción. El hecho de que iDoc descubriera de forma inesperada una nueva forma de ajuste despertó el interés de la IRU. Les gusta que se trate de un sistema que no practica ningún tipo de discriminación. Nos han pedido que no corrijamos el fallo, sino que tan solo bloqueemos la orden de vaciado. En suma, no quieren quitar de en medio a las personas seleccionadas, pero sí que la selección siga llevándose a cabo, quizá para incluirlos en un nuevo grupo de usuarios con condiciones aún por especificar.

»De modo que, en respuesta a tu pregunta —prosiguió Thorn fijando los ojos en George—, el fallo no se ha eliminado, en el sentido de que sigue recopilando datos. Continúa seleccionando pacientes según sus criterios, pero ya no acaba con sus vidas.

George y Paula intercambiaron otra mirada, algo abrumados por lo que estaban oyendo.

—Escuchad —continuó Thorn—, os repito que ni Fusión ni el resto del sector sanitario necesita «tribunales de la muerte». Son el país y el mundo los que necesitan abordar de manera racional la cuestión de la atención médica en los últimos meses de vida. Fusión no promoverá un método en concreto. Si el gobierno lo quiere como parte del paquete de iDoc y la sanidad pública, la decisión será suya, no nuestra.

Thorn dirigió la mirada por encima de la mesa hacia Clayton, quien tomó la palabra.

—Colaborar tendrá otras ventajas para ti, George. Te readmitiré como residente de cuarto año. Retiraremos de inmediato la denuncia por infringir las normas de confidencialidad. Sin duda sabrás que varios profesionales de la sanidad han sido condenados por delitos semejantes y están ahora en la cárcel.

—Los cargos por piratería informática también serían retirados —añadió Thorn—. Además, se te recompensará con acciones de Fusión por haber concebido la idea conceptual inicial que dio lugar a iDoc. En cuanto a ti, Paula, se añadirán acciones a la cantidad considerable que ya posees.

George echó una mirada a Thorn.

—Eso suena a soborno.

—Considéralo una gratificación justa. Ya tendréis ocasión de expresar vuestra opinión sobre el algoritmo de iDoc, pero solo después de que el programa cuente con la plena aprobación de la Agencia de Alimentos y Medicamentos, y se haya distribuido al menos a escala nacional.

»George, tu segunda colaboración ha consistido en poner de manifiesto la necesidad de que arregláramos iDoc de inmediato, antes de que estallara un escándalo mediático que habría podido retrasar su lanzamiento varios años. En Fusión te estamos profundamente agradecidos.

George y Paula no salían de su asombro.

—Bien —dijo Thorn—. Si no tenéis más preguntas, os dejaremos discutir la situación en privado. Después podréis exponernos vuestras impresiones sobre lo que os hemos explicado.

George no había terminado.

—Yo tengo otra pregunta: ¿es Fusión responsable de la muerte de mi amigo Zee?

55

Centro psiquiátrico
Hollywood Hills, Los Ángeles, California
Lunes, 7 de julio de 2014, 9.58 h

—Gracias por preguntar —dijo Thorn—. Mi propósito era tocar ese tema antes, pues ya imaginábamos que nos considerabas responsables de ello, pero no lo somos, al menos directamente. Lo que ocurrió fue que contratamos a unos profesionales para que te vigilaran a fin de averiguar qué sabias o sospechabas, y entonces Zee entró en escena. Supusimos que estaba ayudándote, sobre todo después de que consiguiera acceder a nuestros servidores de iDoc. Cuando salió pitando a primera hora de la mañana del sábado, decidimos ir tras él y traerlo aquí junto contigo. Seguimos su coche en su huida hacia el norte con la intención de apresarlo cuando hiciera una parada. Por desgracia, el plan no salió bien. De algún modo se percató de que alguien lo seguía y, por lo visto, se asustó. Aceleró hasta una velocidad peligrosa. Según me han informado, conducía un automóvil viejo. Creemos que perdió el control del vehículo y se estrelló con el contrafuerte de hormigón de un paso elevado.

—¿Por qué afirmaba la prensa que el acelerador se había atascado?

—Ni idea. Eso tendrías que preguntárselo a ellos. Suponemos que por la marca y el año de fabricación del coche, porque iba a más de ciento sesenta kilómetros por hora y porque es el tipo de noticia que vende periódicos y hace subir las audiencias. Pero no es más que una hipótesis.

—¿Ibais a secuestrarme el sábado por la mañana? —preguntó George.

—Me comunicaron que ese era el objetivo. Lamentablemente, cuando un equipo de refuerzo regresó a tu apartamento, te habían detenido por piratería informática. Eso trastocó todos nuestros planes. Nos preocupaba mucho que se lo contaras todo a la policía, lo que alertaría a los medios y pondría en peligro el proyecto iDoc en su totalidad. Pero la situación mejoró cuando saliste de la cárcel poco después y nos guiaste a casa de Paula.

—¿Cómo conseguisteis seguirme hasta allí?

—No lo hicimos nosotros en persona, sino los profesionales.

—Creía que había tomado precauciones suficientes.

—Bueno, como su nombre indica, eran profesionales. Imagino que rastrearon tu móvil por GPS. O eso, o te pusieron un localizador GPS en el coche.

George miró a Paula, quien enarcó las cejas como comentando: «Te lo dije».

—Bien, si no tenéis más preguntas... —Thorn alternó la mirada entre Paula y George, expectante.

Ninguno de los dos movió un músculo, hasta que Paula reaccionó.

—Cuando esos... «profesionales» invadieron mi casa, hicieron saltar la puerta por los aires. ¿Qué pensáis hacer al respecto?

—Ya nos hemos ocupado de ello. Hemos reinstalado la puerta y todo ha vuelto a su estado normal, incluido el sistema de seguridad. —Thorn aguardó unos instantes antes de agregar—: Muy bien, ahora la pelota está en vuestro tejado.

Os dejamos a solas para que habléis del asunto. Pero no olvidéis que no creemos que sea un buen momento para que la historia del fallo salga a la luz. Los ciudadanos no están preparados para el debate sobre la asignación de recursos, y no sería conveniente que iDoc quedara atrapado en el fuego cruzado. Por eso los dos debéis comprometeros a no divulgar el problema de iDoc, al menos en un futuro próximo, hasta que la aplicación se haya dado a conocer en todo el territorio nacional y esté incluida en los programas de sanidad pública. A partir de entonces, tanto el gobierno como Fusión respetarán vuestro punto de vista sobre la cuestión.

Paula tenía otra duda.

—¿De cuánto tiempo disponemos para tomar una decisión?

Thorn se encogió de hombros.

—De todo el que haga falta. Digamos que cuanto antes decidáis, mejor. Si se os ocurren más preguntas, avisad a los celadores. Hay una amplia sala común en la que se os permitirá pasar casi todo el tiempo y un comedor donde se os servirán las comidas. Dormiréis en las mismas habitaciones que anoche. Nadie os molestará. Por el momento sois los únicos... —Buscó la palabra adecuada—. Los únicos huéspedes.

Se levantó de su asiento. Langley y Clayton siguieron su ejemplo.

—Esperamos recibir noticias vuestras pronto —concluyó Thorn con una sonrisa forzada.

Dicho eso, Langley, Clayton y él salieron en fila de la habitación y cerraron la puerta tras ellos.

George y Paula se contemplaron el uno al otro, boquiabiertos.

—Es una de las experiencias más extrañas que he vivido nunca —comentó él sacudiendo la cabeza.

—Lo mismo digo —respondió Paula—. No sé qué esperaba, pero, desde luego, esto no. No estoy segura de si debo sentirme agradecida, enfadada o las dos cosas. Joder, habrían podido llamarnos en vez de enviarnos al pelotón de gorilas.

Al cabo de un minuto la puerta se abrió y varios de los celadores reaparecieron. Indicaron con un gesto a George y a Paula que los siguieran hasta la sala común.

56

Centro psiquiátrico
Hollywood Hills, Los Ángeles, California
Lunes, 7 de julio de 2014, 10.35 h

George y Paula recorrieron con la vista la espaciosa sala común, amueblada con sofás raídos y unos cuantos sillones orientados hacia un viejo televisor, lo que en su conjunto le confería un aspecto característico de hospital psiquiátrico. La tele estaba sintonizada en un canal que transmitía un concurso matinal. Además, había cuatro mesas de juego y dos estanterías con una colección de libros anticuados —casi todos ediciones abreviadas de *Reader's Digest*—, revistas y juegos de mesa. Completaban la funcional decoración unas ventanas con barrotes.

A un lado, cerca de la entrada, estaban cuatro de los seis celadores originales, vigilándolos. Al otro lado de la puerta se encontraba el pasillo que conducía a la sala de juntas y, más allá, en la misma dirección, las habitaciones en las que Paula y George habían pasado la noche.

Aunque no querían ver la televisión, dejaron el aparato encendido para que el sonido enmascarara su conversación en voz baja. Se sentaron en unos sillones, lo más apartados posible de los guardas.

Paula seguía indignada.

—No puedo creer que nos traten así, reteniéndonos en este manicomio que parece de los años cincuenta.

—Todo este asunto desafía a la imaginación —aseveró George—, pero he de reconocer que me he quedado más tranquilo y aliviado de lo que esperaba.

—Supongo que yo también.

—Me pregunto si habrá otros internos o pacientes aquí, a pesar de lo que Thorn ha dicho.

Miró hacia un puesto de las enfermeras con paredes de vidrio. Dentro había una mesa, sobre la que un celador estaba haciendo papeleo.

—Si hay otros, estarán en aislamiento.

Paula siguió la mirada de George mientras escudriñaba la sala una vez más.

—Está bien. —George se volvió hacia ella—. Hemos tenido tiempo para recuperarnos del impacto de haber visto a Thorn, Langley y Clayton. ¡Debemos hablar! ¿Cuál es tu primera impresión sobre el rollo que Thorn nos ha soltado?

Paula sacudió la cabeza.

—Aún no lo he asimilado del todo. Todavía estoy tan conmocionada por todo este asunto que me cuesta pensar con claridad. De repente me inspira mucho más respeto el síndrome de estrés postraumático.

—A mí también. Pero tenemos que hacer un esfuerzo. Imagino que esperan que les demos una respuesta pronto.

—Supongo que tienes razón. —Se inclinó hacia él y le tocó la mano en un gesto de aliento—. ¡Oye! No sé qué pensar sobre todo esto, pero al menos su oferta presenta algunos aspectos convincentes.

—¿A qué te refieres?

—A la necesidad de establecer algún tipo de control sobre los cuidados médicos para los últimos meses de vida. Irónicamente, es algo que siempre ha existido, pero de tapadillo. La demanda de atención sanitaria, mejor dicho, de tratamiento de enfermedades tiende al infinito. Siempre ha habido limitaciones al respecto en este país. Y debo añadir que ha sido injusto, pues se han basado en la capacidad adquisitiva o en la fama. La gente con dinero y poder recibe los cuidados médicos que necesita o desea. No lo sé con certeza, pero tal vez el trasplante de hígado de Mickey Mantle, el jugador de béisbol, fue un ejemplo de eso. Y quizá el caso de Steve Jobs también.

—¿Te convence la premisa de Thorn de que más vale no revolver el asunto?

Paula se encogió de hombros.

—No estoy convencida de nada. Solo pienso en voz alta. La explicación de Langley de que el propio iDoc ocasionó las muertes me ha dejado de una pieza. Al igual que tú, creía que habían sido obra de los hackers. No se me había pasado por la cabeza que el culpable pudiera ser el algoritmo de la aplicación. Es decir, sabía que para el diseño del programa se habían tenido en cuenta los aspectos subjetivos relacionados con el control de gastos y la calidad de vida que Langley ha mencionado, pero jamás habría imaginado que iDoc analizaría esos factores y llegaría a la conclusión de que la mejor opción era deshacerse de la gente. Por otro lado, siempre se han practicado formas de... control. Tal vez no sea tan mala idea dejar que un algoritmo totalmente imparcial se ocupe del asunto. ¿Podría haber algo más justo?

—Me da que ya has tomado una decisión.

—No, pero he de reconocer que hablar de ello me ayuda. Cuando pienso en los casos concretos, me parece inaceptable que esas personas fueran asesinadas, pues, no nos engañemos, eso fue lo que sucedió. Por otra parte, quizá ellos no habrían querido que los torturaran con más fármacos que no los habrían curado y que les habrían ocasionado unos efectos secundarios terribles. Tal vez deberíamos plantearnos introducir el suicidio asistido o, por lo menos, la ampliación de los cuidados paliativos.

George asintió. Entendía su punto de vista.

—La verdad es que no había pensado mucho en ello.

—Pues tal vez se trate de un tema que no podemos seguir barriendo bajo la alfombra.

George se deslizó los dedos por el cabello, nervioso.

—La medicina está cambiando muy deprisa ahora que Washington ha establecido la obligatoriedad de los seguros de salud privados. Lo que el gobierno debería haber hecho es convertir la atención médica en un servicio público, como la educación o la defensa, implantar una especie de sanidad universal.

—Eso era del todo inviable —repuso Paula—. Por desgracia, alguien la etiquetó como medicina «socializada» en la época en que ningún político tenía arrestos suficientes para ponerla en marcha.

—Pues los médicos deberíamos haber luchado por ello, pero teníamos demasiado miedo de perder el control de la profesión, cosa que sucederá de todos modos gracias a la revolución digital. Tal vez nos lo merecemos por haber apoyado el paradigma del cobro por servicio prestado durante tanto tiempo.

—No podría estar más de acuerdo —dijo Paula—. No cabe duda de que los médicos han sido muy reacios a adaptarse a la era de la informática en general. Es otra de las razones por las que iDoc tendrá una aceptación espectacular.

—No será así si, como tú dices, asesina gente.

—Dejemos eso a un lado por el momento, George. Me inclino por aceptar su oferta. He dedicado los tres últimos años al desarrollo de iDoc. Tal vez deberías sentir lo mismo, pues fuiste tú quien concibió la idea que dio origen a todo.

Paula le escrutó el rostro con las cejas enarcadas, lo que desconcertó a George.

—No estarás insinuando que tú y yo compartimos parte de la responsabilidad de estas muertes, ¿eh?

—En absoluto. Pero empiezo a pensar que, tal como Thorn ha dado a entender, son una consecuencia desafortunada o las dificultades iniciales de un sistema que tendrá un efecto tremendamente beneficioso para la salud pública. No es tan raro que los estudios médicos causen algunas muertes, sobre todo las pruebas farmacológicas. Mientras no se produzcan más homicidios no deliberados, creo que soportaré vivir con el secreto de este fallo, al menos a corto plazo. ¿Tú qué dices?

George suspiró.

—¿Sabes qué? Tengo un conflicto interno, porque una de las personas asesinadas era alguien a quien amaba y otra era un amigo muy apreciado. Por eso me cuesta considerarlos estadísticas o «dificultades iniciales». Habría dado lo que fuera por pasar seis meses más con mi novia. Pero tal vez ella habría querido ahorrarse el dolor y el sufrimiento. Aun así, yo habría preferido mil veces que la decisión la tomara ella, y no un algoritmo... ¡Joder! —gritó alzando las manos en un gesto de impotencia y ofuscación.

—Estos asuntos resultan mucho más complicados cuando hay sentimientos de por medio. Lo entiendo y lo siento.

Paula posó una mano encima de otra de George. Este lanzó una ojeada a los celadores y se inclinó más hacia ella.

—Thorn ha dicho también que el gobierno no quiere que el fallo desaparezca.

—Pero se han encargado de que deje de matar.

—Bastará un clic para que vuelva a matar si el fallo técnico, como ellos lo llaman de manera eufemística, sigue ahí.

Paula retiró la mano.

—Entiendo por dónde vas.

—La tal Comisión Asesora Independiente sobre Pagos es una organización en la sombra bastante siniestra. Sus miembros no son elegidos, sino designados a dedo, y la Iniciativa de Recursos Universales resulta aún más enigmática.

—De acuerdo, pero, según Thorn, lo que el gobierno se

propone hacer respecto al fallo es una incógnita, y nuestra opinión será tenida en cuenta.

—Es verdad, pero me preocupa tanta reserva. Y, si lo piensas bien, el gobierno federal hará lo que le parezca más oportuno. Si nuestra opinión no coincide con sus intereses, ¿qué crees que pesará más?

—Bueno, tenemos la opción de no guardar el secreto. Mientras tanto, creo que deberíamos largarnos de este sitio. Podemos decir a Thorn que en principio estamos de acuerdo con lo que nos pide, en el sentido de que no iremos corriendo a hablar con los medios. De ese modo nos permitirían largarnos de aquí... y seguiríamos hablando del tema en mi casa, lo que sería mucho más agradable.

—¿Crees que Thorn se lo tragará?

—¡Y tanto! Me fío de su palabra. No nos queda otra alternativa si queremos salir de este lugar.

—Dejar que el fallo permanezca latente me parece un primer paso en el camino hacia el desastre. Es como empezar a señalar a los más débiles de cara a una criba futura.

—Es posible, pero mientras no haya más homicidios, podemos permitirnos continuar dando vueltas al asunto. Tengo que pirarme de aquí. Y tú tienes que terminar la residencia, en vez de ir a la cárcel.

—¡Vale! —dijo George—. ¡De acuerdo!

—¿En qué estás de acuerdo? —preguntó Paula.

—En que no perdemos nada con intentarlo. Espero resultar convincente.

—Lo único que vamos a prometer es no acudir a los medios de inmediato. Resultaremos convincentes porque es justo lo que vamos a hacer y, al menos por el momento, es lo único que nos piden.

57

Centro psiquiátrico
Hollywood Hills, Los Ángeles, California
Lunes, 7 de julio de 2014, 14.30 h

Justo cuando Paula y George empezaban a perder la esperanza de que Thorn regresara ese mismo día después de haberle enviado el recado de que aceptaban su oferta y querían verlo, él entró en la sala común. Ellos habían vuelto allí después del almuerzo. Habían sido las únicas personas en el comedor, y la soledad del lugar, sumada al silencio perpetuo y la decoración demodé, les estaba crispando los nervios.

Thorn despidió a los celadores y acercó una silla a los asientos de Paula y George.

—¡Os aseguro que me he alegrado muchísimo al oír la buena noticia! —exclamó, claramente satisfecho de que su discurso hubiera surtido el efecto deseado.

Tal como los dos habían acordado antes de la llegada de Thorn, George se quedó callado y dejó que Paula hablara. La idea se le había ocurrido a ella, pues conocía mejor a Thorn y tenía más fe que George en que habían tomado la decisión correcta. No se anduvo por las ramas.

—Hemos hablado a fondo del asunto y estamos de acuerdo en que no conviene retrasar el proyecto iDoc a causa del fallo, que es lo que creemos que sucederá si la historia llegara a oídos de los medios de comunicación. Así pues, no la divulgaremos a la prensa, ni a ninguna otra persona, en realidad, a pesar de los recelos que, todo hay que decirlo, aún tenemos.

—Me alegra oírlo. —Thorn sonrió complacido—. ¿Puedo preguntaros cuáles son vuestros recelos?

Paula lanzó una mirada fugaz a George para cerciorarse de que continuaría en silencio y la dejaría responder a ella.

—Lo que más nos preocupa es que el fallo no haya sido eliminado, o tal vez debería decir «desmantelado», del programa de iDoc.

Thorn se volvió hacia George.

—Me imagino que tú compartes esa preocupación.

George asintió.

—También nos gustaría manifestarte nuestro deseo de que se nos permita participar en las conversaciones en curso sobre la reacción de CSAM.

—¡Estupendo! Contad con ello. De hecho, agradeceremos vuestra aportación. —Se dirigió a George—. Quiero estar seguro por completo de que la señorita Stonebrenner habla en nombre de los dos.

George movió la cabeza afirmativamente.

—Así es.

—Estupendo —repitió Thorn, dándose una palmada en un muslo—. Me parece una noticia excelente, como ya os imaginaréis. Podéis marcharos de este centro, pero creemos que sería mejor que no volvierais a la rutina laboral hasta dentro de, digamos, una semana. Yo preferiría que pasarais juntos esa semana para que pudierais seguir hablando del tema. Con gusto os pagaremos una habitación de hotel.

—No creo que eso sea necesario —objetó Paula—. Hemos pensado quedarnos en Santa Mónica.

—¿No os gustaría más, por ejemplo, alojaros en el Four Seasons de Maui?

Paula miró a George con expresión inquisitiva. La idea no le parecía del todo mala.

Él se encogió de hombros.

—Creo que estaremos bien en Santa Mónica.

Prefería no quedar en deuda con Fusión al aceptar unas vacaciones pagadas en Hawái.

—Estupendo —dijo Thorn por tercera vez. Posó la vista en George—. Quiero que sepas que he pedido a Clayton que te readmita en el centro médico. En cuanto a las opciones sobre acciones, tocaré el tema en la próxima junta de accionistas.

—Renuncio a las opciones —afirmó George.

La mirada que Thorn le lanzó parecía indicar que no era eso lo que quería oír.

—Presentaré la petición de todos modos. —Se puso en pie—. Haré las gestiones para que podáis marcharos. Si cambiáis de idea respecto a Maui, avisadnos. —Tendió la mano a Paula, quien se la estrechó. Acto seguido se la ofreció también a George, y añadió—: Os pido disculpas una vez más por lo de anoche.

Tanto Paula como George se limitaron a asentir.

58

Centro psiquiátrico
Hollywood Hills, Los Ángeles, California
Lunes, 7 de julio de 2014, 15.15 h

Tal como Thorn había prometido, menos de una hora después un par de celadores acompañó a Paula y a George hasta un todoterreno negro que los esperaba. Dos hombres fornidos con traje negro y el pelo muy corto al estilo militar iban en los asientos delanteros. Aunque ni Paula ni George los reconocieron de la noche anterior, les pareció que eran de la misma ralea: «profesionales».

Cuando salieron de los terrenos del centro, a George le sorprendió comprobar lo cerca que se hallaban de Laurel Canyon Boulevard. No había ningún letrero que identificara el lugar.

Guardaron silencio durante el trayecto a casa de Paula. No querían que el conductor y su acompañante oyeran su conversación, y estos no hablaban, ni entre sí ni con ellos. El vehículo se detuvo junto a la acera enfrente de la casa, y los dos pasajeros se apearon, aún vestidos con la ropa de hospital que les habían dado. Ella les dio las gracias a los dos hombres, pero estos no respondieron.

Paula y George observaron el todoterreno mientras se alejaba.

—Desde luego, un concurso de simpatía no ganarán —comentó Paula.

—Tengo la sensación de que su seriedad era un mensaje.

—¿A qué te refieres?

—Thorn quiere dejarnos claro que las personas que anoche utilizaron tácticas intimidatorias siguen estando a sus órdenes.

Paula asintió.

—Seguro que tienes razón.

Lo guió hacia una puerta lateral y sacó una llave de una caja de seguridad oculta bajo una roca falsa. Entraron en la casa.

Lo primero que Paula quería hacer era inspeccionar la puerta principal. Por lo que había visto desde la calle, habían vuelto a colocarla en su sitio y parecía como nueva. Al llegar a la habitación de invitados, se fijaron en que la cama estaba sin hacer, tal como la habían dejado.

—Puedes quedarte aquí, en la suite de invitados, o arriba, conmigo. Tú decides, George...

—Tal vez deberíamos esperar a ver cómo se desarrolla la tarde. Ha sido una experiencia de lo más estresante.

—Magnífica idea.

Subieron a echar un vistazo a la primera planta y advirtieron que el panel que ocultaba el tobogán aún estaba entreabierto. Paula se disponía a cerrarlo, pero George la detuvo.

—Bajar por ahí a oscuras fue bastante terrorífico —dijo—. Tal vez deberíamos probarlo de nuevo.

Paula sonrió.

—¡Otra gran idea!

Como una pareja de chiquillos, se deslizaron por el conducto y acabaron hechos un ocho en el suelo. Eso les provocó un ataque de risa que alivió la tensión que aún sentían.

Regresaron a la cocina, donde Paula abrió la nevera y examinó el contenido.

—No hay gran cosa —anunció—. ¿Qué propones que hagamos para la cena?

—Podríamos cenar fuera.

—Prefiero quedarme. No me siento muy sociable. ¿Te importa?

—¡En absoluto! De hecho, yo también lo prefiero.

—Pero entonces tendré que ir a la tienda.

—Puedo acompañarte.

—No hace falta. Quédate y relájate. Incluso puedes nadar un poco, si te apetece.

—En realidad, necesito pasar un momento por mi apartamento. Si voy a estar aquí el resto de la semana, me harán falta ropa y cosas así. Aprovecharé que vas a hacer la compra para ir allí.

—Perfecto. Ve a tu piso mientras yo voy a la tienda. ¿Qué te gustaría cenar?

—Lo que sea —respondió George—. Siempre que sea contigo, me da igual.

El cumplido arrancó una sonrisa a Paula.

—No soy la mejor chef del mundo. ¿Te parece bien repetir filete con ensalada?

—Me parece fantástico.

—¡Genial! Cuanto antes nos quitemos esa obligación de encima, mejor. Voy a comprar comida y tú vas a tu apartamento. —Extrajo un mando a distancia de garaje de un cajón de la cocina y se lo entregó—. Pero te pido un favor: no tardes mucho. La idea de quedarme sola en esta casa me produce escalofríos.

—Volveré en un pispás.

George le dio un abrazo breve y tranquilizador, y se marchó.

Antes de sentarse al volante de su Jeep, George registró el coche en busca de algún dispositivo GPS. Incluso echó una ojeada bajo el capó. El mismo recelo respecto a la vigilancia encubierta lo llevó a dejar su teléfono móvil sobre el borde de la pila del garaje. Solo entonces salió con el vehículo al callejón y arrancó en dirección a su apartamento. Mientras se abría paso entre el consabido tráfico de hora punta de Los Ángeles, no podía evitar lanzar miradas hacia atrás o al retrovisor para asegurarse de que no lo seguían. Sospechaba que, después de aquella experiencia tan extraña, la paranoia sería su fiel compañera durante mucho tiempo.

Una vez en su apartamento, se quitó la ropa de hospital y se sintió mejor de inmediato. Empezó a seleccionar las cosas que iba a llevarse a casa de Paula, pero cuando se acercó al armario para sacar la bolsa de viaje, bajó en cambio la caja con las pertenencias de Kasey. Encontró su teléfono en el fondo, debajo del todo. Aún le quedaba un poco de batería, así que lo encendió y se quedó mirando el icono de iDoc. Le hizo pensar en el camino hacia el desastre desde una perspectiva personal. ¿De verdad podía confiar en que la Iniciativa de Recursos Universales o su entidad matriz, la Comisión Asesora Independiente sobre Pagos, se abstendrían de sacar partido del «fallo técnico»? Creía que no. Era una posibilidad demasiado conveniente, demasiado tentadora, demasiado rentable y, al mismo tiempo, en ciertos aspectos, demasiado sensata y objetiva para no tenerla en cuenta. Tras guardar con cuidado los objetos en la caja, la devolvió a su sitio en el armario y extrajo su bolsa de viaje. Más tarde, cuando salió a toda prisa hacia el Jeep, consultó su reloj. Era un poco tarde. Tenía que hacer algunas paradas antes de regresar a casa de Paula, y quería estar allí antes del anochecer.

59

Casa de Paula
Santa Mónica, California
Lunes, 7 de julio de 2014, 19.34 h

Tal como había planeado, George llegó a Santa Mónica casi media hora antes de que cayera la noche. Aparcó el coche en el garaje de Paula, al lado del Porsche, bajó la puerta y recogió su teléfono del borde de la pila. Dentro de la casa se encontró con Paula, que llevaba un albornoz turco blanco. Se la veía como nueva.

—¡Has vuelto! —Se le acercó, sonriente, y señaló un surtido de fruta fresca y otros comestibles que había dejado sobre la encimera—. He sido muy eficiente mientras estabas fuera. He comprado comida, como puedes ver, e incluso me he echado una pequeña siesta antes de darme un baño largo y reparador. —Le deslizó la mano por la espalda y lo abrazó—. Me siento otra.

—Estás estupenda —dijo él, y levantó su bolsa de viaje—. Yo también he cumplido con mi misión.

Paula lo miró de arriba abajo.

—Veo que te has cambiado de ropa. ¿Has tenido ocasión de ducharte en tu apartamento?

—No. No quería pasar allí más tiempo del necesario.

—Pues te lo recomiendo, para deshacerte de ese repugnante olor a institución psiquiátrica. Te sentará de maravilla. Sube al baño de la habitación principal o ve al de la suite de invitados, como prefieras, ¡y date el gustazo! A mí me queda un poco de trabajo aquí en la cocina. En cuanto termines, podemos cenar.

—Creo que iré a la suite de invitados —dijo George.

Revolver las cosas de Kasey lo había afectado más profundamente de lo que esperaba.

A pesar de todo, la ducha le resultó placentera. Se quedó inmóvil bajo el chorro de agua caliente que le masajeaba la piel durante unos diez minutos largos. Tras ponerse el albornoz, se dirigió de vuelta hacia la cocina. Hacía varios días que no se sentía tan a gusto.

Paula ya tenía la cena preparada. Incluso la barbacoa estaba lista.

—Bueno, ¿qué tal si abro el vino? —se ofreció George sujetando en alto la botella que ella ya había elegido.

—¡Claro, adelante!

Cinco minutos después estaban sentados fuera, vigilando la parrilla mientras la tarde cedía el paso a la noche. George tomaba sorbos de su copa. ¡Eso era vida! Le parecía imposible estar más relajado. Durante las últimas cuarenta y ocho horas su vida había sido como una montaña rusa, pero en aquel momento se encontraba en el punto más alto.

Comieron en el interior de la casa mientras mantenían una conversación muy distendida. El ambiente brindó a ambos la oportunidad de recapacitar y analizar con todo detalle cuanto había salido a la luz durante su estrambótica reunión con Thorn, Langley y Clayton. Ambos estaban de acuerdo en que aplazar la implantación de iDoc no sería beneficioso para la sociedad. Y, con la ayuda del vino, rememoraron el aterrador episodio del secuestro. Para su sorpresa, descubrieron que podían reírse de ciertos aspectos de la aventura, ahora que estaban sanos y salvos, aunque aún no se les había pasado la indignación y la rabia por el modo en que los habían tratado.

Después de la cena hablaron de los gastos médicos, a buen seguro el mayor problema al que la sanidad se enfrentaba. Para que una distribución equitativa del servicio fuera posible, había que reducir esos costes. Sabían que iDoc contribuiría a ello en gran medida. George observó que la Ley de Asistencia Sanitaria Asequible estaba concebida más para mejorar el acceso a la sanidad que para disminuir los costes y que, en su opinión, una consecuencia no buscada de ello sería inflar los precios más de lo que nadie esperaba. Esa conversación los condujo de nuevo a la necesidad de controlar y limitar los cuidados médicos durante los últimos meses de vida.

—Ahora tengo claro que habrá que estudiar muy en serio la cuestión de la limitación —dijo Paula—. ¿Estás de acuerdo?

—No estoy seguro —contestó George.

—Cuanto más lo pienso, más entiendo la postura de Fusión tal como Thorn la expresó —reconoció ella.

—¿Qué quieres decir exactamente? —preguntó George mirándola por encima del tenedor con ensalada.

—El fallo me inquieta menos si se limita a recopilar datos que pueden resultar útiles en el futuro.

George la escuchó sin hacer comentarios.

Al percatarse de que se había quedado callado, Paula le escudriñó el rostro.

—¿Seguimos en sintonía?

Él negó con la cabeza.

—¿Qué ha cambiado?

—Cuando estaba en mi piso, he sacado el móvil de Kasey. Me ha hecho lamentar no haber podido pasar un poco más de tiempo a su lado para decirle lo mucho que significaba para mí. Y me ha hecho preguntarme qué habría decidido ella.

—George, ya no habrá más homicidios.

—Por el momento —replicó él—. Si hubieran eliminado el fallo del todo, es probable que no opinara lo mismo. El hecho de que la aplicación que mató a Kasey siga en funcionamiento y los directivos designados por el gobierno estén estudiando iDoc me produce una enorme preocupación.

—Removió el vino en la copa—. Hay que promover un debate abierto para que la gente sepa de qué es capaz iDoc.

Ella asintió despacio.

—Paula, ¿de verdad puedes vivir tranquila encubriendo una serie de lo que la mayoría de la gente consideraría asesinatos?

—Si lo planteas en esos términos, George, no lo sé. —Se quedó quieta unos instantes con la vista fija en la mesa. Finalmente alzó los ojos hacia él—. Si tú no puedes vivir tranquilo con eso, yo tampoco.

George se sintió impresionado e incluso halagado por su reacción.

—Te lo agradezco.

Ella sonrió y cogió la copa vacía de George.

—¡Deja que te sirva un poco más para que podamos brindar!

—Me apunto.

George siguió con la mirada a Paula mientras esta se dirigía hacia la encimera de la cocina, donde se encontraba la botella de vino. Exhaló un fuerte suspiro, cerrando los ojos. Estaba agotado tras haber pasado la noche del sábado en vela y la del domingo sumido en un sueño agitado, pero se alegraba de haber exteriorizado sus inquietudes. Eso había reforzado sus ideas al respecto. Había estado madurando la decisión durante toda la tarde y había llegado a una conclusión cuando sostenía el teléfono de Kasey entre los dedos. Aunque en aquel momento no había tomado plena conciencia de ello, ahora lo sabía con certeza.

Paula regresó con las copas llenas y le ofreció una.

—Por nuestra decisión más reciente —dijo cuando las entrechocaron.

—Por nuestra decisión —la corrigió George—. No pienso echarme atrás.

—Está bien, por nuestra decisión más reciente y última —rectificó ella, risueña.

George asintió, y los dos bebieron.

—¿Cuándo crees que deberíamos comunicársela a Thorn? —inquirió Paula.

—No de inmediato. Si llama, digámosle que aún estamos sopesando las ventajas y los inconvenientes. Sin duda eso nos dará una semana de margen.

—Y después ¿qué?

—Tendremos que sincerarnos con él tarde o temprano. Pero no quiero hacerlo hasta que tengamos las espaldas cubiertas.

—¿A qué te refieres?

—No podemos volver a estar en una posición tan vulnerable. Así de sencillo.

—Tienes razón. —Levantó la copa—. Por cierto, ¿qué te parece este vino?

Era de un rojo rubí intenso. George inclinó la cabeza en un gesto ponderativo.

—Creo que está muy bien. Pero no soy precisamente un experto.

—No hace falta ser un experto para reconocer que es bastante excepcional. Es un Cheval Blanc. Lo guardaba para una ocasión especial.

George sonrió en señal de agradecimiento.

—Está exquisito.

Tomó otro sorbo y lo paladeó. Pese a sus escasos conocimientos sobre vinos, el sabor le pareció muy agradable. Continuaron charlando sobre trivialidades hasta que Paula le preguntó cómo debían «cubrirse las espaldas» exactamente.

—Tengo algunas ideas al respecto —aseguró George. Posó la vista en ella—. ¿Y tú? ¿Qué crees que deberíamos hacer?

—Supongo que entre los dos ya pensaremos algo.

George asintió con la cabeza, intentando reprimir un bostezo.

—¿Cansado?

—Reventado.

—¿Has decidido dónde quieres dormir?

—Creo que esta noche la habitación de invitados será lo más apropiado. En estas condiciones, no sería una compañía muy estimulante.

—No te preocupes. Yo también estoy agotada, a pesar de la siesta.

George bostezó de nuevo.

—¿Por qué no te retiras a la habitación mientras intento poner un poco de orden en la cocina? —le sugirió ella.

—Puedo echarte una mano.

—De acuerdo, pero antes acabémonos el vino. Sería un crimen desperdiciarlo.

Paula vació la botella en las copas y despacharon su contenido. George se puso de pie con esfuerzo al tiempo que ella recogía los platos. La ayudó a llevar cacharros a la cocina. Paula se fijó en su paso bamboleante.

—Tal vez deberías sentarte mientras me encargo de esto. No pienso hacer mucho, solo quiero adecentar un poco para cuando vengamos a desayunar.

George asintió y a duras penas consiguió llegar al sofá. Al cabo de unos instantes tenía la cabeza reclinada sobre el respaldo, con la mandíbula relajada y entreabierta, las piernas extendidas ante sí y una respiración profunda que rayaba en el ronquido.

Cuando Paula terminó lo que estaba haciendo en la cocina, se le acercó y lo zarandeó con cuidado.

—¿No preferirías acostarte en la cama? Estarás más cómodo que aquí, despatarrado en el sofá.

Pero George no se movió. Estaba fuera de combate.

Paula lo intentó de nuevo, con el mismo resultado. Encogiéndose de hombros, se alejó por el pasillo hacia el estudio.

Descolgó el auricular del teléfono fijo y marcó un número.

—¿Bradley? Soy yo. Espero no haberte despertado.

—No esperaba recibir noticias tuyas hasta dentro de unos días —dijo Thorn con voz pastosa y soñolienta.

—Yo tampoco tenía previsto llamarte tan pronto, pero, por desgracia, George no se traga el anzuelo. Tu complicada estratagema no ha dado resultado.

—¿Estás segura?

—Claro que lo estoy. Toda esta maldita farsa ha sido un despilfarro. ¡El asalto a la casa, la máquina de humo, las sirenas de policía! George está resuelto a cubrirse las espaldas, como él dice.

—¿Y eso qué significa?

—Creo que quiere contar al mundo lo ocurrido. Encárgate de que Gauthier venga a buscarlo. Esta noche.

Hubo una pausa al otro lado de la línea.

—¿Opondrá algún tipo de resistencia?

—No.

—¿Por qué estás tan segura?

—Rohipnol. Le he echado una dosis doble en el vino. Estará inconsciente un buen rato, pero quiero que Gauthier venga a por él ahora. Me siento culpable.

—¿Culpable? Eso no formaba parte del plan.

—Lo sé, pero en el fondo es un tipo estupendo, tal vez demasiado idealista para mí. ¡Oye, no vayas a ponerte celoso! Jamás podría interponerse entre tú y yo. Pero di a Gauthier que tenga cuidado y lo trate con guantes de seda.

—¿Algo más?

—Sí. El coche de George. Que alguien venga a recogerlo y lo lleve de vuelta a su piso. —Se disponía a colgar, pero se detuvo—. Ah, Bradley, una cosa: asegúrate de que Gauthier llame a la puerta esta vez.

Thorn soltó una carcajada antes de colgar.

Epílogo

Una semana después
Hospital Boulder Memorial
Aurora, Colorado
Lunes, 14 de julio de 2014, 11.37 h

El doctor Paul Caldwell encontró un sobre acolchado de Correos en su buzón. Sobresalía entre lo que parecía en su mayor parte correo basura. No constaba el nombre ni la dirección del remitente. Se fijó en el matasellos: era de Los Ángeles. Caldwell tiró el resto del correo a la papelera de reciclaje.

Mientras caminaba de vuelta hacia la sala de urgencias que dirigía, rasgó el sobre. De su interior salió un segundo sobre, también sin remite, en el que solo aparecía su nombre escrito a mano con letras grandes. Reanudó la marcha y echó otro vistazo al sobre grande. Contenía una única hoja de papel. Cuando la sacó, vio que era una nota breve en cursiva que parecía garabateada a toda prisa. Reconoció los rasgos característicos de aquella escritura. Era la de George Wilson, un residente de radiología al que había llegado a conocer bastante bien. A lo largo del año anterior, habían mantenido una larga correspondencia por correo ordinario y electrónico con referencia a un amigo común.

Paul se detuvo de inmediato en medio del transitado pasillo del hospital y leyó la nota con el ceño fruncido de perplejidad:

Espero que estés bien. Tal vez esto te parecerá extraño, pero tengo que pedirte un favor. Si no recibes noticias mías en un plazo de una semana más o menos desde el momento en que leas esto, intenta mandarme un mensaje o llamarme al móvil. El número, por si lo has perdido, es (917) 8443289. Si no logras comunicarte conmigo, abre el otro sobre y lee el texto que contiene; luego haz lo que consideres más oportuno. Seguramente estaré recluido en un centro psiquiátrico de alta seguridad en algún lugar de Hollywood Hills, cerca de Laurel Canyon Boulevard, y te agradeceré que me ayudes a darme el piro, por así decirlo. Pero no lo intentes solo. Llama a la caballería, esto es, a los medios y las fuerzas del orden. Si no estoy allí, es muy probable que esté muerto. ¡Espero que me encuentres allí! La noticia será un bombazo.

GEORGE

P.D. ¡Tu profesión, tal como la conoces, pende de un hilo!